山水酉情

SHANSHUI YOUQING

但愿苍生俱饱暖　不辞辛苦出山林

罗克军

著

雾里看花
文火微光
心灵吟唱
闻松听涛
中流撷贝

一部由一线扶贫干部撰写
深度见证乡村脱贫攻坚伟大实践的图书

全景展示扶贫干部的心路历程　真实记录扶贫工作的点点滴滴
生动彰显基层干部的精神风貌　热情讴歌崭新时代的幸福生活

百花洲文艺出版社

图书在版编目(CIP)数据

山水西情 / 罗克军著. -- 南昌 : 百花洲文艺出版社, 2020.12

ISBN 978-7-5500-3999-5

Ⅰ. ①山… Ⅱ. ①罗… Ⅲ. ①中国文学-当代文学-作品综合集 Ⅳ. ①I217.2

中国版本图书馆 CIP 数据核字(2020)第 266807 号

山水西情　罗克军　著

责任编辑　杨　旭
特约编辑　张立云
装帧设计　潇湘悦读
出 版 者　百花洲文艺出版社
社　　址　南昌市红谷滩新区世贸路 898 号博能中心一期 A 座 20 楼
电　　话　0791-86895108(发行热线)0791-86894717(编辑热线)
邮　　编　330038
经　　销　全国新华书店
印　　刷　长沙市精宏印务有限公司
开　　本　889 毫米×1194 毫米　1/16
印　　张　17
版　　次　2021 年 1 月第 1 版第 1 次印刷
字　　数　250 千字
书　　号　ISBN 978-7-5500-3999-5
定　　价　78.00 元

赣版权登字　05-2020-345

网　　址　http://www.bhzwy.com

山水酉情

序言

XUYAN

不获全胜决不收兵

壮阔东方潮，奋进新时代。改革开放四十多年来，神州大地日新月异，处处洋溢蓬勃生机，绽放激情活力，广大人民群众豪迈地走在社会主义的康庄大道上。然而，在湘西广袤的群山中，还生活着许多在贫困线上挣扎的人们，他们或因病、因残、因学、因灾等原因导致生活陷入窘境。

习近平同志强调，全面建成小康社会，一个不能少；共同富裕路上，一个不能掉队。脱贫攻坚鏖战酣，号角催征声声急。“与其让乡愁无处安放，不如让奋斗的青春沾点泥土。”于是，从部队转业不久的我积极响应党的号召，主动向组织申请去一线扶贫。

2018 年 3 月 6 日，一个深深扎根我心里的日子：我正式成为一名光荣的扶贫人。这天，我带着组织的重托，奔赴与贫困搏斗的战场，来到沅陵县二酉苗族乡施溪村，开展为期三年的驻村帮扶。

二酉苗族乡，地处武陵山脉南麓，是少数民族集聚地，成语

"学富五车，书通二酉"的历史典故即出自于此，让大、小酉山扬名天下。

驻村第一天，映入我眼帘的是层峦叠翠的连绵群山、蜿蜒曲折的盘山公路、古老陈旧的苗家山寨和淳朴善良的憨厚村民。这是一个美得自然纯粹的地方，更是一片穷得让人揪心的原野。

走进村部，"人民对美好生活的向往就是我们的奋斗目标"19个大字庄严醒目、熠熠生辉，昭示着使命的艰巨、责任的重大。这里，就是我和我的2名队员及村干部未来三年共同生活和工作的地方，也将是我们带领村民与贫穷搏斗的指挥部和主战场。

"些小吾曹州县吏，一枝一叶总关情。"施溪村，我们来到这里，不是来欣赏自然美景，过怡然自得的田园生活，而是让自己如同一束火炬、一盏明灯，让这黯然的乡村敞亮起来、活跃起来，如同力量之手、希望之帆，为村民打开一扇扇通往山外、对接致富的大门。

脚下沾有多少泥土，心中就沉淀多少真情。与群众坐在同一条板凳上，就拉近了心与心之间的距离。驻村期间，我们早出晚归，走村入户了解村情，房前屋后采集信息，田间地头查看庄稼，跋山涉水寻找水源，17个村民小组的公路边、田埂上、晒场旁都留下了我们忙碌且疲惫的身影，召开贫情分析会，与村民促膝交谈，宣传党的政策，倾听群众心声，解决实际困难，谋划产业发展，严格落实"两不愁三保障""五个一批""六个精准"等相关政策要求，一切工作蹄急而步稳。

越是沉入一线，越是攻坚克难，越是深切感受到能投身脱贫攻坚伟业是自己的幸运与光荣。在驻村扶贫的日子里，每当夜深人静的时候，望着窗外灿若繁花的星空，倾听溪流潺潺的昵语，我感觉狭小简陋的宿舍不再清冷，心中时时流淌着一股暖流，思绪翻滚，夜不能寐，于是写随笔日记成为自己的一种习惯，记录扶贫生活的点点滴滴，反映基层干部的精神风貌，讴歌这个伟大的美好时代。

几年风雨倏然过，万里云霞依旧长。捧阅四十多万字的文稿，我萌发了将随笔日记整理成册的愿望，为的是记录成长，反映真实，时刻警醒自己立下愚公移山志，打赢脱贫攻坚战。

"但愿苍生俱饱暖，不辞辛苦出山林"，脱贫攻坚，任重道远，为了群众的期盼，为了大地的丰收，我将不忘初心，砥砺前行，不获全胜，决不收兵！

是为序。

二〇二〇年八月一日于沅陵施溪村

山水酉情

目录

MULU

序

第一辑　雾里看花·理论研讨篇

第二辑　文火微光·言论杂谈篇

第三辑 心灵吟唱·情怀随感篇

第四辑 闻松听涛·扶贫日记篇

第五辑　中流撷贝·宣传报道篇

第一辑

雾里看花·理论研讨篇

引领脱贫攻坚伟大实践的行动指南

——学习《习近平扶贫论述摘编》有感

浩荡春风起，百年大计定。站在世界战略格局深度调整、国家由大向强的时代背景下，以习近平同志为核心的党中央高度重视扶贫工作，把脱贫攻坚摆到治国理政突出位置，提出了一系列新思想新观点，作出了一系列新决策新部署，推动中国减贫事业取得巨大成就。反复学习《习近平扶贫论述摘编》，深感党中央打赢脱贫攻坚战的决策部署，是对时代课题的积极回答，是对人民期盼的有力回应，是对民族复兴的深远谋划，具有重大的理论创新和实践指导价值。

一、深刻领悟打赢脱贫攻坚战的重大意义

思想是行动的先导，只有认识到位，行动才会自觉。2020年如期打赢脱贫攻坚战，在中华民族几千年历史发展上将首次整体消除绝对贫困现象，这是一项对中华民族和整个人类都具有重大意义的伟大壮举。

（一）行稳致远，实现民族复兴伟业的深远筹划。坚持和发展中国特色社会主义，是实现中华民族伟大复兴、创造人民美好生活的必由之路。习近平总书记指出，贫穷不是社会主义，如果贫困地区长期贫困，面貌长期得不到改变，群众生活长期得不到明显提高，那就没有体现我国社会主义制度的优越性，那也不是社会主义。我国正处于崛起复兴、由大向强的关键阶段，党中央从全面建成小康社会要求出发，把扶贫开发工作纳入“五位一体”总体布局、“四个全面”战略布局，作为实现第一个百年奋斗目标的重点任务，作出一系列重大部署和安排，全面打响脱贫攻坚战。可以说没有脱贫攻坚任务的完成，就没有全面小康的成色和质量，就不能实现真正意义上的民族复兴。只有打赢脱贫攻坚这场硬仗，才能确保维护国家安全和发展重要战略机遇期，确保中国特色社会主义事业行稳致远，确保实现“两个一百年”奋斗目标和中华民族伟大复兴。

（二）固强柱石，提升我党崇高威望的战略举措。中国共产党人的初心和使命，就是为中国人民谋幸福，为中华民族谋复兴。我们党自诞生之日起，就勇敢

担当起带领中国人民创造幸福生活、实现中华民族伟大复兴的历史使命，无论是弱小还是强大，无论是顺境还是逆境，都初心不改、矢志不渝，团结带领人民历经千难万险，付出巨大牺牲，敢于面对曲折，勇于修正错误，攻克了一个又一个看似不可攻克的难关，创造了一个又一个彪炳史册的人间奇迹，在人民群众中享有崇高威望。岁月峥嵘，情怀如初。当前最紧迫、最艰难的任务就是打赢脱贫攻坚战，以更大的力度、更实的措施保障和改善民生，加强和创新社会治理，实现好、维护好、发展好最广大人民的根本利益。

（三）革弊鼎新，决胜全面小康社会的关键抉择。习近平总书记指出，全面建成小康社会，最艰巨最繁重的任务在农村，特别是在贫困地区。没有农村的小康，特别是没有贫困地区的小康，就没有全面建成小康社会。改革开放以来，我们国家经济有了很大发展，人民生活水平有了显著提高，稳居世界第二大经济体。但全面建成小康社会存在不少“短板”：发展不平衡不充分，城乡收入分配差距依然较大；农村就业、教育、医疗、居住、养老等方面面临不少难题；制度设计有偏差，共享改革发展成果方面不完善等等。病灶不除，复兴难成。这就要求我们坚决打赢脱贫攻坚战，补短板，强弱项，促进社会公平正义，在幼有所育、学有所教、劳有所得、病有所医、老有所养、住有所居、弱有所扶上不断取得新进展，让实现全体人民共同富裕在广大人民现实生活中更加充分地展示出来。

（四）打造样本，贡献世界减贫事业的中国方案。消除贫困，自古以来就是人类梦寐以求的理想，是各国人民追求幸福生活的基本权利。为促进全球减贫事业，2000 年联合国制定了千年发展目标，2015 年联合国发展峰会制定了 2015 后发展议程。放眼寰宇，尽管各国为实现减贫目标进行了不懈努力，但贫困及其衍生出来的饥饿、疾病、难民潮等一系列问题依然存在，成为广大发展中国家挥之不去的“梦魇”和阻碍全人类发展进步的“祸根”。“足寒伤心，民寒伤国。”消除贫困依然是当今世界面临的最大全球性挑战。作为有着 13 亿多人口的发展中大国，中国打赢脱贫攻坚战，消除绝对贫困，既让全体中国人民走上全面小康之路，又对国际减贫事业作出重要贡献；不仅有利于坚定“四个自信”，而且将贡献扶贫开发的中国方案，推动全人类的发展进步。

二、牢牢把握扶贫开发战略思想的丰富内涵

“木欣欣以向荣，泉涓涓而始流。”2012 年 11 月 15 日，十八届中央政治局常委与中外记者的见面会上，习近平总书记的话掷地有声，“人民对生活的美好向往，就是我们的奋斗目标”。这不仅是我们党执政为民的政治宣示，也是扶贫工作的总体基调。他之后多次在重要会议、重要场合、关键节点就脱贫攻坚发表讲话，逐步形成思想深邃、逻辑严密、内涵丰富的习近平扶贫开发战略思想。

（一）一个目标指向——标注脱贫攻坚的任务主题。党的十九大着眼国家发展战略全局，强调“确保到2020年我国现行标准下农村贫困人口实现脱贫，贫困县全部摘帽，解决区域性整体贫困，做到脱真贫、真脱贫”。找准方位才能把握航向，主动作为才能克难前行。这一郑重宣示，是新时期脱贫攻坚的奋斗目标，是我们党面向世人的庄严承诺，标注了脱贫攻坚的任务主题，点亮了照耀国富民强征程的时代灯塔。

（二）“六个坚持”方略——明晰脱贫攻坚的科学路径。春风柳上归，登高开望眼。习近平总书记深刻总结了党的十八大以来我国扶贫开发“六个坚持”的宝贵经验，为坚决打赢脱贫攻坚战提供了根本遵循，明确了科学路径。

坚持党的领导，强化组织保证。事在四方，要在中央。脱贫攻坚，加强党的领导是根本。要发挥各级党委总揽全局、协调各方的作用，落实脱贫攻坚一把手负责制，实行省市县乡村五级书记一起抓，为脱贫攻坚提供坚强政治保障。

坚持精准方略，提高脱贫实效。有的放矢，成效可期。脱贫攻坚，精准是要义。坚持精准扶贫、精准脱贫，做到“六个精准”，不搞大水漫灌，不搞手榴弹炸跳蚤，因村因户因人施策，精准滴灌，靶向治疗，帮到点上，扶到根上。

坚持加大投入，强化资金支持。兵马未动，粮草先行。脱贫攻坚，增加投入是保障。发挥政府投入的主体和主导作用，增加金融资金对脱贫攻坚的投放，吸引社会资金参与脱贫攻坚，形成脱贫攻坚资金多渠道、多样化投入。

坚持社会动员，凝聚各方力量。人心齐，泰山移。脱贫攻坚，各方参与是合力。充分发挥政府和社会两方面力量作用，构建专项扶贫、行业扶贫、社会扶贫互为补充的大扶贫格局，调动各方面积极性，引领市场、社会协同发力，形成全社会广泛参与脱贫攻坚格局。

坚持从严要求，促进真抓实干。作风建设，永在路上。脱贫攻坚，从严从实是要领。坚持把全面从严治党要求贯穿脱贫攻坚工作全过程和各环节，实施经常性的督查巡查和最严格的考核评估，确保脱贫过程扎实、脱贫结果真实，使脱贫攻坚成效经得起实践和历史检验。

坚持群众主体，激发内生动力。内因是根据，外因是条件。脱贫攻坚，群众动力是基础。必须坚持依靠人民群众，充分调动贫困群众积极性、主动性、创造性，坚持扶贫和扶志、扶智相结合，正确处理外部帮扶和贫困群众自身努力关系，培育贫困群众依靠自力更生实现脱贫致富意识，培养贫困群众发展生产和务工经商技能，组织、引导、支持贫困群众用自己辛勤劳动实现脱贫致富，用人民群众的内生动力支撑脱贫攻坚。

（三）“四大核心”理念——彰显脱贫攻坚的精神特质。识天宜听风，临流须观澜。学习习近平总书记关于扶贫的系列重要论述，关键是要领悟贯穿其中的立场观点方法，掌握活的思想精髓和精神特质。

人民至上。扶贫开发工作的出发点和落脚点，是以消除贫困为首要任务，以改善民生为基本目的，以逐步实现共同富裕为根本方向。习近平总书记要求脱贫攻坚任务重的地区党委和政府，把脱贫攻坚作为“十三五”期间头等大事和第一民生工程来抓，坚持以脱贫攻坚统揽经济社会发展全局，要求层层签订脱贫攻坚责任书、立下“军令状”，要求五级书记抓扶贫、全党动员促攻坚，深刻体现了以习近平同志为核心的党中央不忘初心、践行以人民为中心发展思想的根本立场，深刻体现了实现好、维护好、发展好最广大人民根本利益的坚定决心和不懈追求。

改革创新。唯改革者进，唯创新者强，唯改革创新者胜。习近平总书记关于扶贫的系列重要论述，如关于造血与输血、扶贫与扶智、自力更生与借助外力关系的论述，关于解决扶持谁、谁来扶、怎么扶、如何退的举措等，这些都是以改革的思维破除脱贫攻坚中的体制机制障碍，以创新的举措应对脱贫攻坚中遇到的新问题，展示了总书记改革创新的超常勇气和非凡魄力。

实事求是。坚持一切从实际出发，实事求是，是习近平总书记关于扶贫系列重要论述的一个核心内容和鲜明特色。贫有百样、困有千种，要坚持从实际出发，因地制宜，因户施策，因人帮扶，坚持“六个精准”、实施“五个一批”等都是实事求是的必然要求，彰显了总书记实事求是的政治品格和精神追求。

自力更生。自立者强，自强者胜。习近平总书记指出，扶贫不是慈善救济，而是要引导和支持所有有劳动能力的人，依靠自己的双手开创美好明天。要引导贫困地区干部群众自力更生、艰苦奋斗，靠辛勤劳动改变贫困落后面貌。脱贫致富贵在立志，幸福都是奋斗出来的，这些论述无不闪耀着自力更生、艰苦奋斗的思想光辉和优良传统。

三、精准落实决胜脱贫攻坚的实践要求

理论最本质特征是实践性，检验学习成效最终要看实践。我们要带着问题学论述，学好论述促工作，使习近平扶贫开发战略思想在脱贫攻坚实践中开花结果。

（一）加强理论武装，提升政治站位。习近平扶贫开发战略思想内涵极其丰富，内容博大精深，深刻揭示了扶贫开发工作的基本特征和科学规律，是中国特色社会主义理论体系的新发展，是指导脱贫攻坚的行动指南。我们要带着深厚感情学、带着执着信念学、带着实践要求学，充分认清打赢脱贫攻坚战是党中央的战略部署，是落实“两个维护”的具体行动，是对我们政治立场、政治觉悟和政治品格的深度检验，从而豪情满怀地投身全面建成小康社会最具决定性意义的攻坚战中，一鼓作气、顽强作战，不获全胜决不收兵。

（二）把握精准要求，强化铁血担当。理论要变成改造世界的物质力量，重在

转化，难在担当。扶贫开发推进到今天这样的程度，贵在精准，重在精准，成败之举在于精准。这就要求我们立起“撸起袖子加油干”的姿态，不以事艰而不为，不以任重而畏缩，自觉把追求和信念大写在自己行动上，融入精准扶贫中，印入群众心坎里；保持“快马加鞭未下鞍”的闯劲，以“等不起”的紧迫感、“慢不得”的危机感、“坐不住”的责任感强力推进，一鼓作气、马不停蹄；培植“为有牺牲多壮志”的豪情，自觉站在党和人民的立场上，用自己的辛苦换来贫困群众的幸福，在精准施策上出实招，在精准推进上下实功，在精准落地上见实效，自觉把脱贫攻坚放在心上，抓在手上，扛在肩上。

（三）着眼长远发力，巩固脱贫成果。习近平总书记指出：“打好脱贫攻坚战，要采取稳定脱贫措施，建立长效扶贫机制，把扶贫工作锲而不舍抓下去。”这就要求我们着眼长远发力：健全体制机制保长效。建立社会保障机制，为贫困户提供保障，为农村低保户、五保户等提供兜底保障；建立健康扶贫机制，让贫困人口看得起病、看得好病，防止因病致贫、因病返贫；建立贫困退出机制，严格评估、严格验收，注重脱贫质量和可持续性。巩固脱贫成效，就要注重教育引导，构筑积极进取、自强不息的精神家园，变“要我发展”为“我要发展”；就要加强技能培训，让贫困群众有一技之长、有立足之本、有兴业之能，提高脱贫致富的本领；就要开展移风易俗，倡导科学文明的生活方式，不断增强内生动力。高度重视基层党组织建设，将基层党建与精准扶贫紧密结合，通过党建对接扶贫、助力扶贫，构建起党建扶贫一体化新格局，锤炼一个好班子，找准一条好路子，健全一套好制度，真正把基层党组织建设成为带领群众脱贫致富的坚强战斗堡垒。

（四）坚持从严从实，涵养优良作风。确保帮扶工作扎实、脱贫结果真实，优良作风是珍贵滋养和重要支撑。一要真心实意抓帮扶。扶贫事业是有情怀的事业，需要带着感情做，扛着责任帮，把群众的呼声当作第一信号，把群众的需求当作第一选择，调查研究到农户，解决问题到一线，督促检查到现场，不搞花拳绣腿，不做表面文章，不层层加码，不降低标准。二要严字当头正作风。丢掉优良作风，就是自毁长城。狠刹脱贫攻坚工作中的形式主义、官僚主义、弄虚作假、急躁和厌战情绪以及消极腐败现象，持续正风肃纪，让数字脱贫、虚假脱贫无处遁形。三要督查巡查亮利剑。实施最严格的考核评估，开展督查巡查，对不严不实、弄虚作假的敢于较真碰硬，严肃问责，强化法规制度的执行力贯彻力，真正让铁规发力，让制度生威，不断把作风建设引向深入，汇聚打赢脱贫攻坚战的磅礴伟力。

壮阔东方潮，奋进新时代。我们坚信，在以习近平同志为核心的党中央坚强领导下，亿万人民众志成城、接续奋斗，就一定能打赢打好脱贫攻坚战，为实现中华民族伟大复兴的中国梦写下新的光辉篇章！

（刊 2019 年 12 月 2 日红网论道湖南频道）

帮要帮到点　扶要扶到位

——关于提高驻村帮扶质量的思考

驻村帮扶是开展农业农村工作的重要手段，是密切联系群众的重要载体，是打赢脱贫攻坚战的重要举措。当前，脱贫攻坚已进入攻城拔寨、啃硬骨头的关键阶段，各级驻村干部坚持到2020年全面消除贫困的目标和“一超过两不愁三保障”的脱贫标准，用心用情用力抓帮扶，发挥了脱贫攻坚生力军的作用。但从近期驻村工作调查情况看，提高驻村帮扶质量需要把握好以下几个问题。

一、既不能当“家长”，也不能当“保姆”，提高基层治理能力要注重强化村“两委”班子领导的自主性

驻村帮扶为脱贫攻坚取得决定性进展、解决贫困村基层领导和组织力量不足的问题发挥了重要作用，但存在两种倾向值得警惕：一种是当“家长”，独断专行。有的驻村干部以机关领导自居，认为是自己和后盾单位给村里带来了企业、项目和资金，带来了产品的市场和销路，理应在制定脱贫规划、改造基础设施、升级农业项目等方面具有重要话语权，在工作中指手画脚、发号施令多，主动听取村干部意见建议少，习惯当“家长”，搞“一言堂”。另一种是当“保姆”，大包大揽。有的驻村干部总觉得村干部视野不开阔、素质跟不上、作风不严谨，连电脑、手机都玩不转，既无工作效率也无工作质量，就事无巨细、一股脑儿给包办了，从产业规划布局、项目资金引进、入户调查统计，到工作台账记录，对接上级督导等等，忙得团团转，驻村干部成了名副其实的“保姆”。

实际上，驻村干部无论是当“家长”还是当“保姆”，都会大大弱化村干部领导基层治理的能力，很可能带来脱贫攻坚任务结束后人员、资金、项目的后继乏力，发展停滞等问题。“农村要致富，必须有个好班子。”加快精准扶贫进度，提高精准脱贫质量，必须强化村“两委”的主体作用，提高他们领导基层治理的能力。

首先要厘清职责，摆正位置。中办、国办印发的《关于加强贫困村驻村工作队选派管理工作的指导意见》明确了驻村工作队的职责任务。驻村干部要认真学习领会，清楚自身定位，切实当好“六大员”，即当好农村实情的调查员、党委政府政策的宣传员、农村矛盾的调解员、为民谋利的办事员、民主政治建设的监督员和村级组织建设的督导员，严格履行“指导、监督、协调、帮助”职能，自觉转变工作方式，突出“帮扶”，而不是“代管”，更不能“越位”。同时教育引导好村“两委”班子主动担纲脱贫攻坚主体责任，不当“甩手掌柜”。

*其次要全程参与，共同决策。*实践出真知，勤奋长才干。在制定发展规划、因户精准施策、推动产业落地、开展技术培训、加强上下协调等方面，驻村干部要让村“两委”干部出主意、提建议、拿方案、抓落实，全程参与，在工作实践中不断拓宽视野，练强本领，锤炼党性，改进作风，提升依法办事、科学决策、推动发展的能力水平，真正让村干部成为带领群众脱贫致富的领头雁、主心骨、贴心人。

*最后要多措并举，提升素质。*习近平总书记在兰考与干部座谈交流时强调，乡村干部是地基中的钢筋，位子不高，但责任很大。要坚持“扶贫先扶志，扶志要扶人”的理念，重视对贫困村“两委”班子的培养，通过开展集中轮训、岗位帮带、实施“先锋”工程等举措，固基础、补短板、强弱项，提高市场认知和法律意识，掌握必备信息网络技能，增强他们团结带领群众脱贫致富的底气和后劲，打造一支“不走的工作队”。

二、既要重短期效应，也要重长远效益，引进扶贫产业要注重谋划产业发展的可持续性

实现贫困人口如期脱贫、稳定脱贫，关键在于稳就业，根本在于强产业。贫困地区基础薄、条件差，贫困人口文化素质偏低、年龄偏大、生产能力偏弱。产业发展不易，扶贫产业更难。各驻村工作队想方设法找项目、兴产业，以期三年内拓宽就业渠道，增加贫困户收入，壮大集体经济。于是乎，那些短、平、快的产业项目备受推崇，而那些周期长、见效慢、潜力大、收益稳的产业项目却遭冷落。一哄而上，不考虑产业项目的可持续性和产业效益，极易出现“一帮扶就脱贫，不帮扶就返贫”的现象。找准产业、对准人头，既要立足当地资源禀赋，又要适合扶贫对象特点，让贫困户真正参与其中，干得了、干得起、长受益。

*一是要在谋划产业发展，树立统筹思维上下功夫。*通过艰苦细致的考察调研，科学谋划产业发展规划，不仅明确主导产业，确保长短结合、以短养长、以长保短，更重要的是从中长期的角度审视主导产业发展的内部优势和劣势、外部机遇和挑战等，系统思考主导产业发展的策略，产业的空间布局以及行动

计划等，树立产业发展的统筹思维，把扶贫产业纳入地区整体产业发展框架，瞄准市场优先发展覆盖面广、产业链比较完整、风险相对较小的扶贫产业，增强产业持续发展动力。

二是要在延长产业链条，提高附加价值上花气力。经济学理论认为产业组织和产业结构是否合理有效，是否能够产生经济效益，关键要看产业链是否形成，产业链越长，产业价值就越大，反之则越小。贫困村都有当地资源禀赋，但大都是产业组织和产业结构中的初级形态，“谷带壳卖、鱼带鳞卖、水果带皮卖、畜禽带毛卖”就是对这种现状的生动写照。真正把资源优势最大限度地转化为市场竞争优势，关键靠产业链的开发与拓展，做强精深加工，通过技术创新迈向产业的中高级形态，大幅提升经济效益。

三是要在强化品牌建设，完善经营体系上动脑筋。品牌是优质产品的标志，是进入市场的通行证。要做好“特”字文章，发展绿色生态健康种养殖，加快培育优势特色农业，打造高品质、有口碑的农业“金字招牌”，提升产业核心竞争力。同时适应市场需求，积极发展电商、农超对接、直供直销、连锁经营等现代流通方式，实现创名牌、扩市场、强效益的增收脱贫目标。

三、既要帮扶干部有压力，也要贫困群众有动力，凝聚脱贫攻坚力量要注重激发群众致富的能动性

随着脱贫攻坚的深入推进，在一些贫困地区，驻村干部忙得满头大汗，可困难群众却站在一边观看，存在着“干部干，群众看”“干部着急，群众不急”的现象：有的贫困户安于现状，对脱贫不积极不主动；有的眼红扶贫政策红利，采取各种手段“争当贫困户”；有的“靠着墙根晒太阳，等着别人送小康”，什么都不想干，享受着国家扶贫政策，靠穷吃穷，不愿脱贫等等。

由此看来，扶而不起、帮而不富、助而不强，核心因素不是老弱病残、不是天灾人祸、不是没有劳动能力，而是缺乏穷则思变、穷则思勤的奋斗精神。贫困群众既是精准帮扶的对象，更是脱贫致富的主体。如果只强调外部帮扶而不注重内生动力，不注意提高贫困人口的自我发展能力，一旦外部帮扶力度减弱，已经脱贫的群众很可能再度返贫。激发贫困人口的内生动力成为驻村帮扶的紧迫任务。

首先，要搞好思想发动。脱贫致富贵在立志，“只要有信心，黄土变成金”，帮扶中要注重通过上门宣讲扶贫政策、分析致贫原因、制定“一对一”脱贫方案，唤醒贫困群众的主动脱贫意识、自力更生和积极进取精神，引导他们认识到，贫困并不可怕，只要有信心长志气，就没有翻越不了的“火焰山”，就没有闯不过的“大渡河”，好日子是苦干出来的，新生活是奋斗出来的，从而坚

定通过辛勤劳动实现脱贫致富的信念、追求和勇气，拔掉思想上的“穷根”。同时树立励志脱贫标杆，宣传勤劳致富典型，大力营造“勤劳光荣、懒惰可耻”的浓厚氛围。

其次，要注重文化熏陶。以优秀乡村文化为依托，定期开展以贴近生活、贴近实际、喜闻乐见的基层文化活动，让勤劳致富、勤俭持家、孝亲敬老等中华民族传统美德的种子植入贫困群众的心田，从而自觉弘扬劳动光荣的传统，涵养勤劳致富的美德，形成见贤思齐的导向，坚定通过劳动创造美好生活的心志。

再次，要加强技能培训。授之以鱼不如授之以渔，对贫困户开展科技知识、市场知识、劳动技能等培训，提高贫困群众的科学文化素质、生产专业技能、现代市场认知，让贫困群众有一技之长、有立足之本、有兴业之能，自觉克服“穷惯了”“改不了”等心理障碍，走出“赖贫”的怪圈。

最后，要健全激励机制。更多采用生产奖补、劳务补助、以工代赈等机制，发挥项目、资金、政策的引导作用，促进贫困群众通过辛勤劳动脱贫致富，让有志脱贫、想干多干者享受更多支持，对坐吃山空、好逸恶劳者减少支持力度，让坐等小康、以闹取利者幻想彻底破灭，建立“多劳多得、少劳少得、不劳不得”的奖惩机制，倒逼贫困群众比学赶超、争相脱贫。

四、既要解决当前急需，又要涵养发展后劲，脱贫攻坚行动要注重彰显与乡村振兴的衔接性

前不久召开的中央农村工作会议明确提出“走中国特色社会主义乡村振兴道路，必须打好精准脱贫攻坚战”。今年中央一号文件更是强调，做好实施乡村振兴战略与打好精准脱贫攻坚战的有机衔接。如何将两者有机衔接，是驻村帮扶工作中面临的重要课题。

一要提高政治站位，从理论上认清。只有理论上的清醒才会有行动上的自觉。实际上，精准脱贫攻坚和乡村振兴战略都是为实现“两个一百年”奋斗目标确定的国家战略。实施乡村振兴与打好精准脱贫攻坚战，两者是内在统一的，乡村振兴的前提是摆脱贫困，打好脱贫攻坚战本身就是乡村振兴的重要内容。就贫困地区而言，2020年之前的乡村振兴，核心还是脱贫攻坚。实施乡村振兴既有利于实现脱贫目标、巩固脱贫成果，也有利于为脱贫之后从根本上改变贫困地区面貌奠定基础。由此可见，乡村振兴与脱贫攻坚是整体与部分、全局与局部的关系。厘清乡村振兴战略与脱贫攻坚的辩证关系，提高政治站位，就能避免工作出现“两张皮”“两脱节”问题，从而增强驻村帮扶的使命感光荣感。

二要聚焦攻坚目标，从规划上体现。党的十九大报告提出，实施乡村振兴

战略，要坚持农业农村优先发展，按照产业兴旺、生态宜居、乡风文明、治理有效、生活富裕的总要求，建立健全城乡融合发展体制机制和政策体系，加快推进农业农村现代化。在驻村帮扶中，要注重将乡村振兴战略的思想和原则融入具体的脱贫攻坚的计划和行动之中，将解决眼前急需问题与涵养发展后劲有机结合，从生产、生活、生态、社会、政治五个方面着手，整体推进，实现贫困人口的持续增收，促进人的全面发展，奠定乡村振兴的制度和物质基础，朝着乡村振兴目标迈进。

三要加强队伍建设，从人才上支撑。人才旺，事业兴。乡村振兴战略和脱贫攻坚工作共同的抓手就是“人才”。着力培育一批懂农业、爱农村、爱农民的基层干部队伍，提高他们脱贫攻坚、振兴乡村、服务农民的本领。同时抓好招才引智，促进各路人才“上山下乡”，想方设法创造条件让农村的机会吸引人、让农村的环境留住人，特别是要让一部分年轻人热爱农村农业，培养造就一支新型职业农民队伍，优化农业从业者组合，改善农村人口结构，从而为乡村发展提供绵绵不绝的内生动力。

四要焕发文明新风，从文化上挖潜。优秀乡村文化能够提振农村精气神，增强农民凝聚力，孕育社会好风尚。之所以部分村庄“形虽在，神已散”，传统道德失范，公序良俗失效，不守婚则、不睦邻里等现象增多，红白喜事盲目攀比、大操大办等陋习盛行，就是因为忽视了农村文化的传承弘扬。要坚持以社会主义核心价值为引领，深入挖掘农耕文化蕴含的优秀思想观念、人文精神和道德规范，充分发挥其凝聚人心、教化群众、淳化民风的重要作用，焕发乡村文明新风，全面提升乡村振兴的软实力。

（刊 2018 年第 10 期《新湘评论》、第 7 期《湖南省派驻村帮扶工作简报》，《湖南日报》于 2018 年 9 月 1 日摘要刊发）

社会主义为什么“有点潮”

从神曲《马克思是个 90 后》到热书《马克思靠谱》，再到社会主义“有点潮”，马克思也好，社会主义也好，都在紧跟网络时代步伐，摘掉神秘面纱，抛弃生涩表达，走出“高墙深院”，努力以新的面孔“飞入寻常百姓家”。

“弄潮儿向涛头立，手把红旗旗不湿。”用一个“潮”字诠释社会主义显然单薄，却最能代表时代的声音，最能感知世界的走向。

历经沧桑，再度回首，给人的烙印总来得深刻和彻底些。从冷战到苏联解体形成的一超多强的世界格局，到现在欧美国家深陷金融危机、债务危机，动荡、战乱成为西亚北非一些国家的代名词，与之形成鲜明反差的是东方大国高歌猛进、政通人和。世界刮起的“中国风”，让研读马克思经典、研思社会主义、研究中国成为一种时尚和潮流。

历史是最好的老师，实践是最硬的标准。探寻社会主义发展的光辉历程，追寻“潮”背后的故事，或许会让人多一份坚守，添一份力量。

星星之火，平地一声惊雷

让我们把目光倒回到十六世纪，工商业的发达倒逼封建主义的瓦解，资本主义“应运而生”。毋庸置疑，资本主义绝对是社会制度的一种进步，但它也绝无“人类社会的最后形态”的完美。“资本来到人间，从头到脚，每个毛孔都流着鲜血和肮脏的东西。”极长的工作时间、极高的劳动强度、极差的生存保障、频发的经济危机，持续“发酵”着无产阶级对资产阶级的敌意与仇恨。“哪里有压迫，哪里就有反抗。”法国两次里昂工人起义、英国宪章运动、德意志西里西亚纺织工人起义等，标志着工人阶级作为一支独立的政治力量登上历史舞台。

矛盾是推动社会进步的源动力。不少进步人士开始“机器轰鸣中的抗争与思考”，认为私有制是“万恶之源”，并试图勾勒一个消除私有制、生活用品按需分配的完美世界。1516 年，英国人托马斯·莫尔的《乌托邦》详尽描述了这种世界，世界社会主义五百年的序幕由此拉开。

空想社会主义貌似无瑕的制度设计，却在落地的过程中屡屡碰得头破血流，究其缘由，一个是尚未从根本上认清资产阶级的剥削本质，“天真”地寄望于资产阶级的自我改良；另一个是当时的经济实力还不足以支撑起这套制度，到头来只能是“空中楼阁”。

时代呼唤伟大思想，事业催生伟大人物。1848年春，《共产党宣言》横空出世，马克思主义从此诞生。一方面，马克思通过创立剩余价值学说揭穿资本主义的罪恶；另一方面，他号召广大无产阶级拿起革命的武器开展阶级斗争。“彻底埋葬资本主义”的铮铮誓言，如一缕光亮，划破百年黑暗的夜空；“全世界无产者联合起来”的声声呐喊，如平地惊雷，成为一个阶级的回响。

希望之光，风展红旗如画

“没有革命的理论，就没有革命的运动。”1871年初春的巴黎，炮声隆隆，战旗飘飘，国民自卫军潮水般地冲进市政厅。两名战士矫健地爬上屋顶，将一面鲜艳的红旗插上了大厦的楼顶。起义胜利了！马克思热情地称颂道：“英勇的3月18日运动是人类从阶级社会中永远解放出来的伟大的社会革命的曙光。”

巴黎公社虽然只坚持斗争72天，但它是无产阶级推翻资产阶级统治、建立无产阶级专政的第一次伟大尝试，让马克思主义第一次从理论变成现实。运动失败后，幸存的欧仁·鲍狄埃怀着沉痛的心情，写下了震撼寰宇的宏伟诗篇——《英特纳雄耐尔》，1888年皮埃尔·狄盖特以满腔的激情为之谱曲。从此，《国际歌》从法国穿越千山万水，响彻全球，成为全世界无产阶级的热血战歌。

革命死了，革命万岁！“快把那炉火烧得通红，趁热打铁才能成功！”1917年11月7日（俄历10月25日），俄国首都彼得格勒的工人赤卫队和士兵在列宁和布尔什维克党领导下举行武装起义，以停泊在涅瓦河上的“阿芙乐尔号”巡洋舰的炮声为进攻信号，一举推翻临时政府，建立了苏维埃政权，世界上第一个社会主义国家宣告诞生。“十月革命”一声炮响，唤醒了沉睡的中国，也唤醒了世界各国无数被欺压的贫苦大众，红色浪潮席卷全球，先后有15个国家高举革命旗帜，社会主义一时红遍万里。

“东方红，太阳升，中国出了个毛泽东。”伟大领袖毛主席带领中国共产党紧紧依靠人民，历经千难万险，完成了新民主主义革命，实现了民族独立、人民解放，确立了社会主义基本制度，使占世界人口四分之一的中国进入了社会主义社会，实现了中国历史上最广泛最深刻的社会变革，为当代中国一切发展进步奠定了根本政治前提和制度基础。在社会主义建设过程中，毛泽东同志反复强调要以苏联经验为鉴戒，正确处理我国社会主义建设中的若干重大关系，调动国内外一切积极因素，探索适合中国国情的社会主义道路，取得了一系列成果，为中国特色社会主义的形成提供了思想渊源和理论先导。

世界东方，冉冉升起的五星红旗正迎风飘扬！

红场之殇，敢问路在何方

新事物战胜旧事物的过程总是艰难曲折的，人类社会演进的过程也总是螺旋式上升。

1991年12月25日，克里姆林宫上空飘了70多年的红旗悄然滑落，世界第一个社会主义国家苏联，没有屈服于第二次世界大战希特勒的“巴巴罗萨计划”，却轰然坍塌于西方的和平演变进攻中。罗马不是一天建成的，苏联解体也不是一天形成的。戈尔巴乔夫的“改革新思维”，不是人民的梦，注定要消逝在历史的烟尘和如血的残阳中。

东欧剧变、苏联解体使社会主义发展遭到重挫，一时间“共产主义大溃败”甚嚣尘上，国内一些坚持资产阶级自由化的人主张放弃四项基本原则，走“西化”的道路。党内和部分群众一度出现对党和国家改革开放政策的模糊认识，甚至出现了姓“资”姓“社”的争论。

黑云压城城欲摧。“打不倒的东方小个子”、中国改革开放的总设计师邓小平陷入沉思：什么是社会主义，怎样建设和发展社会主义？马克思主义是真理，但经典里找不到适合中国国情发展社会主义的现成答案。东方风来满眼春。1992年南方谈话，党的基本路线一百年不动摇的铿锵作答，“三个有利于”标准的创新宣告，极大鼓舞了全国人民建设社会主义市场经济的信心，成功地稳住了改革和发展的大局，捍卫了中国特色社会主义伟大事业，开启了改革开放的崭新篇章。

树欲静而风不止。苏联解体后，中国成为西方敌对势力和平演变的“香饽饽”。市场经济和对外开放的发展，冲撞着人们的传统观念。理想信念迷失、腐败滋生蔓延、贫富差距拉大等问题凸现。乱花渐欲迷人眼。我党深刻汲取苏共“自毁长城”的历史教训，就建设什么样的党、怎样建设党的问题深入探索，使我们党始终与时代发展同步伐，与人民群众共命运。

选对了路，就不怕遥远。时钟拨向21世纪，我国经济高速发展的同时，又面临着以高投入、高消耗、高排放、低效率、低产出为特征的粗放经济增长方式与能源、资源、环境日益耗竭恶化的矛盾等挑战。我党审时度势，突出以人为本，强调发展必须坚持全面协调可持续，这标志着中国特色社会主义与中国国情的结合发展到又一新的高度。

敢问路在何方？路在脚下！“中国速度”的不朽传奇，“中国模式”的巨大成功，让世界深刻认识到：马克思主义所散发出来的颠扑不破的真理光芒始终灿烂如初："两个必然"告诉我们社会主义一定赢；"两个决不会"告诉我们资本主义还能撑一会儿；"两个决裂"告诉我们社会主义如何加强自我修养，才能更快赢得胜利。

有人曾说马克思的"经济危机"理论过时，立即遭到2007年美国"次贷危机"的无情打脸；有人质疑马克思关于工人阶级的论述过时，立即遭到"占领华尔街运动"标语的辛辣嘲讽。"任何杀不死你的东西，都会让你更强大"。简练铿锵的修辞，赋予《共产党宣言》胜于《圣经》的力量，共产主义理想在世界上和各国人民心灵中结出的硕果可谓震古烁今。

逐梦之潮，风景这边独好

山重水复疑无路，柳暗花明又一村。社会主义经历了从空想到科学、从理论到实践、从一国到多国的过程，今天的中国特色社会主义，已经枝繁叶茂、光彩夺目。

信念，穿越时空，凝聚力量；梦想，改写历史，昭示未来。党的十八大以来，以习近平同志为核心的党中央把舵定向，砥砺奋进：以"抓铁有痕，踏石留印"的决心根治腐败，以"明知山有虎，偏向虎山行"的勇气聚力改革;以"听党指挥，能打胜仗，作风优良"的目标强军兴军；以"小康不小康，关键看老乡"的标尺温暖中国；以"和平合作，互利共赢"的承诺打造人类命运共同体……新世纪最壮阔的改革画卷正雄健铺展，东方大国正豪迈自信地走向世界。

太阳每天都是新的，党的理论也不断创新：从"两个一百年"奋斗目标的提出到"中国梦"的引领，从"五位一体"总体布局到"四个全面"战略布局，从贯彻稳中求进工作总基调到把握经济发展新常态，从新发展理念到坚持以推进供给侧结构性改革为主线，治国理政新理念新思想不断完善，新战略新举措接续落地，马克思主义同中国实际相结合又一次实现了新的飞跃。

理论好不好，实践来说话。党的十八大以来，我国国民生产总值年均增幅超过世界平均水平三倍以上，经济总量高居世界第二，年度新增经济增量已经与美国齐平，年度新增经济总量与美国差距越来越小，成功实现了从低收入国家向中等偏上收入国家的跨越……百年梦想，曾经如此遥远；伟大复兴，今朝触手可及。幸福荡漾在人民的脸上，信心流淌在人民的心间。

梦想在召唤，弄潮铸辉煌。让我们紧密团结在以习近平同志为核心的党中央周围，胸怀伟大复兴的中国梦，不忘初心，继续前进，开启开创新局的伟大远征!

历史终将雄辩地证明：社会主义必然胜利，马克思主义永放光芒！"试看将来的环球，必是赤旗的世界!"

(与胡哲合作，荣获湖南省社会主义"有点潮"理论征文一等奖，刊2018年第2期中宣部主管的《学习活页文选》)

增强“四个意识”，筑牢伟大时代的精神高地

党的十九大报告指出：“必须增强政治意识、大局意识、核心意识、看齐意识，自觉维护党中央权威和集中统一领导，自觉在思想上政治上行动上同党中央保持高度一致。”自2016年1月29日首次提出以来，习总书记多次强调要增强“四个意识”。增强“四个意识”，是以习近平同志为核心的党中央在深刻把握党的执政规律的基础上，全面从严治党、严肃党内政治生活的重大战略举措。人靠思想站立，党靠精神挺立。我们每个党员干部要把“四个意识”内化于心、外化于行，体现在实际行动中，落实到工作各方面，贯穿于党性锻炼全过程，真正筑牢伟大时代的精神高地。

一、遵从马列无不胜，深信前途会伐柯——增强政治意识，就要在高扬旗帜中凝魂聚气

“信笃则不惧行之不力，志坚则不畏事之不成。”我们党作为马克思主义政党，没有坚定的信仰支撑，党的事业兴旺就是空中楼阁。增强政治意识，必须筑牢信仰之基、补足精神之钙、把稳思想之舵，在高扬旗帜中催生干事创业的磅礴力量。

立根铸魂，锻造铁一般政治信仰。“志不立，天下无可成之事。”党成立之初，就郑重地把马克思主义写在自己的旗帜上，并以此为理论依据把共产主义确立为党的最高纲领。共产主义远大理想和中国特色社会主义共同理想，是共产党人的精神支柱和政治灵魂。为什么一个成立时仅有50多个人的政党，在28年以后能夺取全国政权、建立新中国？靠的就是信仰的力量。当今改革面前，意识形态领域波诡云谲，各种思潮鱼龙混杂，各种谣言此起彼伏，能不能锻造铁一般政治信仰，是衡量党员干部是否讲政治的“试金石”。每名党员干部都要自觉把加强党的创新理论武装作为首要任务，认真学习习近平新时代中国特色社会主义思想，不断培植我们的精神家园，炼就“金刚不坏之身”，做到“任凭风浪起，稳坐钓鱼台”。

责重山岳，强化铁一般政治担当。顺境逆境看襟度，大事难事看担当。改革

关头，敢不敢担当、能不能担当，是检验党员干部政治意识强弱的重要标尺。作为落实改革举措的主体力量，党员干部在大事面前要尽好责，对组织交给的任务，敢于叫响“我的岗位无差错，我的工作请放心”，以“如履薄冰、如临深渊”的谨慎负责态度，把每项工作干成精品、干出精彩；在难事面前要敢担责，拿出“知难而上不言难，迎难而上不怕难，排难而上不留难”的铁肩担当，“硬骨头”越硬“险滩”越险，越要以一往无前的党性胆魄、中流击水的勇敢担当、闯关夺隘的干劲拼劲，坚决打赢深化改革这场攻坚战，增进人民福祉。

挺纪在前，严守铁一般政治纪律。“路线是‘王道’，纪律是‘霸道’。”政治纪律是党的纪律中最重要、最根本、最关键的纪律。党的路线方针政策再正确，如果没有铁一般政治纪律作保证，就难以精准有效地贯彻执行。因此，在改革中要善于从政治上观察和处理问题，遇事多想政治要求，办事多想政治规矩，处事多想政治影响，不断强化政治纪律意识。无论改革中遇到矛盾多尖锐、问题多棘手、局面多复杂，都要闻令而动、听令而行，不犹豫不迟疑，不回避不推脱，执行改革举措雷厉风行，落实改革部署掷地有声，坚决维护纪律的严肃性权威性，确保改革顺利推进。

二、老牛亦解韶光贵，不待扬鞭自奋蹄——增强大局意识，就要在站位高远中扛责尽职

纲举而目张，执本则末从。当前的大局就是决胜全面小康社会，夺取新时代中国特色社会主义伟大胜利。在实现民族复兴伟业的征程上，党员干部要讲大局，观大势，谋大事，抢抓机遇，铁肩担责。

立起“撸起袖子加油干”的姿态。“社会主义是干出来的。”撸起袖子加油干，是气更是志，是品质更是行动。“全国优秀县委书记”廖俊波始终把“为民”装在心中，把“务实”迈在脚下，把“清廉”握在手上，苦干实干，创造了“政和速度”“政和质量”，为我们树立了光辉榜样。目前我们已进入改革的攻坚期、深水区，各种深层次的利益关系和矛盾问题不断涌现，积存多年的顽瘴痼疾错综复杂，牵一发而动全身。我们务必以永不懈怠的精神状态和一往无前的奋斗姿态，撸起袖子加油干，自觉把党员的追求和信念大写在自己行动上，融入经济建设中，印入群众心坎里，在细微处走前列、在行动中作表率，勇攀高峰、敢立涛头。

保持“快马加鞭未下鞍”的闯劲。“鲶鱼效应”启示我们，缺乏危机意识等于慢性自杀。干事创业，必须要有快马加鞭、只争朝夕的精神。如何紧跟改革步伐？每名党员干部都要以“等不起”的紧迫感、“慢不得”的危机感、“坐不住”的责任感真抓实干，面对任务勇挑大梁、面对矛盾迎难而上、面对危机挺身而出、面对邪气坚决斗争，大胆思考、大胆实践，敢于创新、勇于创新，真正做到科学谋发展、主动求作为、创新干事业，争当改革的促进派、实干家。

培植“为有牺牲多壮志”的豪情。“要奋斗，就会有牺牲。”毛泽东一生有6位亲人为国捐躯，周恩来1972年被诊断患有膀胱癌后，仍孜孜不倦工作，“鞠躬尽瘁，死而后已”的人格魅力举世敬仰。面对改革大潮和不可避免的利益调整，我们要自觉站在党和人民的立场上，站在决胜全面小康的战略高度看问题思对策谋发展，在大局需要的时候，个人利益服从集体利益，眼前利益服从长远利益，局部利益服务整体利益。只有培植“为有牺牲多壮志”的豪情，才能在复杂形势面前把握正确方向，在大是大非面前立场鲜明，在实现远大理想的征程上坚定前行。

三、雁飞千里靠头雁，船载万斤靠舵人——增强核心意识，就要在铁心向党中坚定追随

万山磅礴必有主峰，龙衮九章但挚一领。一个国家、一个政党，领导核心至关重要，关乎党和国家的前途命运，代表着全国各族人民的根本利益。我们必须对党绝对忠诚，在维护党中央权威、维护党中央和全党的核心上始终坚如磐石。

坚决维护核心地位不动摇。习近平总书记具有高瞻远瞩、运筹帷幄的领袖风范，驾驭全局、敢于担当的雄才伟略，心忧国家、情系人民的高尚情怀，虚怀若谷、以身作则的人格魅力，是我们党的核心、军队统帅和人民领袖。习近平总书记作为党中央的核心、全党的核心是历史的选择、人民的期待。维护核心就是维护中央权威，就是维护党的团结和集中统一，就是对党忠诚的最高表现。必须把维护习近平总书记核心地位作为第一位的政治要求，做到政治上绝对忠诚，思想上坚定追随，情感上真诚拥戴，行动上紧紧跟上。

坚决捍卫中央权威不含糊。党政军民学，东西南北中，党是领导一切的。党中央权威，必须依靠民主集中制、依靠党的各个组织和全体党员来维护。每个党的组织、每名党员干部，都必须在政治立场、政治方向、政治原则、政治道路上同党中央保持高度一致，始终以党的旗帜为旗帜、以党的方向为方向、以党的意志为意志，忠实履行党和人民赋予的神圣职责，把维护党中央权威作为严肃的政治纪律，坚决防止和反对个人主义、分散主义、自由主义、本位主义，坚决防止和反对宗派主义、圈子文化、码头文化，坚决反对搞两面派、做两面人，做党中央权威的坚定捍卫者。

坚决确保政令畅通不走样。“令之不行，政之不立。”政令畅通是我们党治国理政的基本保证。党的理论和路线方针政策，集中了全党智慧，代表着全国各族人民的根本利益，是我们统一思想、开展工作、推动发展的根本遵循。确保党中央政令畅通、令行禁止，是各级党组织的重大政治责任。中央的指示就是工作方向，中央的要求就是工作任务。无论权力大小，无论职务高低，都必须以贯彻党

中央决策部署为前提，做到党中央提倡的坚决响应、党中央决定的坚决执行、党中央禁止的坚决不做，确保中央决策部署落地生根、开花结果。

四、一切行动听指挥，步调一致得胜利——增强看齐意识，就要在团结一心中迸发活力

“群力谁能御，齐心石可穿。”经常喊看齐、形成铁的团结，是马克思主义建党的一条基本原则，凝结着我党发展强大的规律和经验。今天，面对严峻复杂的形势、艰巨繁重的任务，更需自觉看齐、坚定看齐、善于看齐。

心无旁骛向中央看齐。在党的七大预备会议上，毛泽东同志有一句非常形象生动的话：“要知道，一个队伍常常是不大整齐的，所以就要常常喊看齐，向左看齐，向右看齐，向中间看齐，我们要向中央基准看齐，向大会基准看齐。”全党向中央看齐，保持高度团结和集中统一，是我们党的光荣传统和独特优势。党的十八大以来，以习近平同志为核心的党中央，坚持从自身抓起、从自身严起、从自身做起，“八项规定”发力生威，整治“四风”刮骨疗毒，“三严三实”踏石留印，在全党产生了强大的示范效应，增强了“看齐”的说服力公信力。我们要学总书记讲话、讲总书记故事，向总书记看齐，增强对以习近平同志为核心的党中央的高度信赖和真诚拥戴。

精准对表向党章看齐。党章是全党必须遵循的总章程和总规矩。向党章看齐，就要真学知向，既领会党的思想纲领又深悟党的经验积累，既熟用基本原理又铭记实践要求，既清楚基本内容又掌握工作方法，不断汲取前行力量、坚固信仰初心；就要笃行知责，自觉以党章为准绳，增强角色意识、找准角色定位、恪守角色界线，特别是面对大是大非敢于亮出党员旗帜，面对风浪考验勇于立起党员标杆，面对腐蚀诱惑自觉回归党员本真，真正把爱党、忧党、兴党、护党扛在肩上，抓在手上；就要常省知进，时时事事处处把党章当作镜子照一照、当作尺子量一量，“红红脸、出出汗、洗洗澡、治治病”，保持思想纯洁、内心纯净、行为纯正，做党章的忠实践行者。

立足岗位向榜样看齐。伟大时代呼唤伟大精神，崇高事业需要榜样引领。我们所处的时代是英雄辈出的时代，相比战争年代黄继光、董存瑞等革命英烈，和平时期我们有雷锋、焦裕禄等先进典型，当代则有孔繁森、吴大观等时代先锋。榜样是“看得见的哲理”、时代的精神标杆。他们为我们提供了生命可以企及的高度，无不是可亲可敬、可信可学的人生楷模。“启事在教诲，成事在榜样。”立足岗位向榜样看齐，远学英雄模范，近学身边典型，我们就能抗拒平庸，激励自己奋发进取，让人生梦想流光溢彩，就能在全社会形成百舸争流、千帆竞发的生动局面。

（荣获2018年湖南省“三个天天”理论征文一等奖）

抓实党建促攻坚

让贫困人口和贫困地区同全国一道进入全面小康社会是我们党的庄严承诺。要完成这个重大政治任务，必须把基层党建活力转化为脱贫攻坚动力，为打赢打好脱贫攻坚战提供坚强的组织保障。

那么如何抓实党建引领脱贫攻坚呢？经过近段时间走访调研，笔者感到须从五个方面下功夫：

一、群雁高飞头雁领，船载千斤靠舵人——必须充分发挥党支部书记在脱贫攻坚中的头雁作用

党的十九大报告指出，要加强基层党组织带头人队伍建设。实践表明，村级党组织书记能否发挥头雁作用，不仅对村级党组织自身建设至关重要，也对贫困地区能否打赢脱贫攻坚战至关重要。只有把村支部书记的头雁作用充分发挥出来，才能带动党员群众以奋发有为的精神状态投入脱贫攻坚主战场。一要坚持选准配强。在村党组织换届选举工作中，要紧扣“依法依规”这一核心，注重将讲政治、精党务、群众工作里手、基层经验丰富的青年党员选拔出来，始终坚持公开公平公正原则，让选举在阳光下运行，确保选出的书记个人素质过硬、群众真心拥护、组织满意放心。二要加强教育培训。采取集中轮训、以会代训、岗位帮带、个别谈心等举措，提高他们的思想政治素质，牢固树立全心全意为人民服务的宗旨意识，始终把群众的大事小事放在眼里，把百姓的安危冷暖挂在心上。同时提升他们的生产专业技能和现代市场认知，让他们有一技之长、有立足之本、有兴业之能，增强团结带领群众脱贫致富的底气和后劲，真正懂农业、爱农村、爱农民。三要健全激励机制。及时落实村级党组织书记工作报酬，重视对优秀村级党组织书记的提拔任用，鼓励年轻优秀的村级党组织书记参加公务员招考，大力宣传表彰优秀村级党组织书记的先进事迹，让吃苦者吃香、受累者受益、实干者实惠，有效激发其干事创业的积极性主动性。

二、一个支部一堡垒，一个小组一阵地——必须充分发挥基层组织在脱贫攻坚中的堡垒作用

按照“五化”建设要求，建设好村级综合服务平台，使其真正成为党员干部的政治活动中心、便民利民的代办服务中心、群众业余生活的文化活动中心，确保组织运转有保障。积极探索行之有效的办法，制定乡村发展规划，通过发展扶贫产业、巩固扩大公益项目、富余土地流转等模式，增加村集体经济收入，确保贫困村集体经济收入全部达标。充分发挥党小组作用，依据个人特长将党员纳入政策宣传、产业指导、纠纷调解等小组，用其所长，让党小组成为党员发挥作用的阵地。建立和完善党员教育制度化、常态化机制，认真落实“三会一课”、民主生活会、组织生活会、民主评议党员等基本制度，积极探索有生机活力的党员活动载体。扩大党的基层民主，推进党务村务财务公开，畅通党员群众参与党内活动、村级事务的渠道，扩大党员群众知情权、参与权，形成一级带着一级干、一级做给一级看的工作运行机制。

三、一名党员一面旗，誓为党旗添光彩——必须充分发挥基层党员在脱贫攻坚中的模范作用

组织广大党员学习党章、学习习近平新时代中国特色社会主义思想，使全体党员进一步坚定理想信念，补足精神之钙。探索搭建更多平台载体，引导党员立足岗位、履职尽责，在脱贫攻坚中当标兵、做模范。全面调查摸底，建立农村致富带头人台账，依据产业类型，进行分类编组，加强培训、定期交流、适时参观、开阔眼界，让想致富人有门路，能致富人有项目，努力把致富带头人培养成党员、把党员培养成致富带头人。加强党员的教育培训，持续提高党组织负责人、党务工作者、普通党员的思想意识和行动自觉。

四、筑巢引凤栖，花开蝶自来——必须充分发挥各类人才在脱贫攻坚中的支撑作用

按照党管人才要求，大兴识才、爱才、敬才、聚才、用才之风，在脱贫攻坚中引进人才，在乡村振兴中培育人才。以乡情、亲情、友情为纽带，通过组织返乡创业恳谈会，广泛开展“迎老乡，回故乡、建家乡”活动，联系在外创业的优秀乡村人才，传递组织关爱，介绍本地优势，鼓励他们回村发展、反哺家乡，助力脱贫攻坚。针对部分乡村人才有经济实力、管理经验、市场人脉和家乡情结，但缺项目、缺资源、缺支持的问题，采取“支部+乡村人才”“乡村人才+公司”“乡村人才+合作社”等模式，在政策、土地、奖补等方面给予重点扶持，为乡村人才创业提供平台。对乡村农业科技、创业等各类人才，制定梯次培养计划和激励机制，开展分级分类管理和精准培养，打造懂技术、会经营、善管理、素质高的新型职业农民成长平台。

五、点亮一盏灯，照亮一大片——必须充分发挥先进典型在脱贫攻坚中的示范作用

先进典型是有形的正能量，也是鲜活的价值观。实践证明，手中有典型，工作就有标准，事业就会有突破。这要求我们善于发现典型、培育典型、宣传典型，让典型成为扶贫战线的旗帜。在脱贫攻坚的伟大实践中，涌现出了许许多多可歌可泣的先进典型，有的舍小家、为大家，有的不畏难、勇向前，有的善创新、闯新路……平凡人也有许多感动，我们要充分运用广播、电视、两微一端多媒体开展立体式宣传推介，定期发布脱贫攻坚先进典型事迹，用身边的人物故事教育感染群众。定期开展先进事迹报告会、优秀人物表彰会、组织报告团巡回演讲，让典型成为香饽饽，从而营造学习先进、崇尚先进、争当先进、赶超先进的浓厚氛围，进一步激发全社会奋力拼搏、攻坚克难的热情，确保决战决胜脱贫攻坚任务的圆满完成。

发展扶贫产业初探

为打赢脱贫攻坚战，确保如期脱贫摘帽，各地竞相发展扶贫产业，到处都是热火朝天、大干快上的实干场面。然而近期笔者到基层调研，感到扶贫产业发展中存在诸多问题：

一是工作思路不清。实施产业扶贫、培育特色产业是一项长期而艰巨的任务，而当下为完成脱贫摘帽任务，有的一哄而上，表面热热闹闹，实则急功近利，不仅群众寒心，国家资金也打了水漂；有的甚至盲目引进项目，造成产业产品雷同，大路普通农产品过剩，没有地域优势点，没有市场竞争力，市场风险大，丰产不丰收。

二是帮扶措施不力。传统种养业投入与产出效益低下，必须发展壮大优势、特色产业，提高产业组织化程度，才能带领贫困户实现稳定脱贫。但农业产业大多投入大、培管难、周期长、见效慢，部分干部求稳怕担风险、求平不敢创新，不愿下苦功、用真功，而乐意给钱给物，完成指标任务。产业扶贫离不开各级干部的强劲推动，干部帮扶不力，群众自然参与度不高。

三是市场带动不强。一方面有的企业带着产业和市场，找不到劳动力和土地资源；另一方面贫困户拥有劳动力和土地资源，却找不到市场和适合的产业项目。两者之间缺乏对接的有效平台，“企业需要发展”与“贫困户发展什么”无法链接。

四是内生动力不足。贫困户普遍文化程度偏低，缺乏一定的劳动技能，自身发展动力不足，部分贫困户等、靠、要思想严重，发展产业积极性不高，甚至存在“要懒懒到底，政府来兜底”的不良思想。

发展产业是实现脱贫的根本之策。产业扶贫是通过产业的培育、发展和壮大，来带动贫困群众实现脱贫致富的有效方法和根本途径，是打赢脱贫攻坚战的关键和核心。如何发展扶贫产业，让其成为脱贫致富的强力支撑呢？笔者认为应从以下五个方面下功夫：

一、提高政治站位，全面压实责任

产业扶贫最主要的目的在于变“输血”式扶贫为“造血”式扶贫，增强贫困地区内生发展动力，提高贫困人口的自主脱贫能力，促进贫困人口增收，实现稳定脱贫。从这个意义上讲，产业扶贫是解决贫困人口生存和发展的根本手段，也是拔掉“穷根”、实现稳定脱贫的必由之路，其涉及对象最广，涵盖面最大，受益人最多，发挥效益最久，在脱贫攻坚战中居于主导地位。为此，要提升政治站位，充分认识产业扶贫的极端重要性，夯实主体责任，把产业扶贫作为刚性任务来抓，贯穿于脱贫攻坚全程，久久为功，善做善成。同时，要动员社会力量参与产业扶贫，彰显社会责任，实现人生价值。

二、编制产业规划，夯实发展基础

发展产业，规划是基础。只有通过确定发展项目、规划发展路径，才能有效指导基层和社会力量参与产业扶贫。这就要求依托县主导产业、特色产业，结合乡镇实际，坚持“因地制宜、因户施策、长短结合”的原则，科学编制产业扶贫规划，整合技术、信息、资本、土地、劳动等要素，发挥各自优势，健全利益联结机制，促进良性发展。同时注重一、二、三产业融合发展，做到村村有产业、户户有项目、人人有活干，实现产业规划与贫困户产业发展的有效对接，从而增强产业发展的规模效应、品牌效益，提高市场竞争力。

三、创新扶贫方式，提升脱贫质量

一要创新发展模式。按照“四跟四走”发展思路，采取“公司+合作社+农户”模式，推动“三金链接”，即土地流转有租金，就近务工有薪金，保底分红有股金。同时，还可采取“合作社+基地+农户”“产业大户+农户”等模式，把贫困户紧紧联结在产业发展链上，帮助他们实现稳定脱贫。

二要长短产业结合。每个贫困村、每户贫困户都要确定1—2个长短产业。短效产业能保证贫困户在短期内增加收入，增强脱贫信心；长效产业是贫困户实现稳定增收、稳定脱贫的保障。在产业发展中，要发挥优势和特色，大力发展无公害、绿色、有机、名优农产品，增强抵御市场风险的能力；要一、二、三产业相融合，延长产业链条，放大产业辐射带动作用；要以企业为龙头，走市场化、品牌化发展之路。

三要增强发展能力。扶贫先扶志，脱贫靠自己。要因地、因人、因事采取务实管用的方式加强贫困人口的技能培训，增强其自我发展能力。善于做好耐心细致的思想引导工作，使部分因懒致贫户克服“等、靠、要”思想，以自食其力实现脱贫。

四要拓展脱贫路径。在搞好产业扶贫的同时，积极推行乡村旅游扶贫、电商扶贫、消费扶贫、创业就业扶贫等，降低致富风险，实现贫困户多元化增收。

四、强化政策保障，激发社会活力

产业扶贫是系统工程，涉及政府、各类经营主体、贫困户，要把零散贫困户同各类新型组织结合起来，政策保障是各层面有机结合的最大支撑。资金是产业发展的“血液”，没有资金保障，产业发展只能零敲碎打，产业扶贫就是一句空话。因此，要加大政策扶贫支持力度，整合涉农资金，激活金融资金，制定产业扶贫奖励办法，多方破解资金难题，为产业扶贫注入强劲动力，充分调动贫困户、合作社发展产业的积极性。

五、完善扶贫机制，推动措施落实

紧紧抓住“干部力量、政策力量、市场力量”这三大关键因素，狠抓产业扶贫措施落地。

一要强化干部推动。按照干部向扶贫一线集中、重心向扶贫一线倾斜、平台在扶贫一线搭建的要求，建立有效的工作机制，促进产业扶贫政策落地见效。

二要实施政策驱动。建立市场主体享受政府资源与承担脱贫责任挂钩机制，按照“多承担多支持，少承担少支持”原则，以脱贫人数多少和带动力大小给予相应政策支持。

三要坚持市场带动。通过实施一个支部一座堡垒、一名党员一面旗帜、一项产业一条路子、一套机制一项保障等举措，推进产业发展。同时，要建立市场主体参与产业扶贫工作联席会议制度，建立市场主体产业项目名录和有条件实施产业脱贫的贫困户数据库，搭建产业精准扶贫服务对接平台，实现市场主体与贫困户的有效对接，切实解决“企业需要发展”与“贫困户发展什么”的矛盾，从而实现互利共赢、良性发展。

功成不必在我，功成必定有我

——致脱贫攻坚战线的自己和战友

为打赢脱贫攻坚战，党中央作出系列重要决策部署，出台一揽子配套政策制度。作为驻村帮扶的我们，是新时代全面建成小康社会的亲历者、实践乡村振兴战略的先行者、农业强农民富农村美的贡献者，我们要对自己的事业发展充满信心，用责任扛起使命、履职尽责，用实力、实干、实绩证明自己，回报社会。

要不忘本色。驻村帮扶人员的第一身份是共产党员、人民公仆，工作岗位在农村，工作环境是山沟，工作对象为农民，必须始终坚持全心全意为人民服务的宗旨本色。要站稳政治立场，积极学习贯彻习近平新时代中国特色社会主义思想特别是习近平扶贫开发思想，立起旗帜引领，不断增强“四个意识”、坚定“四个自信”、做到“两个维护”。要严守政治纪律，自觉强化号令意识、服从意识，自觉强化政治责任，不折不扣贯彻落实好中央精神，把全面从严治党要求贯穿脱贫攻坚工作全过程和各环节，不放松、不停顿、不懈怠，确保帮扶工作扎实、脱贫结果真实。要强化政治定力，自觉抵制错误思潮和不良风气影响，不说三道四，不信谣传谣，不犯政治上的自由主义，特别要坚守主阵地、弘扬主旋律、唱响正气歌、汇聚正能量。

要练强本领。扶贫是事业，更需专业。要优化知识结构，突出加强市场经济、基层党建、信息技术等方面知识学习，不断更新知识体系，提高履职本领。要提升核心能力，加强扶贫政策法规的学习，准确掌握脱贫攻坚方针政策，不断深化对扶贫领域出现的前沿纵深问题、现实紧迫问题、瓶颈短板问题思考研究，拓展视野思维、提高业务技能，争取成为扶贫领域的行家里手，真正懂扶贫、会帮扶。

要忠实履职。行百里者半九十。当前脱贫攻坚已进入攻城拔寨、啃硬骨头的关键时期，对履职尽责提出了更高标准和要求。事实证明，哪里有强烈的责任担当，哪里就有生动的脱贫实践。要聚力中心，围绕“一超过两不愁三保障”

脱贫标准聚力攻坚，扎实做好指导、监督、协调等各项工作。要强化服务，客观上驻村帮村环境艰苦、生活清苦、工作辛苦，经常性、基础性工作繁杂，要求我们既有“功成不必在我”的境界，又有“功成必定有我”的担当，扎实、务实、笃实，勤干、苦干、狠干。要勇挑重担，在走村入户、制定规划、推进产业、志智双扶等任务中敢于挑大梁、唱主角，在任务活动中不断历练自己、提高自己、展示自己。

要挺纪在前。远离机关，作风纪律不能散；身处山沟，自我要求必须严。要强化表率意识。践行驻村帮扶职责，坚持帮建重在帮心、扶贫要在扶业，调查研究到农户、解决问题到一线、督促检查到现场，努力做农民致富、乡村振兴、乡风文明的引路人。要严格自我管理。越是艰难的工作，越需要踏实的作风。从日常生活、群众纪律、工程管理等点滴做起，从仪容仪表、礼节礼貌等小节严起，从纯洁“三圈”、净化“两外”等日常紧起，立起防线、筑牢底线。要弘扬传统美德。待人以宽，责己以严；感恩知足，包容大度；宁静致远，淡泊明志，保持良好精神风貌。

“打赢脱贫攻坚战，中华民族千百年来存在的绝对贫困问题，将在我们这一代人的手里历史性地得到解决。这是我们人生之大幸。”肩负脱贫攻坚的重任，只要撸起袖子干，挥洒汗水拚，我们不仅能战胜贫困，也将在这项对中华民族、对整个人类都意义重大的事业中，标注我们这一代人的奋斗和担当。

让崇军尚武成为社会自觉

北宋“重文轻武”造成军队羸弱，最终导致“靖康之耻”。清朝武备废弛屡遭列强欺凌，中华民族自此百年沉沦。“国无防不立，民无兵不安。”惨痛的历史警醒我们，没有强大的国防就没有国家的繁荣昌盛。党的十九大报告指出，“我们的军队是人民军队，我们的国防是全民国防”。推进新时代党的强军事业，必须增强全民国防观念，让崇军尚武、爱军报国成为引领价值取向的时代追求。

*国防教育是基础，要全民化。*国防教育是增强民族凝聚力、提高全民素质的重要途径，是建设巩固国防和强大军队的基础性工程，是助力强军兴国和民族复兴的战略之举。然而，人民英雄和文化经典屡屡被恶搞的现实表明：长期的和平环境让部分民众淡忘了居安思危的古训，多元的社会思潮冲淡了主流价值的引领，市场经济的发展削弱了优良传统的感召，加强全民国防教育迫在眉睫。要优化国防教育内容，以弘扬爱党爱国爱军爱社会主义为核心，做好顶层设计，科学设置专题内容，统一编写教材提纲，将国防课程融入社会教育课程体系。要定期举办国防讲座，从小学到大学、从党政机关到街道社区、从城市到农村，做到人员全部覆盖，内容紧贴时代，既有全球风云热点，也有改革强军焦点；既有大视野下的安全利益，也有生活中的国防话题。要创新教育方法手段，发挥报刊、电视、网络等大众传媒的舆论导向作用，唱响爱国拥军、爱民奉献的主旋律；定期组织征文比赛、知识竞赛、文艺下乡等活动，让国防知识走进大众视野；充分挖潜红色资源功能，“让沉睡的历史苏醒”，“让无言的墓碑说话”，生动开展我党我军优良传统教育，助推形成“爱我人民爱我军，同心共筑中国梦”的浓厚氛围。要健全教育工作机制，按照责权一致、精干管用、军地合署办公的原则，成立县级以上国防教育工作机构，夯实开展国防教育的组织基础；完善国防教育考评体系，探索将国防教育纳入领导干部绩效考评范畴；规范引导社会力量依法建立国防教育协会、国防教育基金会等组织，走开政府和社会相结合拓宽国防教育渠道的方法路子。要重点关注青年群体，“青年兴则国家兴，青年强则国家强”，青年是从军报国的主体力量，也是国防教育

的主要对象。要充分运用新媒体打造他们乐于参与、易于接受的全新阵地，激发其“只解沙场为国死，何须马革裹尸还”的报国豪情。

尊崇军人是核心，需社会化。拿破仑说过：“如果一个国家的军人还不如商人受人敬仰，那么这个国家离亡国就不远了。”尊崇军人，从来都不仅是部队和党政机关的事，它是由国家、社会、家庭、个人共同构筑的“精神长城”。一要完善军人待遇保障体系。物质需求是调动军人积极性、主动性和创造性的基本要素。结合国家和军队深化改革，进一步健全军人福利工资制度，深化医疗、住房和保险制度，建立军人及其家人福利保障体系等，大幅提升军人职业的比较优势。二要尽快组建退役军人管理保障机构。发挥退役军人管理保障机构作用，出台退役军人优惠系列政策，满腔热情地解决好退役军人的“后路、后院、后代”问题，维护好他们的合法权益，增强退役军人的归属感、荣誉感。三要大力推进军人荣誉体系建设。军人为国家和社会提供安全屏障，理应获得崇高的社会地位和相应的荣誉奖励。参照《宪法》和《国防法》等，整合现行的各种荣誉制度，规范奖励标准和项目，强化政策执行力，确保军人荣誉制度按法律化、系统化、程序化推进，培养有灵魂、有本事、有血性、有品德的新时代革命军人。四要加大社会褒扬力度。利用抗战胜利纪念日、国家公祭日等节点广泛开展群众性纪念活动，大力营造崇尚英雄、崇军尚武的精神和品德，大力营造“一人当兵、全家光荣”的浓厚氛围，确保爱我国防真正成为全民认同的主流意识，确保尊崇军人真正成为全社会的自觉行动。

双拥工作是传统，应时代化。拥军优属、拥政爱民，是我们党领导军民在血与火的考验中形成的优良传统。“军民团结如一人，试看天下谁能敌”，永远是颠扑不破的真理。我们要适应新体制新任务，聚焦能打仗、打胜仗，强化双拥传统传承，不断实现双拥工作创新。第一，理念要更新。牢固确立国防建设和经济建设协调发展的理念，以情双拥与依法双拥相结合的理念，政府主导、部门协作、社会参与的理念，讲求质量、注重效益的理念，逐步实现双拥工作向深层次、多领域方面推进。第二，内容要拓展。坚持用中国梦强军梦凝聚军心民心，弘扬和培育民族精神，不断固牢广大军民团结拼搏、携手奋进的思想政治基础。坚持践行我军全心全意为人民服务的根本宗旨，时刻把人民群众放在心上，在完成战备训练任务的前提下，积极投身精准扶贫、脱贫攻坚战役，主动支援国家重点工程和乡村振兴建设，深入开展生态环境保护和蓝天保卫战，勇于承担急难险重任务，以实际行动为民造福兴利等。第三，政策要跟进。围绕适应国家和军队改革进程，强化双拥政策法规主导作用，加强对现行政策法规的调研，及时调整完善配套制度措施，同时强化法治思维，严格依法办事，增强双拥工作的执行力、感染力和生命力，不断开创双拥工作新局面。

（刊 2018 年 4 月 12 日《中国国防报》）

不忘初心踏征程　牢记使命续新篇

——学习党的十九大报告的几点感悟

知其所来，识其所在，明其将往。党的十九大报告举旗定向、高瞻远瞩、思想深邃、大气磅礴，是指导当前和今后相当长时期党和国家事业发展的政治宣言和行动纲领，是一篇充满当代中国共产党人超凡政治智慧和强烈历史担当的马克思主义纲领性文献，具有划时代的理论意义和实践意义。

一、确立新思想——高扬伟大旗帜，彰显主义理想的强大活力

伟大事业，需要旗帜引领；伟大征程，需要主义导航。党的十九大报告，开宗明义强调要高举中国特色社会主义伟大旗帜，浓墨重彩阐释了习近平新时代中国特色社会主义思想，这是3万多字报告的灵魂。

党的十八大以来，习近平总书记反复强调理论思维对治国理政的支撑作用，指出“我们党之所以能够历经考验磨难无往而不胜，关键就在于不断进行实践创新和理论创新”。围绕回答新时代坚持和发展什么样的中国特色社会主义、怎样坚持和发展中国特色社会主义这个重大时代课题，以习近平同志为核心的党中央始终高举中国特色社会主义伟大旗帜，不断艰辛探索，取得重大理论创新成果——习近平新时代中国特色社会主义思想，这是过去5年最具深远意义的成就，也是党的十九大报告的最大亮点。

伟大时代呼唤创新理论，创新理论引领伟大实践。面对世界经济复苏乏力、局部冲突和动荡频发、全球性问题加剧的外部环境，面对我国经济发展进入新常态等一系列深刻变化，我们党掌舵领航，砥砺奋进，推出一系列重大战略举措，出台一系列重大方针政策，推进一系列重大工作，明确坚持和发展中国特色社会主义总任务，明确“五位一体”总体布局和“四个全面”战略布局，明确全面深化改革总目标，明确中国特色大国外交要推动构建新型国际关系……解决了许多长期想解决而没有解决的难题，办成了许多过去想办而没有办成的大事，取得历史性成就，彰显了中国特色社会主义的强大生机活力，让西方惊叹“风景这边独好”。“八个明确”“十四个坚持”等构成了系统完备、逻辑严密、内在统一的科学体系。正因为有“理论的支撑”，我们党才能带领人民在迅速变化的时代中赢得主动，在新的伟大斗争中赢得胜利，让中国特色社会主义走进新时代。

唯有与时俱进，方显理论伟力。历史昭示我们，马克思主义只有与本国国情相结合、与时代发展同进步、与人民群众共命运，才能焕发出强大生命力创造力感召力。习近平新时代中国特色社会主义思想，正是顺应时代发展、实践要求和人民期待而提出的，是马克思列宁主义同中国实际相结合的又一次历史性飞跃，是与时俱进的当代马克思主义。

二、迈进新时代——标定历史方位，踏上征程再启的崭新起点

历史画卷，总在奋力拼搏中舒展；时代华章，总在砥砺前行中续篇。习近平总书记在党的十九大报告中庄严宣告：“经过长期努力，中国特色社会主义进入了新时代，这是我国发展新的历史方位。”这一重大政治论断，清晰标定了党和国家事业所处的时代坐标。

正确认识我国社会所处历史方位，准确把握我国社会主要矛盾，是建设中国特色社会主义至关重要的问题。中国特色社会主义进入新时代，意味着近代以来久经磨难的中华民族迎来了从站起来、富起来到强起来的伟大飞跃，迎来了实现中华民族伟大复兴的光明前景；意味着科学社会主义在二十一世纪的中国焕发出强大生机活力，在世界上高高举起了中国特色社会主义伟大旗帜；意味着中国特色社会主义道路、理论、制度、文化不断发展，拓展了发展中国家走向现代化的途径，给世界上那些既希望加快发展又希望保持自身独立性的国家和民族提供了全新选择，为解决人类问题贡献了中国智慧和中国方案。这“三个意味着”，分别从中华民族发展史、世界社会主义发展史和人类社会发展史的维度，深刻揭示了中国特色社会主义不断开辟发展新境界的历史意义、时代意义和世界意义，为我们坚定中国特色社会主义道路自信、理论自信、制度自信、文化自信注入强劲动力。

迈进新时代，强起来的飞跃令人振奋；站立新起点，民族复兴的前景令人期待。但报告强调，我国仍处于并将长期处于社会主义初级阶段的基本国情没有变，我国是世界最大发展中国家的国际地位没有变，需要牢牢坚持党的基本路线这个党和国家的生命线、人民的幸福线。唯有如此，理论的光辉才能如灯塔般光照我们从新时代驶向伟大复兴的彼岸。

三、描绘新目标——擘画宏伟蓝图，明晰开新图强的进军图谱

根据发展阶段制定发展战略，一届接着一届办、一代接着一代干，是我们党治国理政的重要经验。从上世纪五六十年代提出“两步走”战略，到改革开放后提出“三步走”、新“三步走”等战略，有力引领着国家现代化的发展进程。

思深方益远，谋定而后动。党的十九大，确定从2020年到本世纪中叶的30年分两个15年安排，明确每个阶段所要实现的发展目标，与时俱进擘画了我国社会主义现代化建设的时间表、路线图。从“基本实现现代化”的奋斗目标将提前15年实现，到第二个百年奋斗目标从“建成社会主义现代化国家”调整为“建成社会主义现代化强国”，从将“美丽”纳入社会主义现代化建设的重要内涵，成为衡量社会主义现代化强国的重要维度，这些新谋划新部署，彰显我们党与时俱进的政治品格，体现我们党对社会主义建设规律认识的深化。

目标引领发展，蓝图催人奋进。党的十九大的战略安排，既是一个历史的奋斗过程，又是一个复杂的系统工程；既具有旺盛激励性，又具有强大感召力。我们要积极响应习总书记号召，保持战略定力和耐力，一锤接着一锤敲，一张蓝图绘到底，一件事情接着一件事情办，一年接着一年干，锲而不舍，勇攀高峰。

四、宣示新使命——始终铭记初心，汇聚民族复兴的磅礴伟力

党的十九大报告指出，中国共产党人的初心和使命，就是为中国人民谋幸福，为中华民族谋复兴。这个初心和使命是激励中国共产党人不断前进的根本动力。

心中有信仰，脚下有力量。穿越历史烟云，我们党为人民谋幸福、为民族谋复兴的初心和使命始终不变，信仰的力量熠熠生辉。在革命、建设和改革的伟大进程中，我们党团结带领人民完成新民主主义革命，建立新中国；完成社会主义革命，确立社会主义基本制度；进行改革开放新的伟大革命，坚持和发展中国特色社会主义，取得历史性成就，实现了从站起来、富起来到强起来的伟大飞跃。

使命呼唤担当，梦想引领未来。报告指出，党要团结带领人民进行伟大斗争、推进伟大事业、实现伟大梦想，必须毫不动摇坚持和完善党的领导，毫不动摇把党建设得更加坚强有力。从上海石库门出发，在96年波澜壮阔的历史进程中，无论是弱小还是强大，无论是顺境还是逆境，我们党都初心不改、矢志不渝。今天，我们比历史上任何时期都更接近实现中华民族伟大复兴的目标，但“中华民族伟大复兴，绝不是轻轻松松、敲锣打鼓就能实现的”，全党必须准备付出更为艰巨、更为艰苦的努力。打铁必须自身硬，长征路上强者胜。始终高举旗帜、铁心向党，始终不忘初心、牢记使命，始终同人民想在一起、干在一起，向着中国人民的伟大梦想进发，是时代赋予我们这一代共产党人义不容辞的历史责任。

号角催征，责重如山。让我们紧密团结在以习近平同志为核心的党中央周围，胸怀伟大复兴的中国梦，不忘初心，继续前进，开启开创新局的伟大远征！

（刊2017年11月8日湖南红网论道湖南频道、2017年第11期《机关党建》）

坚守共产党人的精神高地

坚守高地，就能“一夫当关，万夫莫开”；坚守精神高地，则“胸有丘壑，腹有乾坤”。人靠思想站立，党靠精神挺立。作为党员干部，坚守精神高地，就要筑牢信仰之基、补足精神之钙、把稳思想之舵，在高扬旗帜中催生干事创业的磅礴力量。

*在学深悟透创新理论中立根铸魂。*崇高的信仰、坚定的信念，不是从天上掉下来的，也不可能自然而然产生。坚守精神高地，理论是坚实支撑。习主席强调，要练就“金刚不坏之身”，必须用科学理论武装头脑，深扎理论之根，补足精神之钙。*首先要带着感情学。*毛泽东同志指出，理论学习问题，从根本上说是一个感情问题。雷锋之所以学理论有钉子般的精神，是源于他对理论的热爱到了痴迷程度，他的挎包里总少不了三样东西：理论书籍、本子和笔。作为党员干部，就要有雷锋的“痴迷”，舍得在理论学习上下真功，即使是“衣带渐宽”也“终不悔”，即使“人憔悴”也心甘情愿。*其次要带着任务学。*就要是把上级规定内容学深悟透、融会贯通，做到：学好基本的，包括马克思主义基本原理、历代领导人重要论述等；紧跟创新的，抓好中国特色社会主义理论体系、党的路线方针政策、习主席系列重要讲话精神的学习；拓展相关的，积极学习经济、政治、文化、法律等方面的内容，改善知识结构，夯实理论底蕴。*再次要带着问题学。*学贵知行合一、解决问题。作为党员干部，就要以理论清醒和政治自觉，深挖行为之垢的思想病根，全面清除沉疴积弊的流毒影响，旗帜鲜明地坚持真理，在严守政治纪律和政治规矩上笃定不移，在打好意识形态领域斗争主动仗上敢于亮剑，把忠诚信仰镌刻在深化改革的考场上，把看齐追随体现在决胜小康的伟大实践中。

*在品读党史寻根追思中感悟崇高。*习主席指出，“对我们共产党人来说，中国革命历史是最好的营养剂”。坚守精神高地，历史是优质食粮。翻开党的历史，无疑是打开一座巨大的精神宝藏，每一个光辉的名字都是一座精神丰碑，

每一个红色的故事都是一个不朽传奇：二万五千里长征，红军爬雪山，过草地，平均每行进一公里，就有三四名战士献出宝贵的生命，然而更多的共产党人前赴后继，一次次从绝境中挺直脊梁，走向胜利；一个共产党的高官被俘后，敌人却从身上搜不出一个铜板，留给后人的却是一部《清贫》；埋骨雨花台的烈士，74%受过高等教育；葬身渣滓洞的英灵，70%出身富裕家庭……这些信仰的殉道者，谱写了时代的慷慨悲歌，铸造了民族的血脉精魂。“石在，火种是不会绝的。”品读党的历史，追忆红色岁月，有助于深化对党的正确认识，有助于加深对党的情感认同，有助于增强党性修养，从而铁心跟党走，永远向前进。

在立足本职建功立业中强化担当。“干部就要有担当，有多大担当才能干多大事业，尽多大责任才会有多大成就。”坚守精神高地，担当是形象彰显。为官避事平生耻。强化担当，就要立起“撸起袖子加油干”的姿态，始终昂扬向上，自觉把党员的追求和信念大写在自己行动上，融入经济建设中，印入群众心坎里，在细微处走前列、在行动中作表率，勇攀高峰、敢立涛头；就要保持“快马加鞭未下鞍”的闯劲，以“等不起”的紧迫感、“慢不得”的危机感、“坐不住”的责任感真抓实干，面对任务勇挑大梁、面对矛盾迎难而上、面对危机挺身而出、面对邪气坚决斗争，科学谋发展、主动求作为；就要培植“为有牺牲多壮志”的豪情，坚定站在党和人民的立场上，顾全大局，不怕牺牲，无私奉献，自觉做到个人利益服从集体利益，眼前利益服从长远利益，局部利益服务整体利益，在实现远大理想的征程上坚定前行。

*在敬畏法度挺纪在前中固守底线。*没有铁规矩，不能成方圆。坚守精神高地，纪律是铜墙铁壁。党纪国法是一种准则、一种约束、一种底线。从陆续公布的官员忏悔录中，一些人腐化变质，往往是从违反纪律、破坏规矩开始的。无数带血含泪的教训警示我们：心中无党纪、眼里无国法，必然“踩雷”“触电”，一步步滑向腐败堕落的深渊。作为共产党人，就要增强法规意识，对政策法规做到熟知熟记，吃透精神，准确掌握，知道“雷区”在哪里，“高压线”在何方；就要心存敬畏，“不越雷池一步”，把纪律规矩挺在前面，坚守政治底线、履职底线、为官底线；就要手握戒尺，善于运用法治思维和法治方式解决问题，让权力在制度的框架内运行，自觉给权力涂上“防腐剂”，戴上“紧箍咒”，不为诱惑所扰，不为“围猎”所困，真正做到做人不妄为，用权不任性，清白为官，干净干事，让组织放心，让人民满意。

（刊 2017 年 6 月 4 日《湖南日报》、求是网）

机关党建亟须提升“供给侧”质量

时下，“供给侧”一词走俏大江南北成为群众热议。与现阶段中国经济总体中低端产品过剩、高端产品供给不足的现状颇有几分相似的是，部分单位机关党建工作亦存在“供需不对等”的矛盾问题，亟须提升“供给侧”质量。

粗略梳理一下，主要表现在以下四个方面：

一是照本宣科的“保姆式”供给。上级安排什么工作，我就部署什么任务，来了指示念念文件，有了任务发发通知，不勤去基层走访调研，不善到一线体察实情，习惯“安排工作等文件，落实工作靠经验”，把上级当成“大保姆”，把自己当成“传声筒”，以传达学习到位为“目标值”，以做了此项工作为“挡箭牌”，多了简单照抄照搬，少了工作规律的理性思考，少了任务落地的务实良策。

二是重上轻下的“甩手式”供给。上面强调抓住“关键少数”，于是乎对党员领导干部是“三天一次培训，两天一个会议”，学习教育抓得紧，工作标准立得高，监管制度织得密，而对普通党员的教育管理则大而化之，鲜提要求，存在“宽、松、软”现象，甚至束之高阁，听之任之，当起了“甩手掌柜”。

三是因循守旧的“粗放式”供给。党员教育沿用老传统，主要是作几场专题讲座、发几本革命书籍、看几个红色景点、写几篇心得体会；开展党内组织生活主要是谈谈心、提提醒、开开会、发发言，没有红脸出汗，没有掏心见胆，表面轰轰烈烈，实则走走过场，年年老一套，教育管理无创意，特点不突出，亮点不明显，提不起党员兴趣，跟不上时代步伐，机关党建工作软弱涣散。

四是管而不理的“机械式”供给。对部属只交办工作任务，不交流思想情感；只关注工作进展，不关心成长进步；只询问工作结果，不过问工作难度，管而不理，严而不爱，工作至上，暖心不足，导致工作动力不足。

习近平同志指出：“机关党的建设是党的建设新的伟大工程的重要组成部分。”抓好党建是最大政绩。我们不妨多从机关党建“供给侧”方面找找症结，及时剔除不合时宜的僵化理念和固化思维，优化“供给”模式，让机关党建与基层实际无缝对接，发挥好服务中心、建设队伍的核心作用，真正提高党建工作效能。

既要“眼高”更要“手低”。眼高，即眼界高远，是指党建工作要高瞻远瞩，善于“接天线”，认真学习党的创新理论、党的路线方针政策，深刻领会文件精神，正确把握上级意图，做到“不畏浮云遮望眼，登高望远谋全局”。手低，即低处着手，是指党建工作要紧贴基层实际，善于“接地气”，把支部情况摸透彻，把党员思想弄清楚，做到“纸上得来终觉浅，绝知此事须躬行”。只有真正吃透上情，摸清下情，上情与下情紧密结合，才能确保中心工作开展到哪里，党建工作就开展到哪里，机关党员所盼所需是什么，机关党的工作就努力抓好什么。

既要“抓少”更要“治多”。党员领导干部岗位重要、职责关键，必须严格要求，做到党性坚强、党纪严明，让“关键少数”引领“广大多数”。一方面，党员领导干部是从普通党员一步一步成长起来的，平时教育管理不严格，走上领导岗位后容易发生问题；另一方面，党员应该发挥先锋模范作用，疏于教育管理，党员就会混同于普通群众，党的形象就会受损，群众就会戳脊梁骨，也不利于党员健康成长进步。因此，学习创新理论、严守党规党纪、勇于担当作为、展示党员风采，是全体党员的共同责任，必须既抓“关键少数”又抓“广大多数”，真正做到真管真严、敢管敢严、长管长严，让全面从严治党要求落实到“神经末梢”。

既要“守旧”更要“出新”。“守旧”就是坚守好的传统做法，提升“看家本领”；“创新”就是不墨守成规，顺应时代潮流。这就要求我们树立创新理念，不断推进党的建设理念创新、组织设置创新、工作机制创新、党员教育管理创新；创新工作内容，使机关党建工作突出思想性，强化系统性，富于时代性，体现全局性；创新工作载体，充分运用网站、机关党建微信群等现代化手段，设计富有时代气息、思想内涵深刻、文化品位高雅的党建活动，搭建起机关党建与群众互动的服务平台；创新工作方法，加强调查研究，发扬党内民主，全面把握机关党建面临的新情况新问题，发挥单位优势，突出岗位特色，倡导争优创先，以榜样的力量来推动机关各项工作，不断增强党组织的创造力凝聚力战斗力。

既要“严管”更要“厚爱”。实践证明，建设一支政治强、业务精、纪律严、形象好的党员队伍，既要“严管”更要“厚爱”。这就要求各级党组织、各级党员领导干部对广大党员管到理上、严在格内、爱在心里：政治上解惑，帮助党员深刻领会党的路线方针政策，及时释疑解惑，确保筑牢信仰之基、补足精神之钙、把稳思想之舵；思想上解压，定期听取党员思想汇报，全面了解个人基本情况，帮助解开思想疙瘩，春风化雨润泽心田，鼓劲撑腰正向激励；工作上解难，积极搭建平台，加强指导帮带，鼓励大胆创新，宽容工作失误，提升党员干事创业的责任感荣誉感；生活上解困，帮助党员解决生活中遇到的具体实际困难，增强他们在组织中的归属感幸福感，为广大党员的成长进步创造良好环境。

正视抓党建本身的“政绩观”问题

习近平总书记强调指出：“各级各部门党委（党组）必须树立正确政绩观，坚持从巩固党的执政地位的大局看问题，把抓好党建作为最大的政绩。”上有号召，下有行动，党建摆上了各级党委工作的重中之重，“抓好党建是本职，不抓党建是失职，抓不好党建是不称职”的理念成为各级领导干部的广泛共识。

为追求抓好党建这个最大政绩，各级高度重视，想了不少办法，使出了不少招数，有力有序地推动了党建发展，这无疑是正确的。但细细思量，有的单位招数迭出，花样翻新，效果欠佳，是否应该正视抓党建本身的“政绩观”问题呢？实践表明，为推进党建工作向纵深发展，有必要厘清以下几个关系。

压力与动力。领导干部的第一身份是共产党员，第一职责是为党工作。爱党护党、忧党兴党是每名党员义不容辞的理想追求，抓好党建、服务中心是各级领导干部的职责所在、使命所系。然而反观现实，大量“光鲜”“出彩”的党建工作，是在不断加大党建述职考评力度、严格落实“一岗双责”、层层传导压力、级级跟踪问效的情况下抓出的成效，说到底就是在全面从严治党的新形势下倒逼所为、被动之举，没有“咬定青山不放松”的执着，没有“吹尽狂沙始见金”的恒心，没有“不用扬鞭自奋蹄”的担当。“如果我们党弱了、散了、垮了，其他政绩又有什么意义呢?”心中有信仰，干事才有力量。领导干部要增强政治意识，自觉站在党的事业兴旺发达的高度来认识党建，强化抓好党建的紧迫感；要增强角色意识，深刻认识“党内职务不是政治荣誉，而是政治责任”，在其位谋其政，担负起管党治党的重任；要增强担当意识，变压力为动力，自觉把从严治党责任内化于心外化于行，在党言党、在党忧党、在党为党，把爱党、忧党、兴党、护党落实到工作生活各个环节，主动作为，常抓不懈。

求稳与求进。调查显示，在抓党建工作中，有的习惯“安排工作等文件，落实工作靠经验”，学习篇目一个不漏，教育步骤一个不落，工作程序一个不少，稳字当先，没有对单位实际情况的理性思考，没有教育方式方法的创新，学习教育或是“捡了芝麻，丢了西瓜”，或是无的放矢，徒劳无功；有的在组织生活中存在“怕”的思想、“绕”的现象、“空”的问题，自我批评蜻蜓点水，批评别人隔靴搔痒，组织生活走走过场，没有思想交锋；有的在教育管理党员上重约束轻关爱，只求队伍稳定，不重组织培养，致使动力不足、进步不快等等。在任期间懈政怠政、只靠党的建设惯性运行对付。逆水行舟，一篙不可放缓；滴水穿石，一滴不可弃滞。党建工作必须大胆创新，顺势而为，认认真真管，实实在在严，真刀真枪，见筋见骨，让广大党员经历严格的党内政治生活锤炼，既有红红脸、出出汗的紧张与严肃，又有加加油、鼓鼓劲的宽松与和谐，自觉把岗位当平台，把工作当事业，充分发挥支部的战斗堡垒作用和党员的先锋模范作用。

显绩与潜绩。调研发现，在党建工作中，有的把字数篇数当成绩，主要看笔记摘抄了多少字、心得体会撰写了多少篇，似乎字数篇数越多，学习态度就越端正，忽视了对创新理论的正面灌输，忽视了对基本理论观点的理解背记；有的把红色参观当亮点，队伍浩浩荡荡，场面宏大热烈，然而“雷声大、雨点小”“雨过地皮湿”，存在活动程式化、娱乐化倾向，忽视了对光荣传统的阐释与感悟，忽视了对革命精神的瞻仰与传承；有的把活动载体当特色，载体设计与时代“接轨”，纷纷冠之以“互联网+”、“党建+”等时髦用语，实际上是就党建抓党建，中看不中用，与业务工作贴得不紧、融得不深，党建与业务工作“两张皮”。一言以蔽之，对费力少、见效快的工作情有独钟，对打基础、利长远的工作放任自流，重显绩、轻潜绩，主要是想吸引领导眼球、捞取政治资本，不免有“舍本逐末”之憾。如此哗众取宠的做法，如此华而不实的作风，既不利于个人成长，又贻害了党的事业。勇担党建重任，就要聚精会神，脚踏实地，坚持党建工作和中心工作一起谋划、一起部署、一起考核，把每条战线、每个领域、每个环节的党建工作抓具体、抓深入，既要“一招鲜”，更要“招招硬”；就要立足当前，放眼未来，以“功成不必在我”的胸怀，甘做铺垫之事，甘抓未成之事，以踏石留印、抓铁有痕的力度，以知难而进、锲而不舍的钉子精神狠抓落实，保证党建工作与业务工作同步合拍、相互促进、相得益彰。

第二辑

文火微光·言论杂谈篇

决胜之年，我们唯有向前

——新年致一线扶贫的自己和战友

朝暮一瞬已四季，晓日曈曈又岁初。伴随新年的第一缕阳光铺洒开来，2020年在我们的铿锵步履中如约而至。

人在旅途，总有驿站。回首2019，我们却从未停歇，不管风雪交加，即便暴雨如注，也一直奔跑在扶贫路上：有的假期一推再推，几乎全年无休；有的病情一拖再拖，甚至献出生命；有的承诺一再落空，陪伴亲人成为一种奢望……一双双带泥的胶鞋，丈量着蜿蜒的山路；一本本扶贫的日记，记载着民情的冷暖；一根根早生的华发，诉说着扶贫的艰辛。“只要干不死，就往死里干”，竟然成为一线扶贫干部的流行语。正是有这样一支“扶贫铁军”，左手是责任，右手是担当，铁肩膀硬是托起了贫困山区的希望。是的，在这个追梦圆梦的时代，每一个扶贫人的身影都值得喝彩，每一个奋斗者的付出都值得尊重。

国家主席习近平在新年贺词中强调：“2020年是具有里程碑意义的一年。我们将全面建成小康社会，实现第一个百年奋斗目标。2020年也是脱贫攻坚决战决胜之年。”

有人说，总有一些年份，注定会在时间的坐标上镌刻下熠熠生辉的印记。2020年，便是这样的年份——实现中华民族的千年夙愿，夺取脱贫攻坚的最后胜利。这是令人心动的乐章，这是催人奋进的力量。

决胜之年需立决胜之志。农村贫困人口如期脱贫、贫困县全部摘帽，解决区域性整体贫困，是全面建成小康社会的底线任务，是我们党作出的庄严承诺。“凡作事，将成功之时，其困难最甚。”尽管脱贫攻坚取得了举世瞩目的成就，但脱贫仅仅是第一步，兑现承诺的底线须臾不可放松，脱贫质量更要放在首位。俗话说，掘井九仞未及泉，犹为弃井；胜利在望未全功，仍需努力。越是任务艰巨，越要鼓足干劲；越是胜利在望，越要毫不松懈。“冲锋号已经吹响，我们要万众一心加油干，越是艰险越向前。”话语重千钧，志向更坚定。面对脱贫成本极高、难度极大的深度贫困地区脱贫任务，我们唯有坚持目标不变、力度不减、靶心不散，唯有一往无前，不获全胜决不收兵，切实把脱贫攻坚作为政治任务扛在肩上、抓在手上、落到行动上，用铁血担当印证扶贫人的初心和使命，用辛勤汗水浇灌贫困山区的希望和田野。

决胜之年需谋决胜之策。习近平强调，稳定实现“两不愁三保障”是脱贫的基本要求和核心指标。牢固树立鲜明导向，脱贫既要看数量，更要看质量；既不降低标准，也不吊高胃口。聚焦“两不愁三保障”，严把贫困退出关，严格执行退出标准和程序，保证现行标准下的脱贫质量，确保脱真贫、真脱贫。对标列出问题清单，一个一个整改，一户一户过筛，明确整改的时间表、路线图，加大工作力度，拿出过硬举措，查漏补缺，问题清零，如期攻克艰中之艰、难中之难。坚持下足绣花功夫，贫有百样、困有千种，深刻把握和贯彻落实习近平总书记提出的“六个精准”核心要义、“五个一批”具体要求，采取更精准的措施，在防止返贫和提高脱贫质量上下功夫，因人因户施策，找准症结把准脉，开对药方拔“穷根”，真正帮到点上、扶到根上，为乡村振兴打下坚实基础。

决胜之年需育决胜之风。干部作风，关乎脱贫攻坚的成败，影响着全面小康的成色。决胜脱贫攻坚，作风要硬，干劲得足。扶贫事关广大群众的切身利益，既要强化日常监督防止“不作为”，也要正风肃纪整治“慢作为”，还要惩防并举杜绝“乱作为”，始终牢记“军中无戏言”，担当使命没有任何理由可推；始终牢记“军令如山倒”，履行职责没有任何退路可寻；始终牢记“军法从事”，问责追责没有任何价钱可讲。只有时时从严要求、处处实字当头，拿出踏石留印、抓铁有痕的劲头，弘扬钉钉子精神，以科学态度真抓实干，把责任压实、把任务落实、把督查做实，才能用决胜的作风保障各项扶贫举措的落地落实落细。

岁月不居，初心不改。为了母亲的微笑，为了大地的丰收，让我们只争朝夕加油干，不负韶华再出发。2020，我们唯有向前，向前！

用心·用情·用力

——新年写给一线扶贫的自己和战友

时间是开拓者前行的刻度，岁月是奋斗者筑梦的见证。迎着初升的曙光，2019年正大踏步向我们走来。站在新年的门槛，我们有理由期待，一个更好的春天即将喷薄而出。

诗人艾略特说："我们所有探寻的终结，都会回到我们的出发之地。"此去经年，"篝火已熄，但心灵仍在燃烧"。回望过去，我们积极响应党的号召，主动请缨，毅然奔赴与贫困搏斗的战场。常常跋山涉水，青山绿水留下了我们青春的足迹；时时走村串户，吊脚楼里荡漾着我们欢快的笑声。一次次交流，拉近与群众之间的感情；一遍遍调研，摸清村情民俗的底数；一回回思索，探寻山沟脱贫的方法路径。攻坚蓝图已然绘就，贫困山村正在上演嬗变。我们都在努力奔跑，我们都是追梦人，让2018留下了一圈沉甸甸的年轮。

回眸，是在感悟美好时光；展望，是在凝聚前行力量。面对踏着激越铿锵鼓点而来的2019年，我们叩问苍茫大地：脱贫攻坚，使命如山，敢问路在何方？

习近平总书记在扶贫日来临之际作出的重要指示强调："社会主义是干出来的。脱贫攻坚是硬仗中的硬仗，必须付出百倍努力。全党全社会要再接再厉、扎实工作，坚决打赢脱贫攻坚战，在全面建成小康社会的征程上不断创造新的业绩"。号角催征急，扬帆正当时。脱贫攻坚是一场输不起的攻坚战，事关全面建成小康社会的大局，事关人民群众福祉。打赢脱贫攻坚这场硬仗，气可鼓而不可泄，必须用心用情用力，久久为功，善做善成。

用心越专，离目标越近。船到中流浪更急，人到半山路更陡。当前，脱贫攻坚已进入攻城拔寨、啃硬骨头的关键阶段。光阴似水，雄关如铁，满打满算距离完成目标只有两年时间。"锲而舍之，朽木不折；锲而不舍，金石可镂"。面对最难啃的硬骨，面对最难攻的山头，来不得半点投机，注不得半点水分，搞不得半点浮夸。将军赶路，不打野兔。唯有瞄准目标，心无旁骛坚定前行，自觉以高度的政治自觉抓好脱贫攻坚这个头等大事，自觉以恒久的政治定力抓好精准脱贫这个第一民生工程，对标“两不愁三保障”，坚持精准施策、精准帮扶，坚持焦点不散、靶心不变，咬定目标使劲干，则路在脚下，曙光在前。

用情越真，与群众越亲。情真是沟通的桥梁，情深是亲密的靓照。不带着感情去帮扶，就有可能高高在上，把职责简单地当任务来完成，交差了事，甚至应景作秀。只有带着一份真诚、捧出一颗真心，用真情实感打动群众，才能缩短心与心之间的距离，真心走进田间地头，真诚踏入百姓门槛，真正融入大山怀抱。用情越真，相互情感纽带就越紧；用情越深，扎根基层沃土就越实。“群众在你心中有多重，你在群众心中就有多重。”只有脚上多些泥土味，嘴里多些百姓言，脑中多些基层事，心贴心走到群众中，面对面为基层解难题，有好门路好信息时捎个话，找到致富路子时添把火，帮助贫困群众去穷志、换穷业，激发内生动力，就能不断加深与群众之间的真情实感，就能持久赢得广大群众的强力支持。

用力越实，拒平庸越远。习近平总书记在庆祝改革开放40周年大会上强调，伟大梦想不是等得来、喊得来的，而是拼出来、干出来的。实干二字，是一个国家实现伟大梦想的密码，更是一个人实现远大理想的良方。贫困村面临着经济功能薄弱、基础设施滞后、人才持续流失、陈规陋习严重等问题，是最难啃的“硬骨头”。这就需要真用力、用真力、精准发力，以过硬的作风、过硬的举措，唱好如期脱贫的“重头戏”，打好稳定脱贫的“组合拳”，织好幸福生活的“保障网”。我们深知，扶贫路上，有委屈辛酸，有不实指责，有谣言惑众，但我们不管乱云飞渡、风吹浪打，决不会忘记肩负的职责使命。我们幸运，我们不仅是脱贫攻坚的参与者、乡村振兴的实践者，更是伟大梦想的接力者，唯有振奋精神、鼓足干劲、苦干实干，自觉坚持以实干立身立业，做到关键时刻顶得住，扛得了重活，打得了硬仗，经得住磨难；平日积累有韧劲，不因为工作简单重复就松懈麻痹，不因推进困难重重就降低标准。我们坚信，只要立足本职岗位，干一行、爱一行、钻一行、精一行，始终保持昂扬的精神状态，就能拒绝平庸，超越平凡，从而收获风雨后的彩虹，实现一次次成功的蜕变。

志士惜日短，勇者常为新。前进的道路上光阴飞逝，唯有搏击者才能留下深深的印记。让我们向2018年挥手亲切话别，与2019年携手勇毅前行，不负春光，激情赶路，张开臂膀，拥抱贫困山沟乡村振兴的春天。

（刊2019年3月1日《湘声报》）

让青春之光闪耀追梦的征程

时间是最伟大的书写者。在这岁末年初、辞旧迎新的美好时刻，我该如何挥别 2018，走向充满希望的 2019，用又一个 365 天去雕琢个人期盼的“筑梦空间”？

2018 年，作为省委办公厅扶贫工作队长，我满怀真情驻村，扑下身子帮扶，攻坚进展有序，深受村民赞誉，工作队被省表彰为优秀。应该说，2018 年，我们在奋进中书写了精彩的答卷。

成绩属于过去，脱贫任重道远。为了不辜负自己当初的选择与誓言，不辜负组织对自己的关心与培养，不辜负神圣岗位的职责与要求，我想新的一年应该从以下几个方面努力实践：

以忠为先。绝对忠诚，绝对可靠，是党办人的首要政治品格。对党绝对忠诚，是共产党人政治品质的本质和核心，是党办人的本色和灵魂，也是对党办人第一位的政治要求。有了忠诚，才能爱党忧党、兴党护党；有了忠诚，才能维护核心、看齐追随；有了忠诚，才能情感上真诚拥戴，行动上紧紧跟上。作为自己，就是要坚决忠诚党的信仰、忠诚党的理论、忠诚党的组织，做到铁心跟党走，永远向前进。“天下至德，莫大于忠。”当前，就是要提升政治站位，忠诚党的事业，把脱贫攻坚作为首要政治任务来抓，为实现党对人民的庄严承诺发出自己的光和热。

以学为重。身在兵位，胸为帅谋，是党办人的能力素质要求。学习是进步的阶梯。作为党办人，具备的知识应具有广博性、专业性和动态性，这样才能发挥好参谋助手作用。平时胸无点墨，用时就会手足无措。自己不仅要把学习当作一种需求、一种责任，更要当作一种精神待遇、一种使命追求。“事业发展没有止境，学习就没有止境。”要学创新理论，用信念导航人生；学政策法规，用制度规范言行；学本职业务，用职责引领进步；学科学文化，用知识拓宽视野。不断积才气、显朝气、养静气、夯底气，在脱贫攻坚中显身手，在乡村振兴中求作为。

以干为本。勇于干事，敢于担当，是党办人的应有精神状态。小平同志曾说过，“世界上的事都是干出来的，不干，半点马克思主义都没有”。机遇只会眷顾坚定者、奋进者、搏击者，而不会等待犹豫者、懈怠者、畏难者。时间不会停止，脚步不能停滞。驻村帮扶，是向人民群众学习的好课堂，也是磨炼自身作风的大考场，必须做到身下心下、融入基层群众，与群众一块过、一块苦、一块干；做到多学多思，在边学边干、学干结合中提高思想境界，增强能力素质。事实证明，情况掌握不及时，对策措施就无力。既要仰望星空，更要脚踏实地。这就要求自己必须始终保持敢啃硬骨、敢涉险滩的进取精神，恪尽职守、夙夜在公的敬业奉献，功崇惟志、业广惟勤的勇毅笃行，不出事，多干事，干成事，干出特色、干出尊严、干出信心。

以省为要。自我净化，自我提高，是党办人的立身做人准则。古人尚且“一日三省吾身”，不断加强自身修养。周总理在 45 岁时，还专门制定七条“修养要则”，并坚持一一身体力行。事实上，做人难免有缺点，做事终归有缺憾，为官肯定有缺失。只有把这些缺点、缺憾、缺失一个个找出来，把一块块绊脚石踢开搬掉，前行的路才会走得更顺畅、更通达。“小成在智，大成在德。”为加强自身修养，很有必要经常反省自己，治心修为，谨言慎行，稳住心神，管住手脚，不求形象丰盈高大，只为内心和谐安宁。

如月之恒，如日之升。在奔涌不息的时间长河中，2019 年仍将不舍昼夜、一往无前。习总书记曾勉励我们，“现在，青春是用来奋斗的；将来，青春是用来回忆的”。我坚信，“农村工作无小事”，这里是干事创业的舞台，这里是播种希望的沃土，这里是青春闪耀的高地。“春种一粒粟，秋收万颗子。”只要追求坚定勤拂拭，撸起袖子加油干，青春之光就一定会闪耀在追梦的征程。

让劳动之光照亮我们的梦想

鲜花盛开，那是五月的靓丽表情；汗水流淌，那是五月的美丽音符。乘着时代的浩荡东风，伴随槐花的甜美气息，劳动光荣的旋律再度响彻寰宇。在这个赞美劳动、崇尚奋斗的季节，我们唯有给劳动者点赞，为奋斗者喝彩，走进奋进的时代，绽放时代的芳华。

曾看过罗中立的成名作《父亲》，其震撼至今在心：黝黑的满布沟壑的脸，透着希冀深陷的眼窝，干裂的微张的口唇，还有捧着粗瓷碗的那张粗糙的手……的的确确，无数劳动者用裹着厚厚的老茧的手，为家为民为国撑起一片湛蓝的天。

心中有阳光，脚下有力量。黄大发，贵州遵义播州区平正仡佬族乡草王坝村原党支部书记，用了36年的时间只干了一件事——修水渠，修了一条主渠长7200米，支渠长2200米，绕三重大山、过三道绝壁、穿三道险崖的水渠，最终让全村人喝上水，吃上白米饭。四季更替，梦想的花朵在劳动的汗水浇灌下怒放争春。

劳动最光荣，领袖作榜样。延安插队，习近平一年365天，除了生病，几乎没有歇着；在正定的3年多时间里，他睡在办公室，一首《灯窗剪影》是他深夜工作的最好写照：月明雪霁小楼东，遥望南窗烛影红。解语百机伏案牍，平常巷陌最关情。宁德曾是全国十八个集中连片贫困地区之一，习近平在宁德待了一年零11个月，基本走遍了所有乡镇。担任党和国家领导人后，习近平的工作内容变了，但是工作强度有增无减，工作效率只升不降。

民生在勤，勤而不匮。劳动是一支激昂奋进的歌，深情地演绎着铿锵有力的美妙旋律。是劳动，让现代化信息在时空中自由奔涌；是劳动，让偌大的地球变成一个小小村落；是劳动，让浩瀚的荒原变成万亩良田……劳动是推动人类社会发展的根本力量，也是通向伟大梦想的进步阶梯。

每一滴汗水都折射太阳的光芒，每一份付出都照亮梦想的天空。劳动，我们都是主角；奋斗，我们不能旁观。在劳动中，我们无私无畏的奉献付出，推动前进的车轮；在奋斗中，我们点亮人生的幸福烛光，创造美好的生活。

稻花香里说丰年

“燕将明日去，秋向此时分。”时光指针沿着二十四节气的表盘滴答滴答前行，今天已是秋分。

秋分是我国农历二十四节气中第十六个节气，恰好是从“立秋”到“霜降”这 90 天的一半。这一天，不仅意味着时令上“昼夜均而寒暑平”，秋色平分，阴阳平衡，也意味着劳作一年开始进入斑斓的丰收季节。而 2018 年这个秋分，必将在历史的年轮上刻下浓墨重彩的一笔，因为，我们迎来了首届中国农民丰收节。

“农，天下之本，务莫大焉。”我国是农业大国，重农固本是安民之基、治国之要。设立中国农民丰收节，充分彰显了“三农”工作重中之重的基础地位，充分体现了以习近平同志为核心的党中央对“三农”工作的高度重视，对广大农民的深切关怀。

秋分时节，风和日丽，丹桂飘香，蟹肥菊黄，正是一派瓜果飘香谷满仓的丰收景象。因此，将每年的秋分设立为中国农民丰收节，也体现了对二十四节气这一优秀传统文化的致敬与传承。

稻花香里说丰年。自古以来，我国农民就有庆祝丰收的传统。先民曾以秋收十月作为过年的吉日，甲骨文的“年”字，被认为是人举着成熟庄稼的形象。在广袤的沃土上，藏族的望果节，彝族的火把节，潮汕地区祭拜五谷神位，广西家家户户以糍粑送客，各民族、各地区逐渐形成了各具特色的丰收习俗。虽形态不同，但麦浪滚滚、粮食满仓是共通的吉祥意象，共话农桑、同享硕果是人同此心的节令活动。设立举国同庆的丰收节，传承了各地的农耕文化，凝聚了亿万农民同心筑梦的磅礴力量。

“赤日背欲裂，白汗洒如雨。”千百年来，农事最辛劳，农民最辛苦。我们致敬农民，就是致敬祖先。农民的奋斗，顶天立地；农民的创造，惊天动地。是他们，用辛勤的汗水和默默的耕耘，推进了人类社会的进步和历史的发展，功绩昭日月，奉献照汗青。

“春种一粒粟，秋收万颗子。”千年风霜，千年沧桑，一分汗水，一分收获。我们礼赞丰收，就是礼赞没有劳动就没有收获的朴素哲理，就是礼赞“劳动最光荣、劳动最崇高、劳动最伟大、劳动最美丽”的精神价值，就是礼赞“新时代是奋斗者的时代”“幸福都是奋斗出来的”“奋斗本身就是一种幸福”的时代风尚。

“一粥一饭当思来之不易，半丝半缕恒念物力维艰”，我们要以庆祝丰收节为开端，进一步倡导重农尊农惜农的社会风尚；“采菊东篱下，悠然见南山”，我们要以庆祝丰收节为起点，进一步发掘农耕桑织的文化美感；“正是大地好风景，秋收时节又逢君”，我们要以庆祝丰收节为契机，进一步汇聚起全党上下、社会各方的强大力量，奔赴乡村振兴主战场，开启城乡融合发展和现代化建设新局面。

处处五谷丰登、瓜果飘香，人人共庆丰年、分享喜悦。让我们载欣载奔，载歌载舞，共贺中国农民丰收节！

越是艰险越向前

新年伊始，一场重大疫情不期而至，以武汉为原点，席卷全国。悄然蔓延的病毒如锋刃，划在每一个患者的肺上，痛在我们每一个人的心里。

面对来势汹汹的新型冠状病毒感染的肺炎疫情，我们痛定思痛：哪里的天空不下雨？灾难一直伴随着人类发展的全程，但我们一次次战胜了它们，在灾难中变得更坚强、更成熟。这场疫情防控阻击战，我们注定赢，一定能保卫好我们共同的家园。

这是一曲气势磅礴的大合唱。1 月 25 日农历正月初一，中共中央政治局常务委员会召开会议。习近平总书记强调，要把人民群众生命安全和身体健康放在第一位，把疫情防控工作作为当前最重要的工作来抓。这是动员令，更是宣战书。举国上下迅即行动，防控措施有力有序：成立应对疫情工作领导小组，全面加强领导和指挥；权威发布疫情信息，主动回应社会关切；统一派驻医疗专家，指导一线防控工作；统一调派医务人员，驰援疫情严重地区；统一调拨医疗物资，全力保障用品供应；层层压实责任，严密群防群控体系……各方力量强力汇聚，群众信心与日俱增，与时间赛跑，同疫情比拼，成为广泛的社会共识。是的，万众一心，就没有翻不过的山；心手相牵，就没有跨不过的坎。“越是艰险越向前”，相信此次突发事件，我们命运与共的心会靠得更近，众志成城的手会握得更紧，进而汇聚起打赢疫情防控阻击战的磅礴伟力。

这是一张干部作风的大考卷。疫情还在发展，防控刻不容缓。“大事难事看担当，逆境顺境看襟度”，可以说，这次疫情既是一次关系重大的必胜战役，也是一道严肃的政治考题。能否坚定不移把党中央各项决策部署落到实处，把疫情防控工作这个当前最重要的工作抓好抓实抓彻底，是检验每名党员干部是否增强“四个意识”、坚定“四个自信”、做到“两个维护”的一个重要尺度。作风不实，敷衍塞责，病毒就会“跑风漏气”，乘虚而入；担当不力，瞻前顾后，战机就会错失贻误，危害生命。在这场没有硝烟的疫情防控战中，各级主要领导坚守岗位、挂帅出征、靠前指挥，广大基层干部守土有责、守土担责、守土尽责。他们深入防控疫情第一线，实行网格化管理、地毯式排查、全方位宣传，落实最严格的监测，采取最果断的隔离，推动最周密的保护，真正实现为守护人民群众的生命安全，不怕兴师动众、不怕“劳民伤财”、不怕十防九空，有效阻断疫情蔓延，赢得了广大人民群众的衷心赞誉。人民高于一切，生命重如泰山。各级党员干部在疫情防控中践行初心使命，向党和人民交出了一份满意的答卷。

这是一次思想境界的大检视。灾难是一面镜子，清晰地映射出每个人思想境界的高低。面对疫情，一位有着25年工作经验的主任医师写下一份特别的请战书——“不计报酬，无论生死”；某医院发热中心的医生集体值班，没有任何犹豫，全体按下红红的手印，用生命立下契约；曾奉命赴北京小汤山抗击非典的南方医院医疗队主动请战，誓言“若有战，召必回，战必胜”……一个个奋战的身影，一串串奉献的故事，无疑是这个春节最闪光的精神坐标。面对疫情，平凡人亦有许多感动，积极响应党和政府的号召，春节不串门拜年，婚姻庆典延期举办，酒店主动关门停业，来自疫区人员自觉居家观察，不信谣不传谣不恐慌……每一个小小的举动，都为打赢这场战役增添了一分胜算，让人间温情溢满大江南北。有位哲人说过：“生命，如果跟时代的崇高责任联系在一起，就会不朽。”疫情就是命令，防控就是责任。我们不禁由衷赞叹国民素质的大进步，生逢这个时代的伟大和美好。

这是一回健康知识的大普及。打开电视，刷刷微信，“出门戴口罩，平时勤洗手，室内常通风，锻炼强体质，拒绝吃野味，发热及时医”等卫生健康常识宣传铺天盖地；每一个社区、每一个乡村、每一个密集场所，卫生宣传标语随处可见，就连央视春晚也成了普及卫生常识的宣讲阵地，这些无不时刻提醒人们养成讲究卫生的良好习惯。事实上，严重疫情给人们带来阵痛的同时，也给我们普及了一堂生动的健康常识课，广大群众自我防范、自我保护意识明显增强，更加相信科学，远离迷信。

“这是我们的战争，谁都无法置身事外。”让我们携起手来，守望相助、同舟共济，群策群力、联防联控，扎实做好疫情防控各项工作，为夺取防控疫情胜利贡献智慧、心血和力量，保卫好我们共同的家园。

（刊2020年1月30日新湖南客户端）

克服不良心理，抓实疫情防控

疫情如火，号令如山。当前，举国上下正积极投入疫情防控阻击战，各地区各部门闻令而动，联防联控，群防群控，形势渐趋平稳。然而随着外出者返城、务工者返厂等，人流量变大，给疫情防控工作带来新挑战。笔者认为，疫情防控正处于吃紧之时，需要克服三种不良心理。

克服侥幸心理。据报载，浙江宁波市一男子未戴口罩出门买菜，与路人在同一摊位短暂接触 15 秒，被感染并确诊为新冠肺炎的新闻在网络刷屏。此新闻背后，就是侥幸心理惹的祸。患者误认为地处偏远不会发生疫情、接触人少不会传播疫情、外出办事不会感染疫情，明知出门戴口罩的常识，就是误判形势，结果害了自己害了家人。俗话说，不怕一万，就怕万一。万分之一的侥幸，就可能会有百分之百的危害。必须克服侥幸心理，时刻紧拧思想观念的“发条”，紧盯容易被忽视的细节、紧绷容易放松的那根弦，方能万无一失。

克服松懈心理。起初，疫情来势汹汹，人们老老实实待在家里，不出门不聚集。待家日久，天气放晴，春光烂漫，有的人便开始放松警惕，走户串门。这是比较危险的，因为病毒到底来自哪里，到底通过什么传染给人类，到底传播途径有哪些，我们还不清楚。面对看不见摸不着的“敌人”，只要有 1 例，说明我们没有彻底征服它，就必须高度警惕。每个人都是疫情防控的一道防线，任何一个环节出现纰漏，都可能为疫情打开传播的通道，都可能导致前功尽弃。关键时刻，我们要敢于对不符合疫情防控标准的人员和做法说“不”，注重细节管控，真正把上级压力传导到最末端，形成上下一体、整体联动的防控态势。

克服盲从心理。万众一心抗疫情，最需要的是坚定信心、凝聚共识、沉着应战。新冠肺炎疫情发生以来，各种各样以“据说”为名的不实消息或别有用心的谣言纷纷扬扬、不胫而走，常常让人真假难辨，莫衷一是。谣言也是一种“病毒”，防谣也是防疫。我们要相信党和政府，相关部门也要及时发布权威资讯，我们每个人也应多一些求证少一点轻信，多一些理性少一点冲动，莫为谣言迷了眼睛，乱了心神，做到不信谣、不传谣。

“人虽无艰难之时，却不可忘艰难之境；世虽有侥幸之事，断不可存侥幸之心。”在疫情防控上，只有破除不良心理，将上级决策指示落实到每一件小事，把防控措施做实做细，上下一盘棋，才能构筑群策群力防控疫情的严密防线。

“精神扶贫”当为先

近期，笔者在某贫困村蹲点帮扶，走访调研中发生的两件事一直萦绕脑际挥之不去，不时让我陷入沉思。

一件事是，听说省派驻村帮扶工作队来访，一位吴姓大妈等候在必经之路，一看到我们便开始诉说自己的不幸：自己刚满八十岁，患有白内障，眼睛快瞎了，希望我们带她去看病，还强烈要求申请低保。后来一打听才知道，她育有两儿一女，隔壁的三层小洋楼就是她小儿子的，大儿子在县城买了商品房，女儿家庭条件亦不错。百善孝为先，我询问她为什么不要儿女们带去看病，为什么要低保不要儿女们尽尽孝，她说党的政策好就得靠政府养着，不能增加儿女们的负担。

另一件事是，有一代姓夫妇，50 多岁，住的房子确实不太安全，村支部书记告诉我该房已列入危房改造计划，国家补贴 2.5 万元，余下的钱则须他们自己掏。而这对夫妇两手一摊，我们没有劳动能力，我们确有实际困难，你们领导要帮忙把房子修好啊。经多方了解，他们夫妇的“懒”在这里是出名的。这两件事，让我如鲠在喉，不吐不快。

多年来，部分贫困地区和贫困户扶而不起、帮而不富、助而不强，真正原因不是老弱病残，不是天灾人祸，不是没有劳动能力，而是缺乏穷则思变、穷则思勤的奋斗精神，问题根源就是“精神贫困”。可以说，“苦干不如苦熬，勤劳不如等靠”“靠着墙根晒太阳，等着别人送小康”等消极思想已成为脱贫攻坚路上的拦路虎、绊脚石。

钢铁般冰冷的事实警醒我们：精神上的贫困，比物质上的贫困更可怕。脱贫攻坚，“精神扶贫”当为先。如果精神不脱贫，即使物质上脱了贫，不久也会重返永久性贫困。因此，构筑积极进取、自强不息的精神家园是做好扶贫工作的首要任务。

“精神扶贫”，就是对表贫困群众的心理病态定点滴灌、靶向治疗。首先，要搞好宣传发动。“只要有信心，黄土变成金”，帮扶中要注重通过教育唤醒贫困群众的主动脱贫意识、自力更生和积极进取精神，引导他们认识到，贫困并不可怕，只要有信心长志气，就没有翻越不了的“火焰山”，就没有闯不过的“大渡河”，好日子是苦干出来的，新生活是奋斗出来的，从而坚定通过辛勤劳动实现脱贫致富的信念、追求和勇气。其次，要加强技能培训。授之以鱼不如授之以渔，从提高贫困群众的科学文化素质、生产专业技能、市场经济认知入手，注重信息、知识和技术等方面的输入，让贫困群众有一技之长、有立足之本、有兴业之能，克服贫困群众“穷惯了”“改不了”等心理障碍，提高脱贫致富的本领，就能走出贫困的怪圈。再次，要健全激励机制。更多采用生产奖补、劳务补助、以工代赈等方式，将贫困户纳入产业利益链条，奖勤罚懒，促进贫困地区形成自强自立、争先脱贫的精神风貌。同时树立脱贫标杆，宣传致富典型，让辛勤劳动脱贫致富的农户发挥良好的示范和带头效应。只有弘扬劳动光荣的传统，涵养勤劳致富的美德，形成见贤思齐的导向，才能变“要我脱贫”的被动思想为“我要脱贫”的进取精神。唯有如此，脱贫才有扎实基础，发展才可持续向好。

当前，脱贫攻坚已进入攻城拔寨、啃硬骨头的关键阶段，用心用情用力帮扶，“精神扶贫”理当走在最前面，让“没想法”的贫困群众脑子转起来、心里热起来、身子动起来，主要依靠自己的辛勤劳动摆脱贫困，走上富裕之路。

（刊 2018 年 4 月 21 日《湘声报》）

乡村环境亟待整治

眼下阳光明媚，春意盎然，正是踏青好时节。这个时节携上家人，走进青山绿水，闻一簇花香、听一声鸟鸣、携一抹春色、品一口山泉，观生态美景，赏北雁南飞，看群童嬉戏，浓郁的乡愁定会缓缓消释，幸福的暖流自然而然会从心底溢出。

然而，近日笔者在施溪村看到的却是一幅幅让人揪心的画面：宽阔的道路旁杂草丛生，残枝败叶散落一地；清澈见底的小溪，白色垃圾自由漂浮，顺流而下；农舍附近的垃圾堆积如山，老远便可闻到刺鼻气味；一个小组沿公路而居，来回不足 400 米，牛棚、猪棚竟有 5 个之多，蚊蝇乱飞，臭气熏天，污水横流……可以说，垃圾围村成了这个山村环境的“名片”。

建设美丽乡村，干净、整洁、有序是基本要求。如何整治人居环境，打造生态乡村，是基层治理面临的一个课题。整治人居环境，是一项涉及范围广、内容多、任务重的系统工程，需要充分整合资源力量，建立起包括政府、村集体、村民的共管机制，实行“政府拨一点、村里补一点、农户筹一点”的集资方式，让管护人员、设施维护、垃圾处理等费用有着落，美丽乡村建设才有政策支撑和经费保障。

乡村“治”到深处是乡风，“理”到关键是文明。环境美化了，有利于乡风文明的养成；乡风文明了，有利于促进环境的美化。因此，提高村民素质，塑造文明乡风，是乡村环境美化的核心要义。这就要求在乡村治理中，注重宣传政策规定、讲解卫生常识、制定村规民约、开展典型评比等，引导村民自觉养成“人人讲卫生，家家比洁净”的良好习惯，既“自扫门前雪”，又管“他人瓦上霜”，同时从厕所革命、污水治理、村庄清洁行动等方面着眼，扎实开展好乡村人居环境整治，一事接着一事办，一年接着一年干，确保乡村人居环境有一个彻底的改变，打造美丽的共同家园。

道阻且长，行则将至。如此一来，重拾“暖暖远人村，依依墟里烟”的田园风光，提升广大村民的幸福指数，则曙光在前。

坐坐矮凳心贴心

据报载：一次，彭德怀到基层连队开展调研，一名战士在搬来的椅子上放好垫子请他坐。彭德怀却坚持和战士们一样坐矮板凳，他说："那些坐在很高很高的板凳上的人，看不到士兵了。"

细节见形象，小事暖人心。读罢此文，不禁为彭老总的平民情怀深深感动。此时板凳不再是简单的坐具，而是领导干部与普通群众连心的桥梁。

无独有偶，云南省原保山地委书记杨善洲从政几十年，大部分时间不是坐在办公室，而是往乡下跑，插秧收稻之余，坐在田埂上、百姓家的矮凳上，察农事、问民情。

作为驻村帮扶干部，我们天天与基层群众打交道，该如何看待"坐风"呢?

"坐风"连着硬作风。坐在"矮凳"上与群众谈笑风生，与坐在"高椅"上头头是道，考虑问题的角度肯定不同；坐在田间地头了解实情，与坐在办公室里"闭门造车"，工作成效定然有异。显然，不同的"坐风"体现不同的作风。作为驻村帮扶干部，如果习惯于"办公室里听汇报""握着手机问情况"，而不愿深入农家茅舍，不愿躬身劳动一线，无形之中远离了"矮板凳"，也就远离了基层群众。

"坐风"系着真感情。和群众坐在一块、说在一块、笑在一块，说明心中有群众，群众在你心中重；"坐着轮子转，隔着玻璃看，最后吃顿饭，啥事也没办"，就是脱离群众，对群众感情不深的表现。因此，我们必须先把群众与自己的关系搞清楚，把对群众的态度搞端正。只有始终坚持以人民为中心的思想，经常坐坐矮板凳，与群众聊家事、农事、地头事，多到基层看，勤到村寨转，乐到田间干，才能增进与群众的情感，真正走进群众心坎。

登高可以望远，平坐方能贴心。驻村帮扶干部的工作根在基层、本在实践，唯有走进基层的广阔天地，时常坐坐"矮板凳"，少些"走马观花"，多些"解剖麻雀"，沉下身子深入一线，倾听基层群众发自内心的呼声，在促膝的沟通中体察民情，在贴心的交流中了解民意，才能接上地气，使我们的工作拥有取之不尽的鲜活经验，党的事业就会获得永不枯竭的发展动力。

梦想从学习开始

长征时期，红军将士“认字就在背包上，写字就在大地上，课堂就在大路上，桌子就在膝盖上”。多年后，一位老红军感慨地说：“为了摆脱敌人追击，那么多好不容易缴获来的辎重装备都丢了，唯有识字板没有丢。”远远回望历史纵深处，许多片断和场景会让人从岁月沧桑中得到深刻感悟。

人间四月天，莫负春光好。在第23个“世界读书日”到来之际，“读书”这个话题，又一次萦绕在人们的心头。有人说，每个人的世界都是一个圆，学习是半径，半径越大，拥有的世界就越广阔。

读书是在繁忙的工作之外，成本最低、最直接、最简捷的学习知识的方式。可今天读书条件好了，而我们离书籍似乎远了，“看书只翻皮，阅读只看题”，习惯于在网页上“跳来跳去”，电子化、碎片化、快餐化的阅读习惯，给传统阅读带来很大冲击，读书好像成了“苦差事”。其实，阅读的载体变了、渠道变了、方式变了，但阅读之于人类灵魂与未来要义却从未发生改变。

扶贫是我们的“战场”，知识就是我们的“武器”。“战场”上的角逐，始于书本上的较量。不打赢书本上的战争，必然会输在扶贫战场。扶贫路上，如何让学习助力我们前行的脚步?

学理论，增强扶贫工作的使命意识。2013年11月3日，习近平总书记在湘西花垣县十八洞村考察时首次提出“精准扶贫”后，多次在重要会议、重要场合、关键节点就脱贫攻坚发表讲话，逐步形成思想深邃、逻辑严密、内涵丰富的习近平扶贫开发思想。习近平新时代中国特色社会主义思想特别是精准扶贫战略思想，是打赢脱贫攻坚战的行动指南，充分彰显了党中央打赢脱贫攻坚战的信心决心。只有透彻理解脱贫攻坚的重大意义，才能对肩负的职责使命有更深刻的感悟，从而增强做好扶贫工作的使命感紧迫感光荣感，才能不负组织重托、不负群众期盼。

学政策，把握扶贫工作的根本遵循。有政策是本钱，会政策是本领，用政策是民心。扶贫工作政策性强，条条规定都关系到广大人民群众的切身利益，执行中稍有偏差就会引发群众议论，就会影响党的形象。要坚持把吃透政策作为开展好扶贫工作的前提，重点学习好《湖南省脱贫攻坚手册》和《湖南脱贫攻坚到户政策口袋书》，让政策熟记于心，用政策指导具体工作。

学规章，严守扶贫工作的纪律要求。今年是脱贫攻坚作风建设年。习总书记强调，要认真开展扶贫领域腐败和作风问题专项治理。脱贫攻坚越是进入决胜阶段，越需要优良作风，越需要挺纪在前。要认真学习建辉秘书长“六个决不允许”要求和工作队《工作守则》，时时约束自己的言行，时时警醒自己要维护好省委办公厅的形象、维护好党的形象。

习主席指出，读书可以让人保持思想活力，让人得到智慧启发，让人滋养浩然之气。成功之士，必然是好学之人。未来唯一持久的优势，就是比你的对手更善于学习。我们正处于学习的黄金时期，应该把学习作为一项重要任务，作为一种政治责任、一种精神追求、一种生活方式，树立梦想从学习开始、事业靠本领成就的观念，让勤奋学习成为青春远航的动力，让增长本领成为青春搏击的能量。

设立“民情茶座”好

据6月13日《人民日报》载：一张桌子，几把靠背椅，旁边摆着书报架和几个专用的水壶水杯，群众没事喝茶聊天、有事喝茶说事。江苏省常州市天宁区兰陵街道工人社区设立“民情茶座”，架起了干群之间、邻里之间连心的桥梁，笔者不禁为之叫好。

茶座虽简单，作用可不小。

一曰打开“揪心锁”。邻里之间，磕磕绊绊的事时有发生，时间久了，就会积重难返。如何解决？“灯不拨不亮，理不说不明”，坐在一起喝喝茶，唠唠嗑，说说理，相互气顺了，心结自然就打开了。“邻里一家亲，随时茶座见”，居民们相互照应、共同守望，邻里关系定会大为改善。

二曰广纳“群众言”。“三个臭皮匠，顶个诸葛亮。”一件棘手事，独自抓耳挠腮，未必能找到解决问题的正确方法。这时不妨俯下身子，听听大家怎么说。你一言我一语，在相互交流中启迪思维，在综合分析中集中众智，相信难题一定会迎刃而解。

三曰布下“监督哨”。“知屋漏者在宇下，知政失者在草野。”干部作风怎么样，群众看得最清楚；用权公不公，群众最有发言权。“民情茶座”自然也就成为自觉接受群众监督的理想场所之一。领导者对群众反映的问题虚心听取，热心引导，耐心解释，用心整改，自觉接受群众监督，让权力在阳光下运行，就会赢得群众信任。干事明明白白，干部清清爽爽，就会凝聚多方力量推动经济发展，促进社会和谐。

愿“民情茶座”多起来！

扶贫战场敢冲锋

到2020年现行标准下的农村贫困人口全部脱贫，是党中央向全国人民作出的郑重承诺，必须如期实现，没有任何退路和弹性。奋战在脱贫攻坚一线，需要每一个人“加满油，把稳舵，鼓足劲”，始终保持冲锋的姿态，打赢打好脱贫攻坚战。为此，有必要扪心自问：扶贫战场，冲锋的本领你有没有？

对照时代考题增强本领恐慌意识，自觉以学强能。没有金刚钻，揽不了瓷器活。驻村帮扶是一项政治性、政策性、综合性很强的工作，涉及方方面面，需要我们扶贫干部具备更强的与之匹配的能力素质和知识储备。“十八般武艺，样样精通”，必须增强学习意识，以甘当小学生的态度，向文件学习，向书本学习，向群众学习，向典型学习，向实践学习，系统掌握扶贫工作政策法规，广泛涉猎项目谋划、工作推进、产业发展等方面的知识，努力做扶贫业务的政策通、活字典，掌握扶贫工作的主动权。同时，要以冲锋的姿态跟上时代考题的节拍，在学习中实践，在实践中探索，深入研究扶贫规律，把自己锻造成见多识广、本领高强的一线扶贫尖兵。

对照岗位职责提高独当一面能力，精钻本职业务。扶贫领域是矛盾的多发地，精准脱贫是能力的试金石。基层就是大学校，扶贫就是决战场。越是基层越能锻炼人，越是战场越是考验人。我们要凝心聚力，履行好岗位职责。在时间紧迫、任务繁重、人员缺乏的情况下，要求一人多专、一专多能，在其位、谋其政，有独当一面的素质和能力，具备“球到手中能扣死”的本领。国防大学教授金一南当锅炉工时，车间主任说他是“天生的好工人”，后来管理图书，又有人说他是“天生干图书馆的料”，之后走上教员岗位，又有人评价他是出类拔萃的教员。扶贫路上，我们就应该像金一南那样，干一行、爱一行、精一行，岗岗都出色，事事都精彩。

对照党性修养铭记合格党员标准，保持先进纯洁。周恩来说：“每个党员从加入共产党起，就应该有这么一个认识：准备改造思想，一直改造到老。”注重和加强党性修养，是共产党员的责任和义务。可以说，做合格党员，永远在路上；加强党性修养，永远不能停歇。经常学习党章守纪律讲规矩，校一校自己的理想追求；经常拿起党性这把硬尺子，量一量自己的思想言行；经常掂量脱贫这个重担子，看一看自己的责任担当，从而自觉筑牢信仰之基、补足精神之钙、把稳行为之舵、绷紧作风之弦，在看齐追随中砥砺初心，在脱贫攻坚中勇担使命。高高立起合格党员的标准，严以修身、严以律己，就会让自己的党性更纯粹，境界更高尚，工作更务实，就能以合格共产党员的好样子，冲锋在扶贫的战场上。

脱贫攻坚，重在得人

习近平总书记在决战决胜脱贫攻坚座谈会上强调，“脱贫攻坚任务能否高质量完成，关键在人，关键在干部队伍作风”。悠悠万事，脱贫为大。决胜攻坚，要在得人，需要“一条心”合众力，“一股劲”闯难关，“一手牌”解难题，“一身正”聚人心，发挥好脱贫攻坚的主力军作用。

“一条心”合众力。一人拾柴火不旺，众人拾柴火焰高。面对脱贫攻坚，只有形成思想共识，才能上下一条心，劲往一处使，进而拧成一股绳，凝聚起决胜攻坚的磅礴力量。然而有的人假心假意，口头表态重要，行动起来不要，坐而论道，只说不做；有的人半心半意，说起蓝图头头是道，干起事来大打折扣，典型的语言上的巨人，行动上的矮子；还有的人三心二意，人在一线扶贫，心里却打着个人小算盘，赚取履职经历，思虑职务提升……打赢脱贫攻坚战，最重要的是同心同向。唯有一心向党守初心、一心为民践宗旨、一心干事担使命、一心为公强素质，撸起袖子干，挥洒汗水拚，才能带领群众脱贫致富奔小康。

“一股劲”闯难关。现在脱贫攻坚如同登山，越往后难度越大，已经到了啃硬骨头、攻城拔寨的冲刺阶段，这就需要一股子劲往前冲，逢山开路、遇水架桥，加大力度、加快进度、加紧进度。然而有的扶贫干部看不清形势，小进即安，甚至产生了“脱贫疲劳症”，“歇歇脚”“喘喘气”的思想滋长，躺在功劳簿上睡会儿觉，甚至在鲜花和掌声里飘飘然；有的觉得脱贫越往后难度越大、风险越多，于是开始放缓脚步，左右观望。为山九仞，功亏一篑。脱贫攻坚是一场硬仗，绝不可能靠“吹拉弹唱”、轻轻松松获得成功，越是进入最后决战期，越要有一股滚石上山、闯关夺隘的拼劲，越要有一股一抓到底、一往无前的狠劲，越要有一股不获全胜、决不收兵的韧劲，众志成城除万险，全力以赴得胜利。

“一手牌”解难题。脱贫攻坚是一场大考，检视的是能力素质，考验的是忠诚担当。扶贫是事业，需要懂专业，手里没几把刷子不行，后备箱里工具不多更不行，这就要求我们手中要紧握政策法规这张“王牌”，心中要装满专业知识这些“硬牌”。用好用足“一手牌”，就能从复杂的扶贫工作中去粗取精、抽丝剥茧，分析问题、解决问题，这样才不至于“心中一团火，脑中一团麻，工作一团糟”。脱贫路上，许多事情，明知难为而必须为；许多矛盾，反复较量仍须交锋。这就要求扶贫干部既要有解难的勇气，又要有看家的本领；既要心中有底数，又要手中有招数，永远保持滴水穿石的韧劲和绳锯木断的恒心，久久为功，善作善成。

“一身正”聚人心。“其身正，不令而行；其身不正，虽令不从。”脱贫攻坚，越是到了攻城拔寨、全面收官的关键时刻，越需要挺纪在前，越需要正气充盈。上级通报表明，有的表面做好事，底下做坏事；有的既搞扶贫，又捞好处；有的甚至当面做人，背后做鬼，结果人生归零、事业清零，落个竹篮打水一场空。“正气存内，则邪不可侵”，平时多想想党和人民的重托和期待，多想想自己的职责和身份，敢喊“看我的”“跟我上”，以身作则，身先士卒，平时肯于脚踏实地干起来，关键时刻勇于挺身而出站出来，危难之中敢于义无反顾豁出去，才能真正服人、正人、育人。走得端、行得正、肩膀硬、腰杆直，时时、处处、事事用自己的模范行动为群众作表率，就能“一身正气洁如雪，两袖清风不染尘”，团结更多的人一起奋斗、一同前行。

掌握宣传主动，避免工作被动

近日，笔者走村入户调研，发现部分群众对贫困户识别纳入工作颇有微词，经过一番政策解读，村民心服气顺："以前对扶贫政策了解不多，对部分村民纳入贫困户有些抱怨，对村干部说了一些过头话，真不好意思。"

掌握宣传主动，方能避免工作被动。近年来，扶贫政策密集出台，既有精准识别纳入退出的，又有易地搬迁和危房改造的，还有产业奖补的，涉及医疗保障、饮水安全、教育资助等，内容广泛，条款众多，亮点纷呈。俗话说，酒香也怕巷子深。把党的扶贫政策理解透、宣传好，既是一线扶贫干部的基本素养，更是一项重要职责。

当好"政策通"，增强宣传工作的底气。心中有政策，宣传就有底气。广大群众对党的扶贫政策的期望值大、关注度高。搞好政策宣讲，"以其昏昏，使人昭昭"，是不行的。想给人一碗水，自己首先要有一桶水。作为一线扶贫干部，必须加强党的扶贫政策学习，坚持先学一步、多学一点、深学一层，原原本本学习，逐条逐字理解，切实把握政策重点、亮点和创新点，真正吃透文件基本精神，不断夯实业务理论基础和政策水平，对政策法规烂熟于心，做到"一口清""问不倒"，真正成为"政策通""活字典"。如此，给群众宣讲就能如数家珍、娓娓道来、底气十足，使宣讲成为传播党的路线方针政策的前沿阵地、解答群众思想困惑的基础平台。

讲好"大白话"，接通宣传工作的地气。党的扶贫政策种类繁多，理论性和专业性比较强，如果搞照本宣科、我讲你听式的说教，群众不仅听不懂，也不爱听。宣传工作贴近群众、贴近实际、贴近生活，群众愿意听、听得懂、听得进是宣传成功的重要前提。作为一线扶贫干部，要注意总结提炼宣传内容，善于把专业语言通俗化、文件语言口语化、抽象概念形象化、深刻道理浅显化，让大家一听就明白、一看就清楚、一想就懂得。对群众关注焦点、思想疑点、政策盲点心中有数，进而言其所盼、答其所问、解其所惑，善于用"俚言俚语、乡音乡话”等“大白话”，把政策讲得有温度、有质感，强化宣传的吸引力感染力，就能进一步凝聚民心、提升信心、增进共识、汇聚力量。

用好“新媒体”，升腾宣传工作的热气。“过不了网络关就过不了时代关。”以互联网和手机等数字终端为代表的新媒体迅速发展。用好新媒体，发挥正能量，是基层党组织和广大党员干部的重要义务和责任。作为一线扶贫干部，既要用好报纸杂志等传统媒体，也要深挖新媒体优势和平台功能。针对群众隔网更愿讲真心话的特点，强化主动作为，有问必答，有求必应，着力打通联系服务群众的“最后一公里”；针对群众理解能力欠缺的实际，采取“一图解读”、视频短播、漫画推送等形式，开展全方位、多角度、多层次的立体宣传，给宣传对象带来一种“沉浸式体验”，在潜移默化、寓教于乐中让党的政策“飞入寻常百姓家”。

只要我们更好地把服务群众同教育引导群众结合起来，把满足需求同提高素养结合起来，把关心人理解人同教育人引导人结合起来，把党的正确主张变为群众的自觉行动，就一定能在新时代“唤起群众千百万，同心干”，凝聚起脱贫攻坚的强大精神力量。

“小心为官”亦正道

时下，正风肃纪强力推进，制度笼子越扎越紧，全面从严治党向纵深发展，于是乎有人感叹“为官不易，小心为官”。权力是把双刃剑，善用者造福一方，功成名就；滥用者贻误大业，害人害己。从此种意义上讲，“小心为官”亦是正道。

据《说苑·敬慎》记载，孙叔敖刚上任楚令尹，很多人都来祝贺他，而一位老者却“着粗衣、戴白帽”前来凭吊，用这样的方式警醒孙叔敖，“位已高而意益下，官益大而心益小，禄已厚而慎不敢取。君谨守此三者，足以治楚矣”。古人为官尚且懂得“念高危，则思谦冲而自牧；惧满溢，则思江海下百川”的道理，今天的党员领导干部更应摆正公与私的位置，理顺权与责的关系，既勇于开拓创新，又小心谨慎用权。那么如何做到“小心为官”，笔者认为应从以下几个方面下功夫。

“小心为官”，就要以初心自励。“不忘初心，方得始终。”如果不想出汗、只想出彩，不想干事、只想当官，就违背了共产党人为官从政的初衷。不忘初心，常以初心自励，就要铭记自己在镰刀斧头下的铮铮誓言，就要保持从政之初为理想奋斗的高昂激情，思想上才不会有“水至清则无鱼”的戚戚然，工作中才不会有“勤刷锅的媳妇打碗多”的患得患失，担当上才不会有啃硬骨头、涉险滩时的畏葸不前。有道是“爱挑的担子不嫌沉”，只要把对党的责任、对群众的责任、对事业的责任高悬心中，想万家灯火，念百姓忧乐，与群众心连心，为群众谋福祉，就能撸起袖子加油干，攻坚克难创一流。

“小心为官”，就要以法纪自警。古人云：“欲知平直，则必准绳；欲知方圆，则必规矩。”党纪国法是一种准则、一种约束、一种底线。从陆续公布的官员忏悔录中，一些人腐化变质，往往是从违反纪律、破坏规矩开始的。无数带血含泪的教训警示我们：心中无党纪、眼里无国法，必然“踩雷”“触电”，一步步滑向腐败堕落的深渊。作为党员领导干部，必须敬畏法度，遵纪守法，坚守政治底线、履职底线、为官底线；必须手握戒尺，善于运用法治思维和法治方式解决问题，让权力在制度的框架内运行，自觉给权力涂上“防腐剂”，戴上“紧箍咒”，不为诱惑所扰，不为“围猎”所困，真正做到做人不妄为，用权不任性，清白为官，干净干事。

“小心为官”，就要以监督自省。习总书记多次强调，“要注重自觉主动接受监督，党员、干部决不能以任何借口而拒绝监督”。历史和现实都表明，监督是最好的防腐剂，不受监督的权力必然导致腐败。作为党员领导干部，要强化监督意识，充分认清监督不仅仅是“紧箍咒”，更是“护身符”，从而正确看待监督，真心实意接受监督。以监督自省，就要坚持自我监督，把反省自己、警示自己、约束自己作为修身履职的根本方法，做到“吾日三省吾身”；就要勇于接受监督，无论是组织监督、群众监督、社会监督、舆论监督等，都心悦诚服地欢迎，善于在监督的环境里干事，乐在监督的氛围中行动。只有砥砺闻过则喜、有过即改的胸怀，站稳以人民为中心的立场，我们的事业就会步入“潮平两岸阔，风正一帆悬”的佳境。

切莫因小失大

据报载，某乡政府3名干部因接受一项目工程施工方的“小意思”而被县纪委调查。

事情经过是这样的：某项目开工前，按当地习俗，施工方诚邀乡村干部到场，为图吉利和喜庆，给在场的每个人“意思”了一下，无论是干部还是群众，可谓见者有份，皆大欢喜。

“小意思”真是小意思，一个红包200元钱。施工方图个彩头，助兴者乐给面子，在这种环境下，人的确容易放松警惕，认为拿个红包是小事一桩，无关痛痒。

其实，小事不小。俗话说：千里之堤，以蝼蚁之穴溃；百尺之室，以突隙之烟焚。无数贪官的腐败轨迹警示我们，破法从违纪始，违纪从小节开。严守党纪法规，必须从小事入手，从小节严起。清白做人，干净做事，是对党员干部的基本要求，是为官做人的重要原则。优秀共产党人汤庆福曾说过一句话：“我对金钱没有好感，对于我来说，金钱作为一种劳动所得，只能发挥购取衣食和书报的作用，至于它还能带来更多的物质享受，我丝毫也不稀罕和羡慕。”心不动于微利之诱，目不眩于五色之惑。汤庆福管住小节，忠心向党，热心为民，赢得了群众赞誉。奋战在扶贫一线，最要紧的是加强政策法规学习、积累基层工作经验、增强群众工作本领、锤炼务实为民作风，以增添人生的色彩，奏出生命的强音。

“小事”发生后，3名干部受到党纪处分，可谓因小失大。不矜细行，终累大德。如果一见到利益就想占有，一见到好处就想伸手，那只会断送自己的政治前程。

前事不忘，后事之师。作为党员干部，一定要心中有戒，常怀敬畏，坚持思想改造不放松。敬畏法纪，成长就有了“护身符”；静心自省，奋斗就有了“醒脑剂”；干净做事，为官就有了“方向盘”。做到了“敬、静、净”，做人就能见境界，做事就能见水平。我们要不断加强党性修炼，不闯红灯，不碰红线，立鸿鹄志，做奋斗者，才能不负组织重托，不负人民期望。

力拔穷根唯实干

习主席强调，伟大梦想不是等得来、喊得来的，而是拼出来、干出来的。实干二字，是一个国家、一个民族实现伟大梦想的密码，也是一个人实现远大理想的良方。作为一线扶贫人，我们不仅是脱贫攻坚伟大实践的参与者，也是乡村振兴大幕开启的接力者，更是民族复兴伟大梦想的见证者，尤其需要干在实处、走在前列。

“道虽迩，不行不至；事虽小，不为不成。”扶贫实践中，诸多矛盾问题叠加，各种风险隐患交汇，我们面对的都是最难啃的硬骨、最沉重的担子、最烫手的山芋。于是，在我们身边，耍小聪明、做事浮躁者有之，高谈阔论、混时度日者有之，畏难惧败、不敢担当者有之，遇到挫折、一蹶不振者亦有之，这需要我们提高政治站位，增强对扶贫工作的使命感责任感紧迫感，不断自重、自省、自警、自励。

理想的奋斗历程犹如一场马拉松，拼的是实力，比的是毅力，亮的是精神，唯有拼搏实干、勇毅向前才能渡过难关。作为一线扶贫人，我们要沉下心来驻村，心无旁骛帮扶，田间地头访民情，深入一线解民忧，让脚上多些泥土味，嘴里多些百姓言，心里多些村民事，以实干赢得群众认可。

实干需要精气神。“将军奋勇，三军用命。”一线扶贫需要以身作则，用以感染身边的群众。散漫无为的干部可让实干的下属松懈，埋头苦干的领导则让懒散的下属羞愧。一线扶贫要以实干者励人励己，主动放下干部的架子，担起肩上的责任，带头把思想凝聚到脱贫使命上，把精力集中到精准帮扶上，把功夫施展到助民致富上，营造浓厚的实干氛围，携手奋斗，共创佳绩。

实干需要重积累。不平凡的业绩往往不是一蹴而就的，需要“咬定青山不放松”的定力和“一锤接着一锤敲”的努力才可实现。我们要以实干绩效检验自己的工作作风和工作能力，平日积累有韧劲，不因工作重复就松懈麻痹，也不因工作繁琐就降低标准；关键时刻顶得住，扛得了重活，打得了硬仗，经得住磨难。

初心不因岁月洗礼而改变，使命不因风雨坎坷而淡忘。投身脱贫攻坚的伟大事业，我们必须立足本职岗位，干一行、爱一行、钻一行、精一行，始终保持昂扬的精神状态，才能收获风雨后的彩虹，实现贫困村的美丽嬗变。

脱贫成效要经得起历史检验

习近平同志在党的十九大报告中强调："坚决打赢脱贫攻坚战，使全面建成小康社会得到人民认可、经得起历史检验。"当前，脱贫攻坚取得决定性进展，但也"正是最吃劲的时候"，剩下的都是难啃的"硬骨头"，是贫中之贫、困中之困。

全面脱贫，承诺如山；攻坚战贫，愚公移山。脱真贫、真脱贫，才能确保脱贫成效，获得群众认可，经得起历史检验。

然而扶贫工作中存在一些短板：实现"两不愁三保障"存在薄弱环节，争相"戴帽"变成盲目"摘帽"；忽视发挥贫困群众主体作用，出现"干部干、群众看"的情况；稳定脱贫机制有待健全，搞低标准脱贫、突击式脱贫，甚至数字脱贫；帮扶工作不够精准，有搞形式主义之嫌等等。这些问题必须引起高度重视，认真加以解决。

强化政治责任担当。认真学习贯彻党的十九大精神，明确新时代打赢脱贫攻坚战的战略定位。牢固树立宗旨意识，从脱贫难点入手，从群众需要出发，沉下心来帮扶，扑下身子实干，切实提高扶贫成效。坚持精准扶贫方略，瞄准脱贫目标改进政策安排、工作部署和业绩考核等工作，坚决防止低标准脱贫、突击式脱贫，更不能搞数字脱贫、虚假脱贫等形式主义。完善政绩考核机制，改进扶贫督查工作，减少检查考评，强化监督问责，及时曝光反面典型，让搞形式主义的人无处遁形。

激发群众内生动力。贫困群众是结对帮扶对象，也是脱贫致富主体，要唤醒他们的主体意识，充分调动其积极性主动性创造性，使其心热起来、手动起来，发扬自力更生精神，增强改变贫困面貌的决心信心，实现由"要我脱贫"向"我要脱贫"转变。开对"药方子"，才能拔除"病根子"。只有把贫困群众主动脱贫的志气鼓起来，脱贫办法才会多起来，脱贫效果才会好起来。通过劳动素质培养、职业技能培训、经营意识再造等方式，提升贫困群众的生产技能和竞争能力。

创新产业扶贫思路。发展产业是实现脱贫的根本之策，是增强贫困地区造血功能，帮助群众就地就业的长远之计。有的扶贫偏重于“输血”，采取一兜了之、一补了之、一股了之、一发了之等简单扶贫方式，一些贫困群众虽然暂时脱了贫，但返贫风险较高。消除深度贫困，要勇于突破常规思维，坚持输血与造血并重，扶志与扶智结合，既“授之以鱼”，更要“授之以渔”，在精准施策上出实招、在精准推进上做实功、在精准落地上见实效，真正帮到点上、扶到根上。发展扶贫产业，重在群众受益，难在持续稳定。要优化政策供给，用足用活产业扶贫资金，积极探索资源变资产、资金变股金、农民变股东的发展模式，确保贫困群众脱真贫、真脱贫、不返贫。

坚定信心不动摇，咬定目标不放松，以攻坚之勇，下绣花之功，我们就一定能打赢打好脱贫攻坚战，创造经得起历史检验的脱贫成效。

学习教育切忌“舍本逐末”

当前，“两学一做”学习教育在全党正如火如荼展开。部分单位为深化学习教育成效，想了不少办法，参观见学、重温誓词等配合活动层出不穷，争放异彩，这些举措当然很好，只是大都表面热热闹闹，实则走马观花，免去了理论学习这项基础工作之苦，教育实效却打了折扣，难免有“舍本逐末”之憾。

“欲木之长者，必固其根本；欲流之远者，必浚其源泉。”基础是事物发展的根本。“两学一做”的根本目的是强化理论武装、坚定理想信念，增强“四个意识”、锤炼坚强党性，践行党的宗旨、勇于担当作为。这就需要做大量深入细致、切合实际的工作，而理论学习是这一切工作的坚实支撑。忽视了“学”这个基础环节，学习教育无疑是“捡了芝麻，丢了西瓜”。

创新理论是人生的导航灯、思想的磨刀石，但它不会主动进入人的大脑，更不会主动内化为理想信念，转化为意志力量。“问渠哪得清如许，为有源头活水来。”只有坚持读原著、学原文、悟原理，深入领会习近平总书记系列重要讲话的基本精神、基本内容、基本要求，把握好蕴含其中的治国理政新理念新思想新战略，把握好贯穿其中的马克思主义的立场观点方法，才能引人思考、给人启迪、让人信服，才能阐释理论的光辉、高扬真理的光芒，把对理论的理解和掌握由感性层面上升到世界观、方法论的理性层面，从而完成思想认识的升华飞跃，让学习教育步入“山重水复疑无路，柳暗花明又一村”的佳境。当然，抓好理论学习这一基础环节，必须保持足够的定力、坚强的韧劲、长期的追求，不能有厌烦的情绪，更不能有松懈的心理。

没有理论上的清醒就没有政治上的坚定，没有思想上的成熟就没有行动上的自觉。因此，推进“两学一做”学习教育制度化常态化，就要在重视配合活动的同时，更加注重抓好理论学习，引导广大党员感悟理论铸魂魄、透过变化明事理、成就面前知责任，进一步增强高举旗帜、铁心向党、履职尽责的思想政治基础，立起“四个合格”的标尺，忠实践行党的宗旨，不辱党和人民赋予的神圣使命。

第 三 辑

心灵吟唱·情怀随感篇

钩藤基地党旗红

草塘河边干劲足，钩藤基地党旗红。今天艳阳高照，二酉苗族乡党委第一支部和村党支部联合开展主题党日活动——全体党员钩藤基地拔草。

奔赴劳动一线，体察农民艰辛，培植爱民情怀，造福苗寨人民。这是当初我和乡党委书记张军商定的活动。一个干部的成长离不开劳动一线的摔打磨砺，一项事业的成功离不开爱民情怀的培植积淀。从这个意义上讲，开展这项活动是很有意义的。

平日办公室里敲击键盘的纤纤玉手，能否在绿色田野大显身手？高扬的党旗迎风招展，五颜六色的着装点缀着绿色的田野，让这片土地充满了生机与活力。

干部干部，干字当头。面对齐腰深的野草，我们的热情没有退却。一人一垅，一字摆开，我们开始劳作。

挥汗如雨，笑语欢歌。

拔草，是一个体力活，既有疲惫的艰辛，又有收获的喜悦；既是意志的磨砺，又是党性的锤炼；既要完成任务，又要彰显作风。劳动，让生活多姿多彩；汗水，让记忆丰盈充实。

阳光下，微风中，一幅幅画面呈现在我的眼前：焦裕禄“生也沙丘，死也沙丘，父老生死系”，兰考的泡桐枝繁叶茂；杨善洲“带领群众干，做给群众看，不高高在上瞎指挥，群众才会服你”，荒山因栽下一棵棵树而成了绿洲；廖俊波一直坚持“能到现场就不在会场”，他走到哪里，哪里就会大变样……汗水映照丹心，实干承载信念，他们的事迹激励着我们挥洒豪情，播种脱贫致富的希望。

烈日炙烤着大地，汗水滋润着幼苗。我和张书记始终冲在拔草的第一线，党员们也都争先恐后，累不言苦，苦不退缩。经过两个半小时的奋战，一亩多地的野草横亘在田埂。

对庄稼而言，“最好的肥料是农夫的影子。”是的，劳动最光荣，劳动最崇高。嗅闻泥土的芳香，采撷幸福的果实，非付出一番艰辛不可。新时代是奋斗者的时代，葆有“莫向光阴惰寸功”的精气神，我们一定能攀过奋斗的阶梯，抵达幸福的彼岸。

初心映照扶贫路

胸怀有多大，人生的舞台就有多大；目光有多远，脚步就能走多远。

如今，脱贫攻坚已进入啃硬骨头、攻城拔寨的关键期。然而，随着驻村帮扶时间的延伸，日复一日的扶贫生活让干事创业的激情渐渐归于平淡，越来越沉重的工作压力催生了喘气歇脚的想法，如何度过三年宝贵的扶贫时光竟成为自己需要静心思考的话题。

若图条件安逸、待遇优厚，我本不必来；担心环境恶劣、条件艰苦，我又何必来；顾及离妻别子、亏欠家人，我更不会来，心中只有一个最简单、最质朴、又最有说服力的答案：来扶贫，就是来吃点苦，干点事，争点光。

马克思曾如此表达对工作和事业的热爱：我已经把我的全部财产献给了革命斗争，我对此一点儿不感到懊悔。相反的，要是我重新开始生命的历程，我仍然会这样做。“目标始终如一”，马克思年复一年、不分昼夜地工作，构造无产阶级解放事业的牢固基础，创造无产阶级斗争的著作大厦，建造反对资产阶级的武器库，“只受一种精神支配，只炽热地燃烧着一种激情”。作为一名共产党员，热爱工作，热爱事业，热爱真理，是应当具备的精神觉悟、应当达到的精神境界。

百舸争流，奋楫者先；千帆竞发，勇进者胜。作为驻村帮扶工作队队长，唯有不忘初心，勇于扛起时代赋予的重任：要有“位卑未敢忘忧国”的家国情怀，小村庄大规划、小岗位大作为；要有“一篙松劲退千寻”的危机意识，脱贫攻坚的步伐慢不得、更停不得；要有“俯首甘为孺子牛”的奉献精神，条件越是艰苦越要坚守，矢志不渝以实际行动打赢脱贫攻坚战，为实现施溪村脱贫摘帽挥洒青春和汗水。

时间的指针永不停歇，历史的长河奔腾不息。既然选择了扶贫，便只顾风雨兼程。

慎终追远慰英灵

苍山滴翠，烟雨霏霏。

一年一清明，一岁一相思。这一天，从北疆边陲到南海之滨，从东海海域到雪域高原，人们纷纷带着鲜花来到先辈墓前，低首哀悼，重温先辈故事，缅怀先辈业绩，把深深的思念化为砥砺前行的力量。

《岁时而问》中说：“万物生长时，皆清洁而明净，谓之清明。”其实，清明不只是一个节气，更是一个祭奠追思的节日，连接着过往、今天和未来，标注着奉献、感恩和奋进。

清明，是一个缅怀的日子。细雨打湿沉甸甸的思念，记忆萌生暖烘烘的力量，满怀对革命英烈的无限崇敬之情，我再次走进解放湘西的剿匪战场，再次亲近鲜血浸润的青山绿水，在时空隧道里寻觅英烈的足迹，细品英烈的故事，感怀英烈的悲壮。是的，“如果奇迹有颜色，那一定是中国红”。

清明，是一个憧憬的日子。行走在施溪这块贫瘠的土地上，我不禁感慨，革命胜利快 70 年了，老区人民依然躺在世纪的贫困里无怨无悔，基础设施落后，产业发展迟缓，生活水平低下。“老区和老区人民，为我们党领导的中国革命作出了重大牺牲和贡献，我们要永远珍惜、永远铭记老区和老区人民的这些牺牲和贡献”，习总书记的谆谆教诲又在耳边响起，驻村帮扶的责任又一次在心中升腾。

青山不语，丰碑永存。清明，无论是为先辈墓碑扫一扫尘土，还是到网上灵堂献一瓣心香，都是与逝者进行灵魂的对话。“想到那些死难的烈士，我们没有权利不努力工作，没有权利不全心全意为人民服务”，清明的意义，不只在于不忘先辈的崇高，更在于把缅怀追思的心迹化作勇毅前行的足迹，这才是真正永恒的铭记。

“你活在我们的记忆里，我们奋进在你为之奋斗的事业中。”作为一线扶贫人，我们要以先辈为镜，和英烈对表，真正做到“一线扶贫当尖兵与民造福，乡村振兴洒汗水为党增辉”。这样，我们就能在烈士的灵前问心无愧地致奠：“先烈回眸应笑慰，擎旗自有后来人。”

农家品侣

农氏是一个多民族、多源流的古老姓氏，相传为神农氏的后代。我熟悉的这位姓农名品侣的壮族小伙出生于广西南宁一户家境殷实的人家，排行老三，上面有一个哥哥一个姐姐，从小备受宠爱，无忧无虑。

这位农家三阿哥长得阳光帅气，皎如玉树临风，一双黑亮的眼睛透着机灵劲儿。没曾想他高中还没毕业，竟然瞒着父母报名参了军。母亲担心他在部队吃苦受累，一把鼻涕一把泪也没能劝阻他。

农品侣新兵下连所在部队就是我转业前的老部队。这是一支英雄的部队，驻扎在大山深处，至今没有用上自来水，以位置险峻、条件艰苦、训练过硬而远近闻名，号称“岭南铁军”。

初识小农，是2007年冬天的一个傍晚，我去燕子窝哨所检查工作。

燕子窝哨所地处南岭腹地，三面环山，没有围墙，陈旧的几栋营房坐落在狭长的山腰上。这里因森林植被密集，气候特别潮湿，每年至少有三分之二的时间是大雾弥漫缭绕。哨所就像一叶扁舟，静静停泊在云雾的港湾，十几个战士日复一日默默守护着这里。

我一本本地翻阅战士们的教育笔记，一行行云流水般的字映入眼帘：无畏是笔，无悔是纸，军人用心书写对祖国和人民的忠诚。再看扉页，赫然写着“农品侣”三个字，力透纸背。

这样认真学习的人正是处里需要的战士，我便将他调到政治处工作。

小农聪明勤劳能吃苦，学东西上手很快。不出半年，编辑报纸、摄影摄像都做得有模有样。他做事麻利，有条不紊，晚上常常加班到深夜，时不时还听到他哼着欢快的小曲。跟他在一起激扬文字，我感觉年轻了许多。

人生最美好的生活方式，莫过于和一群志同道合的人奔跑在理想的路上。不知不觉中我们在一起工作了十年。

在我离开部队前夕，农品侣郑重其事地赠送给我一本相册。翻开厚重的相册，一张张润泽心灵的照片，一串串生动鲜活的记忆，一幅幅使命催征的画卷……火热的军营，留下了我们的青春和汗水，记录了我在“岭南铁军”的战斗历程。都说“铁打的营盘流水的兵”，我想说，流走的是岁月，留下的是人生。尽管如今告别军旅多年，感觉军号依旧在耳边回响，军歌依旧在胸中激荡，军旗依旧在心中飞扬。我告诉自己，脱下军装，无非换个战场；华丽转身，步履依然铿锵。

转业到地方工作后，我主动申请到贫困山区驻村帮扶，怀揣梦想，踏上了新的人生征程。

念及小农擅长摄影摄像，经与老部队协调，特请他利用假期来扶贫点拍摄资料留存。

在山沟与小农阔别重逢，着实叫人欣喜。他已是有十三年兵龄的老兵了，依然阳光帅气，朴实干练透着坚韧刚强。

谈笑中得知，他曾主动申请到世界屋脊驻训半年，我深知那得有多大的勇气和毅力。小农告诉我，那里平均海拔 4000 多米，风沙大降水少，昼夜温差特别明显，最低气温可达零下 37℃。早上因为水都冻住了，经常不能洗脸，幸好有淋浴车，每半个月可以洗一次澡。到那没多久便大雪封山，手脚都冻肿开裂了。即便如此，现在回想起来，也没觉得很苦，因为那里一茬茬官兵血脉赓续，用自己坚实的脚印将使命镌刻在了国境线上。“边关有我，请祖国和人民放心”的铮铮誓言，让人真切地感悟到生命的圣洁与坚强。

格桑花总会在某个角落不声不响地绽放生命的色彩，忽然明白：当我们全身心去感受生命的时候，就能忘记所有的艰难困苦，曾经的挫折烦恼；忘记交织的爱恨情仇，曾经的沧海桑田。

望着农品侣那张灿烂的笑脸，我看到了幸福就像花儿一样。

最美的“最后一公里”

“日出江花红胜火，春来江水绿如蓝。”2016 年初，全党正式开展“两学一做”学习教育之时，正值担任团政委满 4 年的我面临进退走留之际。

“走留听从党安排，胸有壮志天地宽。”曾几何时，给一批批服役期满的老兵做思想工作时，我总在讲台上用这句话鼓励官兵。那时，当组织征求自己走留的意见时，说实在话，我犹豫了。

回想 26 年的军旅生涯，训练场上摸爬滚打，巡逻路上日晒雨淋，抗击冰雪一往无前，野外演习炮火硝烟……钢枪早已融入了我的生命，打赢成了我毕生的追求。然而，深化国防和军队改革是一次体系的重塑，也是一次结构的重组，必然涉及许多官兵岗位的调整变化。

我深知自己可以申请留队的理由：广州军区十佳优秀旅团单位主官、副师职后备干部等。但改革强军的号角吹响，走留考验着我作为军人的忠诚。

群众看党员，党员看干部，开展“两学一做”学习教育，关键在领导带头、以上率下。是的，作为党员领导干部，作为部队政工主官，我不能天天对着官兵讲忠诚是党员的底色，服从是军人的天职，涉及自己的前途命运时却向组织提要求、讲条件，讨价还价。每名党员干部都必须坚决维护改革强军这个“大我”，正确对待个人得失这个“小我”。

于是，我用“坚决服从组织安排”铿锵作答。

“党叫干啥就干啥，打起背包就出发。”4 月初，转业通知下达，我榜上有名，有不舍，更有军人的自信；有遗憾，更有党员的豪迈。

我收拾行李准备离队时，单位的整编命令未到，人员接替暂缓，组织征求我的意见：“你是单位的主心骨，希望你继续留任政委一职，主持单位大局。”

已两地分居 10 年的妻子此时打来电话：“作为军人，你已经尽到职责了，快回家团圆吧，多待一天就多一份责任、多一份风险。”妻子的说法不无道理，军改期间，官兵思想活跃，人心容易浮动；部队点多线长，管理容易松懈；战备工程启动，外来人员增多；天天操枪弄炮，安全压力很大，没准哪天哪里就会“冒泡”。

但人们常说，鸦有反哺之义，羊有跪乳之恩。我从一个不谙世事的青年成长为一名素质过硬的军人，从一名走出校门的学子成长为一名带兵育人的领导，从军后的每一步，都倾注着组织的关心培养，都离不开部队的摔打锤炼。我不能忘记组织的培养之恩，更不能知难而退当逃兵。

“组织的任命就是党员的使命。”我暗下决心，越是要离开的时候，越要站好最后一班岗，将“最后一公里”变成“最美一公里”。

留任期间，我带领“一班人”深入一线调研，确立了“实战化训练，精确化保障，规范化管理，人性化服务”的工作思路，在部队叫响了“扛着红旗找差距，抬高一尺谋发展”的口号。5月份，单位受领上级“三长”集训3个课目汇报演示和2个正规化管理现场观摩任务，特别是后方仓库营区应急分队处突课目，没有现成样板，没有具体标准，没有经验借鉴。焦裕禄曾说：“干部不领，水牛掉井。”为做好示范引路，我和班子成员吃住在帐篷，和官兵一起，晴天一身汗，雨天一身泥；发动大家建言献策，设立“金点子”奖，经过一点一滴推敲、一招一式精练，探索出后方仓库应急处突的新路子，受到上级首长高度评价，并在联勤部队推广。一名党员一面旗，在党委一班人的示范影响下，官兵工作标准不降、训练干劲不减、工作作风不散，团队一如既往充满虎虎生气、融融暖气和堂堂正气。7月1日，团队党委被上级表彰为先进党委。

我离开部队那天，官兵们自发列队欢送，脸上挂满晶莹的泪花。我知道，自己向组织交出了一份合格的答卷。

挥别军旅，军号依旧在耳边回响，战歌依旧在胸中激荡，党旗依旧在心中高扬。军装已脱，本色不改。身为党员，我依然时刻准备着，只等组织一声召唤！

人生最美是军旅

岁月如诗，人生如歌，士气如虹。

今天，驼铃声响，军歌嘹亮。我告别军旗，满含热泪。

遥想26年前的春天，那是一个生发梦想的季节。是猎猎军旗的召唤，我投笔从戎，披上战袍，毅然踏上了开往南疆的军列。从此，汗水为墨，枪刺作笔，开启了别样的军旅人生。

怎能忘记，在军营，我们把思乡情愫小心翼翼地打进厚重的背包。父母的叮咛，恋人的呢喃，亲人们的期盼……只有在月明霜重的寂静时光，才慢慢打开行囊，将缕缕情思放进嘴轻轻咀嚼，让疲惫的心灵始终鼓满风帆，走向远方。

怎能忘记，在军营，我们投身血与火的熔炉冶炼，训练场上摸爬滚打，巡逻路上日晒雨淋，抗冰救灾勇当先锋，野外演习燃起硝烟……栉风沐雨，披星戴月，负重前行，高高托起祖国南疆的和平与安宁。

怎能忘记，在军营，我们战友生死相伴苦乐与共，同吃一锅饭，同举一杆旗，同唱一首歌，同享一片天……谈笑拉近心与心的距离，娱乐催生情与情的交融，举杯是胜利者骄傲的英姿，豪饮是战友间情深的靓照。

这是一张张润泽心灵的底片，这是一串串生动鲜活的记忆，这是一幅幅使命催征的画卷。我们把当兵当事业，把岗位当战位，钢枪是我们的第二生命，战胜是我们的唯一追求。军营生活，唯其艰难，更显勇毅；唯其笃行，弥足珍贵。

“最先朝气蓬勃地投入新生活的人，他们的命运是令人羡慕的。”今天，我们响应强军号召，卸甲归乡，无非换个战场；明天，我们面对改革大潮，华丽转身，依然步履铿锵！无论身在何地，无论人处何方，唯有信念始终如一——时刻准备着，只等祖国一声召唤，立即奔赴卫国的疆场，让鲜血染红的战旗永远高高飘扬。因为，脱下军装，我们还是一个兵！

风劲帆满海天阔，俯指波涛更从容。相信有一天，岁月会告诉我，自豪吧，中国军人！

陌上花开

陌上花开蝴蝶飞，江山犹是昔人非。

老家的屋后，长年绿草青青，阡陌之上杨柳依依，各种各样的小花执着而恬淡，随风摇曳。母亲就静静地长眠在那里。

“妈，儿子来看您来了。”伫立在母亲的墓前，静听花开，母亲的音容笑貌又浮现在我的眼前。

母亲是个平凡普通的农家妇女，一生贤良节俭，与人为善。平日里总是笑呵呵的，方圆十里的乡亲都知道她脾气好，从不与人争吵。母亲生育了我们姊妹四个，还要照顾公公婆婆，张罗一家人的饮食起居。那个年代家家户户缺衣少食，肚子经常饿得咕咕叫。记得我七岁的时候，有一天傍晚饥肠辘辘地独自走在放学路上，看到邻居家地里的玉米黄灿灿的，实在诱人，于是忍不住偷偷掰了一个。母亲得知后，气得脸都红了，抓住我在我屁股上狠狠地拍了几巴掌，还拉着我去向邻居家道歉。事后，母亲语重心长地告诉我：“小时偷针，长大偷金。儿啊，饿死也不能偷人家东西，事做错了就要给人赔罪，我希望你永远记住。”

我们在母亲的养育下渐渐长大。

高中毕业后，我回乡务农。一有时间，便喜欢读书。那时候家乡还没有通电，点煤油灯照明，虽然灯光微弱且刺眼睛，却也常常看书到深夜。母亲见我喜欢夜读，买了好些蜡烛，并托人做了一个烛台——古铜色的半球形底座，顶端镶嵌一个圆形凹盆，正好插蜡烛。温柔的夜色中，我在烛光下读书学习，母亲在旁边做针线活儿陪伴我。有一回我读到邓康延的文章《母爱的原野》，抬头望着母亲，这是我第一次仔细地打量含辛茹苦哺育我的母亲。她正麻利地穿针引线编织毛衣，毛线在她灵巧的手上像变魔术般忽上忽下跳跃，烛光映照着她那张布满细细密密皱纹的脸，那么慈祥，那么柔和。我忽然发现，母亲的头发已悄然花白，粗糙的手背和点点老年斑细致地刻画出生活的辛劳和岁月的沧桑，不觉惊叹时光荏苒，犹如白驹过隙，泪眼朦胧中瞬间明白了李春利在创作《烛光里的妈妈》时的心境，心灵跟着歌曲的旋律领悟母爱的点点滴滴。

记得离开家乡上军校那天，细雨霏霏。母亲天不亮就起来了，执意要送我到车站。雨丝无声地飘飞，我们默默地行走，沿着泥泞的山路，深一脚浅一脚好不容易到了车站。准备上车的时候，母亲把我拉到一边，还没开口，已是泪眼婆娑。她颤声地说："孩子，你一个人在外面不容易，本该让你多带点钱，可家里的情况你也清楚。这是我前些日子攒的，你就紧着些花吧。"说着，她从衣兜里掏出一个红布包，哆哆嗦嗦地打开，拿出叠得整整齐齐的五张十元的钞票，数了数，小心翼翼地塞进我的口袋，扣上扣子，又在外面按了按。母亲的目光在我的脸上停留了许久，眼泪滴在我的手上，一股温热的感动细细密密地溢满我的心扉，我的眼睛朦胧了，鼻子有些酸涩，脸上湿漉漉的，不知是雨还是泪。

五十元钱，对一个普通的农民家庭来说是不难有的。然而在依然贫困的偏远山村，得到它所付出的代价远远超过了它本身的价值。我深深懂得这五十元钱的分量，它凝聚着母亲多少辛劳的汗水，蕴含着母亲对儿子的多少希冀！望着年迈的母亲，尽管贫穷压弯了脊梁，风霜染白了头发，脸上却没有抱怨与忧伤。恍惚间，我看到了烈日炎炎的仲夏，面朝黄土背朝天的母亲在田间地头辛勤劳作；看到了寒风刺骨的冬晨，瘦弱的母亲挑着满满两箩筐一毛钱一斤的萝卜赶集的背影……我想大声地喊，太阳那么大，请把妈妈的白发晒黑；风儿啊，请你轻轻抚平妈妈的皱纹……

从那以后，每当看到战友们着便装穿皮鞋自己产生购买欲望时，每当腰酸背疼想借口逃避训练时，每当想敷衍工作放松学习时，我就会想起母亲，想起母亲那双风雨中颤抖的手。岁月因经历而懂得，生命因懂得而厚重，人生因厚重而精彩。

到部队工作的第26个年头，得知自己身患重症的母亲只有一个心愿，想到儿子工作的部队看一看。我抽空把母亲接到部队，陪着母亲到营区走了一圈，看到管理有序的营院、生龙活虎的战士，和精气神十足的军营氛围，母亲欣慰地笑了。"儿子，你带的兵不错，妈放心了！"在部队住了不到三天，母亲便执意回老家。我知道，她是担心影响我的工作。

随后，母亲便在那年夏天，带着深情的眷恋永远离开了我们。

站在母亲的墓前，撒一把思念的种子，生根发芽。陌上花开，思念传递母亲的力量，让我奔跑在理想的路上。低头，有坚定的脚步；抬头，有清晰的远方。我知道，母亲并未远行，故乡风景如昔。

换个战场再出发

岁月如诗，人生如歌，士气如虹。

昨天，军旗猎猎，梦想生发，我投笔从戎，披上战袍；今天，驼铃声响，军歌嘹亮，我告别军旗，满含热泪。

有一种情怀叫作惜别军旅。看不见枪林弹雨，远离了铁马金戈，在鸽哨系着阳光的岁月，我行进在绿色的钢铁方阵。在最美好的青春年华里，明知是自己可能一辈子也用不上的军事技能，却豁出命地一遍遍苦练；明知推演的战备方案可能永远没有用武之地，却偏偏倾注自己全部的心血一步步推敲；明知迎着灾害前行有牺牲的危险，却闻令而动披挂出征……弹指间，当兵26载，冬去春来，不知送走了多少批老兵返乡，如今改革强军号角劲吹，走留考验着自己作为军人的忠诚。脱下军装，无非换个战场；华丽转身，步履依然铿锵。不要遗憾离开火热的军营，是军人总有脱下军装的时候，是战友就有天南海北的时刻；不要遗憾自己没有上过战场，之所以岁月静好，那是因为有我们遮风挡雨、护佑安宁。作为军人，我们没有理由不骄傲不自豪；作为战士，我们肩负的使命伟大而神圣。脱下的是军装，不变的是军魂，我知道自己依然在时刻准备着，若有战，召必回！

有一种思念叫作魂牵梦萦。脚步还未远离军营，思念的情愫却开始疯长。怎能忘，在军营，我们把思乡情愫小心翼翼地打进厚重的背包，父母的叮咛、恋人的呢喃、亲人们的期盼……只有在月明霜重的寂静时光，才慢慢打开行囊，将缕缕情思放进嘴轻轻咀嚼，让疲惫的心灵始终鼓满风帆，走向远方；怎能忘，在军营，我们投身血与火的熔炉冶炼，训练场上摸爬滚打，巡逻路上日晒雨淋，抗冰救灾勇当先锋，野外演习燃起硝烟……栉风沐雨，披星戴月，负重前行，高高托起祖国南疆的和平与安宁；怎能忘，在军营，我们战友生死相伴苦乐与共，同吃一锅饭，同举一杆旗，同唱一首歌，同享一片天……谈笑拉近心与心的距离，娱乐催生情与情的交融，举杯是胜利者骄傲的英姿，豪饮是战友间情深的靓照……这是一张张润泽心灵的底片，这是一串串生动鲜活的记忆，这是一幅幅使命催征的画卷。挥别军旅，军号依旧在耳边回响，军歌依旧在胸中激荡，军旗依旧在心中高扬。

有一种希望叫作不忘初心。仿佛如昨，“不忘初心，继续前进”的嘱托，从人民大会堂出发，跨过大江南北，穿越长城内外，成为一个时代、一个星球的回响。是的，也许曾有过“为中华之崛起而读书”的抱负，也许曾有过“何日请缨提锐旅，一鞭直渡清河洛”的誓言，也许曾有过“些小吾曹州县吏，一枝一叶总关情”的追求，岁月的风雨已将这些浸湿得如此模糊。也许我们付出了汗水，却收获了贫瘠；播种了绿色，面对的却是荒芜。但我们无法想象没有阳光没有希望没有追梦的日子，不管岁月如何变迁，无论四季怎样更替，我们依然坚信：汗水比泪水更有营养，站着比坐着更有力量。我们或许经历挫败，但梦想总会如旭日之升；我们或许曾经心痛，但希望总会如皓月之恒。无论身居何处，无论人处何方，我将始终怀揣梦想，不忘初心，踏上崭新的充满希望的人生旅程。

莎士比亚说过：“草木是靠着上天的雨露滋长的，但是它们也敢仰望苍穹。”扬帆起航凌云志，中流击水正当时。让我们迎着初升的曙光，脚踏这片火热多情的土地，背负大地原野的希望，不负好时光，勇敢向前行！

又忆军营

得知老部队被裁撤的消息，是在一个寒风呼啸的午后，我百感交集，独自在茶室角落静坐了许久，无法释怀。

这是一支英雄的部队，我曾在此工作了十年，当过该部的政治处主任、政治委员，把自己最美好的青春年华镌刻在了这支部队的战旗上。这是一个虎虎生威的团队，我们拼了命用鲜血和汗水打造出一个响当当的品牌——“岭南铁军”。“有任务就上，有第一就争，有红旗就扛，有荣誉就夺”，是我们这支部队叫得最响的口号，官兵们牢记使命，苦练精兵，豪情满怀，常以英雄团队的兵为荣。

没曾想，依依不舍离开部队才两年，传来的却是被裁撤的消息，震惊、惆怅的思绪推开了记忆的窗户。

曾记否，2008年冰灾，驻地是重灾区。在停水停电、通信中断的情况下，灾情就是唯一的号令，我们主动奔赴抗冰救灾的战场，京珠高速路上破除坚冰，一〇七国道上疏导交通，倒塌房屋下抢救群众，爬冰卧雪，战天斗地，为保卫人民群众生命财产安全，我们苦苦奋战了十五天，赢得了广州军区抗冰救灾先进单位的奖牌。

曾记否，2011年训练年，我们顶烈日，冒酷暑，野外驻训，深山穿梭，一个课目一个课目练，一个动作一个动作抠，经过长达9个多月的摸爬滚打，顺利通过总部考核验收，成为广州军区首批后勤训练一级单位。

曾记否，我们按纲建连，常态抓建，几年如一日，部队全面进步，训练整体提升，总结出了“最好的办法是依法办，最大的福祉是风气正”的经验在全区推广，2014年被广州军区评为“十佳优秀旅团单位”，创造了只可重复不可超越的荣耀。

曾记否，我们视武器装备为生命，本着把废品当新品管，把新品当精品管的理念，武器装备管理赢得了总评好评，被评为全军武器装备规范化建设试点先进单位。

……

一个个荣誉，光耀南疆；一串串足迹，坚定铿锵。这是我们拼搏进取的彰显，这是我们奉献情怀的升华。我们在熔炉中锤炼，我们在岁月中成长，二十六载军旅生涯诠释了绿军装的庄严和神圣。这绿色，映衬的是南昌起义的烽火，长征路上的号角，延河水边的马灯；这军装，托起的是勇敢与坚强，责任与担当，和平与安康。

有些故事，在回望中更加清晰；有些精神，经过时间的沉淀愈显珍贵。没有惆怅就没有刻骨铭心，没有回味就没有家国情怀。当那些拌着酸甜苦辣的军旅岁月沉入时光长河深处，这才发现，军旅已成为人生中最闪光、最重要的一部分。

暗淡了刀光剑影，远去了鼓角争鸣，爱国尚武的精神依然高扬在这片火热的土地。在改革强军的征程上，撤并降改已是常态，这是军队发展的必然，也是国防强大的表现。作为一个老兵，我应该欣喜，为祖国的富强而欣喜；我应该骄傲，为军队的强大而骄傲。摒弃“小我”，服从改革强军的“大我”，这才是军人本色。

似水流年，沉淀了我对军营的深情眷念；军歌嘹亮，将永远在我的血液里奔腾歌唱。

竞渡沅江展风采

龙舟争流竞沅江，碣滩茶香飘四方。今天上午，“龙腾潇湘·2019”湖南传统龙船赛（沅陵站）暨怀化·沅陵第五届碣滩茶文化旅游节开幕，引来近10万游人和客商。

站在龙舟大看台，只见彩旗迎风飘舞，气球高悬碧空，万千人头攒动，场面壮观，气氛热烈。沅水河面，波光粼粼，锣鼓喧天。20支龙舟队迎风破浪，上演龙舟游江、闹江、抢红、竞渡及龙头竖阳雀、旗手舞帅旗、鼓手敲花鼓等传统龙舟好戏，让观众大饱眼福，呐喊声、喝彩声连绵起伏，不绝于耳。

沅陵是中国传统龙舟之乡，是中国传统龙舟赛的主要发祥地。阔别五年之久的沅陵龙舟，今年大端午强势回归，让憋得实在太久的沅陵人着实过瘾，其热情有如孕育千年的岩浆喷涌而出。这不，万千喝彩的人群中，网友拍摄的“龙舟争渡，助威呐喊”的三个视频热播，虽不太专业，甚至还有些搞笑，但因彰显了沅陵人的性格，迅速走红网络，刷爆了朋友圈。

一个视频是，一个光头，身着白色短袖，左手握着一根医院的吊水杆，杆顶高出人头一米多，引人注目的是上面还挂着液体瓶，在炙热的阳光照射下熠熠生辉。他来回在河边行走，以期寻找最佳观赛位置。可以看出，此人正在住院打吊针，是从医院里跑出来的，为的是现场感受龙舟赛的盛况。吃得苦，霸得蛮，轻伤不下火线，即使住院，毅然前往为龙舟健儿加油，此情此景，不免触动沅陵人心中最柔软的地方，走红自然是情理之中的事。

第二个视频是，一个妇女，怀抱一个婴儿，当几支龙舟队进入决战冲刺的关键时刻，她兴奋地为队员加油，声音高亢，抑扬顿挫，身体与呐喊声有节奏地起伏颤抖着，怀中婴儿的表情却是欲哭无泪。由于全身心投入，她竟然忘记自己怀抱的婴儿，当旁人提醒时，她才尴尬地停止了助威呐喊。

第三个视频是，当清浪队比赛时，一名中年妇女，扯起嗓子喊：清浪加油！雄起！雄起！清浪加油！走艄的！走艄的！哎吾热死您幺个娘哟，清浪的，您是哪门子干起的哟！短短几句话，豪情、幽默、笑骂，心随舟走，情随意动，其野性与直率的性格表现得淋漓尽致，却是对沅陵人奋勇争先、劈波斩浪精神的无比崇敬与朴素表达。

五月辰河看龙腾，方识沅陵人。三个视频，让人百看不厌，捧腹大笑，着实让沅陵人过瘾和享受。视频意外走红，其实并不意外。三千载浪里争雄，九万年不老乡情。沅陵人在与恶劣生存环境的千年搏斗中，从不惧苦难，从不畏艰辛，奋勇敢争先，破浪向前进，汇聚起不屈不挠与贫困搏斗、一步一个脚印向幸福进发的精气神，成为龙舟精神的内核与特质，并一代代延续升华，深植沅陵人的骨髓中，流淌在沅陵人的血液里，成为沅陵人的精神标签。如今脱贫号角催征，攻坚鏖战正酣，67 万沅陵人正凝心聚力，乘风破浪，奋力书写战胜千年贫困的时代华章，满怀信心地走在新时代的康庄大道上！

沅水边声嘶力竭的助威呐喊，龙舟健儿劈波斩浪的拼搏画面，随着比赛的结束或许会归于沉寂，但龙舟精神必将成为沅澧山水的千古美谈，永远闪耀在青山绿水间！

守望相助待春来

春节期间，我从扶贫一线回家休息了 8 天，每天早上睁开眼睛的第一件事，就是打开新闻客户端，查看新冠肺炎确诊病例统计数据及相关新闻。不断跃升的数字与实时追踪报道，牵动着每一个中国人关切的目光和温暖的支持。

一场来势汹汹的疫情，让春节这个中华传统节日没有了往年的热闹欢腾。春晚节目中，播放了一段关于抗击疫情的视频，首批支援武汉金银潭医院的护士朱庭萱那朴实而又真诚的话语，一开口就让人感动："穿上白大褂，就要做好自己的工作。"白岩松、康辉、水均益等带来的情景诗朗诵——《爱是桥梁》，没有彩排，却溢满真情，一句"我们在这过年，你们却在帮我们过关……"戳中千千万万人的泪点。

病毒无情人有情。那几天，微信朋友圈不断被这样一条消息刷屏："致敬！除夕夜，他们出征！"2003 年，他们奉命赴小汤山抗击非典；2020 年，面对新冠肺炎，他们再度出征，驰援武汉，与人民共渡难关。

除夕夜，中国军医成为最美"逆行者"。拔地而起的火神山、雷神山两座医院，展现了中国力量、中国速度。

闻令出征，许多医疗队队员甚至没有来得及和家人道个别，就义无反顾地奔赴一线。"若有战，召必回""不计报酬，无论生死"……那一份份按着鲜红手印的请战书，背后是丈夫、是妻子、是父母、是儿女的拳拳之心，更是英勇的子弟兵对祖国、对人民的庄严承诺。

号角催征，我们工作队主动放弃春节团聚，早早地来到了我们与贫困搏斗两年的战场，既抓疫情防控，又抓复工复产。

2020 年，注定是不平凡的一年，因为这场突如其来的疫情，很多人奔赴一线救治生命，很多人捐款捐物，很多人默默奉献，还有很多人老老实实宅在家里"不给国家添乱"……

"一方有难，八方支援"的故事，正在中华大地上火热书写，让我们守望相助，静待春来。

让心灵充满阳光

近期，部分群众反映，工作队对贫困户走得勤、走得近、走得亲，什么好处都优先考虑他们，推荐就业、产业奖补、安居建房、生病住院等等，贫困户似乎成了一种光荣的身份。尽管工作队向群众宣传扶贫政策一串串，可个别人还是不理解，甚至还有些怨言，原因很简单，认为贫困户得的实惠多，自己却啥也没得到。

怨言并不可怕，牢骚也不可惧，既然工作不会一帆风顺，那就傲然微笑，让心灵充满阳光。

心若有光，内心自会敞亮。世事沧桑，风云变幻，在这个五彩斑斓的世界，其实没有强大的敌人，只有不够强大的自己。很多时候，打败你的，不是挫折和困难，而是你内心无光。心若有光，世界就不会黑暗，心灵就不会弱小。实在太累，走进山水田园，笑看云卷云舒，静听花开花落。独处的时候，品茗书香，或泼墨挥毫，勾勒山水的虚怀若谷，任心灵自由驰骋……人生需做之事实在太多，何必让自己的思绪纠结于尘世的烦恼。放弃很容易，坚持也不难，因为坚持比放弃只多一笔，但正是这一笔，才有了天壤之别。阅尽人间沧桑，蓦然回首，人生最曼妙的风景，竟是内心的光明与从容。

心若有光，岁月一定坚强。若得夕阳无限好，何须惆怅近黄昏。心若有光，尽管岁月漫长，快乐也会坚强生长。其实我们想要的幸福一直都在，错过了风，我们会收获雨；错失了夏花绚烂，必将走进秋叶静美。心若有光，则岁月静好，不要在意青丝变白，不要惆怅暮色向晚，泰然面对平凡生活，淡然接受春荣秋枯。只要你洒脱，只要你坚强，人生的每一天都有蓬勃朝阳，人生的每一个阶段都是最美时光。岁月，不会因你的叹惋而停下前行的脚步，也不会因你的遗憾而重新来过。与其焦灼，不如顺其自然；与其悲苦，不如诗意栖居。

心若有光，人生茁壮成长。有人说，苦难就是人生，其实成长才是人生的真谛。人生就是自己和自己的较量，如果你消极悲观，那是因为你的脆弱占据上风，这对人生必是一场灾难。每个人都有脆弱的时候，但你必须坚强，去战胜你的脆弱。人都是逼出来的，不逼自己一把，不对自己狠一点，你就不知道自己有多优秀，你就体会不到成长的快乐。人的一生，颠沛流离，迟暮了容颜，丰盈着人生，善良有原则，感性有底线，干事有担当。顺境时多一份思索，逆境时多一份勇敢，成功时多一份淡然，彷徨时多一份信念。心若有光，你便是大海，自有百川汇聚；你便是梧桐，自有凤凰来栖。你若美好，温暖常在；你若精彩，清风徐来。

或许光阴的故事总会老去，过往终究是回不去的曾经。明天的风景，不论是细雨霏霏，还是落叶旖旎，我们总要微笑面对。

心若有光，何惧忧伤。

沅陵美食也醉人

有一座静静地躺在湘西群山之中的边远而神秘的小城，被沈从文先生描绘成美得令人心痛的地方——那就是沅陵。千百年来，她像个纯净仁爱的女子，不惹清愁与忧伤，悄然伫立，默默延续着古朴与独特。王阳明曾题诗曰：云起峰间沉阁影，林疏地低见江流。烟花日暖犹含雨，鸥鹭春闲自满洲。甚是美哉！

沅陵人的日子就像是山风拂面，自在甘甜。沅陵的味道更是醇香而久远，让外出游子的思念如影随形，回味悠长。

湘西腊肉

沅澧大地流行着一句民间谚语："腊月到了头，家家熏腊肉，四月阳春正当忙，隔年腊肉喷喷香。"

走进沅陵农家，你会看到家家户户都有一个火塘，火塘上面或多或少挂着自家熏制的湘西风味腊肉。

湘西腊肉如同凤凰山水、湘西神怪一样，是岁月馈赠的礼物。吃遍大江南北，还是觉得湘西腊肉更胜一筹。

在沅陵人看来，摆上桌的湘西腊肉像琥珀一样晶莹剔透，熏香扑鼻，夹一块放进嘴里，不绵不密，肥而不腻，满口都是幸福的味道。

腊肉通常在农历腊月开始制作。在苗寨，冬至之后开始杀年猪。杀年猪对农户而言是一年当中一件隆重的大事，左邻右舍亲朋好友都会来帮忙。湘西至今保留着一道名菜——杀猪菜，采用刚杀的新鲜猪肉、血肠猪肝、猪骨猪肚等，配上酸菜、五香粉等炖煮，鲜香四溢，让人垂涎三尺，美味不亚于佛跳墙。

年猪的大部分会用来制作腊肉。制作湘西腊肉最大的讲究在于熏。新鲜猪肉经过料酒、盐等佐料低温腌制一周余，待入味后晾干再熏。选择熏料，除了松柏枝，还有米和茶果壳等。松柏枝是刚从山中采回的，米先炒至微微泛黄，茶果壳则选剥落茶籽后的青壳。用小火微熏，就这样柏枝香、炒米香、茶果香，围着腊肉日日熏绕，丝丝入扣。熏腊肉急不得，烟熏的过程通常要持续三个月，这样便可久藏不腐，腊香味美，煮熟切片，瘦肉棕红有泽，肥肉晶莹剔透，是待客的美味佳肴。

在湘西，萝卜干和腊肉是绝配。这里的人每次炒腊肉就会想抓点自己晒的萝卜干，加上辣椒大蒜爆炒，再洒上葱花，真是健脾开胃的“下饭神器”。

糯米酸鱼

糯米酸鱼是沅陵独具特色的一道代表菜。立秋之后，高寒山区的苗岭到处是金色的稻浪，镶嵌在青山绿水间。苗家后生从放水的稻田里，捉了一篓篓活蹦乱跳的肥鱼带回家，勤劳能干的主妇们把活鱼洗净剖开，掏净内脏，保留鱼身上的鲜血，这样做出的酸鱼会色泽透红鲜美，味道醇香。然后洒上适量的盐，拌以细碎的糯米粉，再把鱼肚合上，一条一条放进备好的坛子里，将坛口紧紧密封，坛沿倒上水，用碗或盆盖上，防止漏气，存放一个月就可以食用了。存放时间越久，味道越浓烈。

好客的苗家人把糯米酸鱼视为上等佳肴，每当贵客到来，都会从坛子里取出一钵酸鱼做菜。糯米酸鱼有几种吃法，可炒、可油炸、可蒸、可煎烤等，尤以油炸煎烤口味最佳。只要谁家油炸了酸鱼，附近的猫儿狗啊都会闻香而来。

糯米酸鱼适宜佐酒，与贵客围炉而坐，倒上一两杯自酿的米酒，品尝着糯米酸鱼，诉说着友谊亲情，还有那湘西的动人传说，真是绵长有劲，别有一番滋味在心头。

艾叶青团

提起清香甘甜、绵糯细腻的艾叶青团，嘴边总会有一股淡淡的艾草香味。“捣青草为汁，和粉做粉团，色如碧玉。”这是清代美食家袁枚笔下的艾叶青团。

清明前后是吃艾叶青团的最佳时节。艾叶是制作青团的主要原料，其种类繁多，有些略带苦味，有些香气浓郁。采摘时注意将嫩尖摘下来，如果不知道到底掐多长，只要用手一试，能轻松掐断的都可以吃，掐不断的便是过于成熟，最好舍弃。艾叶香味浓郁，虫子不喜欢这种味儿，所以一般不会长虫，采回后直接清洗干净即可使用。

青团做起来工序比较复杂：挑选鲜嫩的艾叶放入石钵中捣碎，用青绿的艾汁与糯米粉调和，做成碧绿色的糕团，根据个人喜好，适当加点白糖、芝麻等佐料，然后用沸水蒸上二十分钟，当艾叶的香味随蒸汽飘出，便可食用。刚出锅的艾叶青团，温润、灵气、碧绿光泽，呈半透明状，淡淡地散发出春天的味道。一口咬下去，清香满溢，沁人心脾，香甜软糯，略带弹性，特别爽口不粘牙，仿佛吞咽下去，春天便驻在心里。

一方水土养一方人，一方人制作一方美味。沅陵还有糯米糍粑、板栗血鸭等许多地地道道的美味，每一道都带着浓厚的湘西烙印，留下的都是满满的情感记忆，等着你翻山越岭去品尝。

古韵新吟酉水情

夜访农家

今天到联合组入户走访，不觉天色已晚，想到明天还有明天的工作，干脆坚持走完，回到宿舍已是深夜。

驻点多新事，访贫夜忘归。
轻敲入门去，久坐吐心扉。
竹影落茶碗，山花香满衣。
月明惊宿鸟，烛闪伴蛾飞。

施溪行

今天，厅人事处处长刘白尤、主任科员肖飞飞一行 2 人来村调研扶贫工作。他们冒着酷暑，跋山涉水察看村情，走村入户关注民生，特别是对脱贫攻坚三年规划项目逐一实地考察，为规划问诊把脉。他们爱民的情怀、为民的担当、富民的追求、利民的作风让我深受感动。

炎天二酉行，越岭察村情。
坐问农家苦，丹心映众生。
骄阳催汗盛，跋涉听风鸣。
指点定规划，小康正启程。

雨后望乡

时间一天天过去，扶贫工作却没有一点点起色，资金没着落，能人难寻找。长此下去，如何完成施溪村脱贫攻坚的使命？暴雨初歇，走上阳台，看着翠绿的群山、浑浊的溪流，心中不禁涌动无限的哀愁。

青山含黛水衔泥，一路蜿蜒到酉溪。
自古大江东涌去，门前流水怎能西？
帮扶驻点无闲日，未改朱颜心惨凄。
曾恨春归无觅处，今知韶岁唤人啼。

再次深山寻址

为找到合适的生态养猪场建设用地，今天决定到刘婆溪组深山寻址。艳阳高照，滴滴汗水入泥土；荆棘丛生，殷殷鲜血沾衣襟。经过三个多小时的艰苦跋涉，终于找到一个备选址。这是一次产业发展之路的苦苦追寻，更是一次坚定脱贫信心的精神洗礼。

深林织荆棘，幽谷寻场地。
结伴踏歌行，停闲几度思。
笑看点点红，化作丝丝泪。
一路为村民，万山风景翠。

雨中望村

今天暴雨如注，巡查路上远眺，洪水肆虐，山石滚落，道路被淹，农田受损，心中不免生出诸多牵挂。

雨线连天地，云烟罩远山。
依稀几村舍，陋室可生患？
禾菽绿田野，浊流漫柳湾。
何时缚天泪，喜看众开颜。

雨后山村

一条黄虺游幽谷，两只白鸥翔碧空。
万缕霞光染山色，催征乡梓建奇功。

雨　晨

遥望远山树绕烟，细看农舍隐其间。
一行白鹭掠天去，万顷禾青满柳湾。

绿中花

群芳点点红，昂首笑迎风。
和雨轻轻吻，丹霞染碧空。

山村晨雪

清晨早起，打开门一看，好大的雪呀！整个山村变成了一个粉妆玉砌的世界，看近处那些落光了叶子的树木上，挂满了毛茸茸亮晶晶的银条儿，那些冬夏常青的松柏树上，堆满

◎施溪风光

了蓬松松沉甸甸的雪球儿。一阵风吹来，树木轻轻摇晃，将那美丽的银条儿和雪球儿都抖落下来了，玉屑儿似的雪沫儿随风飘扬，好似天女散花。邻居家的孩童们，兴奋地在雪地上奔跑，他们堆雪人，打雪仗，笑声在山谷荡漾，欢乐了整个山沟。

昨夜飞花悄入尘，今朝山野满身银。
儿童踏雪心欢喜，岂晓农夫盼早春。

扶贫乐

两年驻村帮扶，扶贫结出硕果，施溪村实现了美丽嬗变。忽闻施溪村顺利脱贫出列，欣喜若狂，赋诗一首以记之。

桥架路宽阔，居安水乐歌。
茶油香百里，猪壮比人多。
蜂舞满山郭，笑弯亲阿婆。
开门上车间，致富万家和。

注解：

桥，指两座桥，即龙池坪桥和田家寨桥。龙池坪桥全长 81 米，田家寨桥全长 106 米。

路，指硬化村组道路，全长 13.8 公里。

居，指安居工程，即易地搬迁 15 户、危房改造 72 户，确保贫困群众住房有保障。

水，指饮水工程，基本实现自来水接到家，全村安全饮水有保障。

油，指茶油，第一期低改油茶林502 亩，第二期低改 500 亩，实现千亩油茶基地。

茶，指碣滩茶，发展了 400 亩茶叶基地。

猪，生态养猪场年出栏 5200 头猪，村集体经济纯收入 50 多万元。

蜂，指桶装养蜂，村民养蜂 1500 桶。

车间，指扶贫车间，即生态纯情蜜坊。

山中苗女

清澈蓝天白玉添，远山碧树入幽帘。
春风吻绿油茶叶，日照新娘醉涧砭。

水调歌头·国庆感怀

欲看中华盛，千里喜争春。百年宏伟韬略，云锦绘乾坤。谈笑驱倭逐印，何惧南沙浪滚，旗展卷残云。广袤神州地，万众齐创新。

上揽月，下捉鳖，世界尊。南征西进，一带一路泽黎民。地绿天蓝水净，政畅人和业兴，四信铸忠魂。赤帜耀华夏，寰宇立殊勋。

为酉水剪一束诗影

守 候

蔚蓝的天空下
一双翱翔的翅膀在呼唤
归去吧
远方有爱妻的呢喃

翠绿的青山间
一枝摇曳的花朵在呼唤
归去吧
远方有稚子的思念

温馨的清风中
一个慈祥的声音在呼唤
归去吧
远方有父母的期盼

舒适是我的向往
团聚是我的心愿
可我不能
不能忘记出征时的铮铮誓言
我要日夜守候
静静迎来贫困山沟的春天

出 征

不要询问我的名字
我怕妈妈知道
女儿在哪里
沧桑的她会悄悄落泪

不要紧拉我的衣襟
妈妈去去就回
让我亲亲你的脸颊
留下母爱深深的印记

不要劝我吃完年夜饭再走
集结的号角劲吹
远方有处于危难的父母兄妹
团圆饭待我凯旋时再吃

不要问为什么剪掉秀发
面对看不见摸不着的顽敌
一秒钟也能让生命重生
我哪里顾得上打理

不要问为什么主动归队
千里婵娟是我的梦境
但作为白衣战士
病房永远是我奋勇杀敌的阵地

不要问我累不累
六十里山路怎能阻挡我回归战位
面对没有硝烟的战场
我要以另一种方式扣动打赢的扳机

不计报酬
无论生死
一个个请战的真实故事
如爱的阳光撒满大地

人民至上
生命第一
一队队出征的坚定背影
汇聚成打赢疫情阻击战的磅礴伟力

哪里的天空不下雨
灾难一直伴随人类发展的经历
彩虹总在风雨后
中华儿女将又一次挺直不屈的脊背

坚定信心同舟共济
冬天终将过去
待到春暖花开
祖国山河一定更加壮美绚丽

山沟望月

中秋皓月耀千山，家国天下福万民。爱是我们可感知的事物中，唯一能够穿越时空的东西。为此，吾赋小诗一首，衷心地祝福远方的亲朋好友中秋快乐，幸福安康！

亮晶晶的葡萄
一串一串
犹如我们的思念
乡愁绵延

香喷喷的饭菜
一碗一碗
升腾我们的情感
期盼团圆

静幽幽的月光
一缕一缕
遥寄我们的祝愿
家人平安

中秋
团圆
触手可及的幸福
温暖无数人的心坎

山沟
攻坚
万家灯火的使命
催征我们攀山向前

秋天的月夜

一轮秋月
悬挂在遥远的天边
我和影子
相互依偎着走向大山之巅

月泪湿衫
心儿仿佛在轻轻诉说
情深需要一生陪伴

水柔吻岸
鱼儿似乎在静静聆听
真爱必定千古流传

思悠悠
潮起潮落
可否宣读早春的誓言

念悠悠
繁花落寞
可否携手晚秋的灿烂

就让这份凄美
照亮河水璀璨山川
相信有一天
岁月会告诉我
真爱无言
千里婵娟

好　想

一个多月来，雨水连绵，山路泥滑，材料不能进场，工地无法施工，严重迟滞了脱贫攻坚进度。特别近几日，气温骤降，天寒地冻，既不能与思念的人儿团聚欢笑，又不能如期推进脱贫工作，思愁在心中蔓延。

好想
走到你的面前
倾听你开怀畅笑的交响

好想
来到你的身边
注视你步履轻盈的模样

好想
站在不远的地方
欣赏你红色围巾迎风的飘荡

好想
喝一杯忘情的美酒
忘却时时牵挂的悠长

好想
借一支马良的神笔
描绘贫困山区致富的希望

思人亦惆怅
忘责也忧伤
岁月一点一滴
打湿我心灵的衣裳

第四辑

闻松听涛·扶贫日记篇

挺进扶贫战场 （2018 年 3 月 6 日 星期二 雨）

“好雨知时节，当春乃发生。”雨，一直淅淅沥沥地下着，滋润着广袤无垠的大地，也滋润着我们生发梦想的心田。

今天，我们省委办公厅驻施溪村帮扶工作队受命向沅陵进发，挺进未来三年与贫困搏斗的主战场，成为今年省直单位中最早驻村蹲点的工作队。

“到地方和基层一线工作，同基层干部和群众一起摸爬滚打，对于领导干部特别是年轻干部增长领导才干、积累实践经验、加快政治成熟至关重要。”习近平总书记的亲切话语总在耳边萦绕，让我深感这次驻村帮扶是一次艰苦历练，是一次加钢淬火，更是一次英勇出征。一路上，我暗暗告诉自己：力拔穷根志不移，扶贫战场凯旋归。

这是一次熟悉基层的机会。“只有接地气，才能蓄底气、长灵气。”在部队，我历任战士、班长、干事、指导员、协理员、政治处主任，2012 年 3 月走上团政委岗位，可以说自己是经过摸爬滚打、从基层一步一步成长起来的，对军队基层情况很熟悉，也积累了比较丰富的知兵爱兵带兵经验。2016 年 7 月从部队转业后，对村情、乡情、县情、省情不是很了解，基本上是一张白纸。“根之茂者其实遂”，这次组织安排我去扶贫，无疑会丰富我的任职经历，升级我的人生体验，拓宽我的知识视野，为我打开一扇知民情、察民意、交民友的窗户。

这是一个提升素质的过程。基层一线是成长成才的大课堂，是磨炼自己、积累经验的主阵地。习近平的七年知青岁月启迪我们，越是条件艰苦越能磨砺心志，越是任务艰巨越能增强本领，越是使命如山越能锻造作风。“意高莫过于爱民，行高莫过于厚民。”扶贫，可以在走村串户中深植爱民情怀，在上下衔接中提高协调能力，在攻坚克难中升华党员初心，在践行宗旨中锤炼坚强党性。这种经历，天天坐在办公室里难以体会；这些才干，经常泡在材料堆里难以学到。通过驻村帮扶，向实践学习，拜人民为师，学中干，干中悟，我坚信自己一定会拥有更宽厚的肩膀、更硬实的脚板和更深远的目光，为更好地服务党和人民的事业打下坚实基础。

这是一项艰巨光荣的任务。“让贫困人口和贫困地区同全国一道进入全面小康社会是我们党的庄严承诺。”党的十九大对坚决打赢脱贫攻坚战提出了明确要求，到 2020 年如期完成脱贫攻坚任务。扶贫到现在，剩下的都是最沉重的担子、最难啃的骨头、最烫手的山芋，是一项艰巨光荣的任务。扶贫，唯其艰难，更显勇毅；唯其笃行，弥足珍贵。“组织的任命就是党员的使命”，再苦再累，唯有坚守初心；再艰再难，只能勇毅向前。我决心以真抓的实劲、敢抓的狠劲、善抓的巧劲、常抓的韧劲，吃大苦、流大汗、出大力，不负组织重托，不忘人民期待，不辱光荣使命，用拼命的实干和激情的奉献向党和人民书写一份优异的答卷。

初识施溪贫困 (2018年3月7日 星期三 雨)

在县城吃过早餐后，我们驻村帮扶工作队在厅人事处处长刘白尤、调研员唐清华和二酉苗族乡党委书记张军的带领下向施溪村进发。

山路弯弯，延伸至大山深处，颠簸的汽车在山沟中蜿蜒穿行。窗外，凛冽的寒风早已将公路两旁杨树的最后一片叶子摘下，只剩下光秃秃的树丫，不停地随风晃荡着。

约摸一个小时车程，我们到达施溪村部，见到了二酉苗族乡最年轻的村支部书记陈洪福。在他的陪同下，我们去村里看几个点，以便对村有一个直观印象。

来到一个叫枫香塘的地方，车辆再也无法前进，只好下车步行。枫香塘，原是沅陵通往四川的必经关隘，是当地一个有名的驿站，马队的铃声早已湮没在历史的尘埃之中，茶马古道至今隐约可见，孤凄地诉说着远去的鼓角争鸣。

谈笑中，不知走了多久，只有路边未融化的雪堆默默地告诉我们，山外春寒料峭，山中冰天雪地。由于泥泞路滑，每前行一步都十分艰难。好不容易到了一片开阔地，陈洪福用手一指，告诉我们，对面就是村里最偏远的栗树界组，至今不通公路，看起来很近，从这里翻山越岭过去则需要一个多小时。

顺指遥望，一幅美丽的图画展现在我们面前：薄雾笼罩中，梯田若隐若现，线条优美清晰，而散落在梯田间独具苗乡特色的吊脚楼，好似五线谱中的颗颗音符。

听随行人员介绍，苗族的田地都是依山而建，随山势地形而变，独特的地形决定了这里的梯田最大不过一两亩，最小仅有簸箕大小。山和水的融合，静和动的搭配，朴素与端庄的呈现，这里虽没有云南元阳梯田的秀丽，没有广西龙胜梯田的壮观，但梯田、小寨和大山相互辉映，融为一体，无不体现出人类与大自然的和谐之美。置身其间，一切都变得那么纯粹、优雅和安宁。当我们习惯了城市的喧嚣，经常为繁重的工作压头时，真的不如找个时间来这里休闲走走，看看这些鬼斧神工的自然风光和淳朴无瑕的人文景观，安静地品味每一个日出日落，在青山翠绿间自由呼吸，在溪水潺潺中随意畅想。渴了，掬一口甘甜清冽的山泉；

◎栗树界组的梯田风光

饿了，撸一把娇艳欲滴的野果；累了，坐一下风雨斑驳的石板，在山水云雾间含露染香，婉转成歌。

随后，我们去了联合组、刘婆溪组，破败不堪的房屋、雨水浸驳的墙壁、零乱挂晒的衣物、蜿蜒崎岖的石道，给我留下了深刻的印象。山中小路，没有人来人往的景观，偶尔传来几声狗叫；田间地头，看不到辛苦劳作的人们，只有各种杂草蓬勃生长着。

边看边聊，我对施溪村的印象渐渐清晰起来：该村位于二酉苗族乡西部，村部距沅陵县城 38 公里，距乡政府 23 公里，北与古丈接壤。2016 年 6 月由原施溪、枫香塘、刘婆溪 3 村合并而成，17 个村民小组呈“大分散、小聚居”格局分布，共 516 户 2131 人，苗族人口达 98%，面积 21.95 平方公里，是二酉苗族乡面积最大的村。2014 年建档立卡贫困户 216 户 877 人，贫困发生率高达 41.1%，是省定深度贫困村。山高路陡，林多田少，没有一个像样的产业，群众生活艰难，村集体经济收入一直是个空白。为了谋生，大部分劳动力只好外出打工，留守的基本上是老人小孩。目睹如此破败、荒凉而又贫困的景象，我的心多了几分紧迫与沉重。

看完村中几个点，我们马不停蹄赶回村部召开座谈会。刘白尤处长首先向大家介绍了工作队的基本情况，组织学习了省委秘书长建辉同志“六个决不允许”的重要指示，对我们驻村帮扶工作队提出了明确要求，然后听取大家对这次驻村帮扶工作的意见建议；村支部书记陈洪福汇报了施溪村基本情况；乡党委书记张军谈了四点意见；即查漏补缺打基础，因地制宜兴产业，移风易俗树新风，不忘初心强队伍，最后我们工作队员作了表态性发言。

“美得让人心痛的地方，穷得让人揪心的山野”，一路走来一路思：脱贫，任重道远；山村，大有可为。作为驻村帮扶工作队长，撑开就是一把伞，为老百姓遮风挡雨；俯下就是一头牛，为老百姓勤恳奉献，这是组织赋予我的光荣使命。

实地考察施溪 (2018 年 3 月 8 日　星期四　晴)

春风和煦，阳光明媚，让这偏远山沟充满了浓郁的喜庆。远远望去，宁静的施溪村像一位梳妆打扮过的少女，是那么的楚楚动人，处处洋溢着生机与活力。

今天，在乡驻村干部、林业站站长张雄的陪同下，我们走进了村两委为我们推荐租用的民房。

搬运行李、打扫卫生、整理床铺……忙碌一上午，终于安顿下来。我们租用的是贫困户李秀梅的房子，二层楼房，电视、冰箱、热水器等家电设备一应俱全，处处可见家庭昔日的殷实与风光。然而天有不测风云，去年她丈夫英年早逝，在长沙务工的大女儿又患上重症肌无力，还有两个小孩在沅陵凤鸣小学读书，原本无忧无虑的生活一下子陷入困境。她提出每月租金 500 元，我们给她 600 元，算是献点爱心吧。

村支书陈洪福来了，村主任刘明万来了，村支委瞿永家来了，邻居周兴宇来了……他们个个满面春风，帮助我们搬运行李，打扫房间，忙这忙那。从他们真诚而又甜美的笑容里，我看到了村民的淳朴与善良，更看到了他们对脱贫致富的追求与渴望。

午餐时，村干部提出能否发展乡村旅游。原来，该村有一条小溪穿村而过，名曰施溪，施溪村由此得名。该溪从古丈发源，流经该村 10 多公里，一年四季风景如画。据介绍，每到夏天，许多驴友会自发来到这里戏水游玩、抓虾捕鱼、风餐露宿。

没有调查就没有发言权。为论证发展乡村旅游的可行性，我们工作队决定前往施溪考察。

或沿着崎岖的山路，或踩踏柔软的沙丘，我们一路前行。

施溪，是山涧众多溪流中比较长的一条。流水潺潺、九曲蜿蜒的施溪，从巍峨群山的怀抱里流淌出来，带着浩瀚森林绿色的相思和烂漫山花的芬芳，滋润着土地的斑斓和岁月的葱茏。溪流萦回，水清见底，可见沟底的卵石和游动的鱼儿。

香草山花，随手可以拾掇；大树耸立，傲然生长在河道；两岸高山，不时传来清脆的鸟鸣……

施溪的美是平凡的，它没有张家界风光的奇特，却有“养在深闺人未识”的丽质；施溪的美是内敛的，它没有九寨沟娇艳的色彩，却有“回眸一笑百媚生”的自信。到底它是一种什么样的美呢？它是青春少女的美，含苞欲放，稚嫩可爱；它是春心萌动的美，欲走还留，羞涩难掩。走进施溪，就像是走进一个少女纯净的心灵，什么都可以想，什么都可以不想。

呼吸着清新的空气，畅游在青山的怀抱，欣赏着迷人的风景，不知不觉走了三个多小时，硬是走到与古丈交界处，大家才肯返程。

返回驻地，已是傍晚7点钟。汗水浇灌真情，脚步触摸真知，我得出一个初步结论，这里发展乡村旅游不太适宜，其原因有四：一是所需资金量大，这条线路长达6公里，依山傍溪新修一条人行道路谈何容易，这条人行道从安全角度考虑要有栏杆，从游人体力考虑要能骑行，除非引进旅游公司；二是不能形成闭合线路，看完须沿原路返回，山路陡峭，路途遥远，道路狭窄，容易发生交通拥堵；三是亮点不多，只有两块石碑，且记载模糊不清，景色特点不很鲜明；四是没有文化底蕴，文化是发展旅游的灵魂，没有文化积淀，旅游就没有生命力。平时休闲走走可以，但作为乡村旅游景点打造似乎没有必要。

制定工作守则 (2018年3月9日　星期五　晴)

没有铁规矩，不能成方圆。制度是管长远管根本的，为打造一流的驻村帮扶工作队，我琢磨着应该制定一个工作守则，以加强团队管理。于是一气呵成，写下了《驻村帮扶工作守则》：

一、勤学习。认真学习习近平新时代中国特色社会主义思想和党的十九大精神，学习上级精准扶贫、精准脱贫和乡村振兴的决策部署，准确掌握扶贫政策和脱贫攻坚常识，做到懂扶贫、会帮扶、作风硬。在个人自学基础上，每周至少利用半天组织一次集中学习，并做好学习记录。

二、明职责。宣传党的政策、动员群众力量，深入调查研究、制定扶贫规划，加强汇报衔接、落实扶贫项目，建好基础设施、改变村容村貌，发展特色产业、壮大驻地经济，加强帮带指导、建强基层组织等，忠实履行好指导、协调和监督职责。

三、重实干。坚持调查研究到农户，解决问题到一线，督促检查到现场，不搞花拳绣腿，不做表面文章。加大扶贫同扶志、扶智结合力度，因地制宜发展产业，科学改进扶贫方式，不放松、不停顿、不懈怠，做到真扶贫、扶真贫、真脱贫。

四、强作风。每月驻村蹲点不少于22天，请休假必须按程序办理。严格执行下组入户制度，每月至少1次深入贫困户，每季度至少1次深入普通户。定期向厅领导和县驻村领导小组报告思想、学习和工作情况，自觉接受组织和群众监督。

五、守底线。严格遵守中央八项规定、省委九项规定，严格执行“六个决不允许”要求，严守群众纪律，坚持阳光扶贫、廉洁扶贫，强化自我约束、自我控制能力，始终做到不放纵、不越轨、不逾矩。

千条万条，不抓落实都是白条；千招万招，不重实干都是虚招。我决定将工作守则和省委秘书长建辉同志提出的“六个决不允许”张贴上墙，让工作队每个成员抬头受教育，低头思责任，时时警醒自己，处处严格自律，不负组织重托，不忘人民期待，不辱光荣使命！

走村入户访民情 (2018年3月10日 星期六 晴)

地处湘西大山深处的施溪村，漫山遍野的樱桃花竞相绽放，或粉红，或洁白，争妍斗奇。金黄的油菜花镶嵌在田间地头，在阳光下微风中轻轻摇曳。小鸟儿栖在露出绿意的枝头欢快歌唱，小鱼儿在清澈的溪水中悠闲地游来游去。山村处处洋溢着浓浓的春意，恰似一幅美丽的江南山水画卷。

吃完早餐，我们工作队在村支书陈洪福的陪同下，前往离村最远的栗树界组走访。

车至枫香塘，没有公路到栗树界组，我们只能步行，据说来回需要近三个小时。山路蜿蜒，伸向远方，我们的爱民之情亦像这山间小路，延伸至连绵的大山深处。

栗树界组位于大面山腰，居住着31户人家共121人，其中建档立卡贫困户12户45人，未脱贫户7户24人。来村第一天，我们只是远眺，今天我们将深入村寨，近距离感受深山苗寨的魅力。

看似很近，走起来可需韧劲。“登上大面山，伸手能摸天，一步三喘气，头晕加目眩。”走在蜿蜒的山间小路上，还真有这种感觉。初春的阳光温和地撒向沟沟坎坎，连绵的群山早早地披上了墨绿的盛装。大山，给人的感觉是伟岸，却挡住了人流、物流、信息流，也淹没了村民致富的心路。栗树界村民祖祖辈辈在山中的“巴掌田”耕作，脱贫的步子十分缓慢，“肥正月，瘦二月，半死不活三四月”，就是这里贫穷生活的真实写照。

好不容易到达村寨，31 户人家散落在大山的怀抱。坡陡路窄，走访每一户人家都让人气喘吁吁。这个村寨比较大，由于贫穷，大部分劳动力外出打工，常年在家的村民并不多，平时显得比较冷清。我们的到来，让村寨多了几分人气。所有在家的村民见到我们都主动打招呼，像是见到了久别的亲人。我们来到该组组长李启龙家，他是原枫香塘村的老主任，一见到我们，连忙搬椅让座。说明来意后，我们请他召集组上村民开一个座谈会，和大家见见面，了解一下基本情况，征求大家的意见建议。

落座之后，村民李丁金第一个开口，他动情地说道，修一条通组公路，这是我们祖祖辈辈的心愿，实在经费紧张，通上一条毛路也行。因为没有路，里面的产品送不出去，外面的商品运不进来，靠几亩薄田维持生计都很难，大部分年轻人不得不外出务工。

看到我频频点头，边听边记，其他村民便打开了话匣子：因为没有路，每逢赶集，村民们一般凌晨三点多钟就要起床摸黑下山；因为没有路，小孩上学成难题，租房陪读成为无奈之举，无形之中加重了群众负担；因为没有路，遇到突发疾病，只能听天由命……

公路不通，群众心痛。这几年，各级推进交通建设向贫困乡、贫困村覆盖，如今行政村通畅率 100%，但栗树界组却被大山阻隔。“要致富，先修路。”通路是该组村民唯一的最大心愿，这也坚定了我的信心决心，一定要为村民开辟一条通往致富的道路。

春风和煦，山村如画。离开村寨时，乡亲们聚在村头，争相同我们挥手致意，依依不舍，直至我们的身影消失在群山之中。

甘为种子绿青山 (2018 年 3 月 28 日　星期三　晴短时阵雨)

告别妻儿两行泪，背起行囊又出发。参加省派驻村帮扶工作队队长培训会议后，今天，我和扶贫队员刘宇驱车从长沙出发，向战斗了 20 多天的施溪村挺进。

回想自己从军二十六载，长年两地分居，聚少离多，好不容易盼到转业回地方工作，满心欢喜家人团聚，如今为了“诗和远方的田野”又远走他乡，家庭的重担再一次全部落在无怨无悔的妻子肩上，儿子的成长与陪伴再次缺席，心中不免升腾无限的酸楚。

静静地望着窗外，桃红李白，竞相灿烂，把绿油油的田野装扮得美丽动人。一路如画的风景，三月大地的清香，慢慢冲断了我离别的情愁。

考虑到长途行车安全问题，我开始与队员刘宇聊天，怕他开车打瞌睡，虽有午休的习惯却一直不敢小憩。经过6个多小时的车程，我们终于到达熟悉的施溪村。

疲惫的我们本想简简单单吃个晚餐早点休息，乡党委书记张军、人大主席冯军华闻讯急匆匆赶来，想和我商讨下步工作。在与他们前段时间接触中，我深知基层干部的艰辛，为了人民的幸福安康，为了脱贫攻坚任务的完成，他们是一群没有节假日、没有上下班、没有午休概念的人们。

我主要讲了三件事：一件是规划对接问题，我把规划初稿交给张书记和冯主席，请他俩认认真真阅读，并提出建议，抽空一起去与县扶贫办对接；另一件是贫困户精准调研问题，4月初厅人事处将来村里调研，我们要深入细致做好前期准备工作；第三件是钩藤种植问题，我的态度是尊重村乡两级党组织的意见，只要有利于农民增收的事，就按程序抓紧办理，切莫误了农时而影响村民一年的收成。

送走他们后，时针已指向零点。这时，我才静下心来，仔细回顾厅人事处刘白尤处长的最新指示：扶贫主要在“一超过两不愁三保障”和“三率一度”上下功夫。我细细体味处长的嘱托，是的，脱贫攻坚规划的总盘子有点大。上不愧党，下不愧民，扎扎实实为老百姓办点实事，当初自己就是怀着一颗火热的心来扶贫的。因此我做规划本着一个原则：一手抓当前，解决急需问题；一手抓长远，涵养发展后劲。道路不通、饮水不畅、产业不兴、家园不美，标准低了，贫困村怎么出列，贫困户怎么脱贫？我不禁陷入了沉思。

输血与造血并重，扶志与扶智结合，既不能好高骛远吊高胃口，又不能降低标准影响脱贫质量，白尤处长是扶贫工作的“老把式”，他的思考是对的，面对深度贫困的施溪村，我们扶贫队真的应该在“精神脱贫”“精准扶贫”上下功夫。

此时，研究种子的植物学家、复旦大学教授钟扬的音容笑貌一幕幕浮现在我的脑海，“只要国家需要，再艰苦的科研也要去做”，他在青藏高原奔走50万公里，采集上千种植物的4000万颗种子，为国家和人类存储下丰富的“基因”宝藏，表现出淡泊名利、甘于奉献的“种子精神”。我暗暗下定决心，向钟扬学习，甘做一粒种子，在施溪村这片贫瘠的土地生根发芽，茁壮成长，绿满青山。

听着故事进深山 （2018 年 3 月 30 日　星期五　小雨）

今天，是入户精准调查第一天。前段时间只是到村各点走走停停，了解基本概况。这次我们拟制了调查问卷，内容详细，要求具体。

沿着蜿蜒崎岖的山路，行驶约半小时，我们一行 4 人来到枫香塘。这附近有四个分岔路口，一个到梨子包，一个到联合组，一个到瞿家坡和甲水洞，最远一个是通往栗树界的。“明知征途有艰险，越是艰险越向前”，我们入户调研的第一站当然是最远的栗树界组。

栗树界公路至今没有通达，我们只得下车步行前往。雨后山中的雾，如一条轻盈的纱毯，还没来得及绣花点缀，便迫不及待铺向大地。微风吹来，薄雾迎风飘荡，大山时而苍黛凝重，时而芳草青碧，如梦如幻，如诗如画。

随行的村支委瞿永家，是原枫香塘村支部书记，现年 65 岁，17 岁就开始任村干部，对栗树界组的一草一木相当熟悉。

一路上，他给我们讲起了湘西匪首张平的罪恶。

张平是国民党反动派最得意的一个头目，集官、匪、霸于一体，无恶不作，杀人无数。民谣说“天见张平，日月不明；地见张平，草木不生；水见张平，混浊不清；人见张平，九死一生”，足见他的凶残，当地百姓称他为坐地虎、杀人魔。他长期活动在古丈沅陵一线。那时没有公路，从施溪到古丈的一条山中小道便是张平常走的路线。1944 年 7 月，古丈县政府成立土地陈报处，丈量土地，征收赋税。丈量在西南乡、仁爱乡受阻，从而爆发了一场大规模的以向爱国为首的土家农民反土地陈报运动，参加这场运动的农民 1500 多人，拥有 730 多支枪。张平纠集 400 多人在枫香塘狙击失利，退至干田坳。后来在国民党独立团的配合下，参加斗争的 700 多人被屠杀，尸横遍野。

“还是人民解放军英勇。”老书记说出这话时，心中满是由衷的赞美和敬佩。1950 年 3 月，我湘西行署和中国人民解放军湘西军分区顺应人民期盼，决定消灭地方匪患，分三路进军，合围李家洞，硬是将匪首张平活捉砍头。湘西人民，尤其是古丈、沅陵、泸溪三县的人民闻讯，无不拍手称快，奔走相告。古丈县城演戏一天，庆祝胜利。歌声唱到：“东方出太阳，来了共产党，解放大军进古丈，消灭张平活阎王，拨开乌云见太阳！”从此，湘西人民过上了祥和安宁的生活。

沿着泥泞的山路，我们一边听瞿书记讲故事，一边欣赏着山中的美景，聆听婉转的鸟鸣。鸟语如歌，一只鸟就是一个歌手。鸟一生中都在歌唱，无论阳光明媚还是暴雨初歇，即便是呻吟也在坚持，直至生命化作泥土。

约摸半小时后，大家已满头大汗，甚至还有点气喘吁吁，但欢笑一直萦绕在我们身边，用陈洪福书记的话讲，那就是“累并快乐着”。

经过一个多小时的跋涉，我们到达栗树界。这是一个有故事的山野，更是一个需要情爱的土地。按照计划，我们开始挨家挨户走访，深山里不时传来爽朗的笑声。

笑容如花绽放 (2018 年 3 月 31 日　星期六　晴)

皎洁的月光装饰了春天的夜空，也装饰了广袤的大地。稀疏的几颗星，如同大海漾起的火花，一闪一闪的，跳动着细小的光点。田野、村庄、树木，披着银色的薄纱，在“听取蛙声一片”中缓缓睡去。

繁花散尽，终归是落寞。我静静地坐在电脑前，让心灵回归宁静与温馨，开始细细品味白天的所见所闻。

今天是精准入户调查第二天，按照计划要走访李家坪、姚家湾、陈家溪、毛栗界未脱贫户，中午到刘明万主任家就餐。

李家坪共 29 户 112 人，建档立卡贫困户 5 户 16 人，未脱贫户 4 户 10 人，五保户 5 人，是该村五保户最多的组。

第一站来到李启华家，家里的景象实在让人心酸，锅碗瓢盆杂乱无章地摆放着，农具东一件西一件占满了大半个堂屋。按理说，客人来到，主人应搬椅让座、端茶倒水，然而遍观全屋只发现一把椅子。正诧异着，在阴暗的厨房，我看到长年被烟熏得黑漆漆的木板墙上贴着四张奖状，是那么的温馨、那么的耀眼，如同划过黑暗天空里的缕缕亮光，整个屋子顿时生动起来。

村支书陈洪福介绍说，这四张奖状是户主独女李春燕的，现在清水坪九校读初二，成绩中等偏上。只是有个不幸的家庭，父亲有点弱智，勉强能够交流；母亲哑巴，至今不知道是从哪里来的，也没有上户口。其结对帮扶人向兆玉为了给她办户口，四处奔波，希望能找到有用的线索，忙碌了几个月，最后以失望告终。

正说着，帮助父母洗完衣服的李春燕小鹿般跳跃着映入我们的眼帘：高挑的身材、秀丽的面庞、扑闪的眼睛，马尾般的小辫有节奏地左右晃荡着，无不洋溢着青春少女的动人气息。也许生活就是这样，当上帝关上一扇门时，必然会为你打开一扇窗。生活给了这个家庭太多的苦难，却让这个家庭诞生了一个如花的天使。考虑到她是初二学生，我直接把入户调查表交给她填，有不懂的就询问父亲。听着他们父女俩深情地一回一答，我知道这位父亲为女儿的成长付出了许多，虽然在外人看来有些傻气，但他对女儿的爱却是如此的清纯与凝重。

填完调查表，我鼓励李春燕好好学习，因为只有考上大学，才能改变自己的命运，才能改变整个家庭的命运。如果有什么困难请联系我，我会想办法动员社会力量提供一定帮助。贫困让她经受了生活的许多磨砺，本是在父母怀里撒娇年龄的她显得如此沉稳。听了我的话，她使劲点点头，笑容如花绽放。

从李启华家出来，准备走访李启茂家，邻居村民告诉我，他和妻子到田里耕种去了，离此大概二里多山路。于是，我们沿着窄窄的田埂走向绿色的远方。

真情化解纠纷 (2018年4月1日 星期日 晴)

早餐时与陈洪福书记商议，今天去走访姚家湾、大池潭两个组的未脱贫户。

“丁零零——”正准备出发时，一阵急促的电话铃声响起。原来，两户村民发生纠纷，请陈书记前去调解。作为村民的主心骨，陈书记抱歉地对我说：“罗队，计划赶不上变化，等我处理完纠纷再陪你去走访。”

俗话说“清官难断家务事”，村务事也一样难处理。出于好奇，我想看看这位年轻的书记如何处理棘手事务，便乘车随同前往。

来到李家坪，黑压压的一群人围在那里，一个小伙子坐在地上，浑身脏兮兮的，目光无神，满脸无奈。看到这熟悉的身影，我知道这是我昨天才走访的“励志哥”姚茂英。

姚茂英，1992年3月出生，出生40天后发烧打针，造成他终身残疾。他10岁学会走路，12岁学会说话，手脚不能灵活使用，每走一步都让人担心会摔跤。然而，生活不相信眼泪，他要与命运抗争，希望用自己的勤劳来养活自己，初中未读完的他开始钻研养殖技术。第一年养鸭200多只，由于没有技术，死了不少，没赚到钱；不信邪的他次年又养了300多只，然而命运总是跟他开玩笑，洪水冲走了不少，也没赚到钱；第三年他开始养鸡，卖了200多只，总算小有收获。如今他又开始学养蜂，昨天还请我们尝了尝自取的蜂蜜。

从听不太懂的争论中，我隐约知道了事情的原委：昨天小姚从李光台家购买了 17 只羊，李光台一再告诉他，你是一个残疾人，不适合养羊。可小姚很倔强，硬是要买，结果养了一天，他实在无力管理善于奔跑的山羊，便想退回。可李光台不同意，说小姚家羊圈去年得过传染病，虽然打过预防针，但送回来怕影响他家 100 多只羊的生命。

李光台是村里有名的养殖大户，还购买了一台运输车，农闲时跑跑运输，女儿前年考上了公务员，在湖北荆州税务部门工作，生活一直比较富裕。

不帮帮这位“励志哥”显然会把他击跨，摆在陈书记面前有三种选择：一是协助将羊低价卖掉；二是杀掉卖肉；三是李光台原价回收。每一种方案都有不足和难度，陈书记面色凝重。

反复权衡，反复思考，反复劝说，直到下午四点多钟两家终于达成协议，17 只羊原价退回，如果传染上疾病，由小姚家负责赔偿，村里作担保。

小声问陈书记，羊如果真有问题，小姚咋赔偿？陈书记狡黠一笑：“从他们的争论中，我早已得出结论，羊是不会有问题的，放心吧。”

通过此事，我体会到，只要用心用情用力，就没有打不开的结，就没有解不了的难。

这时，我忽然想起苏轼的一段话：“天下有大勇者，卒然临之而不惊，无故加之而不怒。此其所扶持者甚大，而其志甚远也。”

不怕山高怕腿软 (2018 年 4 月 26 日　星期四　雨)

自步步高集团与我们联系帮扶之事后，我一直在苦苦思索，如何充分发挥步步高集团强大的资源优势，助力施溪脱贫致富，建设美丽乡村？

听村支部书记陈洪福介绍，施溪村与莲花池村交界处地势较为平坦，约有 2000 多亩耕地，土质好，水源足，只因四面环山，交通不便，便荒废了多年。曾有几家公司想开发，无奈望路兴叹，能否让步步高集团开垦成农业综合体，成为超市稳定的货源地？

“踏破铁鞋无觅处，得来全不费工夫”，我眼睛一亮，一幅美丽的画卷在我心中徐徐铺展开来：山顶栽林，山腰养殖，山下植果，山谷种菜，形成生态农业综合体，穷山沟摇身一变成了“聚宝盆”，让筹备中的五丰生态种养专业合作社走出大山，走进千家万户。开垦成本虽高，但对于资金雄厚的步步高集团来说经费算不上问题，关键是我们合作社生产的农产品能否达到步步高集团的质量标准。

耳听为虚，眼见为实。为尽早拟订方案，我决定今天上午冒雨进山考察。于是，我和陈书记、周兴宇、队员吴振 4 人组成探险小分队，个个手持镰刀、脚穿高靴，雄赳赳气昂昂地向深山进发。

山路陡峭，我们时而弯腰前行，时而攀崖而上，时而跳跃而起，每前进一步都是一种历练。天公不作美，雨水淋湿了头发，汗水湿透了衣背。一路艰险，一身泥泞，一头汗水，经过一个半小时的跋涉，我们终于到达平坦地带。四周是山，中间地带相对平缓，一条小溪纵贯其中。“无限风光在险峰”，也许真的是这样，这里苍翠欲滴，这里花香醉人，这里风景如画。我们兴奋得奔走呼号，这是付出的喜悦，这是胜利的呐喊，欢快的声音久久回荡在山野的上空。

面对脚下的小溪，陈书记说，这里一年四季流水淙淙，滋养着两旁的农田；这里土地肥沃，种什么得什么，只是交通不便，必须翻山越岭，于是陆续走出大山的人们渐渐放弃了祖辈们辛勤开垦的这片沃土。其实，这条小溪还有个美丽的传说：古时一官吏衣锦还乡，几匹马托着黄金白银途经这里，忽然一阵狂风，马儿不见了，马队也不见了，横在眼前的便是这条清澈见底的小溪，有人说是日夜兼程的行人迷恋上了这里的风景，有人说是马儿寻找到了甘洌的清泉，于是当地人便将这里命名为金马溪。

没有调查就没有发言权，更没有决策权。实地考察后，我心中有底了。于是我们原路返回驻地。

经过这次考察，我深深感悟到：不怕山高，就怕腿软。带领群众翻过贫困这座大山，亦是如此。越是面对贫中之贫、难中之难，越是不能有歇歇脚、喘口气的思想，越是要再接再厉，一鼓作气攻克最后的贫困堡垒。这就需要我们坚持求实过硬的作风、永葆一抓到底的干劲，真下一番“绣花”的功夫，以钉钉子精神驰而不息推进脱贫攻坚。

进山寻址 (2018 年 6 月 6 日　星期三　晴)

今天，艳阳高照，微风习习。为新建一个生态养猪场，我们一行 5 人翻山去村组寻址。

选址是有严格要求的：一是交通便利，至少4.5米宽的公路，便于大货车通行；二是水源充足，一年四季不能断水；三是电力较近，离高压线太远会提高建设成本，要求是四相电；四是通信覆盖，可实现远距离可视监控；五是远离河流，至少500米，这是环保要求；六是地处偏僻，防止病毒传播；七是平地面积约4亩，减少基础设施成本，且不是基本农田和公益林。同时满足以上七个条件，这个地址就是较为理想之地。

第一站，我们来到陈家溪组，看了两山之间的一个平坦地段，除水源不充足外，其他条件全部满足，况且可打深井抽水。我对此地比较满意。但不知道是不是基本农田，如果是，是坚决不能选择的，因为基本农田是红线，不能踩。

第二站，我们沿着毛栗界到代家坡新修的毛路一直走，却一无所获。要么是基本农田，要么没有水源，要么交通不便。

山路在脚下延伸，汗水沿两颊流淌，阳光不停地亲吻着我们青春的脸庞，疲惫时时呼唤自己停下前进的脚步。

“政治路线确定之后，干部就是决定因素。”要打赢脱贫攻坚战，要让贫困地区群众如期进入全面小康社会，扶贫干部无疑是中坚力量、决定因素。干部敢于脱层皮，何愁农民不脱贫。本着这个信念，我一步步向绿色深山进发，再苦再累也要咬牙坚持。因为，累过，方得闲；苦过，方知甜。

一晃一上午就过去了，我们还行进在寻址的路上。三年时间宝贵，唯有奋斗不止，脱贫路上必须有我！

救援，我们在一线 （2018年7月1日 星期日 雨）

6月30日21：30，沅陵二酉苗族乡，暴雨如注。

突然，“轰隆”一声，乡集镇西头公路边的乌宿村一非地质灾害点发生突发性山体滑坡，7栋民房一下子被夷为平地，12人被困。

电灯熄了，水管裂了，公路堵了，倒塌引起的青烟裹着火苗，冒着雨点直往外窜。

200米长的滑坡后坎，新土还在不时往下掉，高大的栗树连根倒在废墟上，压在泥土下的小车伤痕累累，瓦砾、棉絮、胶盆、路灯杆散落一地，现场一片狼藉……

一方有难，八方支援。灾情发生后，我村党支部迅速发出通知，请党员同志们自愿前往乡政府集合，参与救援行动。

党有号召，我有行动。事发地距施溪村 25 公里，但遥远不能阻挡党员们前往救援的步伐。驻村帮扶工作队队员刘宇，这位刚刚面对鲜红党旗庄严宣誓的新党员，得到通知后第一时间赶往现场，向乡政府报到。

时间就是生命。老党员肖典礼命令儿子肖九大马上驾驶自家面包车，带着一家四口人迅速向事发点开进。65 岁的老党员、村支委瞿永家安顿好正在生病的妻子，乘坐公共汽车向乡政府奔去……不到两小时，向乡政府报到的我村党员就有 10 名，是二酉苗族乡参与救援行动人数较多的村之一。

按照事故救援领导小组安排，我村党员统一换上迷彩服，主要负责维持现场秩序、疏导群众情绪、畅通救援通道、协助运送物资、分发食品饮料等工作，保障武警、消防等专业救援队有序展开生死大救援。

雨一直在下，汗水一直在流淌，却没有让党员们停下忙碌的脚步。流动的迷彩，成为当地群众心动的符号，让人倍感温暖。

直到 7 月 1 日 16:15 许，被困群众全部抢救出来，受灾群众 2 人抢救无效死亡，其余 10 人成功救出送往医院紧急救治。迎着飘飘洒洒的细雨，党员们疲惫的脸上才露出笑容。

灾害是一面镜子，清晰地映射出共产党员的忠诚。党员是一面光辉的旗帜，责任与担当让旗帜更加鲜艳夺目。在这次生死大救援中，施溪村的党员干部用自己的忠诚向党的生日献礼！

灾后，我们在现场 (2018 年 7 月 2 日　星期一　雨)

今天，沅陵县二酉苗族乡乌宿村山体滑坡灾后第三天，天气阴转多云，时有阵雨。

在灾害点，挖土机轰鸣，装载车穿梭，无数个装满砂石的沙袋运送到这里，救援人员将沙袋垒成一道墙。这道墙宽 2 米（上 1.5 米）、高 2 米，可以将泻下来的泥石挡住。挡墙内铺设塑胶管道排水，下滑的山体则盖上了巨大的塑料布，防止雨水再次冲蚀。

“加快进度！”灾害发生后一直坐镇指挥救灾的县长周重颜，在现场督导施工，要求工作人员在确保安全的前提下进一步加大力度，加快进度。

下午5点多钟，我和队员吴振驱车到这里。看到火热的驰援场面，我们无须号令，无须安排，便主动投入到紧张的搬运沙袋劳动中。

滑坡地段是居住区，几十户人家一字排开集中居住在这里。搬运沙袋，主要目的是压住塑料布，防止雨水渗入滑坡山体，发生次生灾害，保护人民群众生命财产安全。

应急救援，争分夺秒。不知什么时候，天空又下起雨来，指挥人员又开始不停地呼喊加快进度。从上到下，从左到右，我们拉网式排查安全隐患，哪里需要添加沙袋立马送达，越是快要结束战斗越是要珍惜这次驰援行动。

“这里要重铺塑料布!”一直战斗在救援一线的乡党委书记张军大喊一声，三四个小伙便聚集在他身边，你拉一角，我拉一角，一张大网便罩在了灾害点西北边，运送的沙袋便一股脑儿地压在塑料布上。

灾难无情，人间有爱。发生在乌宿村的灾害牵动着无数人的心，党员干部身先士卒投入救援，广大群众自发祈福平安，一股股强大的力量汇聚在此，相信坚强的乌宿人一定能渡过难关。

为表达对受灾群众的慰问，我们工作队决定捐款，我捐1000元，吴振和刘宇各500元。

排查，我们在行动 (2018年7月3日 星期二 晴)

二酉苗族乡乌宿村山体滑坡灾情发生后，7月1日下午，建辉秘书长亲自电告指示，工作队要加强自身防护，保障人身安全，同时对村里险情进行排查，防止类似事件发生。7月2日，厅人事处白尤处长也打来电话提出相关要求。

为坚决落实建辉秘书长指示，今天，我和陈洪福书记、刘明万主任对村里险情进行拉网式排查。

姚家湾，地处沅古公路沿线，是二酉苗族乡地质灾害点之一。听村里的老人讲，二百多年前的一个夜晚，这里曾发生山体滑坡，至今山中还留有一道约30厘米的裂痕。那次山体滑坡，可以说是一次“整体搬迁”。次日早上起来，村民被眼前发生的事情惊呆了，居住高度整体下降几十米，没有房屋受损，没有人员伤亡，一切安然无恙。听说这神话般的往事，我真的感到大千世界，无奇不有。我们和乡技术监测人员一道进行现场勘察，得出的结论是，经过上百年的土石沉淀，这里已经比较安全。

甲水洞也是村地质灾害点之一，离村部约 9 公里，我们驱车前往，这里山势陡峭，森林茂密，地势低洼处，居住着 15 户人家。据刘明万主任介绍，30 多年前，山体沿洼地一周曾出现一道裂痕，但至今没有发生过滑坡。沿着刘明万主任手指方向望去，一道“森林裂痕”清晰可见，上下落差比较明显。山中有一洞，老人们说是蟒蛇洞，正在裂痕上。我饶有兴趣去查看，洞口不大，但有一股冷风吹出，在这炎热的夏天，让人感到阵阵凉爽。刘主任说，以前从洞口丢一块石头，会听到溅落入水的声音，说明下面有一条暗河。

对这两个地质灾害点，我们树立警示牌，标明了监测员、负责人联系电话和安全撤离路线。

但我总担忧，一旦暴雨来临，这里常常会停电，手机信号自然中断，如何通知人员撤离，如何实施抢险救援呢？我特地交代监测员，经常关注天气预报，天气预警时必须将大喇叭充满电，一旦发生危险，必须手持大喇叭高喊撤离，确保群众生命安全。

要把群众的冷暖安危放在心上，最近我心里一直放不下姚元发家。前不久下暴雨，他家前坪垮塌，危及房屋安全。村支部书记陈洪福向乡政府作了汇报，我也单独向乡党委书记张军报告了此事。乡里很重视，专门派人带着保险公司入户察看，保险公司以房屋安全为由不予赔偿，村里集体经济账上为零，工作队经费不能报销，乡里亦没有相关政策支持，想慰问一下他家却束手无策，只好上报临时救助表达慰问。

到了他家，我说明来意，希望他早日整治，确保自身安全。这也是我第三次上门做思想工作了。

“没有一分钱，借也借不到，没办法整治。”姚元发两手一摊，一副无可奈何的样子，我明白他的意思，就是希望政府帮助解决问题。而他家新近买的一台对开门的冰箱摆在客厅，格外显眼，我一时无语。

话说到，情送到，力尽到，无愧吾心。

催征号角声声急 (2018 年 7 月 17 日　星期二　晴)

上午，根据市、县驻村办通知，最近要召开工作队长情况交流会，需提交会议交流材料，我埋头苦思，写了一份发言材料传给驻村办。

最近，上级给村拨付扶贫资金206万元。下午主要是与陈书记和村干部商讨扶贫资金的使用计划，达成初步意见后，我觉得有必要就资金使用计划与乡党委书记张军沟通协调，征得他同意为好。打电话过去，他答应晚上来村商量。

晚饭后，我和陈书记就资金使用初步意向到拟施工现场考察，做到心中有数。关于施工队伍选择问题，我始终强调坚持三个原则：一是信誉好，保证质量；二是按程序，不能违规；三是增收入，多用村工。

晚上10点，乡党委书记张军来村，就这次扶贫资金使用面对面沟通。他强调：

一是文化舞台建设暂缓，扶贫资金不能用于宣传栏和电视音响采购；二是项目建设必须是进入县脱贫攻坚项目库的，按规划有序进行；三是养蜂合作对象选择要慎重，强扭的瓜不甜；四是所有项目必须年底前完成。商讨完毕，送走张书记，又至凌晨。原野一片寂静，只有稀疏的几颗星不知疲倦地眨着眼。

远望夜幕下的大山，我暗暗告诉自己，既要仰望星空，又要脚踏实地。干事的态度决定人生的高度。“成功的路上并不拥挤，因为能坚持的人并不多”。只有树立直面困难的进取态度，勇于接受更大的挑战、承担更多的责任，并将其转化为前进的动力，才能不断突破自我，登上人生新高度。

首长山沟来调研 (2018年8月5日 星期日 晴)

烈日当空，暑气逼人。

“丁零零……”一阵急促的电话铃声响起，我看了一下手机，是秘书处副处长张宇打来的。张副处长是建辉秘书长的主要保障者，我预感是秘书长视察来了。

“罗队长，秘书长现已到你们村部，快点过来！”果不其然，电话里传来张宇焦急的声音，首长真的来村视察了。

我应答了一声，匆忙整理好衣服，迅速赶到村部。只见黑压压的一群人正伫立在村部宣传公示栏前，陪同秘书长观看公示栏。我立即跑到秘书长面前向首长报告，首长和蔼可亲，微笑着主动和我握手。

这次，省委常委、省委秘书长建辉同志是采取“四不两直”方式来村调研扶贫工作的。察看村部宣传公示栏后，她先后到红心猕猴桃、冬桃基地，钩藤基地察看产业发展情况。她一边看一边询问，笑容不时绽放在她的脸上。

贫困户赵顺成，是秘书长的结对帮扶对象。她来到赵顺成家，与赵顺成一家人攀谈起来，询问家庭人口、生产收入和享受扶贫政策情况，还看了“两卡两折”。当得知赵顺成被二酉苗族乡评为“励志脱贫户”，今年又养了92只羊时，秘书长很高兴，嘱托他要靠自己的双手勤劳致富，相信日子会一天天好起来，并送上慰问金。

下午4时许，她来到工作队居住地，察看工作队员的生活情况。在这里，我对照三年脱贫攻坚规划图详细汇报了三年扶贫构想，她不时点头，汇报完毕，大家啧啧称赞。

最后，来到村部会议室召开村民代表座谈会。在听取工作情况汇报和村民代表意见建议后，建辉秘书长就如何做好下阶段施溪村扶贫工作发表重要讲话，作出三点重要指示：一要对标要求，实现目标。严格把握户脱贫、村出列的标准要求，既量力而行、保障基本，又防止降低标准、影响脱贫质量；既主动作为、精准精细，又防止调高标准、吊高胃口。二要抓住重点，攻克难点。脱贫攻坚，重点是基础设施，难点是产业发展。要抓好基础设施建设，解决好路、桥、塘、水、讯的问题；要抓好扶贫产业发展，强力推进生态养猪建设，积极筹划油茶低改，因地制宜发展农民有积极性、符合施溪村特点、又有市场的特色产业。三要打好基础，夯实基层。从基础工作、基层组织、基本素质等五个方面入手，增强村“两委”的凝聚力战斗力，打造一支不走的工作队。同时要加强扶志教育，引导群众自力更生，通过自己的辛勤劳动脱贫致富，让群众在脱贫过程中长志气、强信心，更加热爱自己的家乡。

下午6时20分，座谈会在热烈的掌声中结束。

贯彻落实建辉秘书长指示精神 强力推动施溪村精准脱贫

(2018年8月9日　星期四　晴)

8月5日下午，省委常委、省委秘书长谢建辉同志采取“四不两直”方式，深入施溪村调研扶贫工作，先后察看村宣传公示栏，红心猕猴桃、冬桃基地，钩藤基地等，走访慰问贫困户，召开村民代表座谈会。在听取村民代表意见建议后，建辉秘书长就如何做好下阶段施溪村扶贫工作发表了重要讲话，提出了具体要求。

现将施溪村贯彻落实建辉秘书长指示精神情况汇报如下：

一、认真学习领会，提升政治站位

村民代表座谈会召开后，工作队根据录音迅速整理了建辉秘书长的重要讲话，在及时上报厅人事处的同时，召开村“两委”全体成员会议，认真组织传达学习。对2名休假的工作队员，在打电话简要传达的同时，将建辉秘书长的讲话内容摘要转发，要求他们认真学习、深刻领悟。在集体学习讲话中我们感到，建辉秘书长的讲话站位高、目标明、标准严、落点实，是指导施溪村脱贫攻坚的根本遵循，为我们打赢脱贫攻坚战指明了前进方向，具有很强的现实指导意义。在学习讨论中，村支部书记陈洪福谈到，建辉秘书长是我们村来的最大领导，在深切感受到首长浓浓关爱的同时，也感到肩上沉甸甸的责任，我们一定不负组织重托，勤勉工作，力争高标准带领施溪村人民完成脱贫致富的光荣使命。村主任刘明万也谈到，学习建辉秘书长的重要讲话，我们的紧迫感和方向感更强了，完成脱贫攻坚任务是党和人民赋予我们的职责使命，打好脱贫攻坚战，必须对标党中央的要求，户脱贫就是“两不愁三保障”，村出列就是“一确保两完善”，我们必须精准精细，既不能吊高胃口，也不能降低标准。思想在讨论中统一，认识在交流中提高。学习讨论后，我们根据建辉秘书长的讲话精神，对施溪村脱贫攻坚三年规划进行了修订完善，让规划更加符合施溪村的实际，更加具有可行性和操作性。

二、对标指示梳理，列出任务清单

对照建辉秘书长的指示精神，我们对具体工作一一进行梳理，从基础设施、产业发展和基层建设等方面列出时间表、路线图，初步制定了《施溪村脱贫攻坚任务清单》，便于我们有计划、有步骤地实施，确保每一项工作按时间节点落实落地。8月7日，县委副书记、县长周重颜，县人大常委会主任张世雄，带领县政府办、交通局、交建投、农业局等部门负责人，专程到村专题调研施溪村的扶贫工作。会上，我们又将任务清单、存在问题与县里一一对接。沅陵县委县政府高度重视，成立了专门工作班子，由县委常委、县委办主任张振华及联乡领导牵头任组长，省委办公厅工作队队长及二酉乡党委书记任副组长，相关部门负责人为成员，点对点地落实建辉秘书长指示。特别是生态养猪工作进展迅速，目前厂址勘测、道路设计、手续办理已经完成，即将进入招标施工环节。油茶低改，我们利用3天时间实地登山调研，对油茶分布面积、可低改面积、每户面积、能新造面积等情况进行精确测量统计，为下步向林业厅汇报打下坚实基础。

三、理清工作思路，明确努力方向

学习建辉秘书长的重要讲话，我们扶贫思路更加明晰，工作方向更加明确。一要抓实脱贫举措，提升“获得感”。“抓好脱贫攻坚工作，户脱贫也好，村出列也好，不仅要让贫困户也要让全体村民都有获得感。”“获得感”是体现脱贫攻坚成效的“晴雨表”。我们将从三个方面努力：首先，对标要求，实现目标。严格把握户脱贫、村出列的标准要求，既量力而行、保障基本，又防止降低标准、影响脱贫质量；既主动作为、精准精细，又防止调高标准、吊高胃口。其次，抓住重点，攻克难点。抓好基础设施建设，重点解决好路、桥、塘、水、讯的问题。抓好扶贫产业发展，强力推进生态养猪建设，力争年底前投入运营；积极筹划油茶低改，力争2019年年底前打造省油茶示范基地；因地制宜发展农民有积极性、符合施溪村特点、又有市场的特色产业，坚决杜绝花里胡哨的东西，坚决杜绝形式主义。再次，打好基础，夯实基层。从基础工作、基层组织、基本素质等五个方面入手，增强村“两委”的凝聚力战斗力，在抓紧抓实扶贫工作中提升群众获得感。二是要激发内生动力，提振“精气神”。“精气神”是加快脱贫攻坚进程的“动力源”。破除一些贫困户“等、靠、要”的懒汉思想，变“自暴自弃”为“自立自强”、变“要我脱贫”为“我要脱贫”。下一步，我们将把扶民志作为重点，通过鼓励贫困户自主创业、强化技能培训、安排就近就业、设置公益岗位等多种举措，激发贫困户的主观能动性和积极性；抓好“励志脱贫户”评选宣传工作，用身边人身边事激发贫困群众脱贫致富的愿望；办好“新施溪讲堂”，开展扶贫政策、家风家训、孝亲敬老文化等内容的宣讲，引导贫困户自力更生、勤劳奋进；做好重点贫困户思想工作，采取“一对一”或“多对一”的方式开导思想，让贫困户意识到“自力更生才能丰衣足食，一定要他们通过自己的劳动脱贫，让他们在脱贫过程中长志气，让他们更加热爱自己的家乡”。三是要转变帮扶作风，提高“满意度”。“满意度”是检验脱贫攻坚工作的“试金石”。第一，要当好政策通。建辉秘书长在讲话中强调，扶贫是一种专业，必须学习钻研扶贫政策。作为扶贫工作队员，必须加强扶贫政策学习，坚持先学一步、多学一点、深学一层，原原本本学习，逐条逐字理解，切实把握政策重点、亮点和创新点，真正吃透文件精神，不断夯实业务基础和政策水平，对扶贫政策法规烂熟于心，做到“一口清”“问不倒”，真正成为“政策通”“活字典”。第二，要定期大走访。集中开展“访民情、听民声、解民忧”大走访活动，把走访范围从贫困户扩大到所有群众，全面了解、梳理汇总老百姓的诉求，力促群众反映的问题“件件有着落、事事有回音”，以此全面提升群众满意度，确保如期脱贫、稳定脱贫、和谐脱贫。第三，要严守铁规矩。“脱贫是有规矩有纪律的。”党的纪律和规矩是党的生命线，是不可逾越的红线、必须坚守的底线。今年是脱贫攻坚作风建设年。脱贫攻坚越是进入决胜阶段，越需要优良作风，越需要挺纪在前。我们将认真学习建辉秘书长“六个决不允许”的纪律要求，认真学习党纪党规，自觉做到耐得住寂寞、守得住清贫、抵得住诱惑、把得住小节，清清白白做人，扎扎实实干事，让自己开心，让家人舒心，让组织放心，坚守共产党人的精神高地。

五丰养猪协调会 (2018年8月16日　星期四　晴)

沅陵是生猪进口大县，发展生态养猪前景广阔。省委建辉秘书长来村调研时明确指示，与新五丰公司合作，大力发展生态养猪。

为落实首长调研指示精神，今天，新五丰公司一行6人在李剑锋副总带领下来村，就建设生态养猪场事宜进行论证。

自6月1日初步对接后，我们先后进行了实地考察、场地选址、道路设计和手续办理，应该说前期工作是扎实有效的。这次调研主要是拿出初步方案，尽早进入施工阶段。

经协商，达成如下意见：一是养殖规模，建议4000头以上，力争万头；二是经营模式，常用模式分别是公司＋农户、公司＋合作社＋农户、公司＋租赁场，拟采用公司＋合作社＋农户形式比较好；三是财务结算，代养保价为每头150元，公司租用为每头100元，另环保费每头25元；四是基础设施，通水、通电、通路、通网络，场坪为65＊17.5米，电力为80～100KW，水量为每日20吨、深井，围栏为高速公路那种。前期构想基本如此。

协商会最后，我强调了几点，建设生态养猪场是县重点扶贫产业项目，关系到我村脱贫攻坚能否如期完成，省委领导高度重视，亲自部署、亲自推动，务必提高政治站位，把发展生态养猪作为当前最紧迫的任务来抓。一是打造亮点。五丰生态养猪进驻沅陵，我村是第一家，必须高标准建设，打造一个示范点，以此辐射带动二酉乡甚至全县发展养猪产业。二是把握难点。难点是资金，拟采取地方政府出资一点、新五丰赞助一点、群众集资入股一点的方式解决。三是近期要点。新建生态养猪场，需要速办手续，需要多个部门考察盖章，缺一不可，必须加快进度，同时保证路通、水通、电通。

记得有位名人说过，“一堆沙子是松散的，可是它和水泥、石子、水混合后，比花岗岩还坚韧。”为了施溪村早日脱贫致富，我们唯有团结一心，勇毅向前！

在龙池坪组村民会议上的讲话

(2018年8月28日 星期二 晴)

乡亲们：

看到大家我感到很亲切，为什么呢？因为我出身贫穷，是地地道道农民的儿子，看到你们，我想起了儿时面朝黄土背朝青天、一辈子与泥土打交道的父辈们，是他们的鼓励滋润了我，是他们的淳朴哺育了我，是他们的善良成就了我。我爱家乡，更爱家乡的父辈们。

为了走出山村、摆脱贫穷，高中毕业后我便参了军。大家知道，作为农民的儿子，那个时候要跳出农门、圆梦城市，只有两条路可走，一是考上大学，二是参军入伍。为了心中的梦想，高考落榜后我走进了军营，在部队摸爬滚打、挥汗如雨26个春秋，于2016年7月1日从团政委岗位上退出现役，转业到省委办公厅工作。紧张的军营生活结束了，我终于进城了，享受着与家人团聚的欢乐，享受着八小时工作制的优越，可乡愁却成了我抹不去的记忆。

得到可以报名下乡扶贫的消息，出于对农村本能的热爱和对农民发自内心的尊重，出于建设农村、回报乡亲的念想，于是我主动申请下乡扶贫。

今年3月6日，我们来到了施溪村，带领村民脱贫致富从此成为我肩负的神圣使命。

自驻村帮扶以来，我感受到了乡亲们的淳朴，感受到了乡亲的热情，感受到乡亲们的勤劳，但我更感受到了乡亲们的贫穷。如何走出贫穷、走向富裕，一直是我思考的首要问题。

经过几个月的走村串户、跋山涉水，用脚步丈量我们施溪村的山山水水，用汗水浇灌我们施溪村的一草一木，终于理清了工作思路，制定了三年脱贫攻坚规划，概括起来讲就是“四个一”：

一、夯实一批底子，完善设施

脱贫攻坚，重点是基础设施。基础设施搞好了，产业发展才有基础；产业发展搞好了，脱贫致富才可持续。我们将把完善设施作为重要任务，提高群众认可度，具体来讲就是新修2座桥、13.8公里的路、8公里的供水管道，维修7个蓄水池、8个山塘、3公里的排水设施、1.2公里的灌溉渠，通信信号实现全覆盖。这里有 3 项将造福龙池坪组——1 座桥、8 公里的供水管道和通信覆盖。

二、找准一条路子，兴旺产业

大家可能看新闻，广州市某区 60 岁以上老人可免费到社区食堂就餐；华西村村民结婚，村里免费送一套房子，家庭设施一应俱全，可以拎包入住。为什么这些地方可以做到？那是因为该地集体经济发达，人民生活富裕。为什么我们村做不到？因为贫穷，集体经济脆弱。

如何发展村集体经济，在带领乡亲致富的同时又厚实我们村的家底？我们将发展以下产业:一是生态养殖。将建设一个大型生态养猪场，年出栏 4800 头，一头猪的利润是 150 元以上，这样毛收入可达 72 万元，除去人工成本、水电开支和其他正常开支，纯利可达 60 万元。这是省委领导积极推动的，体现了省委领导对我村的厚爱，也是我村的福气。二是油茶种植。拟低改 1000 亩油茶林，我们这里的油茶品质好，打造这样一个基地，便于村民稳定增收。三是养蜂千桶。先养 300 桶，三年扩充到 1000 桶。因为这里养蜂有地理优势，山区蜜源丰富，养殖成本不高，劳动强度不大，适合养蜂。四是种植钩藤。钩藤是一种中草药，市场长期供不应求。据考察，钩藤有市场、有价格、有收益。

三、建好一个班子，固强堡垒

给钱给物，不如帮建好支部。我们工作队除扶贫外还有一个重要任务，那就是要帮助建强村“两委”班子。从我们近期了解的情况看，我们村民是幸运的，我们村有一个好的班子，整体素质不错。“没有最好，只有更好。”我们将坚持“扶贫先扶志，扶志要扶人”的理念，重视对村“两委”班子的培养，通过开展集中轮训、岗位帮带、实施“先锋”工程等举措，固基础、补短板、强弱项，提高市场认知和法律意识，掌握必备信息网络技能，增强他们团结带领群众脱贫致富的底气和后劲，打造一支“不走的工作队”。

四、激活一种因子，文明乡风

优秀乡村文化能够提振农村精气神，增强农民凝聚力，孕育社会好风尚。之所以部分村庄“形虽在，神已散”，传统道德失范，公序良俗失效，不守婚则、不睦邻里等现象增多，红白喜事盲目攀比、大操大办等陋习盛行，就是因为忽视了农村文化的传承弘扬。我们将坚持以社会主义核心价值观为引领，以优秀乡村文化为依托，定期开展贴近生活、贴近实际、喜闻乐见的基层文化活动，让勤劳致富、勤俭持家、孝亲敬老等中华民族传统美德的因子植入贫困群众的心田，从而自觉弘扬劳动光荣的传统，涵养勤劳致富的美德，形成见贤思齐的导向，坚定通过劳动创造美好生活的心志，焕发乡村文明新风，全面提升乡村振兴的软实力。

乡亲们，蓝图很美好，实现需齐心。可以说，没有乡亲们的实干，这些规划将成为镜中月水中花；没有乡亲们的支持，我们在脱贫攻坚的路上将寸步难行。这次拟定在我们龙池坪组建设生态养猪场，需要修路，需要场坪，必然会占用村民部分田地，必然会撤除村民部分设施，从某种程度上讲会侵占乡亲们的利益。这就要求我们做到：

一是要讲大局，顾全局。什么是大局？村组的繁荣是大局，村集体经济的发展壮大是大局。我们要把集体经济的发展放在首位，把造福子孙后代放在首位，自觉牺牲个人利益、家庭利益。二是要算大账，看长远。我们要放开眼量算大账，不要斤斤计较算小账。从短期看，我们部分村民利益受了点损失，占了您的田，占了您的地，但从长远看，您为集体经济的发展作了贡献，您为子孙后代造了福，您也就赢得了村民的尊重。口碑也是一笔宝贵的财富，乡亲们会感谢您，子孙会感激您，村两委不会忘记您。三是要多关心，真支持。将大型生态养殖场放在我们组，这是我们龙池坪组的发展机遇，也是全村人对我们龙池坪组的信任，我们要自觉关心、极力支持这项事业，争取早日建设好我们的生态养殖场。待到山花烂漫时，我们在丛中笑！

民主决策有力量 （2018年8月29日 星期三 雨）

今天，我们召开村民代表会议，主要议题是推选猪场道路和场坪建设的工程施工队伍。由于支部书记陈洪福在北京学习，在会上就由我介绍情况。

一、召开紧急会议的原因

脱贫攻坚已进入攻城拔寨、啃硬骨头的关键时期。今天我们召开紧急会议，原因有四：一是上级领导有指示。8月5日，省委建辉秘书长来村视察，对我们村脱贫攻坚指路导航，强调要重点发展生态养猪，让其成为扶贫支柱产业。领导有指示，我们必须有行动。二是工作任务有要求。我们村的生态养猪，要成为扶贫工作的一个亮点，进而辐射全乡，甚至带动全县。要成为示范点，必须加快进度，拿出样板，争取早日投入运营。三是思想认识有进展。近几天，我们召开了龙池坪组村民小组会议，听取了村民的意见建议，确立了一些基本原则。如作为村民，必须积极支持村里的集体事业；道路占山地原则上没有任何补偿，场坪占田可以适当补偿等等。在此基础上，经过两天艰苦细致的思想工作，与部分村民达成共识，较好解决了建场与村民之间的矛盾分歧，统一了思想。四是工程设计有方案。道路建设，乡请县交通局设计，设计方案已通过评审，预算为 67.9 万元；场坪建设，施工前请专业队伍测一次，施工完成后再测一次，土方量就出来了；主体建筑由新五丰设计，按要求施工即可。应该说，具备了加快工程进度的条件。

二、关于工程队伍的选择

关于工程队伍的选择，这是一个敏感话题。但只要公开公平公正，敏感话题也就不敏感了。我一直坚持四点：一要确保质量。这是所有工程项目的总要求，作为重点扶贫项目，更要严把工程质量关，不能出半点纰漏。二要程序正规。所有重大事项，必须坚持“四议两公开”，即党支部会提议、“两委”会商议、党员大会审议、村民代表会议或村民会议决议，决议公开、实施结果公开，让重大事项决定在阳光下进行。三是信誉良好。信誉是一支工程队伍的形象，没有信誉的工程队肯定是没有质量保证的。大家或多或少对工程队有些印象或评价。我们选择工程队伍时要想想群众的议论或评价，凡在周边或施溪村做过工程，工程质量不怎么样，群众评价不怎么好的，要坚决拒之门外。四是本地优先。在同等条件下，一个是本地工程队伍选择优先，二个是技术含量不高，又需要施工人员的，本地用工优先。让本地村民劳动致富、增加收入，本就是我们扶贫的目的。

在这里，我们欢迎广大村民监督，特别是对我们工作队严格监督。如何监督？打个比方，硬化公路首先是厚度，路面混凝土的厚度必须达标，没有厚度就没有强度；其次是比例，水泥和石子的配比必须达标，比如一包水泥本来是配两斗石子，如果他只放半包水泥的话，那这个路面混凝土的质量就是没有保障的，时间一长，肯定开裂，那就是豆腐渣工程，群众就会骂娘；再次是附属工程，排水设施、切割线条等等。

为搞好这次工程队伍选择，我们先后考察了省建工集团三公司、县萱华园房地产开发有限公司，还有一家没资质的施工队也报了名，被我们当场婉拒。我们和乡党委意见一致，全部交给省建工集团。为什么呢？它是国有企业，信誉有保证、质量是上乘、垫资有实力。前几天，省建工集团来村洽谈，村干部都参加了。前天我又陪同张军书记去公司商议，当我们把设计方案交给他们后，第二天直接拒绝了我们，因为我们的设计预算只有 67.9 万左右，而他们的心理报价是 100 万，觉得没利润，所以明确拒绝。那就只余下萱华园房地产开发有限公司了。经村党支部提议、村民委员会商议，报乡党委同意，建议将萱华园房地产开发有限公司提交村民代表决议。

三、生态养猪场建设方案

生态养猪场，年出栏4800头，毛利润72万元，预计投资550万元，电力投资30万元，道路投资70万元，主体工程390万元，附属工程40万元，手续办理、打井及前期工作20万元。目前，县准备投资200万元，新五丰赞助150万，其余资金还需筹集，希望全体代表做好村民思想工作，积极支持村集体事业。两座桥马上要动工了，如果你们或者你们的亲朋好友在建筑公司工作的，欢迎推荐。但就一个前提，也是一个底线，该公司必须符合相关工程建设资质，确保工程建设质量。

介绍情况后，刘明万主任便提议表决，全票通过。这件事让我体会到，群众最真诚，百姓最善良，只要心想到、话说到、力尽到，群众就一定会支持我们。

山沟奏响冲锋号 (2018年8月30日　星期五　晴)

清晨5时58分，寂静的山沟忽然热闹起来：欢快的鞭炮声刺破幽谷，轰隆隆的马达声响彻云霄。随着一锹锹泥土被铲起，沅陵县五丰生态种养专业合作社生态养猪场正式破土动工。

终于如期动工了！回想近段时间所付出的努力，多少辛酸，多少无奈，此时的我不禁感叹：施溪村真正的贫困不是土地的贫瘠，不是物资的贫乏，而是精神的荒芜！脱贫攻坚，任重道远。

猪场建设前期工作，我三次询问陈书记，准备工作有问题否？他说没问题。然而28日召开的村民小组会却成了“牢骚会”。那天，为进一步统一村民思想，我们村两委决定去龙池坪组召开小组会。当我们通报将在龙池坪组山上修路建设猪场时，整个会场沸腾，一下炸开了锅。

“建不建猪场，与我何干！”有个村民直白地说，“我们是普通百姓，猪场建好后都是村干部的小金库，有啥用？”

“猪场建好后，属村集体经济，每个人都将受益。”我扫了一眼会场，继续说道，“为什么华西村每个青年结婚时，村里赠送一套房子一套家具，可以拎包入住？主要是村集体经济发达。虽然我们离此目标较远，但努力不懈，总会达到！”

一阵沉默后，“修路占田，我不同意。占别人的田我不管，占我家的田决不答应！”又一村民发出最强音。

“是的，田不能占，埂不能毁，坟不能动！”几个村民附和。

“土地是我们农民的命根子，我们修路有个原则，田尽量不占用，坟一定不损毁！”

……

李中治，住在拟建猪场下面公路旁。要建猪场，必须撤除他家的牛棚、羊棚和猪栏。他是比较勤劳的，一年养殖收入上万元。为维护自家利益，他极力反对在龙池坪建猪场。遇到问题绕着走，碰到困难就掉头，是干不成事的。我们先后三次上门做工作，其中两次谈到零点。也许被我们的真诚和实干所感动，他决定主动撤除所有禽舍，全力支持发展生态养猪。

好不容易做通村民的思想工作，终于可以如期动工了！

群众思想工作难做，毕竟还是做通了。我明白了一个道理：只要用心用情，一切皆有可能！

心中的牵挂 (2018 年 9 月 14 日　星期五　晴)

“天空那么清远，微风那么纯净，天地间的那片留白，生命中的那些风景，需要我们用灵魂去细细体会万物的本性和人生的真谛。让我们在终日忙碌的烦乱中，给自己一个中途休整期，等等自己的灵魂，停下来，静观自在，细赏花开，笑看风云，用一颗清澈简明之心，去领略一下生活的美好，拥抱一下温暖的真诚，品味一下醉人的感动，找到灵魂中的自我，活出我们的精彩。”

看到上面的文字，我怦然心动，是该停下匆匆的脚步，等等失落的灵魂了。

本周工作十分忙碌，星期一到厅汇报工作，按照秘书长会议精神修改完善三年脱贫攻坚规划。按计划海艳副秘书长要召集工作队开会，然而人事处协调无果，直到星期二下午下班时也没有确定会议时间。无奈，人事处指示，留下吴振配合人事处修改方案，我和刘宇晚上赶回驻村点。

回到驻村点，已是凌晨 1 点多钟。星期三早上 6 点多赶往二酉苗族乡政府，参加 9 月份的扶贫工作例会，下午赶往怀化市报到，星期四参加省派怀化市驻村帮扶工作座谈会，晚上回到驻村点。

千里驰骋，人困马乏。一路风尘仆仆的前行中，我不断给自己加压，逼自己加速，把拼搏、追逐、超越、奋进变成座右铭。哪怕休息片刻，也觉得是一种奢望。回到驻村点，终于可以好好休息了。

这周基本上是在外面忙忙碌碌，钩藤长势咋样？瞿家坡公路硬化情况如何？猪场建设进展到哪一步？心中不免牵挂。

今早6点20分，我一起床就散步到钩藤基地，察看钩藤生长情况。看到钩藤长势良好，我感到当时的决策是正确的，实践让我深深感到，发展产业难，发展扶贫产业更难。如果没有大户带动、企业带动、能人带动，全靠村民自我管理是不行的。这不，全部交给常青社后，钩藤基地大变样了:田埂清理干净了，杂草基本清理完毕，施肥后叶子变绿了。清风徐来，绿浪滚滚，让我心中升腾起无限的希望。

吃完早餐后，给姚元兵儿子赠送一本自己出版的书《一路兵歌》，他儿子今年应征入伍，作为一名老兵，希望他在军营大熔炉里锤炼成才。然后我又去了瞿家坡，中标方购买滚梁后，施工质量明显提升，三天时间应该可以竣工了。

来到猪场建设工地，第一块场坪粗具雏形。看了几个点，我的心踏实多了。

一万年太久，只争朝夕。既要高质量，也要高效率。工作进度还是偏缓，我要求施工方加紧调度，加快进度。

筹划工作重点 （2018年9月15日 星期六 晴）

子在川上曰：逝者如斯夫。

扶贫至今，白了鬓角，愁了相思，工作进展却不大：道路施工，山区不易，困难重重，不是断电就是停水，至今尚未竣工；猪场建设，协调太难，常遇阻工，目的一个，找点钱花，工期一拖再拖；油茶低改，龙头难找，能人难寻，没有一个科学的扶贫模式，产业发展将难以为继，万一资金打了水漂，责任谁负？

这时，我想起了一句话：“如果感到此时的自己很辛苦，请告诉自己：容易走的都是下坡路，坚持住，因为你正在走上坡路，且行且历练!”

努力锻造实力，态度决定高度。必须加快工作节奏，近期要做好以下工作：一是厅结对走访，提前预演，熟悉情况，安排行程，滴水不漏；二是猪场建设，扫除障碍，加快进度，按期完成；三是油茶低改，拿出方案，力争国庆动工；四是桥梁建设，考察队伍，网上采购，批复下达日，动工开始时。

石堤镇参观 （2018年9月16日 星期日 阴）

众所周知，产业扶贫面临诸多风险，既有自然风险、市场风险，又有道德风险。面对这些风险，如何破解扶贫产业的发展瓶颈？

早上起床时，乡党委书记张军发来微信文章《关于产业扶贫，刘永富主任给大家出了这些主意……》，我如获至宝，要知道，我正苦于找不到发展产业的良策。

产业扶贫，是脱贫攻坚的“重头戏”，没有产业发展带动，贫困地区很难脱贫；缺乏产业支撑的脱贫，脱贫后的发展也难以为继。学习此篇文章，说不定会给我带来意外惊喜，我便从头至尾认真看了两遍。

当看到刘永富主任视察永顺县石堤镇油茶林的文字时，我眼睛一亮。省委建辉秘书长不是指示我们要建设省千亩油茶示范基地吗？新闻当然轻描淡写，可实际具体操作咋办？他山之石，可以攻玉。我决定亲自去该镇考察，于是给张军书记打电话征询他的意见，他正有此意，可谓英雄所见略同。于是，我们便来了一个说走就走的考察，与陈洪福书记、刘宇4人一同前往。

经过两个多小时的车程，我们到达石堤镇。当地干部向我们介绍了油茶产业的三种扶贫模式：直接帮扶模式，对于有劳动能力的贫困户，政府采取以奖代补的形式，把资金直接奖补到户，由贫困群众直接实施；股份合作模式，农户以土地、产业发展资金入股公司，公司负责油茶新造并管护三年，三年后交由合作社统一管理，收益后按5：2：2：1比例分红；委托帮扶模式，贫困户委托公司实施油茶低产林改造，政府采取以奖代补的形式交由公司实施，油茶林收益归贫困户所有。

选准扶贫模式，也就选择了产业发展的希望。返程路上，我们4人对油茶低改项目进行了充分讨论，初步勾勒出油茶产业发展的路径。

困难，困在家就是难；出路，走出去就有路。这次参观，收获满满。回到驻村点，已是晚上11点多钟。我们一身疲惫，倒头便睡，相信每个人都会做一个好梦。

油茶办苦寻良策 (2018 年 9 月 17 日 星期一 雨)

生态养猪场开工了，而千亩油茶低改至今没有眉目。与县油茶办张哲主任联系后，我决定亲赴县城，期待找到一条开发千亩油茶林的好路子。

张哲，是油茶产业方面的专家，从上世纪 90 年代末开始，他带领的油茶科研队伍就开始从事研究，涉及良种、栽培与加工利用，基本覆盖油茶全产业链。

“山竹”肆虐沿海，到沅陵已是强弩之末，但雨一直淅淅沥沥下个不停，时有秋叶带着丝丝遗憾，随风翻转，黯然落下，让人感到了秋的萧瑟。也许是上帝考验我们的诚意，让我们风雨兼程。行至中途，车辆又出情况。我只好安排刘宇去修车，自个儿去县油茶办商讨。

握手，让座，倒茶，递烟，张哲主任很热情，让我感到秋日里的融融暖意。寒暄几句，我便单刀直入，阐明来意，请教改造方法。

国家已将发展木本油料产业作为保障我国食用油安全、优化国民食用油结构、提高国民膳食水平、打赢脱贫攻坚战、全面建设小康社会的重要举措。因此，油茶产业前景广阔。张主任介绍了火烧法，就是把油茶林全部烧掉，然后进行改造。如此一来，既省钱省力省时，改造成本大大降低，效果却异常显著。我认为，现在上下如此重视绿色环保，此种改造法是否可行？我建议他做两种方案，一种是火烧法，另一种是传统改造法，将各自优劣阐述清楚，请领导定夺，这样更稳妥些。张哲主任还建议我去给县人大常委会主任张世雄汇报，他经验丰富，听听他的意见。另外找向建设副县长汇报，给林业局长打个电话，以便引起领导重视，安排专门力量。

走出张哲主任办公室，我便与张世雄主任、建设副县长联系。张主任在明溪口调研，建设副县长在洪江开会，只好找县政府办主任李顺光。他给林业局长去了电话，同时我请张哲主任抓紧拿出实施方案。

心动不如行动，被动不如主动，晚动不如早动。目标已定，只能努力，努力到无能为力；只能拼搏，拼搏到感动自己！此时传来消息，市驻村办来二酉苗族乡检查一线扶贫工作，我便迅速返村。

走访田家寨 (2018年9月18日 星期二 阴)

施溪村，山峦重叠，溪流纵横。

涓涓溪水，在一地势平坦处汇成河流，当地名曰草塘河，逶迤流向远方，也将施溪村分为南北两岸，田家寨位于河的南岸，与村部隔河相望。

田家寨，从地名来说，这里的居民应该姓田，然而这里大多姓张，也许是当年各宗族争夺地盘的结果，张姓赢了田姓吧。今天下午，我和陈书记走访田家寨。

这里，居住着50户人家201人，其中建档立卡贫困户12户31人，五保户2人。

第一个来到张康旺家，初次相见，便明显感觉其智力欠缺，只会痴痴地笑，丧失部分劳动力，享受着C级低保。其父张德迎是一名老党员。据他介绍，儿子智力不行，初中每个年级读两年才勉强毕业，不过做饭还行，农忙时节也可以带着他从事生产劳动，可力所能及地帮帮自己。他有一哥外出打工，楼房一人一半，厨房是张康旺劳动的主战场，晚上则住在二楼，住房是有保障的。

第二个来到张德好家，他是老党员，有四弟兄，其中三弟张德紧、四弟张德华是贫困户，大哥张德兴是五保户。四合院尚好，三个兄弟的房子都是张德好修建的。他说，作为二哥，他必须承担起这个责任。

第三个来到张德军家，是一栋老式的楼房，墙壁斑驳，大门紧闭，仿佛诉说着它孤独的凄清和对主人的思念。这家4口人，3人外出打工，1个女儿在怀化学院读大学，房屋常年无人居住，自然缺少生机与人气。不过，房屋偏角落，有一摇摇欲坠的木房。我们到达时，可见袅袅炊烟，那是张德军父亲居住之地。走进去，只见一位颤巍巍的老人在生火做饭，岁月的沧桑在他的脸上刻下了深深的烙印。我想起了一句话，父母在，不远游。他们怎么舍得远离父亲，让父亲独守空房?

第四个来到张康生家，其智力欠缺，母亲年老体弱，一副病怏怏的样子。家里卫生搞得比较干净，桌上摆着一碗午餐没有吃完的肉，应该说生活是有保障的。

第五个来到张伟伟家，他们一家4口人，夫妻俩在广东打工，两女在清水坪读书。从住房来看，条件尚可。据陈书记介绍，考虑到他家两女读书，生活有点困难，上次不忍心清理。

第六个来到张德家家，一家两口人，整户A类低保。为了生活，张德家去古丈打零工了，肢体二级残疾的儿子张小松不能独立生活，只能跟随父亲。父子相依为命，贫困程度可想而知。

第七个来到张德正家，只见父女俩在用餐，其女儿一看就是智障，时不时用眼斜着看我们，痴痴地笑。他还有一个 13 岁的外孙女，在清水坪九校读七年级。他家是步步高结对帮扶对象。

第八个是张德孝家，妻子向小兰是语言二级残，一家四口人，两个女儿在读书，也是步步高结对帮扶对象。

最后来到张德其家，他是老书记张寿林的大儿子。老书记见我们进门，笑容满面，连忙让座。与其闲谈，老书记的话匣子一下打开了。他说，他一共两儿两女，两个儿子均在外打工，他一个人独守空房。老伴在清水坪租房，陪伴孙辈读书。我说，这房子修得很大气，操坪大，视野好，是个好住所。老书记笑得更甜了，硬要留我们吃晚饭，我以工作队已做好为由婉拒了。

虽是近黄昏，夕阳无限好。走完贫困户，我们便迎着落日的余晖，踏上了回驻村点的路。

全天参会不言苦 （2018 年 9 月 29 日　星期六　晴）

今天上午，沅陵县召开脱贫攻坚推进会，对脱贫攻坚相关工作再强调、再动员、再规范、再培训，并将 10 月份定为攻坚月，全县集中精力抓脱贫，确保今年 70 个贫困村、22796 名贫困人口漂漂亮亮脱贫摘帽。作为省派驻村工作队长，我参加了此次会议。

县委书记钦代寿指出，脱贫攻坚面临三大形势：新政策新规定基本定型，巡视整改迫在眉睫，脱贫摘帽任务艰巨紧迫。各级各部门要抓紧搞好台账新建，抓紧搞好政策到户，抓紧搞好产业就业，抓紧搞好基础设施，抓紧搞好模拟预检，抓紧搞好责任落实。

从现在起，全县工作要以脱贫攻坚为重心，加大推进力度，力争出成效，让群众满意。这次攻坚任务中，要对各级干部表彰一批、整改一批、问责一批，营造万众一心实实在在抓脱贫的浓厚氛围。

会议强调，当前脱贫攻坚工作着重干好 11 件事：抓好扶贫对象动态管理；确定年度脱贫对象；扶贫资金拨付到户到人；清楚明白扶贫变化；规范帮扶到户到村资料；搞准系统数据；实现“三明白两清零一清爽”长效化；发展产业；防止返贫；防控扶贫贷款风险；强化脱贫攻坚领域作风建设。

会上，就扶贫对象动态管理和贫困户档案管理两项工作，县政府领导还召集各级各部门负责人、扶贫工作主管人和驻村工作队进行专门培训，以便回去对照抓落实。

下午，参加县召开的省市驻沅工作队长座谈会。县领导周安民、孙正阳参加会议。会上，我主要汇报了三个问题：一是各级领导重视程度高与具体执行效率低的矛盾；二是扶贫工作进度要求加快与资金拨付进度缓慢的矛盾；三是项目建设报批程序正规繁琐与当前需要程序超前简化的矛盾。提了两条建议：一是请县统一出台政策措施，既落实上级规定要求，又对部分程序进行简化；二是县里出题进行党课教案征集，择优出版一本党课教育资料，做到“照着就能讲，拿来就能用”，既减轻基层备课压力，又可提高党课教育质量。

会议通报了全县脱贫攻坚工作情况，省、市工作队长谈想法、提问题，县直单位根据省、市工作队发言中反映的问题进行政策解答或提出解决方案。

会议指出，省、市工作队为沅陵脱贫攻坚献计出力，对贫困乡亲真帮真扶，沅陵人民十分感谢。全县上下和工作队并肩作战，就一定能打赢这场战役。

会议强调，一是夯实基层基础，主要是班子建设、基础台账、集体经济和群众满意度。二是做好迎检工作，要提前着手，充分准备，确保质量。三是搞好协调服务，各部门、各乡镇要积极支持工作队工作，搞好服务，加强保障，开展好业务培训。

晚饭后，我又马不停蹄地赶到约谈地点，与康欣园生态茶油科技有限公司张总再次洽谈油茶低改事宜，乡党委书记张军、乡长张云霄参加。

领悟精神促工作 （2018 年 9 月 30 日　星期日　晴）

开会归来，我梳理了昨天全县工作会议要点，迅速召开工作队人员会议，传达全县脱贫攻坚推进会精神，并对近期工作作出安排。

一、会议主要精神

沅陵县召开脱贫攻坚推进会，主要是对脱贫攻坚相关工作再强调、再动员、再规范、再培训，将 10 月份定为攻坚月，全县集中精力抓脱贫。一是工作台账全部重新整理，其中一户一档资料由工作队把关，入户资料由结对帮扶人负责，走访必须全覆盖，持续开展“三明白两清零一清爽”行动；二是加强工作队管理，县、乡是工作队管理的主体，下步将采用“钉钉打卡”；三是全面开展脱贫工作，按计划我村将有33户115人脱贫，但一定要实事求是，不能出半点差错，搞数字脱贫。

二、近期工作举措

政策学习方面，要重温扶贫攻坚政策，做到一口清、问不倒。基础台账方面，要掌握贫困户、易地搬迁、危房改造、五保户、残疾人、病重及60岁以上老人签约方面的基本情况。基础设施方面，迅速抓好饮水安全、公路硬化、危房改造督导等工作。产业发展方面，要继续推进猪场建设，加快施工进度；要加快油茶低改洽谈，争取下周达成协议，签订好合同；要提前筹备养蜂产业发展，资金到位后迅速展开。

三、工作纪律要求

从现在开始，所有节假日要安排人员值班，确保驻村蹲点落到实处；学习省关于开展扶贫领域作风问题专项治理工作的通知，严格对照进行思想清理，严实工作作风，真正把扶贫当事业，把职责扛肩上，把规矩记心中，树立工作队的良好形象。

下午，召开村干部会议，传达全县脱贫攻坚推进会精神，通报与康欣园生态茶油科技有限公司洽谈情况，让大家心中有数，同时对相关细节深入探讨，提出改进意见。

走访栗树界 （2018年10月6日 星期六 晴）

“谁言逢秋悲寂寥，我言秋日胜春朝。”今天，秋阳高照，微风习习。我和村支部书记陈洪福决定到最偏远的栗树界组走访。栗树界组居住着31户人家，人口121人，其中建档立卡贫困户11户40人。目前道路已通达，晴天驱车可到，免去了以往徒步之艰辛。

车在山路中蜿蜒前行，心早已飞到了栗树界。第一个来到贫困户李丁珠家，只见他满身尘土，专心致志蹲着清理屋面，以至我们向他打招呼时，他才反应过来。看到我们，他露出了灿烂的笑脸，笑容是那么的真诚。与李丁珠接触过几次，他心地善良，懂得感恩。村里考虑到他的实际情况，把他列入了步步高结对帮扶对象和扶贫特岗人员。李丁珠今年53岁，智力有些欠缺，基本丧失劳动能力，至今单身，原住所鉴定为D级危房，必须重建，现新建房屋主体结构已完成。

实地察看李丁珠的新建住房情况后，我们便向贫困户李启凤家走去，只见房门紧闭，应该是上山劳作去了。我们只好到他邻居李启龙家等候。李启龙，原枫香塘村主任，是名老党员，现任该组组长。闲谈中得知，他很能干，既是木工也是石匠，现承包着李丁珠的房屋建设，还准备给李丁金帮忙打一口棺材。

据李启龙讲，当时修建这条通组公路时，许多村民不讲理，不肯占用自家田地。在反复协调中，新上任的陈书记受了很多委屈，但硬是凭着为村民打通一条致富路的信念让他坚持了下来。李启龙说，如果换作是他当书记，他就懒得修路了。现在栗树界组村民都很感激陈书记和工作队。不过，组上村民最关心的还是这条公路什么时候硬化。我回答说，资金暂未到位，力争年前完成。李启龙听后，目光中充满了期待与喜悦。

攀谈了一会，李启凤从山上回来了。他今年69岁，患有高血压、糖尿病等疾病，虽基本丧失劳动能力，但生活能够自理，长期独自居住。儿子儿媳均在广东普宁打工，妻子则在广东普宁带孙子，女儿李兰33岁了，在怀化商场卖衣服，至今未婚。陈书记说是他同学，还把靓照给我看，真的是“天然去雕饰，清水出芙蓉”的那种类型，自信、娇美，只是我不明白，年龄不小了，为什么不找个人把自己嫁了？在与李启凤的交谈中，他很感谢党，感谢党的扶贫政策，现在日子比过去幸福多了。

告别李启凤，我们前往李丁金家。李丁金，今年69岁，长期脚痛，行动不便。陈书记悄悄告诉我，他妻子外出走失，至今不知归处，户口还在村里。李丁金告诉我，他有一女一子，女儿嫁给一名武警，现跟随丈夫回北京去了，开了一个馒头店。儿子大了，他张罗着给他找了一个古丈的女孩，但儿子强烈反对这桩婚事，父子大吵一场，儿子便跳楼了，摔成了跛子，现帮助姐打理馒头店，一年到头很少回家，留下他一个人在这里艰难地生活。他还拿出前几天上沅陵县城买的药给我们看。准备离开他家时，我看到备有很多木材，他说准备请李启龙给自己打副棺材，毕竟年龄大了，说不准哪天就走了。听了他的话，心中有些酸涩。

来到李宗华家，虽长期无人居住，前坪倒收拾得干干净净，也许是邻居家帮他打扫的吧。他们夫妻俩在古丈养牛，儿子在深圳打工，房屋质量较好。只是长期不住人，房子很容易坏。

来到李恩权家，大门紧闭，他长期在外打工。其哥在石门县当老师，属国家公职人员。

卫生较差的应该算李丁照家了，屋前一片狼藉。我们没有看到李丁照，但碰到了她妻子徐金贵。她长期在清水坪陪读，两个孙子在清水坪九校读书，因儿子儿媳均在广东揭阳打工，只能是老人带小孩了。

“咬定基层不放松，立根原在群众中。”脱贫攻坚的主体是贫困群众，常走贫困户，捎去的不仅是问候，还有信心。

走访结束，我们沿路返回。秋天的太阳透过车窗，暖意正融。

深山沟里结穷亲 （2018 年 10 月 15 日 星期一 晴）

深山沟里的天气就像小孩子的脸，说变就变，清晨还是凉风嗖嗖、阴雨绵绵，到了上午却是阳光明媚，温暖如春。

今天，省委副秘书长曾智夫率厅行政后勤处室人员一行 11 人，从省城长沙出发，风尘仆仆来到地处深山沟的施溪村“认亲”帮扶，此次“认亲”的对象是该村 19 户建档立卡贫困户。

清澈的小河缓缓流淌，蜿蜒南去。融融的暖阳洒满山冈，万物生辉。依山傍水的田家寨今天显得格外妩媚，仿佛恋爱中的少女在静静等待心上人的到来。

下午 14 时许，曾副秘书长一行到达村部，连茶水也顾不上喝一口，便直奔田家寨组去“认亲”，他的结对帮扶对象张德孝就住在那里。

“张老兄，我今天是来认亲的。从今天开始，我们便是一家人了。”一踏进家门，曾副秘书长便微笑着上前，紧紧握着张德孝粗糙的手。

落座之后，曾副秘书长作了自我介绍，并说明来意。也许是领导有天生的亲和力，两人一见如故，便开始攀谈起来。

“今年种了多少田，养了多少鸡，家庭收入怎么样……”情感在交流中传递，气氛在笑声中融洽。张德孝一一作答，并讲述了自己家里的境况。他们一家四口人，妻子向小兰语言交流存在障碍，基本丧失劳动能力。也许是上帝青睐，他有两个聪明的女儿，大女儿在沅陵工业职业学校读书，小女儿在清水坪九校读八年级，成绩都不错。搭帮党的好政策，他家今年享受了低保、残疾人补助、产业奖补、教育助学、交通补贴等政策帮扶，家里暂时有一些困难，但比以前日子好过多了。

“党的政策好，我们要感恩党，但更需要我们自力更生，通过自己勤劳的双手去创造幸福的生活。”曾副秘书长一席话，张德孝听了直点头。

“学习改变命运，张老兄，一定要让两个小孩读好书。俗话说得好，再穷不能穷教育嘛。”曾副秘书长说自己有一个女儿，年龄和他大女儿相仿，下步会创造条件让她们多多交流，互相学习，共同进步。

临走时，曾副秘书长送上慰问金，并留下自己的联系方式，一再嘱咐张德孝，如有什么困难或需要什么帮助，可以随时打电话，他将尽力协助解决。张德孝早已感动得热泪盈眶。

泪涟涟，情依依。告别张德孝，曾副秘书长朝着下一个贫困户家走去。

深山寻水 （2018年10月17日 星期三 阴）

俗话说，水是生命之源。安全饮水是脱贫的硬指标，而村里的饮水问题迟迟没有得到彻底解决，这一直是我的一块“心病”。

特别是今年干旱时，联合组主要饮用水源点干涸，村民只好从刘婆溪用车拉水吃，群众生活的艰辛可想而知。作为省委办公厅驻村帮扶工作队长，我满怀愧疚，也深感责重如山。为此，我和乡党委书记张军先后两次到县水利局报告村民饮水问题，请求尽快解决。群众利益高过天，在县举办的省市工作队长座谈会上，我直截了当地反映了村民的强烈诉求。

村民的安全饮水问题，我一直很焦虑，也一直在呼吁。

“千呼万唤始出来”今天，县水利局终于派人来村考察安全饮水问题了。我抑制不住内心的喜悦，亲自汇报我村安全饮水问题，并与村支部书记陈洪福、副书记张六生、委员瞿永家一起陪同实地考察。

山路弯弯，汗水涟涟，一路寻址，一路艰辛。

来村考察的是县水利局设计室主任代永忠，他个儿不高，不苟言笑，但精神矍铄。也许是职业习惯，严谨务实是他最鲜明的特征。我们推荐的每一个水源点，不论山多陡峭，不论地多湿滑，他必到现场，时而看图分析，时而周边观察，以期拿出最佳解决方案。他说，纸上得来终觉浅，绝知此事要躬行，不到现场就会走过场。在后来的交谈中，我才知道他很不容易，全县每一个村民的安全饮水问题都压在他一个人头上。

多次向水利局申请解决我村安全饮水问题，多次等来的是失望，以前心中不免有些抱怨。得知他的任务如此之重时，我的心灵受到强烈的震撼，敬佩之情油然而生。沅陵农村基本上是饮用山上的泉水，为解决近60万人的饮水问题，我不知道他爬了多少里山路，遇到过多少次摔下悬崖的危险，但我知道他冷峻的面孔下藏着一颗炽热的爱民之心。

泥巴裹满裤腿，汗水湿透衣背。渴了，捧一口清冽的山泉润喉；饿了，摘几颗野生果子充饥。在长达三个多小时的山路跋涉中，我们先后寻找到了刘婆溪水源点、联合组水源点、瞿家坡水源点，其水源基本可以供给全村饮水了。

像打仗凯旋的勇士，喜悦洋溢在我们每一个人的脸上。回到驻村点，已是下午三点多钟。饥肠辘辘的我们大碗盛饭，大口吃肉，喷香的午餐成了我心中永恒的记忆。

三赴交通厅 (2018 年 10 月 22 日　星期一　晴)

一把椅子让座，一杯热茶相送，一颗热心办事。今天上午，我们工作队和县交通局一行来到省交通厅，这已是第三次来厅汇报对接工作。他们爱民的情怀、热情的态度、务实的作风给我留下了深刻印象。

计划处周超处长，平头，圆脸，戴着一副眼镜，看上去约摸 40 岁，笑容一直挂在脸上，给人一种激情四射的感觉。和他在一起，你会觉得工作是一件很快乐和幸福的事情。

落座之后，周处长为我们每人沏了一杯热茶。他说，施溪村是省委办公厅的扶贫点，完善基础设施，支持脱贫攻坚，既是我们的政治责任，也是我们的工作任务。交通厅领导特别是赵平副厅长对此高度重视，先后几次召开专题会议，研究如何贯彻落实建辉秘书长指示。这次对省委办公厅扶贫点的基础设施建设，我们的态度是：一是顶格支持，在不违反政策原则的情况下，最高规格划拨资金；二是综合施策，不足部分多渠道筹措资金；三是指导协调，好事必须办好，需要技术力量厅里全力支持，如有困难，可随时报告。这次初步拟订方案是拨付资金 415 万元，其中龙池坪桥按建安费全额拨款 313 万元，公路硬化 102 万元。此方案本周将召开会议讨论，预计经费近期下拨，请抓好前期施工准备，特别是县里要全力支持，重点关注，打造优质工程。

听完周超处长的解读后，我长长地舒了一口气，此事应该尘埃落定了。我最后发了言，一是衷心感谢交通厅的大力支持，二是及时向建辉秘书长报告工作进展，三是如遇困难及时向交通厅报告。

走出办公大楼，一缕秋阳照在身，桂花浓香扑鼻来。

赴市鉴定 (2018 年 10 月 25 日 星期四 阴)

根据工作计划，我安排队员吴振、刘宇和陈书记一起去怀化市，对向帮兴之弟向帮胜进行精神病等级鉴定。

向帮兴，施溪组村民，一家 7 口人，其妻多年前走失。母亲年老无劳动能力，身患多种疾病，前不久到医院检查，确诊为脑萎缩。大弟常年在外打工，一年到头难得回家一次。小弟患上精神病后，长期住县康复医院治疗。大女儿向艳萍在汕头打工。小女向思思在县虎溪实验学校读八年级，满墙壁的奖状是女儿对父亲的最高奖赏。

在这次贫困户退出中，经群众评议，他榜上有名。一家有三人在外打工，自己也比较勤劳，经常打点零工，脱贫标准早就达到了。然而，他不愿意签字，还说了很多难听的话，甚至到村部大吵大闹，也先后两次到我们驻村点反映情况。

只有拉直心中的问号，才能让人信服。为此，我和陈书记曾到他家走访，找他谈心，反复讲明政策，脱贫不脱政策，脱贫不脱帮扶，给他吃上一颗定心丸。

既要解决思想问题，更要解决实际问题。我当场许诺，工作队派车送其弟去怀化市鉴定，根据鉴定结果确定是否纳入个人低保。向帮兴很感动，同意签字脱贫。

到怀化市鉴定后，向帮胜确诊为二级精神病，根据政策可提前享受五保待遇，向帮兴心中的石头终于落了地。

一场风波就此平息。窗外的花，开也优雅，落也从容。

结对攀穷亲 殷殷爱民情

(2018 年 10 月 30 日 星期一 晴)

山再高，心诚总能攀登山顶；路再远，情深亦觉脚步轻盈。

今天，秋阳如水，洒向原野一片金黄。蔚蓝的天空、葱绿的山峦、清澈的流水，看上去就像一名高明的画家勾勒出的美丽图案。偶尔传来几声清脆的鸡鸣，让人方知这是畅游在大自然的怀抱，心中满是惬意与温暖。

下午1时许，一辆绿色的越野车快速驶进施溪村，几声鸣笛打破了深山沟的宁静。

一打听，原来是省委办公厅副主任黄伟特一行4人，从省城长沙出发，风尘仆仆来村“认亲”了，他的结对帮扶对象是田家寨组张德正。

“张老兄，我是你家的结对帮扶人，今天特地赶来认亲。”踏进家门，黄副主任微笑上前，两双手便紧紧握在了一起。满脸沧桑的张德正像是看到久违的亲人，笑得合不拢嘴。

握手之后，张德正忙着搬椅让座、端茶倒水，而黄副主任似乎并不“领情”，径直打开摆放在客厅的衣柜，看过冬的棉被是否备齐，御寒的衣服是否厚实。来到厨房，他揭开锅盖，看着张德正家上顿吃剩的饭菜，询问张德正多久能吃一次肉。当得知每天基本可保证一个荤菜时，黄副主任满意地点了点头。实地察看每一间房的家具摆设后，黄副主任才落座与张德正攀谈起来。

“我家3口人，女儿婚后生下一女，由于女儿精神障碍，女婿不久便离家出走，至今没有音讯，自己身体不怎么好，外孙女在读初中……”说着，张德正眼睛溢出了点点泪花。

“你家生活确实有点困难，但困难是暂时的，有党的好政策，有各级组织的关心，你要振作起来，生活没有过不去的坎。一方面坚定信心，勤俭持家，相信日子会越过越好；另一方面放眼未来，把外孙女培养好，一定要让她读书，她是你家的希望。”听了黄副主任一席话，张德正连连允诺。

“是的，不能光靠党的政策帮扶，还要靠自己的双手脱贫。”张德正坚定地说。

情感在问长问短中共鸣，温暖在一问一答中传递。

临走时，黄副主任送上慰问金，并留下联系方式，一再嘱咐张德正，如有什么困难或需要什么帮助，可以跟工作队汇报，也可以给自己打电话，大家共同努力，把问题解决好。张德正早已热泪盈眶。

沾满泥土味，方知百姓苦。告别张德正，黄副主任朝着下一个贫困户家走去。

没有产业发展，脱贫就不可持续。黄副主任走访4户贫困户后，还先后察看了红心猕猴桃基地、钩藤基地和生态养猪场建设情况。“扶贫，就是要让群众有实实在在的获得感、幸福感！”黄副主任一路鼓劲，一路叮咛。

车在山沟中穿行。打开车窗，天边，一抹燃烧的晚霞。

实地察看绘蓝图 (2018 年 10 月 31 日　星期三　晴)

心中一直牵挂几件事：一是茶叶基地。近期下了一段时间的雨，现茶叶长势如何？硬化即将开工，通往茶叶基地的毛路是否达到标准？二是猪场场坪建设。想增加一个保育栏，不知土石填方够不够，能否将保育栏场地面积降低？三是村级综合服务平台配套，已三次征求村干部意见，如何降低成本，让其美观又经济？

纸上得来终觉浅，绝知此事要躬行。今天，我和村支部书记陈洪福决定到这三个点实地察看。

呼吸着新鲜空气，欣赏着山中美景，一路欢笑，一路颠簸，驱车至瞿家坡，我们便步行前往茶叶基地。

陪同我们实地察看的李尚忠，是这个茶叶基地的投资者。他像看到了亲人一样，一路兴致勃勃地为我们讲解。

李尚忠，是我村的能人，在怀化市开了一家物业公司，年收入 300 万元。为了支持家乡发展，他流转了瞿家坡组林地 400 亩，发展茶叶产业。

黄金一号种植在基地入口，只见大片黄土裸露在外，仔细看才能看到点点绿意。面对此景，李总叹息不已，这个品种比较昂贵，但培育太难了，一般成活率才 20%。他准备明年初更换品种，让绿色点缀这片贫瘠的土地。

“我带你们去长势好的地方。”李总走在前面，带我们来到一片葱绿的田地前，只见茶叶争相绽放新芽，绿意盎然，长势良好，已初见成效。茶叶一般五年才能产茶，早期培管比较艰辛。看来，产生效益的路还很长。顺眼望去，10 多名村民正在拔草。李总说，他长期聘请 10 多名村民在这里务工，一天工钱 80 元，每年支出培管费约 40 万元，支持了当地的经济发展。我说，正因为你在这里发展产业，为当地人民造福，我们向上级申请一批资金，修建一条道路直达茶叶基地，支持你的产业发展，预计近期就可施工。他听到这个消息很高兴，对我们充满了感激之情。

看完茶叶基地后，我们来到猪场建设点，经大家商议，决定将保育栏场坪降低 50 公分，既节约填方成本，又可将沟填平。

最后来到村级综合服务平台，配套建设怎么搞？我仔细讲解我的建设构想，赢得大家一致赞同。

本周工作考虑 (2018 年 11 月 11 日　星期日　雨)

立志要如山，行道要如水。如山，能坚定；如水，能曲达。

脱贫攻坚既需要长远规划，坚定信心朝着目标往前走，更需要着眼当下，踏踏实实干好每件事。

时间过得真快，新的一周就要开始了，本周到底需要完成哪些任务呢？我考虑了一下，重点抓好以下工作：一是迎接市县检查，按照市县驻村帮扶考核内容，列出任务清单，一件一件抓落实，力争考出真水平，考出好成绩；二是撰写个人总结，对驻村帮扶以来的工作认真梳理，对过去工作全面回顾，总结好经验，同时谋划下步工作，明确努力方向；三是签订两个合同，在与两家公司洽谈达成一致的基础上，签订好油茶低改和钩藤种植合同，推进扶贫产业落实落地；四是关注饮水工程，与县水利局联系，推进饮水工程提质改造，争取近期开工建设，力争春节前竣工；五是监管开工工程，督促灌溉渠和猪场建设，加快工程进度；六是制作宣传公示栏，除干田坳组、施溪组外，每组制作一块公示栏，实现党务村务财务公开，接受广大群众监督；七是召开村民代表会议，对村级综合服务平台配套建设方案表决后实施。

不积跬步，无以至千里;不积小流，无以成江海。真正干事业、谋发展，还是要一事接着一事办，一棒接着一棒跑，一锤接着一锤敲。计划不是摆设，工作岂能儿戏，不怕慢，就怕站，扎实干，方梦圆。

麻阳参观 (2018 年 11 月 23 日　星期五　晴)

有一种生活，你没有经历过，就不知其中的艰辛；有一种艰辛，你没有体会过，就不知其中的快乐；有一种快乐，你没有拥有过，就不知其中的真谛。

猪场场坪建设已经三改方案，现在又出现塌方，下步猪场建设到底该如何干？目前似乎陷入了困境。

昨天，新五丰公司王桥龙主任来村现场察看场坪建设，又提出新的构想：将山头全部推平，主要考虑是主体建筑平移，不用打桩，可节省成本；以后不用担心山体滑坡，以免对主体建筑造成影响。到底是原方案可行，还是新构想适用？没有调查就没有发言权，更没有决策权。张军书记决定带领我们去麻阳生态养猪场参观，开拓一下视野。

在县城午餐后，我们一行9人赴麻阳猪场参观。经过两个多小时的车程，终于达到麻阳猪场。这是一名叫谢总的人建设的，计划年出栏上万头，现正在建设第一期。基础部分正在施工。王桥龙一一介绍各部分功能，各场所长度和宽度，对施工注意事项作了详细介绍，让我们对猪场建设有了初步了解，特别是设计基础部分的工程师钟广龙，他有了更直观的印象，为下步设计打下了基础。考察后，经过集体协商，我们决定采纳王桥龙提出的构想，将山头推平，既可节省成本，又可扩大规模。

晚上十点左右，我们一行返回沅陵县城。在沅江风光带散步时，想起脱贫工作进展缓慢，不论爱也好恨也罢，脱贫致富志向不能改变，但又有谁知吾心，于是即兴而作《攻坚愁》：星月远相望，爱憎情不移。悠悠如沅水，谁解腹中知？

如何求解“精神脱贫”

（2018年11月24日　星期六　小雨）

今天，细雨霏霏，冷风阵阵，让我领略了山沟沟的浓浓寒意。

散步是我在部队多年养成的习惯。我感到，散步既可倾听群众呼声，又可静心思考问题，还能强健体魄。

今天雨中散步，途中遇到两名群众。一位是姚元发，他抱怨自己房子前坪塌方，村里不管不问，有些贫困户条件比自己还好，你们还送钱；另一位是姚本松，他抱怨自己没钱抽烟，能不能发点钱过日子。

牢骚话中听呼声，抱怨声中有民意。我一路思考，无论是贫困户还是非贫困户，为什么都争着向政府伸手呢？驻村帮扶几个月来，我发现“精神贫困”的现象大量存在，譬如存在“干部干，群众看，干部急，群众不急”的现象，认为“扶贫是村干部的事、工作队的事”；“靠着墙根晒太阳，等着别人送小康”，等靠要思想严重；害怕脱贫，而自己出门嫌远、打工怕累、搬迁怕生、发展怕赔，诸如此类，不一而足，看来“精神脱贫”路正遥。

“精神贫困”的存在，既有群众的原因，也有干部的原因，既有思想认识的不足，也有工作方法的欠缺。一些扶贫干部对精准扶贫、精准脱贫的理解不透彻、执行不到位，工作还是老一套，只知道给钱给物给牛羊，忽视了对群众的思想发动、宣传教育、情感沟通；大包大揽、大水漫灌，没有对接群众需要，在调动贫困群众积极性、激活内生动力上做得不够。

最近，中办、国办印发《关于支持深度贫困地区脱贫攻坚的实施意见》，对深度贫困地区脱贫攻坚工作作出全面部署。《意见》明确，打赢深度贫困地区脱贫攻坚战，要继续发挥我们的政治优势和制度优势，发挥贫困地区贫困群众主动性创造性。既要有外力帮扶，更要靠内生动力，这是贫困人口脱贫致富的根本途径。

“志不立，天下无可成之事。”立起奋斗之志，补齐“精神短板”，迫切需要创新工作方式方法。有的说多采用生产奖补、劳务补助、以工代赈等机制，让贫困群众在参与中增强能力、树立信心，但在实践中如何操作，在家的一不懂技术二又没体力，再者财务管理如何对接，还有许多现实困难需要解决；有的说需要把“帮眼前”与“扶长远”结合起来，积极帮助群众谋思路、找门路、挖穷根，让贫困群众看到出路、看到希望，但面对空心化、老龄化的困境，面对穷惯的人群，如何发展生产如何兴旺产业；有的说需要强化党员干部示范效应，发挥勤劳致富能手的榜样带动作用，让贫困群众见贤思齐、迸发热情，但党员干部老龄化，在家的思想不开放，形势跟不上，如何发挥其作用，加之村务繁重，应对上级检查督查都忙不过来，怎么办；有的说需要加强价值观引导，移风易俗、成风化人，弘扬劳动光荣、奋斗光荣的时代新风，让贫困群众转变观念、鼓足干劲，但面对一些不劳而获的贫困户无偿赢得的诸多现实利益，思想教育能有多大作用，是否显得苍白无力。

深思才能深刻，求索才有探索。走着走着，相信心中的迷雾会渐渐散去。

学习参观长见识 （2018年12月4日 星期二 雨）

寒风凛冽，细雨纷飞。今天上午，我们应邀参观古丈县老寨村，这是省公安厅的驻村帮扶点。我们虽位于两个不同的县，却是相距最近的两支省派驻村帮扶工作队，车程不过20分钟。

“穷山沟里飞出金凤凰，我们老寨村是著名歌唱家宋祖英的故乡。”一见面，省公安厅驻村工作队长李小军乐呵呵地向我们介绍，脸上洋溢着自信。

老寨村群山环绕，山高坡陡，自然条件比较恶劣。据李队长介绍，自 2003 年开始，国家农业部等单位先后在这里扶贫，但起色不大。顺着李队长手指方向遥望，一排房屋孤零零地耸立在山腰，李队长感叹道，以前那里是一个黄牛养殖基地，设施设备齐全，但建成后一直废弃到现在。青砖黛瓦，仿佛在静静诉说着贫困山沟发展产业的艰难、脱贫步履的艰辛。

我们一行来到村部，参观综合服务平台，一面鲜艳的五星红旗高高飘扬，新修的三层楼房拔地而起，20 多米长的文化长廊沿溪而立，百姓舞台、文化广场、宴会厅、厨房等一应俱全。应该说，自省公安厅驻村帮扶工作队来后，老寨村的面貌发生了翻天覆地的变化。

三句话不离本行。同为一线扶贫人，如何发展扶贫产业自然是我们聊得最多的话题。驻村以来，他们因地制宜，先后发展了烟叶、迭迭香、罗汉果、茶叶、通草等种植产业，用李队长的话讲，三年驻村帮扶，不求名利，就想为乡亲们做点实事，为自己留下点美好回忆。一张张照片、一叠叠资料、一个个数据，彰显着他们勇立愚公移山志、打赢脱贫攻坚战的坚定信心和决心。看着他们一张张笑容可掬、略显沧桑的面容，我的心中油然而生一种敬意，他们是一支特别能吃苦、特别能战斗、特别能奉献的团队，坚信在李队长的带领下，老寨村一定会如期脱贫摘帽，实现美丽嬗变。

来到宋祖英旧居，参天的树木、洁净的环境、整齐的石路，乡村旅游的雏形初现。李队长介绍，刚来这里时，村民把我们当外人，对扶贫工作不太支持。为建一个旅游公厕，征地竟然花了 16000 元。我深有同感，在追名逐利的市场经济大环境下，精准扶贫，扶出了少数村民的懒惰与强悍，还美其名曰说，国家有的是钱，应该扶持他们。没有一颗感恩的心，没有一双勤劳的手，没有一条奔跑的腿，没有一种集体观念，这是扶贫的最大痛点。

英雄所见略同，谈论中我和李队长有一个共同的看法：脱贫攻坚，六七十年代的干部作风回来了，然而群众已不再是六七十年代的群众，当今的农村工作不太好做。人性最大的恶是不懂感恩，如今部分村民只认钱，导致部分扶贫项目难以推进。

困难面前不退却，骨头再硬也要啃。作为帮扶工作队，我们必须加大感恩教育力度，让感恩党、感恩政府成为全社会的一种自觉行为。

他山之石，可以攻玉。今天的参观，我被李队长对扶贫的执著情怀所感动，对扶贫的深度思考所启迪，收获颇丰。

晚上，为高标准迎接对驻村帮扶考核，我们回到驻村点，召开村干部会议，对相关工作进行部署，期待考出高水平，考出好成绩。同时对乡村振兴项目进行商讨，大家踊跃发言，绘出了一幅美丽的乡村发展蓝图。

冷书记山沟送温暖 (2018年12月16日 星期日 晴)

圆脸，短发，中等个儿，目光柔和，微笑始终挂在脸上，看一眼就有一种让人直达心底的温暖。这是省委接待办党委书记冷晓君给我留下的第一印象。

今天下午，天气晴朗，少了寒气逼人的感觉，多了温暖如春的记忆。冷书记带领接待办一行9人来村结对帮扶。

第一站，冷书记直奔我们驻村点，了解我们的生活、学习和工作情况。她走进我们的寝室，摸摸我们的棉被，询问过冬的衣物准备情况。“山里温度要比城里低些，要注意加强防冻。”她一边察看一边叮嘱我们。

紧接着进入厨房，揭开饭罩，看看我们吃剩的饭菜，了解伙食情况。她指出，脱贫攻坚是一场只能赢不能输的战役，在努力工作的同时，一定要保重身体，注意自身安全。

随后上楼到我们办公室，面对三年精准扶贫规划图，她强调，三年精准扶贫规划是经省委秘书长会审定通过的，要严格按规划实施，聚焦“两不愁三保障”，不提高标准，不调高胃口，真扶贫，扶真贫，真脱贫。

从驻村点出来，接待办分组入户走访。我陪同冷书记到栗树界，沿路介绍驻村帮扶工作开展情况。山路蜿蜒，步履坚实，经过一个多小时的跋涉，我们到了栗树界李启凤家。他家是冷书记的结对帮扶对象。

“启凤大哥，我是您的帮扶人冷晓君。早就想来看望您，今天终于成行，很高兴!”走进门，冷书记就开始与李启凤拉起了家常。

“新年马上到了，我给您送张明信片，上面有我的联系方式，有事您就打电话。”说着将自制的精美明信片和1000元慰问金递给了李启凤，只见上面写着:

李启凤大哥，脱贫路上，你我同行! 祝您及家人在新的一年里身体健康，平安幸福，早日脱贫！祝孩子们好好学习，天天向上!

语言背后是感情，是思想，是知识，是素质。娟秀的字体，真挚的情感，让我忽然想起一句话来：“善为国者，遇民如父母之爱子，兄之爱弟，闻其饥寒为之哀，见其劳苦为之悲。”

走访4户人家后，我们开始下山。一路上，我在想：什么时候感到温暖？或许，是在雪夜中看到一团篝火；或许，是在沙漠中望见一片绿洲；或许，是在黑暗中收获一盏明灯……

健康，是我的责任 （2018 年 12 月 25 日 星期二 晴）

驻村帮扶近 10 个月，身体健康状况咋样？

上午，我按照厅里规定去省委机关医院参加一年一度的体检，结果让我大吃一惊——血压偏高、咽喉发炎、身体偏胖等，一系列症状告诉我，强健体魄刻不容缓。

回想扶贫的日日夜夜，深度的贫困、巨大的责任、繁琐的迎检、沉重的压力，我没有睡过一个好觉，没有休过一天年假，没有度过一个正常双休，经常熬夜加班，抽烟提神；经常饮食无常，饱饥不匀；经常长途驱车，劳心费力。一直匆匆行走在扶贫路上，一直超负荷工作，自然影响身体健康。

更重要的是，我一直将“越努力，越优秀，越自律，越幸福”挂在嘴上，因为我代表的是省委办公厅形象，不能犯错，也没有资格犯错，却忽视了一个浅显的道理：“不熬夜，才是顶级的自律。”因为顶级的自律，是抓住努力的每一分钟，而不是抓住每一分钟去努力，最后拖垮身体。

记得 1953 年 6 月 30 日，毛泽东同志在接见共青团二大主席团时，祝贺青年们身体好，学习好，工作好。把身体好放在最前面，是很有道理的。只有身体好才能学习好、工作好，才能发展自己、成就自己。磨刀不误砍柴工，联想今年全国 124 名扶贫干部倒在工作一线，我必须高度警醒：事业、爱情、生活，没有健康，一切归零。保证身体健康，必须成为我的责任。

习惯决定人生，细节决定成败，保证身体健康必须养成良好习惯。为此，特制定健康要则如下：

一、学有计划，博闻强记

站位高远，才能举重若轻；素质过硬，方可事半功倍。制定一个合理的学习计划，按计划读书。一万小时定律告诉我们一个浅显的道理：学习不能心血来潮，贵在持之以恒。认真学习党的创新理论，特别是习近平总书记关于脱贫攻坚的系列重要论述，准确掌握脱贫攻坚方针政策，全面理解脱贫攻坚精准方略，做一名懂扶贫、会帮扶、作风硬的优秀扶贫干部。唯有如此，才不至于陷入盲动主义、事务主义，减少重复劳动，提高工作效率。我本平凡，亦应精进，有关家国书常读，不负韶华好时光。

二、快乐工作，忠诚履职

快乐是一种心态，加班是一种常态，没有快乐就没有健康的元素，没有加班就没有事业的高度，因此必须快乐工作、激情履职。扶贫路上，有委屈辛酸，或被误解，或被指责，或被冷漠，但有则改之无则加勉，领导现在不对你狠一点，将来你就不知道自己有多优秀。敬畏职责使命，敬畏组织重托，敬畏流水光阴，抓紧干，扎实干，快乐干。永远记住，当一个人充满激情地工作时，上帝也会为他让路。

三、张弛有道，规律作息

工作节奏讲究明快简洁，生活起居注重规律作息。透支身体是健康的大敌，加班熬夜是生命的摧残。务必合理安排时间，晚上十一点半必须卧床休息，中午必须休息半小时。张弛有道，精力充沛；规律作息，阳光明媚。让“每天锻炼一小时，健康生活一辈子”成为生活的常态、恒久的坚持。

四、管住自己，天下无敌

冯仑说过：“伟大不是管理别人，而是管理自己。”而管理自己的第一要务，就是管理你的身体。将军赶路，不打野兔——管住自己的心，心无旁骛干工作，把有限的精力投入到扶贫事业中；病从口入，饮食有节——管住自己的嘴，少吃荤多吃素，少喝酒多喝水，少吸烟多吸气；活动活动，想活须动——管住自己的腿，日行八千步，年走百万里，防懒戒惰，坚持不懈。

有人说，人生不是短途跑，而是马拉松；不是赢在起点，也不是赢在终点，而是赢在转折点。就让体检的今天成为自己健康的转折点吧。

上午体检后，我到蓉园街道办事处进行兵役登记，到离退办简单汇报扶贫工作情况；中午陪同王桥龙主任到湖南农业大学就生态养猪场设计与蔡鹏进行洽谈，基本达成共识；下午与新五丰公司邱卫董事长见面，听取关于生态养猪场建设的指示要求；晚上 8 点多钟返回沅陵县城。

寒冬里，温暖盈心间 (2018 年 12 月 28 日　星期五　雨夹雪)

气温骤降，冰冻来袭，寒风裹挟飞雪如期而至，带来猝不及防的凛冽。然而深山沟里的施溪村却弥漫着温温暖暖的感动。

“瞿大姐，我是省委办公厅督察室的刘丽亚，今天受省委督查室主任欧阳艳同志委托，从长沙特地赶来看望您。”还未走进家门，刘丽亚便微笑着向瞿马菊打起了招呼。

“快进来坐，这么冷的天，路又不好走，你们从长沙赶来看望我，我不知说点啥好。”瞿马菊一脸惊喜，又是忙着搬椅子又是忙着倒开水。

瞿马菊的房子孤零零地坐落在半山腰，离公路较远，交通不便，平时少有人来。五六个人围着火炉而坐，清冷的屋子一下子生动起来。

“家里情况怎么样？今年收成如何？明年脱贫有什么困难？”刘丽亚一句温暖的询问，似乎触动了瞿马菊心灵最柔软的地方，勾起了她对往事的回忆。

沉默了一会，瞿马菊道出了往事：她原本有一个幸福的家庭，日子过得虽有些节俭，但从不缺少欢笑。然而10年前的一场疾病无情地夺走了丈夫年轻的生命，一家生活的重担全部压在她孱弱的肩上。她含辛茹苦地把两个儿子拉扯大。大儿子粟远生好不容易娶了个媳妇，媳妇来村后嫌山沟贫穷而远走他乡，留下刚满周岁的孙子。

她轻轻地诉说着，眼睛噙满泪花。

“生活没有过不去的坎儿。”瞿马菊用手抹了抹眼泪，目光中充满坚定，“现在条件好多了，大儿子在广东揭阳建筑工地打工，小儿子在县城职业中学读书，自己则一边务农一边照看正在上学前班的小孙子，读职中也好读学前班也好，国家有补贴，负担轻多了。自己在家种点田搞点养殖，增加家庭收入，村里给我安排了扶贫特岗，一年4000元。还有步步高集团和省委办公厅结对帮扶，现在生活是越来越好啰，我对明年脱贫充满了信心，感谢党，感谢政府，感谢你们！”

“只要有信心，黄土变成金。党的政策好，我们更要勤劳致富，用自己的双手创造幸福生活。”刘丽亚鼓励道。

信心在交流中坚定，温暖在言语中传递。

临走时，刘丽亚递上慰问金。“马上要过年了，我们表表心意，有什么困难我们共同克服，相信明天一定更美好。”瞿马菊颤巍巍地接过慰问金，早已热泪盈眶。

起身告辞，刘丽亚一行艰难地行走在山间的泥泞小路上，往下一个贫困户家方向走去。不知走了多远，回头望时，只见瞿马菊仍站在自家房屋山头，一只手在寒风中不停地飞舞着。

据悉，今天省委办公厅督察室、总值班室和常委办一行6人在刘丽亚带领下来村慰问了18户贫困户。寒冬送温暖，温暖了湘西大山，也温暖了整个冬季。

党性在平凡中闪光 （2019 年 1 月 2 日　星期三　阴）

2018 年最后一天，村里发生了一件不太愉快的事情，有个远近闻名的刺头在公众场所发表了针对工作队的不当言论。真心为民，公心办事，谁奈我何？本来我们工作队没把此事放在心上，工作激情依然，然而它却成了老书记李绍棋的一块心病。

今天一大早，他就从龙池坪组出发，一步一步走到桐木坪，与老党员李上贵谈心交心。他说，村里能有省委办公厅来驻村帮扶，是全村的一件喜事，也是全村发展的一次机遇，建议正确看待这场风波，积极支持村里和工作队的工作。达成共识后，他又一步一步走到田家寨，找老党员张寿林交流看法。他说，作为老同志，我们应该勇敢地站出来，用事实说话，为工作队发声。走到村部，他又与几名村干部交流看法。最后一站是到我们驻村点，与我们聊天交心，希望我们放下思想包袱，轻装上阵，一如既往地把村里的扶贫工作干实干好。

李绍棋，今年 76 岁，身体大不如以前，走路有些迟缓，但精神矍铄，声若洪钟。他是 1973 年入的党，入党当年就任村支部书记。在这个岗位上，他连续干了好几届，修建灌溉渠是他当书记时的杰作，至今还在发挥作用，保障几百亩农田的灌溉，也成了今天的美好回忆，毕竟为子孙后代造了福。直到小平同志提出队伍年轻化后，他主动让贤，离开了村支部书记岗位，但一直牢记自己是一名共产党员，一直牵挂着村里的建设发展。

其实，自从我们驻村帮扶以来，几件小事早就引起了我的注意：一件事是实施贫困户动态调整时，他主动提出退出贫困户。其实他家经济状况一直不太好，前些年妻子患癌花了 30 多万，那时没有医疗报销之说，都是自己掏腰包，花光了家中的所有积蓄，还欠下了十几万元的债务。他说，群众看党员，党员带了头，工作就好开展。第二件事是生态养猪场建设征地中，他带头表态，自己的田地想征多大面积就征多大面积，不讲条件，积极支持村里发展集体经济。加之今天的举动，不禁让我肃然起敬。

一个人可以平凡，但一定不能平庸，尤其是党员。李绍棋，年华垂暮、记忆衰退之时，依然念念不忘党旗下的誓言，清醒地记住自己的第一身份——共产党员。他的平凡举动，让党性闪烁着夺目的光辉。

部署工作迎国检 (2019年1月3日 星期四 阴)

大雪还未消融，催征的号角再次吹响。国家第三方评估考核组将来沅陵县检查脱贫攻坚工作。凭以往经验，我村是省委办公厅扶贫点，抽中概率极大，任务压头，形势逼人。

凡事预则立，不预则废。我决定召开村两委和工作队成员会议，动员部署迎检工作。首先组织全体成员认真学习县里的文件精神，并就如何做好迎检工作提出具体要求：

思想上高度重视，必须严阵以待。这不是一次普通的迎检，而是代表全省参加迎检，迎检结果直接代表省委省政府大抓脱贫攻坚的成效，代表的是省委省政府的形象。市县乡都在全力以赴压实责任、查漏补缺、实地督导。我们村也是各级督导的重点，每名同志都必须高度重视，统一思想，将主要精力用在高标准迎检上来，为省委省政府增光添彩。

行动上高度自觉，必须不打折扣。这次检查，从对象上看，表面上是抽查，实则覆盖到全体村民。从内容上看，主要是三率一度，即：漏评，有没有贫困户被遗漏；错评，有没有不是贫困户的被评为贫困户；错退，有没有未达到脱贫标准却定为脱贫的；还有一个就是群众满意度。从方式上看，主要是随机抽样、实地考察、村组结合。我们要采取有力措施，提高迎检标准：一是地毯式入户走访，每一个村组、每一个农户都要走到，在外务工的也要一个一个打电话，不漏一户，重点宣传党的扶贫政策，宣讲扶贫成效，联络彼此感情；二是拉网式清扫卫生，村容村貌是给人的第一印象，要组织人力打扫环境卫生，达到户户清爽，组组清洁；三是规范式整理资料，资料台账虽不是重点，却是必看内容，反映具体工作，体现工作态度，必须按县里要求一户一户过，一项一项核，确保不出任何差错。

组织上高度一致，必须责任落实。主要采取分片落实形式，全村分三个片，刘明万、瞿支丽负责刘婆溪片，张六生、肖典武负责施溪片；瞿永家、陈南新负责枫香塘片，陈洪福书记负总责。任务分工明确，尽责表扬，失职必究。

工作队和村两委干部要多把心思用在扶贫事业上，听招呼、守规矩、严自律、树形象，从我做起，从现在做起，力争迎检工作取得优异成绩。

节后收心再出发 (2019 年 2 月 12 日 星期二 阴)

春节假期只是一个加油站，短暂的休息是为了更好地工作。告别“过年状态”，走进脱贫战场。随着春节长假结束，各项工作走入正轨，我们重新开始了忙碌而又充实的扶贫生活。

亲朋团聚，几多温馨；佳节美食，几多回味。但当下之要，在于“收心”。如果走不出“过年状态”，总觉得“不出正月都是年”，想走亲访友的事多，谋脱贫攻坚的事少，该推进的工作不抓紧，该部署的任务不上心，该落实的制度不较真，必然会迟滞脱贫攻坚的进程，影响全县如期脱贫摘帽。

一年之计在于春。春天既是新年的第一个季节，也是梦想的新起点、事业的新开端。攻坚的职责和使命，上级的规定和要求，自身的誓言与追求，都不容许自己沉溺于“过年状态”。心中有目标，肩上有责任，前进才会有动力。从休假模式快速切换进入工作状态，讲究的是规矩，体现的是作风，彰显的是担当。

让我们踏着春天的脚步，启动“工作模式”，进入“奋斗状态”，高扬奋斗之帆、紧握奋斗之桨，在努力奔跑中成就梦想，在一线扶贫中担当使命。

走访慰问村干部 (2019 年 2 月 13 日 星期三 阴)

村干部是领导基层治理的骨干力量，也是脱贫攻坚战场的忠诚勇士。过去的一年，6 名村干部与我们一块干，一块苦，始终奋战在脱贫攻坚一线，成为驻村帮扶工作的坚定支持者。

春节是中华民族的传统佳节，互致问候，互道祝福，有利于增进情感，有利于工作开展。鉴于此，我们工作队商量，春节期间到每名村干部家中走一走，看一看，既温暖他们的心，又增强家人对他们工作的理解。通过近一年的接触，我感到村干部实在不容易，主要体现在以下几个方面：

一是工作任务重。目前的村大都是合并村，人口数、面积数是以前的三四倍，无形中工作任务成倍增加。虽然最近一直在呼吁给基层减负，但上面千条线，下面一根针，脱贫攻坚、环境整治、治安管理、农田水利、信访维稳等各种各样的任务，全部压在基层村干部身上。面对种种任务，他们重担在肩，加班加点地熬更守夜，填满了一张又一张表格，走访了一个又一个农户。各种报表、各种微信群，让一些村干部整日疲于应付。很多地方，村干部快成了全职，需要每天坐班，需要每天开会，需要每天走村入户收集各种数据，需要处理老百姓的各种纠纷。工作太忙，有点吃不消，实在是太累了，好想痛痛快快安稳地睡上几天，这是村支部书记陈洪福常对我说的话。我知道，有时感冒，劝他休息一下，他总说自己年轻抵抗力强，吃点药就会好，工作很繁忙，顾不了那么多。无数个日日夜夜，铸就了他们坚强的内心。毫无疑问，基层干部是伟大的。

二是心理压力大。今天下发通知，明天必须上报，事情不按时办好，就要通报批评，甚至追责问责。这是基层工作的常态，让村干部无时无刻不感受到压力。同时，随着基层反腐拍蝇力度越来越大，过去一年很多村干部都被拍落马下，轻则给个处分，重则锒铛入狱。制度的笼子越扎越紧，而村级治理中则需要一定的灵活性，原则性与灵活性稍微把握不好，极易引发村民上访告状，而且现在举报渠道越来越宽，成本越来越低，既方便又快捷。一些群众动辄拿举报、上访相威胁，搞得一些干部筋疲力尽、身心交瘁。甚至有心怀不满的群众到村干部家中闹事，搞得家人也不得安宁。一旦真有问题，不仅违纪违规要被处理，程序不规范也要追责问责。既想为民多办实事，又怕好心办错事，自然心理压力大。

三是生活待遇低。与大多村民相比，村干部家庭条件好不到哪里去。在村部办公，既没有生活补助，也没有加班津贴，有时几个冷馒头或一包方便面，便是他们的午餐。他们忙得忘了与家人联系，甚至忙得抽不出空陪爱人看病。他们既要加班加点工作，也有繁重的家务农活需要干。特别是农忙季节，他们必须家里村部两头跑。而他们每月的劳务补贴还不足 2000 元，难以维持正常的家庭开支。

的确，基层干部很辛苦，他们常常为了工作忘记关爱自己。他们是平凡且伟大的一群人，施溪村振兴的历史上一定会浓墨重彩地留下他们为之奋斗的足迹！

养蜂之路在何方 (2019 年 2 月 17 日　星期日　雨夹雪)

按照精准扶贫规划，今年村里要发展 300 桶桶装养蜂。调研时主要考虑有四：一是自然条件优越，群山环绕，蜜源丰富；二是技术含量不高，稍加培训，就可操作；三是劳动强度不大，监管轻松，老少皆宜；四是市场需求旺盛，食用佳品，不愁销路。但如何发展养蜂产业呢？

百闻不如一见。我决定去乌宿桶装养蜂专业合作社参观学习。这个合作社是由9个年轻人合伙成立的，目前在4个村有蜂场，其中血水潭村规模最大，发展最好。

吃过早餐后，我和吴振、陈书记驱车前往血水潭村。

血水潭村与古丈县接壤，面积不大，1000多人口，平地面积较多，这在二酉苗族乡不多见，一条小溪像绿色的飘带横穿整村。到达该村时，受到村支部书记向小平、村主任向启富和合作社全体成员的热情接待。我们实地察看了蜂场和种蜂场，一路参观一路欢笑。据了解，该合作社技术力量雄厚，经验比较丰富，去年养蜂收益较好，但因生产规模不大，一直没有注册商标和质量认证，主要靠网络平台和零卖销售。他们想依托省委办公厅扶贫工作队这个平台发展壮大自己。而我村要发展养蜂，必须引进技术力量和管理团队。应该说，合作共赢，互惠互利，这是我们洽谈的前提和基础。

如何合作？经过一个多小时的商讨，确立了合作总体框架：我村出资给合作社，负责协调建设事宜、推荐养蜂人员、定量销售产品；合作社负责选址建设蜂场、选拔培训人员、全程跟踪管理、支付保底收益。合同的具体细节，先由合作社拿出初步方案，双方洽谈后定夺。

回村路上，居然下起了冰雹。晚饭后，我和陈书记走访了姚家湾组姚元龙、姚元凤、尹八八、姚元庆、姚茂盛、瞿代秀6户人家，回到驻村点，已是晚上9点多钟。

中纪委来村调研 （2019年2月18日 星期一 雨夹雪）

鞭炮声声，将我从睡梦中惊醒。虽然我们早已告别休假模式，但这个偏远的小山村依然沉浸在节日的喜庆氛围中。我揉了揉眼睛，天刚微亮，这么冷的天，起床居然需要勇气。习惯早起的我掀开温暖的被窝，起床锻炼身体。

洗漱完毕，我开始温习村情。近段时间，各级督查组密集下村，传递出压实脱贫攻坚政治责任的强烈信号。今年是脱贫攻坚冲刺阶段，时间紧，任务重，责任大，作为工作队长，不能打无准备之仗，更不能打无把握之仗，必须对村情底数了如指掌，必须对所做工作如数家珍，必须对扶贫规划了然于胸，必须对上级指示心中有数。于是我沉下心来认真温习。

约摸10点钟，村务专干陈南兴急匆匆跑进屋来。“罗队，中纪委调研组来了，快点去村部。”我愣了一下，只听说中纪委调研组到了沅陵，但没想到会来我们这个偏远的小山村。既来之，则迎之，我迅速整了整衣冠，拿起笔记本飞奔而去。

走进村部，自称是省纪委的小文连忙介绍中纪委调研组4名成员，我一一与之握手问候。

天寒地冻，围炉而坐，中纪委的王局长便向我们说明来意：“根据上级统一部署，这次我们采取四不两直方式调研脱贫攻坚情况，一是查阅台账资料，二是分组入户走访，三是看看工作队员。”我从扶贫感受、队员特点、村情底数、所做工作等方面作了汇报，王局长边聆听边赞许：“省委办公厅扶贫点就是不一样，情况熟，规划明，工作实，不容易。”

来到我们驻村点，看到门庭上的一副对联，上联“一线扶贫当尖兵与民造福”，下联“乡村振兴洒汗水为党增辉”，横批“情满施溪”，调研组个个称赞，便拍照留存。得知最近我在全县脱贫摘帽誓师大会上发了言，便将发言稿复印一份带走。然后他们分三组，两组随机入户走访，一组察看工作队生活工作情况。正在分组展开时，乡党委书记张军闻讯赶来了，正好我们一起陪同王局长。

王局长，个儿不高，形体偏胖，微笑始终挂在脸上，与之交流，好像久别重逢的老友，没有半点拘束感。谈话中，他讲到了习近平总书记关于脱贫攻坚的英明决策，对扶贫干部的关心厚爱，对基层一线的无尽牵挂，希望我们珍惜机遇，真抓实干，不辱使命，在基层锤炼成才。我和张军书记点头称是。

经过三个小时的检查，调研才结束，这次他们随机走访了8户，分别是李秀梅、代云福、李兴、李启茂、尹八八、姚元龙、张学柳、李启华。各组汇总情况时，主要讲到帮扶责任比较到位，励志脱贫事迹感人，干群之间感情真挚等方面，对我村脱贫攻坚工作寄予了充分肯定，这让我悬着的心落了地。临别送行时，王局长主动邀请我到乡政府陪他午餐，我便欣然前往。

由是观之，不是每一次努力都会有收获，但每一次收获都必须努力！

忙碌的身影是最美的风景 (2019年2月26日 星期二 阴)

脱贫攻坚，时不我待。急！急！急！

村里的通信信号不畅，一直是我的一块心病。去年多次与县经信委、省通信管理局联系未果。再不能拖延时日，必须解决了。

今天上午，我决定再次亲赴县城与相关部门沟通，找出问题症结，以便有针对性地解决。于是我和村支部书记陈洪福驱车前往。

与县经信局蔡艺局长联系，他在政府开会。我给他反映了情况，便直奔县移动公司。找到机站设计师刘芹健，攀谈了一会，他对我村信号问题有了更深的感悟。他说，他正在帮我村设计，但没有经费支撑，要我与市移动李隆文老总沟通。给李总挂完电话后，我给他发了一条短信，详细说明了存在问题，主要是县移动没规划，而村里基本无信号的有龙池坪组、大池潭组和刘婆溪组，恳请解决为盼。李总答复尽快办理。刘芹健表示，只要市纳入规划，此事好办。他将按照我们的意图设计上报。我总算看到了一点点解决问题的希望。

走出移动大楼，已是十二点半，我和陈书记吃了一碗土豆粉，便赶回村里。

村里的生态养猪场建设因天气原因进展缓慢，让我不得开心颜。为落实建辉秘书长指示，加快推进生态养猪场建设，我特地邀请新五丰公司、湖南农大设计院、县设计院一齐到现场实地调研，以期拿出最佳设计方案，加快按方案施工进度。下午他们调研组一行在新五丰李剑锋副总的带领下，来到施工现场。

现场办公会明确：一是场地平整，七天之内完成，采取爆破手段再延伸20米，这样可节约40万元的建设成本，除去平整费用，至少可节约20万元；二是厂房按东西方向摆放，暂定两栋，每栋宽20米，长65米，至少可养4800头猪；三是加快设计进度，本周内农大设计出稿，交新五丰专家审定后传县设计院进行基础设计；四是新五丰投资150万元，由新五丰内部招标，主要采购设备；我方只负责基建招标。

最后我对此项工作作了强调：一是加快进度，各项工作都要往前赶，确保6月份进猪；二是设计全面，将水罐、电路、监控、道路、绿化和办公用房等整体纳入设计；三是节约经费，在确保质量、整体美观的前提下尽量节省，提高经费使用效益。

送走调研组，已是晚上6点多钟。

孝道式微 (2019年3月1日　星期五　雨)

近期走访几个家庭，让我挥之不去的是一种内心的酸楚。

田家寨组有一老人张某，长年居住在一间阴暗潮湿的偏屋。在与老人的交谈中得知，他今年 90 岁，前几天病了，仍强力支撑，自己做饭吃，不小心摔了一跤，在邻居的帮助下才得以从地上爬起来。揭开锅盖，几片白菜叶中零星地漂着小块腊肉，破旧的小桌上还有一碗酱菜，这是上顿吃剩的，也是下顿的口粮。其实，他有 4 个儿子，2 个女儿。大儿子是国家公职人员，是赡养他的主力，无奈这几年生病，长年卧病在床，自然减少了对他的照顾。其他几个儿子因为生计问题长年到外面打工，两个女儿嫁出去后，偶尔来看看父亲。长年没有子女在身边，老年人常有的病痛倒是其次，那份心中的孤苦成为梦魇，一直伴随着他。

姚家湾有一老人姚某，因为与媳妇不和，只得在儿子屋旁搭个小屋，自己种菜，自己做饭，自己洗衣。提及赡养，他老泪纵横。前段时间病了，没有人陪伴，没有人安慰，自己独自坐车去清水坪看病。儿媳虽近在咫尺，心却如天涯一般遥远。听邻居讲，老人病得不行了，几天没有开门，但儿子媳妇均未知晓，孤凄与伤感时时充满老人的内心。前两天老人家在空荡荡的小屋中撒手人寰，其媳妇第一时间理直气壮给村支书打电话，说老人去世了，要求村里发点丧葬补助。

联合组一对老年夫妇，八十多岁，在离家至少二三里的山路种了八九亩田。望着这蜿蜒的山路，平时走路都得小心翼翼，更不用说耕田、施肥、收割、入仓……不仅如此，他们夫妇还带着两个孙儿，子女均外出打工，我不知道他们在付出微薄体力的同时，还得承受多大的精神压力。

代家坡组老人代某，七十多岁，妻子离世后，继女嫁出去一直没有回过家，也没有任何联系。儿子外出福建打工，至今独身，长年无电话，多年不回家，听说是自己挣钱自己花，从没有给老人寄过生活费。子女对父辈的衣、食、住、行、医等生活需求不闻不问，幸好老人身体尚健，也只能在孤独、贫苦中度过余生。

……

面对孝道缺失的怪相，不禁让人慨叹：社会发展到今天，孝道咋遇到了挑战？尤其是在不发达的农村，吃得最差的是老人，穿得最破的是老人，小、矮、偏、旧房里住的是老人，在田里干活和照看小孩的还是老人。

据报道，根据我国人口分布状况，当前及未来一段时期内，我国农村老年人口占全国老年人口总数的 50%以上。由于青壮年农民外出务工、经商和迁入城镇，农村空巢、独居老人比城镇空巢、独居老人的比例更高；因长年繁重体力劳动的消耗，农村老年人不会比城镇老年人失能半失能的比例低。

如何为农村庞大的空巢、独居、失能半失能老年人养老，让他们享受孝道，平安地度过晚年，成为一道不容回避的社会难题。

孝文化在我国源远流长，博大精深，具有深厚的社会基础和文化基础。孝道是中华民族的两大基本传统道德行为准则之一。几千年来，人们把忠孝视为天性，甚至作为区别人与禽兽的标志。“百善孝为先”“父母在，不远游”，孝顺是各种美好品德中最为重要的品德。从周代开始，我国就把孝道奉为做人的基本原则，评价一个人的品德好不好，首先就考察他是否对父辈尽孝。然而近年来人们的孝道观念却慢慢退化至此。

谁言寸草心，报得三春晖。孝道式微应引起全社会的高度重视。父母是我们生命所出，十月怀胎，养育情深，孝敬父母是天经地义的事情。对于老人来说，明天和意外不知哪个先来。尽孝不能等，趁父母健在时好好孝敬父母吧，以一颗真诚的心去爱父母，让他们度过幸福安详的晚年，莫待“子欲养而亲不在”时后悔莫及。

扶贫车间该咋建 (2019年3月2日　星期六　雨)

“出门上班到车间，回家还可做顿饭。一月挣上几千元，家人团聚好温暖。”从这首打油诗可以看出，驻地百姓对建设扶贫车间充满期待。

扶贫车间建设早已提上议事日程，但到底如何建？如果不充分论证，引进项目不精准，发展后劲乏力，就可能成为烂尾工程，既损害驻村工作队的形象，又让国家资金打了水漂。

听说县委统战部金建平部长对此很有经验，县里的扶贫车间一直都是她负责抓。因此，我春节前就与她联系，希望她抽空来村里实地考察，指点迷津。

今天是休息日，上午十点多钟，金部长如约而至。“准备在哪儿建？先看看场地。”下车打过招呼，她提出先看场地，一个不经意的举动折射出她一贯务实的作风。

村部基本竣工，还没有验收，钢管、木条、砖头横七竖八地躺了一地。连日的阴雨，让凹凸不平的地面有些积水。路面没有硬化，一片泥泞，我们一行小心翼翼地来到村部旁边的一块空坪。

“我们准备建在这里，一是交通比较方便，道路直达沅古公路；二是人员相对集中，这里距几个组比较近；三是场地比较宽敞，实地面积有200平方米，使用面积可达160平方米。”我指着场地向金部长解释道。

“扶贫车间不是越大越好，大了如果上班人员不足会造成浪费。这个场地选择比较好，面积足够。现在要重点考虑的是准备引进什么产业。”说着，她谈起了县里几个扶贫车间的成功之处。“扶贫车间要遵循市场规律，要让企业有利润，百姓有收入，不能实现双赢是办不下去的。最好是引进当地能人，他们有资金保障，又有家乡情结，结合实际发展劳动密集型产业。”

思路在谈论中清晰，责任在思索中强化。

金部长这次来村考察，让我深深感到，扶贫车间不仅是推进就业扶贫和产业扶贫的有效抓手，也是促进乡村振兴和城乡统筹协调发展的重要支撑。我们将把扶贫车间当作企业来打造，从项目引进、工厂选址、用工培训等各个环节，既提供便利条件、创造良好营商环境，又加强监督管理、严格规范要求，确保尽快开工，长远发展，为施溪村如期脱贫摘帽奠定坚实的产业基础。

桥梁施工技术交底 (2019年3月11日 星期一 晴)

“一桥飞架南北，天堑变通途。”建设好田家寨和龙池坪组两座桥梁，方便村民出行，推动产业发展，这是我驻村工作的梦想，也是村民长久的期盼。

经过艰苦的努力，经过漫长的等待，桥梁建设取得重大进展，今天乡长张云霄组织召开施工技术交底会，参加这次会议的有县交通局、众志工程勘察设计有限公司、怀化市公路监理公司、怀化路桥公司、湖南恒德园林有限公司代表，会议由乡党委书记张军主持。这标志着桥梁建设进入实质性阶段。

会上，各单位代表先后发言，我作了一个简短讲话：

为落实省委办公厅驻施溪村精准扶贫三年规划，去年我们启动了桥梁建设，先后得到省交通厅、县交通局、众志工程勘察设计有限公司和乡党委政府等单位的大力支持，今天终于迎来了改写施溪村历史的伟大时刻。磨刀不误砍柴工，前期我们做了大量工作，主要有以下几个特点：

一是各级领导高度重视。建辉秘书长去年8月5日来村调研，对施溪村的基础设施建设高度关注，积极协调省交通厅，为我们顺利启动桥梁建设工作奠定了坚实基础。5月22日，绍业市长来村考察时，对桥梁建设相当关心，并拨付了150万元前期费用。省交通厅先后两次派人来村实地调研，提出了指导性意见，并下拨313万元桥梁建设费用。11月1日，县交通局专门召开协调会议，研究如何加快桥梁和公路建设措施，明确了领导机构、责任主体和注意事项。应该说，没有领导的支持，我们将寸步难行；没有各级的关心，我们将举步维艰。

二是各项工作进展有序。桥梁建设是一个系统工程，涉及方方面面，一个环节不落实，将影响整个工程进度。按照时间往前赶、工作往实里抓的要求，我们做了大量卓有成效的工作，桥梁选址、地质勘测、工程设计、预算拟制、经费协调、财务评审、队伍考察、政府采购等工作既严格落实程序，又安排井然有序，可以说是步步为营、环环相扣、紧锣密鼓。

昨天乡党委政府与施工单位签订了施工合同。

今天，我们组织相关人员召开施工技术交底会议，听取大家的意见建议，其目的只有一个：领悟好首长指示精神，高标准建设好幸福之桥。

首先，我们学习一下领导的批示精神：

建辉秘书长的批示：省交通厅对扶贫点的交通设施建设工作十分重视，非常支持，指导也十分得力，对此给予充分肯定，并表示衷心感谢。请扶贫工作队严格管理，确保项目资金专款专用，勤俭节约，将交通设施建设成为满意工程、安全工程和廉洁工程，请宏源、赵强同志和人事处阅。

宏源副秘书长、办公厅主任批示：请克军同志牵头负责，认真贯彻好建辉秘书长重要批示精神，抽空我和赵强、白尤同志调研一次。

认真学习首长批示精神，就是要统一思想，强化责任，明确要求。我认为要打造好“四个工程”：

打造好政治工程。施溪村是省委办公厅的扶贫点。省委办公厅是省委的首善机关，代表的是省委形象。工程建设得好，就能在全省发挥示范引领作用；工程建设得不好，就会在全省造成恶劣的政治影响。孰轻孰重，不言自明。因此建辉秘书长高度重视，亲自批示，提出具体要求，我们要把首长批示精神领悟好，贯彻好，提升政治站位，把桥梁建设当作一项政治任务，从而坚定建设全省优质工程的信心决心。

打造好满意工程。修建桥梁是村民祖祖辈辈的期盼与愿望，关系到几百号村民的出行安全与村里的产业发展。桥梁建设得怎么样，群众满意就是标准。只有群众满意，领导才会如意；只有群众称心，组织才会放心。

打造好安全工程。安全工程主要体现在两个方面：一是施工安全，要科学安排，严密组织，确保施工中不发生任何安全事故。要知道，施溪村的一点动静都能辐射全省，必须安全施工。二是桥梁安全，要确保桥梁质量，千万不能出现劣质工程、豆腐渣工程。工程质量现在是终身负责制。质量过硬，建的是丰碑，树的是口碑。绝对保证工程质量，必须严把技术关、材料关、监督关、时间关。

打造好廉洁工程。桥梁建起来，形象倒下去，这是活脱脱的人间悲剧，悲剧的原因就是不恪守廉政法规。公生明，廉生威。作为工程负责人员，我们要严格遵守规章制度，严守廉政法规，把有限的建设经费花在刀刃上，把党的温暖送到群众的心坎里。

总之，我希望，建设一项工程，打造一个精品，结交一批朋友，树立一面旗帜！

审定养蜂产业合同 （2019年3月21日 星期四 大雨）

“天将小雨交春半，谁见枝头花历乱。”今天迎来一年中最美的节气——春分。《春秋繁露》载：“春分者，阴阳相半也，故昼夜均而寒暑平。”春分是春季90天的中分点，不知不觉间，十里春风正温柔，陌上花开已成簇。

在这最美的季节，我村正在酝酿一场盛事——养蜂产业明天签订合同。

养蜂，是扶贫规划发展的主要产业之一。为落实好此项工作，近期与沅陵乌宿木桶养蜂合作社、张家界千花贡蜜蜂养殖专业合作社洽谈了合作事宜。

为什么选择与乌宿木桶养蜂专业合作社合作呢？主要基于以下考虑：一是本土优势，与我村较近，交通方便，来回不过50公里；二是技术优势，该合作社养蜂已有四年，技术成熟；三是素质优势，他们吃苦耐劳，勤于钻研，把养蜂当事业干；四是上级支持，乡镇领导构想整合优势，借船出海，打出优质品牌，造福一方百姓。双方协商拿出了合同初稿，我的意见是尽快落地，不能误了养蜂农时；保底分红，不能触碰了收益底线；双方受益，不能违背了市场规律。只要双方精诚团结，坦诚沟通，认可合作原则，可以先干起来再说，边干边摸索，边干边协商，在干中解决问题，在议中推动发展。我坚信，规划真落地，乡村定美丽。

看海和出海是两种不同的人生境界，一种是把眼睛给了海，一种是把生命给了海。来到施溪村，我把青春年华奉献给了这片土地，不怕两鬓斑白，唯愿一生无悔。

签订养蜂产业合同 （2019年3月22日 星期五 阴）

“不论平地与山尖，无限风光尽被占。采得百花成蜜后，山村致富万家甜。”

与沅陵县乌宿木桶养蜂专业合作社签订合同后，我随手改写了唐朝诗人罗隐创作的《蜂》这首诗，以表达心中的喜悦之情。

一次次驱车考察，一次次苦苦思索，一次次据理力争，终于达成框架协议。

真诚合作，互利共赢，将我们紧紧地联系在了一起。

在乡政府会议室，双方围绕利益分配问题还在做最后的争取，争论的焦点主要集中在以下几点：一是合作返利问题，我坚持每年7万元保底收益，他们坚持每年6万元。二是蜂厂管理问题，我坚持由他们负责，我方协助，重大问题双方协商解决；他们则坚持由我方负责，他们协助。三是投资经费支出问题，我坚持分三次付清，留点保证金。四是建厂和SC论证问题，他们要求我们全权负责。经过一个多小时的谈判，双方达成一致意见，签订了为期三年的养蜂合同。

这次养蜂准备投资24万元，我方回报率为：每年7万元保底收益，三年为21万元；帮助我村至少培训5名养蜂专业技术人员，且由他们支付养蜂专业技术人员工资，每人每年不少于3600元，三年则收益54000元；三年后蜂场为村集体所有，村里将拥有一个标准化的养蜂基地。

我方的主要责任是每年至少销售3000斤蜂蜜，负责建厂和SC论证办理。

签订合同后，我给村里明确了几个事项：一是抓好养蜂人员选拔，贫困户优先安排；二是重视蜂场施工环境，防止与村民产生纠纷；三是开展养蜂培训讲座，传授养蜂专业技能；四是参观借母溪养蜂公司，加快SC论证，打开施溪蜂蜜通向市场之路。

成功路上泪多少。只要有梦想，一切不可阻挡！

新五丰洽谈 （2019年3月24日 星期日 阴）

今天是休息日，但扶贫人是没有节假日的，不是在扶贫就是冲锋在扶贫路上。

上午9点，我陪同乡党委书记张军赶往新五丰公司，应邀与公司副总李剑锋洽谈生态养猪场建设事宜，主要沟通了四件事：

一是规模调整。为确保生态养猪场安全，设计长度由65米调整为60米，宽度20.8米不变。虽年养殖规模减少400头猪，但能确保万无一失，即便再次发生山体滑坡，也不影响生态养猪场的安全。

二是合同签订。事到如今，合同未签。以前发给我村的合同初稿含混晦涩，专业术语多，云山雾罩，不知所云。建议重拟合同，内容简单明了，看得懂，易操作。当然主要是防止村里哑巴吃黄连——有苦说不出，从而损害村里利益。

三是环保问题。既要金山银山，也要绿水青山。环保是发展养殖的首要考虑问题。5000头猪的年养殖规模，产生干粪必须运走，三天一次，这就要求提前购买一台农用车，定时将干粪运到钩藤基地、油茶基地和红香椿基地，预先挖好水泥池，发酵后供农作物使用。

四是场地划线。基础开挖是工程的首要环节，场地划线更显重要，建议公司选派专业人员现场指导，今晚就出发，赶到沅陵，明天划线，加快进度。

思想在沟通中统一，力量在协调中凝聚。我只有一个期盼，加快猪场建设，6月投入运营。

当然，在加快猪场建设的同时，必须做好三件事：一是抓好饲养员选派，提前学习养殖技术；二是预先选定环保设施位置，高标准建设，保证无污染；三是提前规划第二期场址，增加猪场收入，提高经费使用效益。

栗树界公路开工 (2019年3月26日　星期二　晴)

橙红色的运输车在山沟里来回穿梭，像勤劳的小蜜蜂，给寂静的山村增添了无限生机与希望。运输的终点是道路硬化施工现场，这里一派欢快忙碌的景象：有的慢慢移动震动杠梁，有的公路两旁安装模板，有的扫平新灌的水泥浆面……个个满头大汗，人人神情专注，仿佛在雕刻一件艺术品。汽车的喇叭声、机器的轰鸣声、村民的欢笑声在大山上空久久回荡。

栗树界组在家的居民仿佛过年似的，自然围坐在一起，指点着，谈笑着，脸上乐开了花，与片片金黄色的油菜花相映成趣。

栗树界组是村里最偏远的一个组，居住着31户121人。由于地处深山，道路崎岖，出行极为不便，到清水坪赶个集一般都是凌晨三点钟起床。大山阻隔了外面繁华的世界，贫穷成了这个组唯一的特色。由于挣不到钱，大部分村民外出务工，留守的大都是老人小孩，给人一种荒凉破败的感觉。于是，通路成了村民长久的期盼，也每每成为村民与我谈论的重点话题。

今天下午，栗树界公路正式开工硬化。我和支部书记陈洪福驱车10多公里，早早到达现场，来见证这一幸福时刻，亲自为施工人员加油鼓劲。看到组长李启龙，便与之攀谈起来。

“要想富，先修路，劳动致富不再是梦了。”李启龙笑得合不拢嘴，眼睛眯成了一条线。李启龙，原枫香塘村主任，现为该组组长。太阳照在他古铜色的脸上，是那么的光彩夺人。

李丁金拍拍自己的腿，接过话题："我这条腿的毛病就是常年爬山爬的，路通了，再也不用翻山越岭了，相信我腿痛的毛病自然就好了。"他的发言引起村民一阵大笑。

李丁珠，50 多岁，有点智障，至今孑然一身，平时难得一笑。面对硬化动工，他对我和陈书记竖起大拇指，连连说道："好！好！好！"

大家你一言，我一语，好不欢喜。

"刚打的路面不能走人，要维护好。"我的话音刚落，李启龙便组织村民拉起了围栏，同时告诉大家要自觉维护好公路，这是我们脱贫致富的命根子。

夕阳西下，红霞满天，映照在大山之巅，景色是那么的灿烂，那么的迷人。

为谁辛苦为谁甜 (2019 年 3 月 27 日　星期三　阴)

实地考察蜂厂选址

上午 9 时，县食品药品监督管理局李主任、杨所长来村，就养蜂厂建设实地考察。我讲了几点意见：一是场地选择，建议就选择村部旁边，场坪已硬化、成本低廉，可通沅古公路、运输方便，人员相对集中、村民做事方便；二是建筑结构，建议采用板房，既节省成本，又节约时间；三是加工设备，建议采用全自动生产线，产品既美观大方，又质量可靠。如何与贫困户形成利益联结机制？可鼓励贫困户自己养蜂，工厂负责保底收购。请他们尽快拿出厂房设计，开展 SC 论证方案。

提速生态养猪建设

10 点 40 分左右，张军书记来电询问，生态养猪场如果严格按住建部门审图要求，需采用框架结构和进行地勘，费用会大幅增加，可能达 500 万元，不知该如何办理？我要他直接询问新五丰李剑锋副总，李副总是新五丰具体负责我村生态养猪项目的负责人。张军书记说请我出面对接好一些。于是，我给李副总打电话报告情况，李副总讲了几层意思：一、这是农用设施，不是建筑用房，没必要报住建局；二、建筑整体不是很重，没必要采用框架结构；三、建筑设计搞完后，报新五丰审核，尽量节省费用；四、建筑竣工后，新五丰负责验收。得到明确答复，我放心了，马上去电告诉张书记新五丰意见，张书记也很高兴，这样会省钱省时，加快生态养猪场建设。晚上，李副总再次来电，公司邱总和省国资委领导要求加快进度，倒排工期，验收由新五丰负责。我点头应允。

逐一督促项目进度

生态养猪场基础今天开挖，走到现场后我指出：基础校准，加快开挖；土方运输，加快进度；联系德孝，做点小工，加快增收。

钩藤基地正安排人员打药除草。我强调：一是打药除草，加快速度；二是安排专人，修枝剪叶；三是农闲时分，加工钩藤，卖后入账。

栗树界硬化现场，有几处含沙量偏重，要求他们多洗几遍，保证原材料质量，同时趁着阳光明媚，大好春色，加快施工进度，因为春天天气孩子脸，说变就变。

今天还察看了毛栗界公路两旁新植的油茶树，晚上与康欣园生态茶油科技有限公司老总张国卫洽谈油茶林开发公路配套设施建设问题。

贫困户也攀比 (2019 年 4 月 1 日　星期一　阴)

今天，县巡察组继续在村里检查扶贫工作。本来乡里发了通知，要求村书记和工作队长上午 9 点到乡政府参加会议。考虑到两名工作队员未回，我决定向乡里请假，陈书记去参加会议，我留在村里陪同巡察组。

陈书记参加会议，直到下午四点多钟才回村。一回村，他就下发通知，晚上 7 点村两委干部和工作队参加会议，传达学习乡政府会议精神，部署近期工作。

会议召开前夕，有一个人闯进会场，满身酒气，嘴里叼支烟，扯着嗓门质问陈书记："为什么别人能搞危房改造，我就不行？"

我抬头一看是粟光忠。粟光忠是贫困户，梨子包组人。为方便照顾岳母娘，他长期住在莲花池。自己在梨子包有一住房，但长期闲置，有些破旧。一家 4 口人，妻子有点智障，我到他家走访过四次，应该说对他印象不错，感觉比较老实温和。今天怎么会一反常态？

在后来的交谈中，我明白了他怒闯村部的缘由。晚餐时，他与几个村民推杯换盏，听说尹八八砖房申请了危房改造，自己一个木房子却没有，对此越想越气，不满情绪疯长。于是，他壮着酒胆闯进了村部。

陈书记耐心地给他解释："党的政策不错了，你享受了整户低保，享受了步步高结对，房子也给你上报了，上级鉴定不是危房，我们只能按政策办。如果连你对扶贫工作都有意见，我的确感到寒心。”

其他几名村干部也在一旁解释，粟光忠的火气慢慢降了下来，声音也变得柔和了。我平静地对他说：“光忠同志，现在村两委办事公开公平公正，这点请你放心。尹八八家庭相当困难，你又不是不知。虽是砖房，但屋顶有裂痕，下雨天都是用大大小小的脸盆接漏，影响了主体结构安全，上级鉴定是C级危房，必须维修。作为你，能享受的政策一定会让你享受。有些政策你享受不了，你要理解村干部，他们不容易，必须按政策办事，否则会追责。你看现在这个点还要开会，不知开到什么时候。村干部如此努力奉献，就是想让村民过上好日子。你要理解村干部，积极支持村里工作，不要听风便是雨。你享受了那么多扶贫政策，要知道感恩，感恩党，感恩组织！”

你一言我一语，粟光忠心中的问号慢慢拉直了，最后微笑着走出了会议室。

送走粟光忠，村两委会议正式开始，闪烁的灯光映照着寂静的山野。

针对问题抓整改 （2019年4月12日 星期五 晴）

近期，栗树界公路、田家寨和龙池坪桥梁建设开工。随着施工进度加快，一些问题逐渐浮出水面，部分群众意见较大。

群众意见是推进工作的苦口良药。“为官避事平生耻”，省溆浦培训会议结束当晚，我没有像其他队长一样乘坐高铁回长沙，而是始终牵挂着工程建设，便连夜驱车四个多小时急匆匆赶回村里。吃完早餐后，我赶赴离村部10多公里的栗树界公路施工现场，对已施工路段逐一察看，主动听取村民和施工方意见，全面了解真实情况。这条公路开工后，我已是第五次到达现场。

村民反映问题主要集中在3个方面：一是部分路基软，二是卵石含泥重，三是涵洞设计少。另有60米水泥路遭雨水冲刷，施工方没有整改。他们担心工程质量不达标。

施工方反映问题主要是部分路基软、涵洞不够是交投公司的事情，道路通达是由交投公司实施的，应由交投公司负责整改，他们只负责硬化施工；60米水泥路是刚施完工即下暴雨，没办法，反复强调路的硬度强度没问题。

交投施工负责人反映的是，我们是按图施工，通达工程已验收，后面由于雨水集中，山洪冲刷，造成部分路基变软，我们也没有办法。

公说公有理，婆说婆有理。双方各持己见，互不相让，还打起了嘴仗。问题摆在桌面，解决势在必行！

外行看热闹，内行看门道。专业的事情必须专家做，我没有当场表态，而是给县质检站全科站长打电话，下午请他们派专家到现场察看，召开县质检站、乡镇领导、村干部、工作队、施工方和部分村民的现场协调会，提出整改意见，解决村民担忧。

下午两点多钟，县质检站的领导来了，乡党委副书记张朝晖来了，交投施工负责人来了。我们一路颠簸到达施工现场，立即召开现场会，听取各方意见，彼此进行了坦诚交流，最后达成共识。会上我强调了三点：

一是思想必须高度重视。这是一项民生工程，我们各方要走近群众身边听意见，站在群众角度想问题，朝着群众需求去努力。这条路村民盼了几十年，是一条走出大山、走出封闭之路，是一条勤劳致富、发展希望之路。可以说，这条路是栗树界组村民的命根子。这是一项政治工程，施溪村是省委办公厅驻村帮扶点，如果出问题，损害的是省委形象，损害的是党的形象。要善于从维护党的形象的高度看问题，要积极把党的温暖送到群众心坎，没有任何价格可讲，没有任何理由可说，高标准高质量完成硬化任务是我们每一个人的责任与使命。只有端正对群众的态度，干事就有标准；只有提高思想认识，行动就会自觉。

二是整改必须及时到位。群众反映卵石含泥量重的问题，上次我到现场已强调，施工方整改了，群众也就满意了。这说明我们群众的眼睛是雪亮的，我们群众的心地是善良的。我们要把群众当亲人，他们的要求是我们努力的方向。但整改成效必须坚持，不能强调一阵子保持一阵子，施工全程必须始终做到。群众反映部分路基软的问题，既有天气影响，也有交投责任，更有硬化施工方原因。群众的要求没有错，路基必须硬实，解决方法有两条：一个是我和乡领导向交投反映，要求他们出点经费，毕竟他们有责任；二个是可作一定变更，增加部分施工经费，双管齐下，目的只有一个，确保公路质量。群众反映排水涵洞少的问题，该增加必须增加，虽然上级拨的经费有限，但不能因小失大，该省的钱要省，但该花的钱必须花，排水不畅，公路就容易毁损。公路毁损，群众就会心寒。我们是党的政策的践行者，不利于群众的事坚决不敢做、坚决不能做，我们必须确保工程质量，让组织放心，让群众满意。

三是监督必须有力有效。去年 11 月 1 日的会议已经明确，监督主体是县交通局质检站，同时乡政府、村两委也要履行好监督责任，特别是要注重发挥村民监督的重要作用。监督是防腐剂，监督更是保护伞。我们要正确看待监督，只有实施有效监督，才能让工作在阳光下运行，才能确保工程质量。群众监督严，对各方都是好事。作为施工方，自觉接受监督，可以提高施工标准，防止返工增加成本。金杯银杯，不如有个好口碑。施工质量好，群众自然会口口相传，赢得好口碑，也就赢得了公司大发展的基础。作为群众，严格监督到位，他们可以心安理得，对得起自己的良心，对得起工作在外的村民，对得起自己的子孙后代。作为我们，群众监督严，可以让村干部和工作队放心，抓紧时间腾出更多精力为村民多办实事、多做好事。机不可失，时不再来，我们必须抢抓机遇，力争让村三年有个大变化大发展。

会后，我们一行回到驻村点，继续开会，对两座桥梁建设施工中存在的问题提出整改意见。

现实表明，问题像弹簧，你弱它就强，你强它就弱。作为工作队长，我必须眼睛向下，向群众学习；必须亲力亲为，向实践学习，在工作中提高解决问题的能力。不拼不搏，人生白活；不苦不累，人生无味。只要心中有党，心中有民，心中有责，心中有戒，就没有克服不了的困难，就没有干不好的事情，用网络上最流行的一句话说就是，最牛 B 的成功来自最傻 B 的坚持。

培训归来话感受 （2019 年 4 月 13 日　星期六　雨）

4 月 10 日至 11 日，我参加了省派驻村帮扶工作队长怀化片区培训会。这次培训，主要采取集体座谈、经验交流、实地参观、专题辅导等形式，让我对习近平总书记关于扶贫的重要论述有了更透彻的理解，对自己肩负的职责使命有了更深刻的感悟，对如何打赢打好脱贫攻坚战有了更坚定的信心。

怀化是火车拖来的城市，北斗溪镇是高铁带来的新镇。这次培训学习，我对北斗溪镇有几个深切感受:

一是环境整治好。一下车，我就围绕公路沿线走了几个村寨，总体印象是干净、整洁、有序。村组排水沟设计合理，水流潺潺，沟内无杂草、无树叶、无垃圾。无论是公路还是入户道路，地上无纸屑、无尘土。田间没有一根杂草，要么是生长的庄稼要么是覆盖的黄土。山上虽有坟冢，只有白色的纸条迎风而飘，尽管清明节刚过，却找不到一点鞭炮残渣。

二是精神面貌好。路遇村民，无不洋溢着自信的笑容，充满着对家乡的热爱和对美好生活的向往。露天广场，有村民穿着鲜艳的苗族服装，载歌载舞，彰显青春的活力。即便路遇智障老人，衣着也是光鲜亮丽，没有脏乱的感觉。党员给人的感觉更是高大上，有一个党员天天看新闻联播，《党章》能大段大段地背诵，真的给人耳目一新的感觉。

三是文明礼貌好。步行所经之地，群众主动微笑着与我打招呼。乘车所到之处，也有群众挥手致意。工作人员着装统一，热情周到，办事细致，服务相当到位。

四是文化氛围好。所有农户，门前都有一个牌子，上书家训；门庭两侧，悬挂大红对联。党员家庭，标示“共产党员户”，亮出党员身份。被镇党委镇政府评为模范的，奖牌悬挂在显眼之处。所有房屋，统一按照花瑶文化元素打造，整齐划一，清新亮丽。公路沿线，标语简单明了，譬如“每天早起十分钟，房前屋后扫一通”“村庄是我家，洁净靠大家”等等。村规民约 11 条，既有政治要求，又有务实举措，操作性强。

五是建设举措好。据介绍，公路通达基本上是村民投工投劳、自力更生完成的，入户道路是由政府提供水泥、卵石等材料，农户自己投入劳动力完成的，既节省了经费，又培养了村民勤劳的习惯。

回想我村：污水横流，垃圾遍地，臭气熏天；村民等靠要思想严重，“靠着墙根晒太阳，等着政府送小康”；不关心集体，动不动就阻工，伸手要钱，没钱搞不定；动不动就上访告状，甚至煽动村民闹事，严重迟滞施工进度。脱贫攻坚，任重道远。

如何尽快改变物质和精神贫困面貌？这次参观至少给我几点启示：加大宣传力度，让广播响起来，让党的声音入户入心；树立先进标杆，让典型靓起来，发挥榜样的示范作用；加大环境整治，让村庄亮起来，建设美丽家园。

瞿家坡走访 （2019 年 4 月 23 日　星期二　雨过天晴）

昨天中午，瞿家坡组瞿永生打来电话，说自家房子漏雨，要我帮他解决。

据村民介绍，瞿永生是个老上访户，告状告了十几年。据说每一次上访，都以获点小利而告终，从而更加助长了其反复上访的嚣张气焰。习总书记在重庆考察时强调，打赢脱贫攻坚战，就是要奔着困难去，聚焦突出问题精准发力。为了解决好瞿永生的问题，我和陈书记决定下午去看看。顺便走访一下瞿家坡组，好久没有去了。

来到他家，他很热情，主动给我们端茶倒水。我一边察看屋顶漏雨情况，一边详细了解其收入情况。他很直率，去年广州打工，因头痛头昏返回家乡养鸭200只，赚钱不多，却很辛苦，农业补贴倒是有400元；到茶叶基地做事2个月，收入6000元。今年去广州打工，收入5000元，减去来回路费、购置日用品等还剩3000元，到医院检查花费700元，手中还有2000多元。我和陈书记看了看屋顶，预计更换瓦片费用1000元。

我给瞿永生讲政策，你的房子已享受国家危改政策，现在纳入危改整治，政策不支持。扶贫资金直接发放，显然不符合国家政策。现在不主张直接给钱给物，鼓励以工代赈、勤劳致富，主要是营造劳动光荣、懒惰可耻的浓厚氛围，摒弃等靠要思想，焕发奋斗的精气神。瞿永生点头称是。

人穷志不穷，幸福在前头。过上好日子，既靠党的好政策帮扶，也靠自己的勤奋努力。我和陈书记决定瞿家坡人行道建设交给他和组长负责，靠劳动赚钱，他和组长瞿永金很高兴。

心小难容一草，胸阔能纳百川。对瞿永生，我既没有另眼相待、厚爱一分，也没有戴有色眼镜，打入另类名册，而是坚持宣讲党的政策引导他，用真情为民的行动感染他。

今天乔迁新村部。

多站在群众角度想问题 （2019年4月24日　星期三　晴）

昨日，笔者下基层走访，得知一事，反复玩味，受益匪浅。

事情经过是这样的：二酉苗族乡党委书记张军到某村督导扶贫工作，观看一路点赞一路，笑容写在每一个随行人的脸上。正准备登车离开时，忽来一村民，气焰嚣张，口口声声要撤掉新村部大门。

一村干部见状，面有愠色，大声呵斥，叫他别闹，并说你反映的事，村部没有一点责任，到时再说，说着催促他离开。张书记微笑着停下脚步，主动向吵闹者打招呼，并询问事情缘由。原来新村部建设时，他被聘做小工，如今新村部落成，已移交村里使用，而自己至今还没有拿到3000元的工钱。

问明事情原委后，张书记和蔼地对吵闹者说：“大哥，放心吧，这事我来协调解决。”随即，他现场作出安排：一是要求村里调查还有没有拖欠工资情况，必须全部统计上报，做到一个都不少；二是指示副乡长马上与承包方联系，反映情况，督促归还农民工工资。吵闹者连声道谢，一场风波迅即平息。

看到乡党委书记如此善待百姓，村干部面露惭色，喃喃地批评吵闹者不该说撤除大门事。张军书记语重心长地说：我们在基层一线工作，经常与群众打交道，要多站在群众角度去考虑问题，不妨听听群众的牢骚话，牢骚话里有民意嘛，同时也说明我们的工作还有改进的地方。试想一想，如果有人欠我们 3000 元，索要无门，我们不也生气吗？多站在群众角度考虑问题，事情就容易解决多了。

多站在群众角度想问题，是一种态度。端正对人民群众的根本态度，少想上级知道不知道，多想群众需要不需要。只有把群众利益放在心上，群众有话就会愿跟你说，就容易掌握真实情况，把准群众思想脉搏，从而对症下药，所说的话才能让群众信服，所做的事才能让群众信任，从而赢得群众的坚定支持和无比信赖，真正成为群众的“贴心人”。

上午到农商银行，陪同陈书记办理合作社转账事宜。后去设计院，了解猪场建设预算，设计方要求给出土石比。我没有答复，因为我不是专家，还是集体讨论决定吧。晚上，工作队 3 名成员、村支部书记陈洪福、施工方左国河 5 人召开会议，讨论土石比，他们一一发言，我综合大家意见，土石比确定为八比二，其原因如下：一是场坪方案四次修改，多次土石方转运，但没有计入预算；二是施工方为加快进度，征地费用是自己垫负的；三是后期的确是岩石，施工难度相当大。

蜗牛不相信自己的缓慢，一步一个脚印爬向目标，书写了“不怕慢只怕站”的誓言；水滴不相信自己的脆弱，日复一日撞击石块，造就了水滴石穿的传奇；蚕蛹不相信坚硬的外壳，每天努力一点点，终获破茧重生的光明。扶贫之路，布满荆棘、充满艰辛，但只要一步一个脚印，每天进步一点点，则脱贫可期，致富必成！

一切为扶贫 （2019 年 4 月 25 日　星期四　晴）

起床即决战，睡醒就冲锋。当天色朦胧，我便早早起床到各点察看施工情况，先后去了陈家溪、鲤鱼包、田家寨、龙池坪、村部等施工现场，虽然我不是专业技术人员，但到施工现场走一走看一看，就是对施工质量一种很好的监督。于己来说，亦可以增长见识，开阔眼界。正因如此，我天天喜欢跑工地。

早餐后，县移动公司刘芹健一行4人到我村实地测试信号，这让我总算有点欣慰。实现通信信号覆盖，是建辉秘书长的要求，也是全体村民的期盼。自去年8月以来，我曾到省通信管理局协调，与怀化市、沅陵县移动公司联系，均是表态积极、行动迟缓。因地处偏远，地形复杂，三村合并，村里信号一直不太好，多点还处于盲区，村民对通信信号覆盖愿望比较强烈。落实首长指示，造福全村百姓，这是我工作队长的职责。然而，此项工作一直进展缓慢。

前不久，我再次与省通信管理局协调联系，强调我村是建辉秘书长的点，强调实现通信信号覆盖是首长要求，希望引起他们高度重视，切实解决我村通信信号不畅问题。后来，省通信管理局主管设计规划部门的张弛专门给我回电，告知今年已将我村纳入改造计划，因程序严格，落地还需一段时间，但可以做好前期准备工作。

今天刘总来村，主要是现场测试，拿出最佳解决方案，然后上报省里审批。我很高兴，亲自陪同聊天，加深情感沟通。午餐后，我安排肖典武陪他去刘婆溪、大池潭和龙池坪3个点，现场考察，力争让他们拟制最佳建设方案。

国网沅陵分公司上年也到我们村，主要与村党支部开展联创联建暨“电力扶贫”主题党日活动。

不在扶贫，就在扶贫的路上。虽然辛苦，但我深知：只有经过地狱般的磨砺，才能生出创造天堂般的力量；只有流过血的手指，才能弹出世间的绝响。

自我反省悟人生 （2019年5月21日　星期二　阴）

脚下无尘土，却能屹立千年，不只青松如此，历史上伟大的修行人、思想家、创造者，哪一个不是从万仞岗那毫无寸土的石头上生长起来的呢？

储存阳光，必有远芳。常常自我反省，何惧人生荒凉？反思自己近期工作表现，不禁三问：

一问是否保持领导在与不在一个样？自己带着组织重托，来到偏远山沟来扶贫，村民把我当活菩萨，县乡把我当大领导，但我不能忘记出征的誓言和肩负的使命。远离领导，是否忘记自己的身份？少了领导教诲，是否心理开始膨胀，自认为是上级机关派下来的，眼睛向上，忘乎所以？

二问是否保持八小时内与八小时外一个样？有位名人说过，人的差异在八小时之外。把握好八小时之外，就把握了自己与众不同的差距。八小时之内勤奋工作，八小时之外逍遥自在，这是平庸的表现，也是普通的作为。

三问是否保持省委大院内与省委大院外一个样？省委机关大院，到处是尊敬的领导，到处是忙碌的身影，到处是拼搏的精彩，他们不忘初心牢记使命，他们勇扛职责无私奉献，身处这样的环境，唯有拼搏进取，谨小慎微，锤炼自己淡泊的心境，升华自己人生的高地。现自己远离省委大院，是否还记得当初拼搏的豪情？是否还记得原来自律的风采？

古人云，吾日三省吾身。今天，我带着组织的重托，带着个人的追求，带着干事的热情来到偏远山沟，投身伟大的脱贫攻坚战，是一种荣幸，一种机遇，一种成长，自当倍加珍惜。

推进生态养猪产业 （2019 年 6 月 3 日　星期一　晴）

仲夏时节，夏花绚烂，果实飘香，满是收获，又播撒希望。

今天上午，省粮油食品进出口集团有限公司董事长、湖南新五丰股份有限公司董事长邱卫带领新五丰公司纪检监察室书记周学斌、副总经理李剑锋、生猪发展领导小组副经理王桥龙一行 5 人来到施溪村调研生态养猪产业进展情况。县畜牧水产局、二酉苗族乡有关领导陪同。

施溪村是少数民族集聚地，苗族人口达 98%，属深苗地区。由于山峦叠嶂，溪流纵横，该村交通条件极为落后，自然资源禀赋差，是全省深度贫困村之一，建档立卡贫困户 153 户 568 人，贫困发生率达 25.9%。去年 3 月，该村成为省委办公厅驻村帮扶点。

“爱心汇聚五丰养猪兴乡村，精准扶贫施溪致富乐大众”，走近施工地点，悬挂在铁架上的一副对联赫然映入眼帘。据介绍，为推动扶贫产业发展，助力村民脱贫致富，新五丰股份有限公司主动与该村结对帮扶，按照“四跟四走”的产业扶贫思路，帮助该村发展生态养殖产业。去年 8 月 30 日，沅陵县五丰生态养殖场建设项目破土动工。

按照规划，该养猪场建成后，年出栏规模为 6800 头，分两期建设。第一期规模为年出栏 4400 头，预计 7 月 1 日投入运营；第二期年出栏规模为 2400 头，预计明年 7 月 1 日投入运营。

工程进展如何？还需要解决哪些问题？邱董事长深入施工现场，察看工程进展情况，他一边走一边看，不时询问驻村帮扶工作队。当他了解到，经过短短几个月，540 米的猪场道路实行通达，8000 多平方米的场坪完成平整，年出栏 4400 头的猪舍主体框架结构完成时，他禁不住伸出大拇指，连声称好，并鼓励施工人员坚持标准质量，按图科学施工，加快工程进度，力争打造全省存栏 2000 头养猪场示范点。

参观施工现场后，邱董事长立即主持召开现场办公会。在听取大家发言后，他强调，近期全党上下正如火如荼开展“不忘初心，牢记使命”主题教育，我们要把主题教育“守初心，担使命，找差距，抓落实”的总要求落实到产业扶贫的具体实践中。做大做强生态养殖产业，引领村民脱贫致富，是实实在在解决困难群众“两不愁三保障”突出问题的务实举措。我们要加快进度，高标准建设、高质量推进生态养猪场建设，务必实现 7 月投入运营、年底实现创收的目标。同时，他指出，一定要确保项目建设施工安全，加强施工现场安全管理；一定要确保养殖生产生物安全，建设好生物安全配套设施；一定要确保项目建设质量，打造领导放心、群众满意的示范富民利民工程。

午餐后，邱董事长又赴县城洽谈县域建设模块化生猪养殖单元推动精准扶贫事宜。会上，我介绍了参观见学、村里生态养殖建设情况。

强化责任担当　确保问题清零

——在村两委和工作队工作部署会议上的讲话

(2019 年 6 月 12 日　星期三　晴)

这几天参会频频。一是县视频电话会议、县扶贫开发领导小组第五次会议、县 6 月份扶贫工作例会；二是乡 6 月份扶贫工作例会；三是全省驻村帮扶工作会议，紧接着市、县先后召开驻村帮扶工作会议；四是“四支队伍集村部，干群同心攻脱贫”问题乡级会商会。会议如此众多，一个接着一个，其实就是一个目的，强化责任担当，实现问题清零，确保如期脱贫。参加会议，我有几个体会：

一是形势相当严峻。9 月份，必须全面做好脱贫攻坚检查，满打满算也只有两个多月时间了。而我村工作任务相当之繁重，危房改造、安全饮水、道路硬化、桥梁建设、猪场建设均未完成，特别是危房改造，一票否决，而村干部、村民紧迫感不强，完成时限一拖再拖。工作漏洞相当之多，上次“四支队伍集村部，干群同心攻脱贫”查找问题达108个，按期整改没？没有；思想重视不？不重视。现在已经到了攻城拔寨、决战决胜的关键时刻，来不得半点犹豫，来不得半点懈怠，必须往前赶，往实里抓。

二是问责较真碰硬。6月10日，沅陵召开全县扶贫例会，兑现奖罚，通报上月考核结果和扶贫问题查处情况，针对脱贫攻坚不力动用“预免职大棒”，一个乡的书记、乡长被免职，一个工作队受处分，20多人被约谈。现实告诉我们，达摩斯利剑高悬在每个人头上。现实要求我们，吃透当前形势，吃透标准政策，吃透问题隐忧，吃透户情村情，吃透行业规律，对脱贫攻坚工作要苦练心劲内功，精准精细，用心用脑，苦干实干。

三是暗访成为常态。近期，省、市、县、乡暗访组先后到达我村，并对我村发出了函告书，问题也是一大堆。原以为我们是省委办公厅的扶贫点，大家会高看一眼，厚爱一分，在政治关爱上也许是这样，但对脱贫攻坚工作却是同等对待，不要有优越感，不要无所谓，必须高度重视，严阵以待，工作抓紧抓实。

反观我们村两委和工作队的工作，确实不扎实不细致不托底，问题扎堆：一是颠覆性问题5个，易地搬迁不入住，李正跃；适龄学生不上学，粟军雄；危房改造住危房，张德军；舆情管控不乐观，瞿永生；扶贫工作不满意，向正尧。二是集中性问题3个，台账资料不完善，环境卫生脏乱差，走访入户成形式等，经不起查，经不起问，经不起考。三是常识性问题2个，对扶贫政策学得不深，或不钻研、不学习，耕地力补贴标准、林地补贴标准、产业奖补标准、交通补贴标准等等，不会算账，或乱算账；对扶贫规划把握不准，譬如钩藤基地引水渠建设，这次是集中反映，其实我们的干部只要稍懂规划，稍懂政策，就可引导群众，做好解释工作。没有纳入扶贫规划，就不能使用扶贫资金。现在提上建设议程，必须使用财政资金，而这笔资金是没有着落的，只能列入乡村振兴计划。我们脱贫攻坚的核心是聚焦解决“两不愁三保障”突出问题，不能提高标准，不能吊高胃口。

问题摆在桌面，必须深挖问题根源。结合近期工作，我看主要存在以下问题：

一是政治站位不高。脱贫攻坚是党的事业的重要组成部分，是习总书记亲自号召亲自部署亲自推动的，是必须打赢打好的大决战。然而我们对脱贫攻坚形势认识不足，对脱贫攻坚的意义把握不准，对自己肩负的职责使命看得不重，所有问题的根源在于思想不重视，政治站位不高。譬如张六生同志，5个结对帮扶户，台账资料都有问题，已经引起乡领导的注意，如不及时整改，可能直接免职。作为一名村干部，作为一名党员，不完成组织交给的任务，不做好党的工作，合格吗？

二是办事规矩不明。半年前就开始谋划，发通知，招募生态养猪场养猪人员，大美施溪群也发了通知。当时我们就征求了新五丰股份有限公司的意见，明确了几点：一是人品优口碑好的优先，二是夫妻共同养猪的优先，三是有过养猪经历的优先。顺序也是这样排的，大家还进行过充分讨论。规矩是这样定的，然而现在村两委讨论人选时就走样变形，为什么？只能说因人定事，不守规矩。我也知道大家生在这里，长在这里，关系盘根错节，人情面子拉不下，但既然定了规矩，就得按规矩办，把复杂问题简单化。为什么新五丰要求我们夫妻优先，在我村就落实不了呢？是私心，是偏见，还是积怨？为什么要求夫妻优先？这是很有道理的，养猪场要求实行封闭式管理，养猪人员一般不准离开猪场，如果进出频繁，一旦传染疾病，后果不堪设想。守岛英雄王继才默默守岛32年，就是因为妻子有句话："放心，我守着你。"王继才自己也说："因为有妻子我才能坚持这么久。"

三是工作落实不力。部署工作不落地，这是我们工作处处被动的原因。譬如公示栏的问题，我曾要求陈南兴负责，结果是公示栏制作完成半年了，公示栏还有许多空白。不知道公示什么，可以请教，但不能拖延，更不可放任。让亮点工作成为败笔，不知大家作何感想。这项工作很难吗？与此相反，刘婆溪卫生，讲了就落实了，组长带着干，变化在身边，虽然还有些不周到的地方，但毕竟有进步，有改观，抓工作就应该这样。譬如驻村问题，村务专干是有要求的，组织上可以照顾你，但是自己还是要想到组织要求，尽量少请假，多工作。谁家没有小孩，谁家小孩不需要陪伴。这次会议强调了驻村干部问题，我们扪心自问，我们是否真正达到驻村天数？外出是否请假？不能把享受组织照顾当成一种必然，当成一种习惯。这个岗位离开了谁都能运转，中国这么大，最不缺的就是人。所以每个人都要珍惜自己的岗位，珍惜组织给予的机会。

脱贫攻坚，任重道远。千招万招，不干都是虚招，努力才是人生最好的态度。我们唯有负重前行，用心用情，查漏补缺，问题清零，才能确保村如期脱贫出列。

一个都不能少 (2019年6月13日 星期四 晴)

"同学们，欢迎粟军雄同学归队！"随着班主任马老师的一声呼喊，教室里顿时响起热烈的掌声。

"孩子上学，一个也不能少，只有这样才能阻断代际贫困。"得知村民粟光武儿子粟军雄辍学的消息，我心急如焚，决定中午不休息，与村支部书记陈洪福、队员吴振去他家一探究竟。

来到清水坪集镇后街，靠近河岸有一片空地，污水横流，泥泞不堪，一栋小砖瓦房便静静地坐落在那里，面积不足50平方米，两旁杂草丛生，垃圾遍地。陈书记说，这就是粟光武在清水坪的家，主要是方便小孩上学。我知道他在刘婆溪组有一栋房子，去年因购买小轿车贫困户被清理。

蹑手蹑脚沿着几块石板趟过泥泞，走进他家，屋内阴暗潮湿，墙面没有粉刷，没什么像样的家具，只有一个冰箱比较抢眼，衣服、书籍等物品杂乱无章地摆放着，一片狼藉，仿佛无言地诉说着主人的慵懒与傲慢。女主人不在家，一个帅气的小男孩安静地躺在床上，聚精会神地玩着手机，我们进门他居然没有察觉。

当我们询问他是不是粟军雄时，他看也不看我们一眼，只是轻轻地说了声“嗯”，仍然低头玩着手机，问他妈干什么去了，“打牌！”这声回答竟然如此响亮、干脆。

于是，我们进行分工，陈洪福和吴振去集镇寻找他妈，我留下与粟军雄交谈。经过了解，他有四姊妹，大姐姐在长沙一家药店打工，小姐姐在清水坪九校读初二，双胞胎哥哥读六年级，父亲在广东打工，还有爷爷、姑姑，一家8口人。他今年12岁，五年级学生，成绩一直比较差，这学期只上了三四个星期的学，一直赋闲在家。问他为何不上学？是不是老师打了他，还是同学打了他？他摇摇头，说老师从来没有打过，只是与同学们打过架，就是不想上学。问他未来想干什么，他一脸茫然。

攀谈了许久，粟军雄妈妈终于从麻将桌上被找回来了。她穿着时尚得体，长相比年龄显得青春，打扮娇艳，只是我隐隐感觉到她的装扮与屋内的零乱显得不太协调。自我介绍之后，我简单了解了一下情况，便知问题出在他妈身上。小孩不想读，她就由着儿子，除了晚上陪伴孩子睡觉，打牌似乎成了她生活的全部。

“大妹子，请问你和你老公的文化程度是什么？”“我小学没读完，他爸读书也不多。”他妈回答。

“没读多少书，文化底子不行，外出打工吃过亏么，拿的钱多么？”随着我的一声诘问，屋子一下子变得安静下来，仿佛可以听见绣花针轻轻落地的声音。

正午的太阳照射着房前的地面，比较刺眼，树上的知了不知疲倦地叫着。“我……我……”他妈脸一下子红了，支支吾吾不知道怎么回答。

“再苦再难也要劝孩子上学，不上学，没有知识，没有文化，长大以后他怎么过上好日子，会不会成为社会的负担？不上学，违反国家义务教育法，依照法律可以追究你作为家长的责任；不上学，他长大以后肯定没有能力赡养你，你们怎么安享晚年？看看村里的，凡是以前含辛茹苦供小孩子读书的，现在条件就是要比其他人家好，以后你也可以这样，再难也要劝孩子读书，再说现在国家政策那么好，目光还是要看长远些啊。”我趁热打铁道。

“好吧，明天就送他去读。”他妈说。

“不行，现在就去!”没想到我们三人的意见竟如此统一，异口同声地说道。

听我们这么说，他妈耸耸肩膀，有些不好意思地低下头。“好吧，我们一起去!”尽管粟军雄一点儿也不情愿，但在我们硬拉之下还是走进了校园。

粟军雄终于坐进了久违的教室，我们三个露出了欣慰的笑容。

凝心聚力建猪场 （2019年6月17日 星期一 雨）

6月3日新五丰公司邱总来村召开猪场建设会议后，生态养猪场建设进展迅速，土建部分比计划提前4天。然而近日漏粪板、钢构到达后，各方协调出现问题，附属配套设施图纸迟迟未出，严重影响工程建设进度。于是，我和乡党委书记张军商量，必须尽快召开三个施工方、设计院、新五丰管理人员会议，以统一思想，明确责任，加快进度。

会议听取了各方意见，现场能解决的问题当场协调解决，我在会上作了发言：

首先我肯定了土建施工方，克服不利天气因素影响，科学谋划，夜以继日，加班加点，比计划提前4天完成任务。然而，随着多方进场施工，一些问题逐步暴露出来，严重影响了工程进度，照此下去，我们在座的都是罪人，有负省委领导重托，有负新五丰邱总厚望，有负人民群众期待。大家要牢牢记住，我们的奋斗目标不动摇，7月1日必须进猪。我知道存在诸多困难，但只要思想不滑坡，办法总比困难多。

找准存在的问题才能找到解决问题的良方。目前存在的主要问题是：

一是协调不力，拖延工期。譬如漏粪板，从长沙运过来，那就要提前协调，看清沅陵天气，下雨天山路泥泞，运输车辆无法上山，材料无法运抵猪场，那就要二次转运，既费时又费钱，何不提前协调好，一步到位呢？譬如图纸，附属配套设施的图纸，到底是新五丰公司提供还是设计院提供，还是新五丰公司提供技术参数设计院进行设计？这个问题不搞清楚，施工方按什么标准施工，如果出错谁来承担责任？大家掰着指头算一算还有几天，可是目前连图纸都没有出来。

二是担当不足，推卸责任。钢构短了30公分，其实三方都有责任，只是责任大小不一样。然而三方相互推诿，甚至相互指责。这能解决问题吗？我的意见是先把事情做好，不要耽误工期，等猪场建成后我们坐下来好好讨论。还有漏粪板的安装问题，你推我我推你，其实上次会议已经明确，由供货方安装。不要再推卸责任了，不要再起内讧了，这些都无助于问题的解决。

三是认真不够，产品出错。钢构短了30公分，这是重大事故，幸好还有补救措施，不然的话，我们在座的都没法向上级交代。其实只要我们各方稍微认真一点，用心一点，沟通一下就能避免类似问题发生。

四是履约不实，存在隐患。猪场下面李中治家，在开工前我们做了大量卓有成效的思想工作，签订了合同，然而他履约不实，迟迟不肯撤除。乡里来人直接要求他履行合同就行了，如今乡里却允许他重建猪场，而500米范围内是不能建什么养殖场的，如他建，必成隐患。

五是虑事不周，培训延误。猪场一建好，马上投入运营，然而推选的养猪人员到现在还没有去培训，谁的责任？

六是天气不好，影响施工。今年雨水偏多，这是事实，客观存在，在一定程度上影响了施工进度。但这不能成为延误工期的理由，天气预报那么准，完全可以谋划在先，科学调度，合理安排。

大路小路，行动才有出路。我们必须积极行动起来，凝心聚力，日夜奋战，力争圆满完成猪场建设任务，做到整体统筹，优化布局；沟通协调，主动负责；加快进度，如期完工；程序完善，合规建设。

夜赴猪场工地 （2019年6月21日 星期四 晴）

劳累一天，仍不忘猪场建设进度。自从召开两次协调会后，施工进度明显加快，但仍然存在不少问题，主要是土建方、钢构方、设备方三方协调难，面和心不和，各自打各自的小九九。

目标必须统一，谋划必须科学，步调必须一致，环环相扣，倒排工期，才能确保如期完成目标任务。晚上十点多钟了，我依然在热火朝天的工地上察看施工情况。希望与忧虑并存，挑战与机遇同在，随即我吟诵了一首诗《追求》：

为什么你那么忧愁 / 因为你心系生态养猪 / 为什么你那么沉默 / 因为你情注村民致富 / 略显青春的脸上写满沧桑 / 曾经浓密的黑发渐渐稀疏 / 从不喊累 / 亦不言苦 / 只为心中不变的追求。

召开桐木坪组村民会议 (2019年6月29日 星期六 雨)

农村工作难做，必须问计于民，统一思想认识。今天，我和陈洪福书记到桐木坪组召开会议，拟在该组开展综合环境整治，先抓一个示范点，然后推广到全村。

目前，我们组的卫生状况极差，垃圾靠风刮，污水靠蒸发，家里现代化，屋外脏乱差，严重影响村容村貌，严重影响群众身体健康。脱贫，不仅要物质上脱贫，也要精神上脱贫。搞好人居环境整治，是精神脱贫的一个外在标志。

开展农村人居环境整治工作，是党中央、国务院作出的一项重大部署，是一项惠民生、得民心、顺民意的民生工程，是一项打基础、增后劲、利长远的希望工程。干净、整洁、有序，是这次整治的基本要求。

实施农村环境卫生整治，从目的上讲，就是从根本上治理和彻底改变农村脏乱差现象，使农村实现“四新”：居民生活习惯得到新规范，生活环境实现新改善，生活质量得到新提高，生活方式实现新转变。

我们的主要原则是：一是因地制宜、尊重群众意愿的原则，靠群众参与，让群众受益，使群众满意；二是行政推动、发动群众参与的原则，整体规划，加大投入，引导推动；三是健全机制、依靠群众监督的原则，严格监管，确保质量。

我们的口号是：举手之劳做环保，生活环境更美好；保护环境是责任，爱护环境是美德；每日早起十分钟，房前屋后扫一通。

我们要达到的效果是：一日两扫，全天保洁；生活垃圾，日产日清；道路干净通畅，院落整洁美化。房屋不乱建，柴不乱垛，粪土不乱堆，垃圾不乱倒，污水不乱泼，禽畜不乱跑。

我们的主要任务是：清除牛皮癣，整治臭水沟，拆除牛猪棚，建设卫生厕。

向党员大会报告扶贫工作 (2019年7月2日 星期二 晴)

按照规定，半年要向党员大会报告工作。自去年3月6日驻村以来，我们工作队真蹲实驻，真帮实扶，真抓实干，真心实意开展帮扶工作，取得了一些成效，大家看在眼里，记在心里，喜在眉梢，让我们工作队多多少少感到欣慰。特别是今年上半年以来，各项工作进入实质性阶段。我写了一份材料《驻村帮扶工作情况》，这份材料我就不念了，难得与大家聚在一起，还不如谈点体会。我的体会就是两个字。

第一个字：忙。我们工作队确实忙，晚上十二点钟以前，房间的灯基本是亮的。前天我一连写了三个材料，只睡两个小时，白天一样走村入户，察看工地。记得有一次，我们村两委和工作队研究商讨工作，开会一直开到凌晨45分。我便发了一个朋友圈：上面千条线，下面一根针。不来驻村帮扶，咋知小村无小事，基层事务多。刚散会，您信吗？反正我信了。竟然赢得了48个点赞，15条评论。连我们的县委书记钦代寿同志都点赞了。

忙是我们工作的常态，干是我们工作的状态。那么究竟忙什么呢？

一是忙开会。上周就到县、乡开了五六个会，其中全县33个预脱贫村党支部书记会，竟然开了5个多小时，从下午2:30一直开到7:45。靠会议统一思想、凝聚力量，靠会议部署工作、培训方法，靠会议督促落实、推动发展，是我们党比较有效的工作方法之一。县里部署任务，乡里工作培训，村里商讨落实，开会成了工作队的重要工作之一。

二是忙迎检。督导是促进工作落实的有力举措。我们村几乎每天都有督导检查，省、市、县、乡各级督导检查成为常态。检查内容有安全饮水、危房改造、台账资料、群众满意度调查等等，一天接待三四批督导组是常事。

三是忙协调。与县各局协调，与上级领导协调，与省厅领导协调，办好一件事，没有协调是搞不成的。

第二个字：急。一天晚上10点多钟，我去猪场建设现场，看到热火朝天的劳动场面，在备感欣慰的同时，也忧虑施工的进度。因为今年猪场必须要有效益，不仅是我们村，还涉及其他四个村的集体经济收益。于是，我曾在朋友圈发了一首打油诗：为什么你那么忧愁，因为你心系生态养猪；为什么你那么沉默，因为你情系村民致富。略显青春的脸上写满沧桑，曾经浓密的黑发渐渐稀疏，从不喊累，亦不言苦，只为心中不变的追求。这是我真实的内心感受，急！为什么急？

一是脱贫时间紧。根据中央部署脱贫攻坚作战图，到2020年，确保现行标准下农村贫困人口实现脱贫，消除绝对贫困，贫困县全部摘帽。根据这一部署，还有半年时间必须完成脱贫目标，时间紧迫，已进入攻城拔寨、决胜脱贫的总攻冲刺阶段。我们村是深度贫困村，基础设施薄弱，产业发展迟缓，内生动力不足，扶贫面对的是“最后一群人”，也就是那些底子最薄、条件最差、难度最大的“硬骨头”。

二是决战进度慢。聚焦“两不愁三保障”，对标对表，我们奋力攻坚。然而由于部分部门不作为、资金紧缺难到位、天气不好雨水集中等原因，严重迟滞了我们村脱贫攻坚的进度。危房改造，今年计划数为30户，至今只完成15户，14户还在建设中，1户放弃，而按照上级要求，7月15日要全部改造完毕，这项任务相当艰巨；饮水工程，虽然主体工程施工完毕，但还存在危房改造户、边远户、零散户没有到位的情况；通信方面，已多次向省通信管理局反映，答复要在国庆前夕才能动工；桥梁建设，受到雨季影响，有延迟可能；公路方面，本来山区施工条件就差，加之天气不好，原材料很难运上去，近期又受禁砂影响，原本这个月完成的任务又往后延期；产业方面，只有桶装养蜂彻底完成，这让我感到一丝安慰；生态养猪场建设，一个是资金缺口太大，二是三方协调较难，三是天公不作美，本来7月1日进猪的计划只好一推再推。

三是扶志任务重。主要体现在五个方面：一是群众不理解；二是心地不善良；三是公益不关心；四是手脚不干净；五是赌博不罢手。

四是环境卫生差。垃圾遍地，污水横流，卫生习惯差。这次我们要进行村庄环境卫生整治，想为村民办点实事，然而涉及某些村民利益，就是不肯让步，导致进展缓慢。

再苦再累，唯有不忘初心；再艰再难，唯有勇敢向前！我们将按照县乡决策部署，对标三年精准扶贫规划，真抓实干，艰苦奋斗，坚决打赢打好脱贫攻坚战，确保施溪村如期脱贫摘帽，为乡村振兴奠定坚实基础！

扶贫，岂能大包大揽 （2019年7月15日　星期一　晴）

县里明确规定，7月25日之前必须完成易地搬迁拆旧复垦和危房改造危房拆除任务，否则严厉追责。于是这几天，我们工作队和村干部集中全部精力，开始对全村易地搬迁户和危房改造户一户一户核实，全面启动拆旧复垦工作。

然而，所遇三件事让我们感到无比尴尬，也看到过度帮扶所带来的严重后果。

第一件事，旧房拆除遇阻力。联合组李某，户口上两人，他和91岁的老母亲。生活在易地搬迁区域，于是他和母亲享受了易地搬迁政策，新房建在清水坪集镇。李某常年外出打工，原号码停止使用，帮扶责任人找不到他，家人也说联系不上。按照上级政策规定，旧房必拆，新房必须有生活痕迹。

于是村干部又是给他购买床铺和床上用品，又是添置锅碗瓢盆。即便如此，91 岁的老母亲始终不肯搬进新房，说死也要死在老房子里，你们要拆可以，给我在联合组新建一个偏屋，你们看着办。村里、工作队和乡工作人员先后三次上门做工作也无济于事。鉴于年龄太大，人命关天，无法强拆。虽既无现成宅基地，又无建房资金来源，为通过检查验收，只好被迫答应给老人家建一个临时住所，村干部成了名副其实的“超级保姆”。

第二件事，危房改造遇斥责。刘婆溪组张某，一家 5 口人，住在破旧的房屋里。父母年老体弱，小孩在一中读书，自己患有尿毒症，全家生活的重担全部落在妻子肩上。生活的确困难，我们都很同情。在这次危房改造中，鉴于房子的确破旧，想帮他把房子弄一弄。他一会想重建，那就搞个 D 级吧；一会不想建，那就搞个 C 级吧，。但有一条，无论是新建还是维修，他不管，房子全权由村负责。反反复复，弄得我们身心疲惫。最终他说想重建，天天找村干部又是协调地基，又是要求增加经费，村干部想方设法都帮他搞好了。刚一开工，他却斥责村干部，新建房屋地基太小，前面没有坪；厨房厕所没有放在外面，影响住房面积等等。没有半点感恩之心，只有满腹的怨恨之意，村干部成了人人可骂的“发泄气筒”。

第三件事，功能配套遇伸手。联合组向张某，一家 3 口人，两个儿子均在揭阳打工。他们家享受了安居工程，原房必须拆除。然而新房建好之后就一直不住，原因是没有厨房厕所，生活不方便。这属于功能不完善，按规定是要问责村干部的。于是，村干部要求他新建厨房厕所，她两手一摊，我没钱，请你们帮我建。从家庭收入情况看，建个厨房厕所他们是有能力的。然而他们知道，自己不管，自然有人管；自己不急，自然有人急。于是村干部只好答应给他们家建厨房厕所，无形之中，村集体经济成了实实在在的“个人银行”。

以上三件事，让我的心久久不能平静。我们扶贫，到底是要扶勤还是要扶懒？基层干部，到底是要为民服务还是要当超级保姆？说实在的，村干部已经尽职尽责，天天早出晚归围着贫困群众转。如果说贫困群众的思想出了问题，那就一定是出台的规定存在偏差。解决贫困人口的住房问题，国家投入了大量资金，基层干部也花费了大量心血，应该说这是一项了不起的成就，贫困户应该感恩。然而住房这么大的问题已经解决，我们还有必要去安顿好每一个人的生活起居吗？群众自己的事，他却当起了甩手掌柜，成了看客和局外人。一味大包大揽，结果是贫困户不满意，还想索取更多的国家财富；非贫困户不满意，为什么生活条件差不多，享受国家政策的差别竟有如此之大，客观上加剧了非贫困户与贫困户、非贫困户与村干部的矛盾。

脱贫攻坚是一项伟大的事业，扶危济困是中华民族的传统美德。如今事与愿违，是不是该适当校正我们的一些考核指标了？

产业扶贫项目须防风险 (2019年7月16日 星期二 晴)

今天上午，我应邀参加产业扶贫项目防风险座谈会，会议由怀化市调研组主持。

最大的风险来自产业扶贫。产业扶贫是脱贫致富的根本之计，但贫困地区普遍市场经济发育程度低，脱贫产业普遍小、散、弱。很多地方的脱贫产业都是实力不强的新型经营主体松散地带动贫困户发展，种养的多是“大路货”。为如期完成脱贫摘帽任务，很多都是短平快项目，产业质量并不高。而且，脱贫产业低水平、同质化的风险显而易见。

会议认为，要重点警惕产业扶贫中的八大类风险：

一是项目选择风险。项目选择是否科学合理，对产业扶贫成败有决定性影响。如果项目选择失误，可能导致南辕北辙、事与愿违。有的地方政府在确定重点扶贫产业时，前期调研不充分，仓促做出决策；一些贫困农户在选择经营项目时，盲目跟风随大流，加剧了同质化竞争。少数农户改种经济作物后，完全放弃了粮食种植，使生计风险骤升。

二是自然因素风险。农业易受各种自然因素的影响，干旱、洪水、暴雨、台风、地震、病虫害等灾害，均会使农业遭受不同程度的损失。如果扶贫产业项目事先未做好防灾准备工作，抗灾减灾基础设施修建不到位，就很可能因灾损失惨重。

三是市场波动风险。农业生产周期普遍较长，而市场需求情况变化较快。不少扶贫产业项目刚开始经营时，市场行情还很好，但等到农产品收获时，形势可能已经有了明显变化。因市场饱和、产品滞销、价格下跌导致出现扶贫产业项目亏损的现象。

四是生产技术风险。一些扶贫产业项目对生产技术的要求较高，贫困户对特定的种养技术不了解、不熟悉，又缺少有针对性的培训，导致生产成本过高或产出的农产品质量不佳，使项目的经济效益大打折扣。

五是生态环境风险。部分地区在产业扶贫中片面地注重短期经济利益，置生态环境于不顾。有的引进污染较严重的“垃圾”项目，有的过度种植引起土地肥力下降，有的对不可再生资源进行掠夺性开采，有的未对农业污染物进行合理处置。从眼前看是增加了收益或降低了成本，但却损害了产业项目的长期可持续发展能力。

六是合作经营风险。各地在实施产业扶贫中，广泛采取“公司+贫困户”“合作社+贫困户”等生产经营模式，这有利于小农户更好地对接大市场。但是，在合作经营中，也容易出现一些企业在享受到政策优惠后却不履行责任的现象，未能充分发挥带动贫困农户增收脱贫的作用。还有少数企业钻合同条款不严谨的空子甚至中途毁约，损害合作农户的利益。

七是资金接续风险。一些扶贫产业项目在刚开始启动时资金较充足，但到了后续经营阶段，时不时会遇到资金短缺甚至断裂的问题。产生这种现象的主要原因包括：财政扶持资金未及时拨付到位，贷款周期与生产周期不匹配，企业或合作社拖欠农户货款等。

八是个人道德风险。为完成脱贫任务，很多地方采取超常规手段，贫困户能享受多重真金白银的政策利好，不少帮扶干部帮着、推着甚至替着干，个别贫困户掉进了“靠着墙根晒太阳，等着别人送小康”的福利陷阱。

会议强调，存在风险并不是放弃的理由，充分意识到风险的存在和类型，采取相应的风险管控措施来化解风险的威胁，会促使产业扶贫政策更加有效地发挥作用。产业扶贫中，对于各类风险特别是项目选择、合作经营、生态环境等环节上的潜在风险，要尽力防患于未然，从源头上消除风险隐患；对于较难完全避免的自然因素、市场波动等风险，要以优先保护贫困农户利益为立足点，积极构建风险分担机制，将风险引发的负面影响降到最低程度。

扶贫面临的风险点必须尽早堵上，风险防住了，脱贫攻坚战才能保质保量地打赢打好，精准脱贫才经得起历史的检验。

会后回村，晚上召开村两委和工作队会议，就易地搬迁拆旧复垦和危房改造拆旧工作进行部署。

走访干田坳 （2019 年 7 月 17 日 星期三 晴）

干田坳，是我村最偏远的一个组，离村部约 15 公里，没有公路可达，只能沿着崎岖的山路前行。

《说文》：“坳，地不平也，从土幼聲，於交切。”现指山间平地。干田坳这个名称的由来，据当地人讲，就是大山中有一块平地，田湿而不见水，便于庄稼生长。1944 年，为镇压土家农民反土地陈报运动，湘西名匪张平勾结国民党独立团曾在这里打了一仗，900多名农民的鲜血染红了这里的一草一木，至今仿佛可听到冤魂的呻吟。

这里原来生活着8户人家31人，其中4户为贫困户。由于交通极为不便，前两年全部易地搬迁，从此成了无人区。去年我来过一次，面对茂密的荆棘草丛，只是进入其地界，没能到达村庄内部。这次为完成拆旧复垦，我们只能到访每家每户原址，因为上级要求拍照留痕。

上午走访完联合组牛栏棚，便与村支书陈洪福商定，下午两点准时前往干田坳，瞿永家、张亮陪同。瞿永家是原枫香塘村的老书记，对原来居住在这里的8户人家比较熟悉，不然我们不知道旧房的主人。

正午的太阳热烈奔放，温度高达35℃。林间山路却有些湿滑，稍不留神就会摔跤，甚至有丧命谷底的危险。由于长年无人行走，多处山路被齐腰的草丛覆盖，常有五步蛇、竹叶青等毒蛇出没。我们只能一边用棍打，一边估摸着前行，也许这就是“打草惊蛇”最生动的实践。

我们在山谷中穿行，到处郁郁葱葱，简直是绿的海洋，好几次我们都迷了路，只好寻找架设的电线，沿着闲置的电线前行，那是当年实行户户通电工程遗留下来的杰作。荆棘丛生，划破了我们的衣服，脸上、手上也留下了道道血痕。蚊虫也似乎特别亲热，一路伴随我们飞舞，如果不小心沾上汗珠，流入眼睛，那种灼痛只有亲身经历过的人才能体味。碰到这种情况，我都是闭着眼睛，使劲地流泪，将毒液混合排出，减轻灼痛。

走了一个多小时，一口长条形的山塘映入眼帘，浮萍早已将水面遮盖得严严实实，像绿茵茵的操场。瞿永家兴奋地告诉我们：“到了！”顺着手指方向，只见山塘对岸几栋吊脚楼掩映在苍松翠柏中，在蓝天白云映衬下，显得那样的宁静幽远。溪流淙淙，群山环绕，难得有这么一块平地，得天然之养分，沐雨露之恩泽，受清泉之庇护，这里纯真秀美，天生透着一股亮丽、一种多情。

我们一户一户察看，生锈的火炉、散落的瓦片、腐烂的檩子，一片凋零的景象，仿佛在静静诉说着对昔日恬静生活的眷念。然而随着主人的离去，一切渐行渐远，留下一帘幽梦。

实地察看后，我们倒吸了一口凉气，户数不多，任务不重，但机械上不来，全部得靠人工。既然上级有部署，再苦再难，我们必须完成任务。

有人说，干扶贫事业就好比钉钉子，需要一锤一锤耐心地敲，持续地敲，才能把钉子钉实钉牢。每敲一锤，都需要扶贫干部的辛苦付出，只要扶贫干部有不怕脱皮的精神，锲而不舍地敲下去，下足“绣花功”，群众脱贫，自然是水到渠成的事。

夕阳西下，我们只得赶快下山。

满怀真情驻村　扑下身子帮扶

——在省市驻沅工作队长座谈会上的发言

(2019年7月26日　星期五　晴)

习近平强调，全面建成小康社会，一个不能少；共同富裕路上，一个不能掉队。今年脱贫攻坚已进入总攻决战阶段，作为省委办公厅驻村帮扶工作队，我们严格按照县委县政府脱贫攻坚的决策部署，坚决贯彻省领导来村调研所作指示精神，对标省委秘书长会通过的三年精准扶贫规划，真蹲实驻，真帮实扶，真抓实干，施溪村脱贫攻坚迈出坚实步伐。主要做法就是“五个一”：

一、增强一种本领，勇担扶贫使命

按照“懂扶贫、会帮扶、作风硬”的要求，坚持把学习作为坚定脱贫信心、提升服务本领、严守党纪铁规的重要途径：一是学理论，重点学习《习近平扶贫论述摘编》和在重庆考察时的重要讲话，领悟精神实质，把握实践要求，自觉把脱贫攻坚作为首要政治任务；二是学政策，坚持把吃透政策作为开展扶贫工作的前提，积极参加各种培训，定期组织集中学习，让政策熟记于心，用政策指导实践，打通政策落实的“最后一公里”；三是学规章，主动学习驻村帮扶的职责要求，学习上级关于驻村工作队腐败和作风问题典型案例通报，时时警醒自己敬畏法度、不越雷池半步，常常鞭策自己带着使命、带着感情、带着责任帮扶。

二、夯实一批底子，完善基础设施

脱贫攻坚，重点是基础设施。基础设施搞好了，产业发展才有基础。我们把完善基础设施作为重要任务来抓，具体来讲就是新修2座桥梁，改造硬化13.8公里的村组公路，整修4公里的人行便道，完成61栋危房改造，新建2个蓄水池，铺设8公里的供水管道，自来水接到家，通信信号全覆盖。今年初完成整修的2.5公里灌溉渠，成功应对了6月22日至25日五十年一遇的大洪水。生产生活条件的不断改善，有力提振了群众脱贫致富的信心。

三、找准一条路子，兴旺扶贫产业

实现贫困人口如期脱贫、稳定脱贫，关键在于稳就业，根本在于强产业。我们按照“四跟四走”精准扶贫思路，采取“公司+合作社+农户”模式，于2018年8月成立沅陵县五丰生态种养专业合作社。该合作社集生态养猪、油茶开发、钩藤种植、桶装养蜂等产业于一体，与所有贫困户建立利益联结机制，积极壮大集体经济，为施溪村脱贫致富、乡村振兴打下坚实基础。稳步推进生态养猪，与新五丰股份有限公司合作，年出栏4400头的猪场主体工程已竣工，预计年收入66万元。积极推进油茶低改，引进沅陵康欣园公司，开发500亩油茶，盘活闲置资源，让农户“流转土地有租金，就近务工有薪金，入股分红有股金”，每年为集体经济增收12万元。大力发展桶装养蜂，与沅陵乌宿木桶养蜂专业合作社合作，第一年发展桶装养蜂300桶、培训5名养蜂技术骨干，可实现固定收益9.5万元，三年后将发展至1000桶。

四、建好一个班子，固强战斗堡垒

合编不合心、不合力；干部缺想法、缺干劲；党员开会难、议事难；群众不支持、不买账。这曾是我们村过去的真实写照。村民富不富，关键看支部。驻村帮扶以来，我们积极开展“五化”建设，着力把村级班子打造成脱贫致富的坚强战斗堡垒。一是建强村级班子，解决引领能力不强的问题。村支书陈洪福32岁，是从三一重工返乡创业的，有情怀、有担当、讲奉献，是个可塑之才，我们多次推荐他参加国家和省里高层次培训，既强党性，又强业务，真正把村支书“领头雁”作用立起来。重视对村干部的培养，通过开展以会代训、岗位帮带、积分管理等举措，固基础、补短板、强弱项，提高市场认知和法律意识，掌握必备信息网络技能，增强他们团结带领群众脱贫致富的底气和后劲，打造一支“不走的工作队”。二是激活党员队伍，解决带头作用不够的问题。严格落实“三会一课”“主题党日”，让大家把党员身份亮出来。有时将党小组会开到贫困户家中，放到脱贫攻坚一线，交任务、压担子，推动党员走在前，做先锋、当模范。认真实施党员积分制管理，激励党员在政策宣传、结对帮扶、纠纷调解、议事监督等方面发挥先锋模范作用。三是完善管理制度，解决群众口碑不好的问题。过去个别村干部私心重、优亲厚友，群众意见大，削弱了村“两委”公信力。我们严格执行“四议两公开”工作法，狠抓制度化、规范化建设，确保重大事务都能听群众意见、让群众参与、请群众监督。在每个组都设置宣传公示栏，及时公开党务村务财务，自觉接受群众监督，让权力在阳光下运行，群众普遍反映比较好。

五、激活一种因子，倡导乡风文明

优秀乡村文化能够提振农村精气神，增强农民凝聚力，孕育社会好风尚。我们注重以社会主义核心价值为引领，打造优秀乡村文化。一是移风易俗，制定村规民约。建立红白喜事理事会，倡导婚事新办，丧事简办，其他不办，强化道德约束。制定《施溪村特困基金教育基金文明基金项目资金管理使用办法》，主旨是临时救助特困家庭，奖励优秀学子和星级文明农户，实现基层治理和社会自我调节、村民自治良性循环，树立良好的乡风民俗。二是典型引路，弘扬新风正气。制定励志脱贫之星、卫生清洁之星、孝亲敬老之星等“六星”评比方案，定期评选表彰先进，定期广播典型先进事迹，用身边的凡人善举感化人、教育人，以此淳民风、育乡风。目前评选出24名星级农户，成为全村的“香饽饽”。其中姚茂英身残志坚，励志脱贫，积极发展种养殖，被县评为“十佳残疾人自强模范”。三是以文育人，提升文明素养。新建村级综合服务平台、百姓文化大舞台等，开展扶志宣传教育，开办“新施溪讲堂”，主要宣讲党的惠民政策，开办致富专业技能知识讲座，目前已讲17次。同时在交通要道醒目处张贴宣传标语110幅，引导形成健康向上的乡风民俗。通过以文化人、以文聚人，让勤劳致富、孝亲敬老等中华民族传统美德的因子植入贫困群众的心田，从而自觉弘扬劳动光荣的传统，涵养勤劳致富的美德，形成见贤思齐的导向，坚定通过劳动创造美好生活的心志，全村焕发文明新风。

脱贫攻坚，时不我待。我们将不辜负各级领导和广大群众对我们的期待与信任，肩扛使命，心无旁骛，苦干实干，勇毅向前，确保施溪村如期脱贫出列！

点赞最光荣的你 （2019年8月1日 星期四 晴）

卸下一身征尘，褪不去军旅情深。

今天是中国人民解放军建军92周年纪念日，我们在这里欢聚一堂，共同庆祝伟大的建军节。

军旗高扬，红星闪耀。召开转业复员退伍军人座谈会，主要是了解大家的工作生活等情况，听取大家对农村工作的意见建议，汇聚打赢脱贫攻坚的磅礴力量。或长或短的军人经历，或浓或淡的军旅记忆，永恒不变的八一情结，是我们在座的光荣与自豪。为此，我代表村两委和驻村工作队向在座的转业复员退伍军人同志们表示诚挚的问候！

近年来，我们村复退军人队伍不断壮大，有的一家三代都曾当过兵，目前共有转业退伍军人34名。转业退伍军人是村里的宝贵财富，大家把一半的青春热血献给了人民军队和国防事业，把另一半献给了农村的建设和发展。许多同志在部队练就了顽强的意志和坚韧的性格，在困难面前从不低头，在平凡工作岗位上尽职尽责，任劳任怨，始终发挥先锋模范作用，为广大村民做出了很好的榜样。虽然脱下军装，但在灵魂深处，大家都觉得：我还是一个兵！

座谈会上，老兵们欢聚一堂，畅所欲言，重温了在部队的峥嵘岁月，分享了在部队工作的收获和体会。同时，在陈洪福书记的引导下，与会人员还围绕基层党建、产业发展、民生改善、民主管理等方面建言献策。

退伍军人们纷纷表示，没有部队的培养和历练，就没有今天的服从意识和吃苦耐劳的精神，虽然现在已经脱下军装，但忘不了光荣的军旅岁月，一定继续弘扬部队的优良传统和良好的军人作风，为促进施溪村的发展贡献力量。

教授进山村　专家到田间　(2019 年 8 月 21 日　星期三　晴)

扶贫先扶志和智，帮人先帮技和艺。提高文化素质，提升致富技能，是贫困群众脱贫致富的根本路径。因此，我们工作队很重视村民致富专业技能的培训工作。

八月天热，“秋老虎”当道，亦不能扰乱致富专业技能培训的节奏。

今天，我们村迎来了 3 名农业专家，他们均为湖南文理学院教授。一个叫王京仁，主要讲授《非洲猪瘟时代养猪业的风险防控》；一个叫姜吉刚，主要讲授《蜜蜂病虫害防治》;一个叫王文彬，主要讲授《稻田综合种养技术讲座》。县科协邓壮飞陪同。30 多名村民参加了此次培训。

根据省科协要求，省派工作队每年 10 万元经费，专门用于致富专业技能培训。每个村全年开办培训课不少于 5 次，培训 200 人以上，1 个专家教授至少指导 1 家专业合作组织，帮助 3 个以上贫困产业户。

然而从运行情况看，效果不尽如人意，好事没有办好，实事没有办实。

从县科协方面讲：一是政治站位不够高远，也许是扶贫任务太重，科协也有扶贫点；也许是要求培训全覆盖，全县贫困村都要培训等，给人感觉没有认识到科技助力脱贫、培养新型职业农民的重大意义，仅仅把它当成一项普通的行业任务来完成，思想认识不高，行动就会乏力。二是培训工作应付了事，没有培训计划，不征求意见，不提前预告，存在用非所学。学非所用现象；没有教学资料，全靠耳朵听，听完就作数，培训走过场，培训效果自然打折扣。三是发放资料滥竽充数，东抄抄，西抄抄，没有系统性，没有实用性，更没有趣味性。

从村两委方面讲：一是培训时间没有安排好，没有加强与科协沟通，其实培训最好安排在农闲时季，让更多的村民参加，或安排在种养时季，可以田间教学解决实际难题；二是培训内容没有对接好，我村四大产业是生态养猪、油茶开发、钩藤种植、桶装养蜂，培训要围绕如何壮大产业进行，有的放矢，方能中的；三是培训场地没有布置好，自新村部投入使用以来，设备有了明显改善，然而还在采用老式方法培训，既没有发挥设备效益，又影响培训效果；四是培训人员没有通知到位，临时点将凑数。

一天三个会，脱贫步履急

（2019 年 8 月 24 日　星期六　晴）

最闪亮的东西是阳光，最宝贵的东西是时光。脱贫攻坚路上，时间永不等人。今天，村里先后召开三个会议，以期加快工作进度，决胜脱贫攻坚。

第一个会议，猪场建设推进会。昨天凌晨五点多钟，新五丰公司董事长邱总发来微信，了解猪场建设进展情况，询问何时验收项目。我竟一时语塞，自李剑锋副总两次来猪场现场指导后，工程进展、项目整改都已全权交由新五丰公司项目监管人负责。专业的事情专家干，工艺流程我不懂，那我就全力做好配合工作。但时至今日，猪场何时竣工，项目监管人依然没有定论，再不加强协调，再不加快进度，作为工作队长，我怎么对得起组织和人民的重托？于是，我决定今天上午 9:30 召开协调会，主要任务是统一思想，凝聚人心；部署任务，科学整改；加快进度，如期竣工。会上我明确了三个原则：一是必须总体把握进度，9 月 7 日项目验收，一切工作以此为时间节点，倒排工期，科学管理，限期整改；二是必须严格工艺标准，所有工艺流程必须达到新五丰公司养猪要求，只要不损害建筑主体的结构安全，一切按新五丰的技术建设标准实施，不必请示报告，半点不能含糊，半点不可迟疑；三是必须齐心协力，做人靠本分，做事靠本事，既不要互相推卸责任，也不要相互指责对方，合则两利，斗则两伤，多算政治账少算经济账，多算缘分账少算薄情账。

第二个会议，蜂蜜加工推进会。前天，村干部、工作队和乌宿木桶专业合作社相关人员前往新晃蜂窝窝实地参观学习。蜂窝窝是一家专业从事原生态农产品开发、推广绿色健康生活理念的股份制有限责任公司，公司主营业务为蜜蜂养殖、蜂产品开发推广。登高才能望远，谋定方能胜算。对要不要建设蜂蜜加工厂、如何建好蜂蜜加工厂等必须要深入调研，科学论证。我因身体需要调养没有前往参观，只能通过召开会议听取大家意见，最后决定下步行动。会上，吴振、陈洪福、张亮、刘华4名同志分别发言，结合所见所闻，讲述自己的观点。综合大家意见，为慎重起见，必须将加工工艺流程搞清楚、论证充分后实施，一旦决策失误，无法向组织交代。因此，我决定暂缓建厂，20天以后再作决策。

第三个会议，问题清零推进会。查漏补缺，问题清零，是当前脱贫攻坚中一项紧迫任务。当前，存在的主要问题有：一是"户户见干部"见面率不高，特别是整户外出打工的。要利用电话、微信等多种方式，进行见面，宣传政策、宣传脱贫成效，收集问题、解决问题。二是"四支队伍集村部，干群同心攻脱贫""查漏补缺、问题清零"冲刺攻坚行动要真抓实干，走访群众不能漏户，收集问题要准、解决问题要实，要有完整的台账资料。三是环境卫生要下大力气抓好。

天地转，光阴迫；人长久，岁月稠。奋进吧，满满的收获正挂在枝梢的初秋——开花的开花，结果的结果，且待丰盈。

调整心态再冲刺 （2019年8月25日 星期日 晴）

脱贫摘帽进入倒计时，攻坚会战全面打响。然而扶贫日久，部分干部滋生了松懈、厌战等一些不良心理，我们必须保持思想警醒，以振奋的精神状态和扎实的工作作风，带领群众脱贫致富。

据调查，目前扶贫干部中主要存在以下不良心理：一是厌战心理。部分干部不能充分认清脱贫攻坚的重大意义，错误认为扶贫工作是"一阵风""走过场"不愿深入了解贫困户情况，甚至搞上有政策下有对策，把帮扶当成了组织压给自己的"任务"，怕苦怕累，情感上反感抵触，行为上消极应对。二是松懈心理。随着扶贫责任层层压实，扶贫干部天天忙着访贫问苦，亏了妻儿，怠慢了父母，心中不免有些惆怅，于是提不起精神，干劲渐渐减退，结对帮扶走马观花，入户走访签字画押等。三是侥幸心理。市检也好，省检也好，国检也好，都是抽查，于是有人产生侥幸心理，认为不一定抽中自己，自欺欺人，敷衍了事，当一天和尚撞一天钟，没有绷紧责任之弦。

厌战、松懈、侥幸等不良心理的存在，严重影响脱贫攻坚的进度和质量，严重败坏干部的作风和形象，必须坚决纠正和克服。事实上，群众就是亲人，帮扶就是核心，必须打起精神，严阵以待。干部关心扶贫，群众就安心脱贫；干部真负责，群众就尽责。群众就像一堆干柴，干部就像一把烈火，要用干部的热忱点燃群众的内生动力。扶贫干部争做群众的知心人、引路人，关注基层群众的所思、所忧、所盼，不等不靠地解决好群众的操心事、烦心事，就能激励广大群众在脱贫路上向前奔跑。

在扶贫过程中，我们也许会受委屈，会受责骂，会受处分，但我们要明白：风，跌倒了，才有美丽的落叶；云，跌倒了，才有滋润大地的雨水；太阳，跌倒了，才有静谧的夜晚。所以，我们不用害怕跌倒。即使跌倒，也要用最美丽的姿势站起来。打赢脱贫攻坚的姿态，永远是世上最亮的风景！

筹备丰收节活动 (2019年9月20日　星期五　晴)

今天，乡党委张军书记来村，与我共同协调庆祝农民丰收节活动事宜。经协商，此次农民丰收节活动主题定为“感恩党的领导，礼赞伟大祖国，宣传脱贫成果，展示精神风貌，推介扶贫产品”；会标定为“脱贫攻坚，日子更甜”；主办单位为二酉苗族乡党委政府和村两委；协办单位为驻施溪村工作队；邀请领导为县联乡领导、县纪委书记张俊辉，长沙县驻沅陵扶贫办公室主任戴丰伟；全乡30个村扶贫队长和支部书记参加庆祝活动。这次活动，由我发表讲话，张俊辉书记宣布开幕，与长沙长龙街道、县交通局、县统计局、县一中、县中医院等单位签订采购扶贫产品协议，中间穿插扶贫政策知识考核。于是，晚上我撰写了庆祝丰收节活动会上的讲话。

在二酉苗族乡庆祝农民丰收节上的讲话

尊敬的各位领导、各位来宾、各位父老乡亲：

大家上午好！

春种一粒粟，秋收万颗子。秋分，是一个感恩大地的日子；秋天，是一个收获希望的季节。在这个五谷飘香、硕果盈枝的金秋，我们欢聚大美施溪，共同庆祝农民丰收节——感恩党的领导，礼赞伟大祖国，宣传脱贫成果，展示精神风貌，推介扶贫产品。在此，我谨代表施溪村2131名父老乡亲，向莅临活动现场的各位领导、各位来宾表示热烈的欢迎和衷心的感谢！向广大农民朋友致以节日的问候和良好的祝愿！

农为邦本，本固邦宁。党中央倡导设立“中国农民丰收节”，顺应了新时代的发展要求和群众期待，为的是调动农民群众的积极性、主动性和创造性，为的是提升亿万农民的荣誉感、幸福感和获得感，进而汇聚起脱贫攻坚、全面建成小康、乡村振兴的磅礴力量。

喜看稻菽千重浪，二酉攻坚斗志昂。在县委县政府的坚强领导下，二酉乡党委政府真心换真情，真干真扶贫，脱贫攻坚取得显著成效，苗乡大地处处洋溢蓬勃生机，绽放激情活力。我们施溪村的脱贫工作也迈出坚定步伐：桥架了，路通了，水净了，产业发展了，村庄变美了。可以用一首诗来展望：桥架路宽阔，居安水乐歌。茶油香百里，猪壮比人多。蜂舞满山郭，笑弯亲阿婆。开门上车间，致富万家和。

给人一线光亮，路人自会随行。更重要的是我村村民的精神面貌悄然发生变化，最近李友珍、赵顺成等 6 名贫困户主动递交脱贫申请书，涌现出了姚茂英、赵顺成、粟云林等一批励志脱贫、自立自强、勤劳致富的先进典型。他们说，党的政策真是好，我们努力朝前跑。他们成为村民身边的榜样、心中的明星。

逆水行舟用力撑，一篙松劲退千寻。距离脱贫摘帽检查验收不到一个月时间了，查漏补缺、问题清零的任务还相当繁重，正处于爬坡过坎、啃硬骨头的关键时刻，这次庆祝丰收节，既是鼓舞人心，展示成果，更是凝心聚力，提振士气。贫困不除，愧对历史，愧对组织，愧对乡亲。我们唯有用心用情，奋力冲刺，不获全胜，决不收兵，坚决打赢脱贫攻坚总决战！

脱贫攻坚，日子更甜。最后，衷心祝愿父老乡亲日子越过越红火！衷心祝愿各位领导、各位来宾身体健康、万事如意！衷心祝愿我们伟大的祖国繁荣昌盛、复兴梦圆！

预祝庆祝农民丰收节活动取得圆满成功！

我的讲话完毕，谢谢！

苗乡送戏庆丰收 （2019 年 9 月 23 日　星期一　晴）

今天，秋高气爽，微风不燥。施溪村文化广场灯笼高挂，彩旗飞舞，好不热闹，一台文化大戏在这里浓情上演，十里八村的干部群众纷纷赶来看戏，欢欢喜喜庆祝第二个农民丰收节。

“八山一水一分田”的施溪村，是省委办公厅驻村帮扶点。2018 年 3 月以来，驻村扶贫工作队大抓产业扶贫，使得贫困的苗乡迎来丰收好年成。今年上半年，村里采取订单销售、消费扶贫等形式，销售黄桃、蜂蜜、茶油等农产品，收入超过 50 万元。在合作社带动下，贫困户人均增收 200 元，实现村集体经济收入 60 万元。通过“公司+合作社+农户”“合作社+农户”的精准扶贫模式，目前形成了“村有扶贫产业、户有帮扶措施”的喜人景象。

脱贫攻坚，日子更甜。为庆祝农民自己的节日，宣传展示脱贫攻坚成果，二酉乡党委政府和县文化部门组织送戏下乡，深受苗乡群众喜爱。当天的欢庆活动，歌舞、小品、快板、扶贫知识有奖竞答轮番上演，现场气氛热烈，洋溢着丰收的喜庆和满满的正能量。

活动中，施溪村一批励志脱贫之星、孝亲敬老之星、勤劳致富之星、爱岗敬业之星、关心集体之星、卫生清洁之星，披红戴花，受到隆重表彰；县直有关单位与二酉乡签订扶贫农产品认购合同，助力产业扶贫和乡村振兴。

庆丰收，迎国庆。欢庆活动最后在干部群众同唱《我和我的祖国》歌声中圆满落幕。

榜样力量催人进 (2019 年 10 月 19 日 星期六 晴)

真心与真情，撞击着我的内心；意志与担当，坚定着我的信仰。

今天，在长沙举行的全国脱贫攻坚先进事迹巡回报告会上，6 位全国脱贫攻坚奖获得者走上报告席，讲述在脱贫一线的亲身经历。一个个脱贫攻坚一线的感人故事，一句句铿锵有力的坚定话语，深深打动了我，我的内心一直被深深震撼着。

6 位全国脱贫攻坚奖获得者，来自全国各地。高位截瘫的女孩杨淑亭，帮扶带动 1200 多贫困户和 50 多名残疾人；连续 8 年驻村扶贫的刘双燕，没能在母亲病床前尽孝，缺席了女儿青春期的成长，痛失了爱人；小学老师刘发英，教育扶贫之路走了 15 年，累计募款 2186 万元，帮助 3239 名贫困学子圆了求学梦……

这是一堂特殊的党课。每个报告人的讲述都令人深受教育，他们在工作中采取的先进工作方法也给人以启发，这场报告会就是一堂特殊的“党课”，激励着我们以先进典型为榜样，以更扎实的作风、更有效的措施，践行自己的初心和使命。

这是一束高举的火炬。走村串户访民情，田间地头解民忧，发展产业助民富，六位报告团成员所讲述的故事，饱含着真爱与坚守、梦想与激情。他们的事迹像一盏盏明灯，他们的精神如燎原的火把，让我们凝聚起打赢脱贫攻坚战的磅礴力量。

这是一把催征的号角。这场报告会展示了全国脱贫攻坚工作来之不易的成果，彰显了中国特色社会主义制度优越性。当前脱贫攻坚工作进入决战决胜、全面收官的关键时期。船到中流浪更急，人到半山路更陡，成功近在咫尺，切忌松劲懈怠，务必咬定目标，一鼓作气，不获全胜决不收兵。他们的光辉事迹，像催征的号角，激励我们用心用情、苦干实干，确保高质量打赢脱贫攻坚战。

心系扶贫踏归程 (2019 年 10 月 20 日　星期日　晴)

披着星光回城，迎着朝霞出征。暂别了，美丽星城;又来了，沅澧山水。誓言即信仰，大爱无小我，为了百姓美好生活，加油;为了不辱光荣使命，奋斗！

天地万物，既有高山大河的壮丽，也有一草一木的平凡；人生事业，既有轰轰烈烈的壮举，也有默默坚守的执著。也许自己只是一棵小草，没有花香，没有树高，能够给广袤无垠的大地装扮一抹新绿，亦是精彩的平凡坚守。既然向往诗和远方，就让奋斗的青春沾点泥土味！

今天，秋阳暖照，丹桂飘香，龙池坪组人头攒动，欢歌笑语，冲天的鞭炮在群众心中炸开了一朵朵绚丽的花儿，龙池坪大桥终于架梁了，这意味着离大桥竣工不远了。“一桥飞架南北，天堑变通途”，盼了几辈子的桥即将开通，村民们能不高兴吗！

当然，大桥竣工尚需时日，还有一些问题亟待解决：一是桥路接口问题，施工方建议降低公路，两边出入，既美观又省钱；设计是不降公路，单口出入，不安全也不美观。到底哪种方案可行，专业的事情专家干，我已请工程师周卫华精准预算，必须尊重科学，尊重事实。二是水毁补偿问题，上半年几次洪水，给桥梁施工造成一些损失，如何解决才能既节省经费又让双方满意?

到各点转了转，脱贫攻坚进展让我忧。时间不等人，我们必须走在时间前面！明天上午召开村干部会议，务必压实责任，加快工作进度。

入户核实问题多 （2019 年 10 月 23 日　星期三　晴）

金秋时节层林染，脱贫攻坚鏖战酣。目前全县脱贫攻坚已进入考核验收期。今年拟出列村是各级检查考核的重点，我不敢大意，决定亲自陪同乡检查组对今年拟脱贫的 27 户 92 人逐一入户核实，连续两天一直奔波在深山苗寨。

俗话说，脚板底下出真知。两天的奔波是有收获的，比较真实地掌握了当前工作的情况。核实发现，部分结对帮扶人工作相当认真，如胡淑芳、陈洪福，真正把扶贫当事业，把农户当亲人，政策宣传到位，情感沟通顺畅，农户感恩党的好政策，知晓扶贫带来的新变化。他们是我们结对帮扶人学习的榜样、工作的标杆。但总体效果欠佳，主要存在以下问题：

一是帮扶措施不完善。大部分人帮扶措施没有填写“家庭医生签约服务”这一项，此问题在微信工作群里再三强调要填写，是县模拟检查组在其他村检查出来的问题。有人说，被同一块石头绊倒两次是愚蠢的，可我村还是没有落地落实。

二是收入计算不精准。联合组张文银精准扶贫手册上的收入与交给村里的收入相差几千元；张成宏计生优抚补贴应为 1920 元，而精准扶贫手册上只有 960 元；张德家产业分红应为 400 元，上面写的是 200 元，疑似出错，需看扶贫明白折，以存折数字为准。

三是产业指导不规范。李春生、张德家档案袋里没有产业指导明白卡，大部分产业指导明白卡只填写两次，应至少三次。填写内容也欠思考，产业指导应该是如何指导贫困户发展产业、如何解决产业发展中存在的问题等。

四是备注填写不细致。李启华精准扶贫手册备注卡填写过于简单，只有两行字，显然不符合上级要求。

五是确认程序不正规。脱贫确认必须与贫困户真正进行坦诚的思想交流，最终彼此达成一致意见，让贫困户愉快地认可签字。然而对于长期不在家的贫困户，有的只是发个短信告知，有的甚至不告知，自我感觉没事。脱贫确认卡没有签名或签名不完整，要么贫困户没有签，要么队长和村干部没有签。日期大部分没有填写，按乡领导要求，日期应为 2019 年 10 月 20 至 23 日。

六是户主签字不到位。精准扶贫手册、产业指导明白卡，需要贫困户签字的地方比较多，走访次数、收入计算、脱贫确认等，然而不是这里没签就是那里没签，漏项较多。甚至出现部分贫困户精准扶贫手册、收入明白卡不在档案袋内，如肖典玉、李秀梅等，导致情况无法核实。

这次只是检查今年拟脱贫户 27 户，如果全面检查，我不知道会发现多少问题。在决战决胜、全面收官阶段，在大战在即、胜利在望时刻，还存在不应该出现的诸多问题，我真的不敢想象，难道让我们付出了汗水却收获贫瘠，播种了绿色面对的是荒芜？每次下队走访都是轰轰烈烈，然而竟是“雨过地皮湿”，结对帮扶走了过场。

问题就是导向。问题是时代的声音。坚持问题导向、效果导向，是习主席反复强调的作决策、抓工作的科学方法论。一条一条列出问题清单，真刀真枪解决矛盾问题，不仅体现我们的责任与担当，更应成为我们的一种自觉与习惯。

态度决定高度。对待问题的态度，直接影响问题是否解决彻底。态度不端正，认识不到位，检视问题就会“失焦散光”，整改问题就无从下手，就会出现“只闻楼梯响，不见人下来”的假把式，就会让老问题穿上“隐身衣”、新问题躲进“青纱帐”。完善台账，精准帮扶，我们必须要有正视问题的自觉和刀刃向内的勇气。

解决彰显担当。问题摆在桌面，不能久拖不决，不能没有动静，要以准、狠、韧、快的劲头，在立查立改上求“实”，在精准填写上问“效”，在压紧责任上从“严”，做到问题不解决不松劲、解决不彻底不放手、上级不认可不罢休，以问题整改的彻底性确保台账资料的准确性。

世界上最短的距离是从嘴到手，世界上最长的距离是从说到做。正视问题，要成为一种自觉；刀刃向内，要成为一种习惯。“从问题开始，必将以肯定结束。”我们务必以刮骨疗伤的勇气、坚忍不拔的韧劲，久久为功、善作善成，把发现问题处理好、难点问题破解好、历史问题解决好，就一定能够如期完成户脱贫、村出列的光荣使命。

提高站位　夯实责任　突出重点　加强协调 务必打赢脱贫攻坚战

省委副秘书长、省委办公厅主任徐宏源来村调研扶贫工作

(2019 年 10 月 28 日　星期一　晴)

秋风送爽，丹桂飘香。今年是新中国成立 70 周年，十月的时光愈显美好。今天，省委副秘书长、省委办公厅主任徐宏源一行 14 人从长沙出发，经过 6 个多小

时的长途跋涉，来到省委办公厅扶贫点调研。省委接待服务中心党委书记冷晓君、怀化市委秘书长李玉毫、沅陵县委办主任张振华陪同。

他实地察看了桥梁、道路、村级综合服务平台等基础设施，对施溪村的四大产业发展情况过问仔细。在生态养殖场，得知养殖场冬有地暖、夏有湿帘、水料全是自动输送，他微笑着说，发展产业是实现脱贫的根本之策，这个养殖场比长沙的还先进，规模也比较大，村民脱贫致富有希望。在油茶林基地，看到低改后的油茶长势旺盛，漫山遍野的茶花竞相绽放，他称赞“公司+合作社+农户”的模式好，把风险交给龙头企业，把实惠带给普通村民。他还实地走访了村最偏远的栗树界组村民，随机入户详细了解“两不愁三保障”落实情况。

最后来到村部，召开村民代表座谈会，在听取工作队的情况汇报后，他发表了重要讲话。他指出，深入村组调研，我的感受跟大家一样，队伍坚强，攻坚有力，成效显著，对施溪村如期脱贫出列充满信心。

他强调，打赢脱贫攻坚战，是党中央作出的重大决策部署，是党中央向全国人民作出的郑重承诺，是全面建成小康社会必须打赢的硬仗。要进一步提高政治站位抓帮扶，把脱贫攻坚作为一项重大政治任务来完成，重装上阵，决胜收官，不讲代价，不计成本，如期交卷。这是以人民为中心的发展思想的贯彻落实问题，是全心全意为人民服务宗旨的落实问题。要进一步夯实责任抓帮扶，脱贫攻坚不仅是工作队 3 人的责任，也是我们全厅上下的责任，我们要协力同心，不辱使命，进一步强化帮扶的责任担当。要进一步突出重点抓帮扶，必须聚焦“两不愁三保障”这个核心指标，一户一户认真过筛子，一项一项对表抓落实，不降低标准，不吊高胃口。要进一步加强协调抓帮扶，加强与省市县相关部门的协调衔接，凝聚各方力量，推动各项工作有力有序开展，确保高质量打赢脱贫攻坚战。

召开会议促进度 （2019 年 11 月 4 日　星期一　晴）

是公路降坡两面接线，还是路面不降单线接入？为彻底解决龙池坪桥施工进度迟缓问题，今天上午我到龙池坪桥建设现场察看，广泛听取各方意见。

事关重大，必须召开会议决定。下午，我组织召开龙池坪桥建设问题协调推进会，设计方、施工方、县交通局、乡政府主要领导和工作队参加了此次会议。在会上我作了重点发言。

同为建桥，反差明显。田家寨大桥已通车，而龙池坪桥建设进展迟缓。出现这种现象，既有主观原因，也有客观原因；既有自然因素，也有人为因素；既有设计问题，也有管理问题。综合分析有以下几个原因：

主观原因有以下 5 条：一是政治站位不高远的问题，能拖就拖，能推就推，片面强调客观因素；二是施工管理不严格的问题，施工中发生了伤人事故，事故虽小，处置及时，但值得警惕；三是企业实力不厚实的问题，因资金不足先后发生三次停工事件，不拨款就停工；四是设计方案不够周密的问题，片面考虑节省资金，没有考虑群众出行是否方便；五是施工协调不够用情的问题，片面强调自我，不站在群众立场考虑问题，导致运转不畅等等。

客观原因有以下 3 条：一是施工处于汛期，多次遭遇洪水冲刷，出现水毁；二是施工条件较差，施工展开确有不便；三是施工环境不够和谐，地方生态不良等等。

目前存在的具体问题有 5 个：一是钢筋明细表中合计 18463.6 公斤，在全桥工程量数量表中是 7120 公斤，相差 11343.6 公斤；二是锥坡构造图只给出了 0 号台工程量，3 号台填筑高度达 5 米，建议增设锥坡工程量；三是 0 号台锥坡根据实际地形调整，因洪水冲刷导致基础位置被冲毁，建议增设一字墙、内八字墙；四是原设计为上游接线，建议降坡两面接线；五是原水渠圆管涵设计变更。问题的核心就是要增加经费。

问题摆在桌面，必须本着实事求是的科学态度加以认真解决。如何解决？综合大家意见，我看要从以下五个方面努力：

一是站位务必高远。在上次发包对接会上，我一再强调，要提高政治站位。这是省委办公厅扶贫点，省领导高度关注，百姓翘首以盼，可以说，大桥建设是百年大计、造福于民的民心工程。省委办公厅的点不能出事，也没有资格出事，只能干好，只能争先。

二是方案务必优化。既解决好当前问题，又要立足长远发展；既要节省扶贫经费，又要花出经费效益。刚才大家都认为公路降坡、两面接线好，专业的事情专家干，我只有尊重专家的意见，同意此种方案。当然要考虑降坡山体有没有滑坡的危险，3 米高的落差，大家说没有危险，那就好，公路局请周卫华协调好，这可是沅古公路、交通要道，不能影响交通。

三是进度务必加快。方案确定之后，实干、快干就要成为一种政治自觉。这里强调一下，抢时间也是一种讲政治的表现。脱贫攻坚马上验收了，等到验收时，大桥还没有修好，这是不讲政治的一种表现。希望施工方于 11 月底前完成建桥任务。

四是责任务必共担。签订合同，对双方是一种约束，风险必须共扛，责任必须共担。按照国家规定，设计变更不能突破 20%，那就意味着不能突破 50 万元。

所以增加经费不能突破底线，不要期望值过高。任何经营行为都有可能遇到挫折，面临风险，特别是对施工方，有可能赚钱，也有可能不赚钱，这点必须明确。不能因为不赚钱就不承担责任、不讲信誉。吃亏未必不是好事，把事办好，就赚了信誉，不能只看眼前利益，要看长远发展。

五是程序务必合法。现在国家政策法规相当完善，相当明确，办任何一件事情都必须讲规矩、讲程序。这次工程变更，必须按程序办理，该写会议纪要就写会议纪要，该签订补充合同就签订补充合同，该报县纪委备案就报县纪委备案，总之，好事办好，合法合规，半点不能含糊。

既然会议已经决议，就请各方按决议办，遇到难题，加强沟通协调，目标只有一个：建好大桥，造福于民。

小组会议聚人心 （2019 年 11 月 5 日　星期二　阴有小雨）

李家坪组位于施溪桥北头，29 户人家 112 人，其中贫困户 4 户 15 人，五保户 4 人。

沿着曲曲折折的山路向北，走上 1.5 公里便可到达李家坪组山塘。该山塘七八十年代修建，已经破烂不堪，山塘下面是村民的上百亩农田。

地处大山深处，李家坪组的农田可谓天赐，地势比较平坦，距离村寨不远，阳光充足，土质肥沃，一条小溪如玉带一般紧紧地将这片田地缠绕。很显然，这 110 多亩农田灌溉主要靠山塘。然而山塘年久失修，根本储存不了水，于是村民要么放弃耕种，要么耕种后到施溪抽水灌溉农田，增加了农民种田成本。

于是，维修山塘自然成了李家坪组村民的最大心愿。为实现村民心愿，我建议将山塘维修列入今年下半年建设项目。

山塘维修，靠人工显然难以完成，必须动用大型机械。而大型机械上去必须经过部分村民的农田，造成一些损毁也就在情理之中，然而，事前不与群众商量，肯定是行不通的。于是，我决定晚上召开村组会议。

微弱的灯光下，十几个村民围坐在李启茂家前坪。这是一次亲近群众的机会，我阐明了党的政策，特别是惠民政策，取消农业税、实行义务教育、发放养老金、报销医疗费用、发放耕地力补贴等，可以说，当今党的政策是历史上最好的政策，也是农民得到实惠最多的历史时期。我们要感恩党的领导，坚定信心跟党走。

脱贫攻坚，日子更甜。接着我宣讲了我们村近年来发生的巨大变化，桥架了，路通了，水净了，产业发展了等等，身边发生的事实证明，我们村两委是公心办事、公正处事、一心为民的。我们要积极支持村两委和工作队的工作，让大美施溪逐渐成为活生生的现实。

最后，我征求大家意见，以便更好地改进我们的工作，更好地为村民服务。

夜深了，交流还在继续，情感还在延伸。

晚上开会促攻坚 （2019 年 11 月 6 日　星期三　小雨）

解决问题没有过去时，也没有将来时，只有现在进行时。

为迎接怀化市户脱贫村出列检查，确保迎检取得优异成绩，今天晚上，我们召开村两委和工作队会议，进一步压实责任、明确目标、部署任务。

心中有数，方能胸中有策。首先，每名同志详细汇报分管工作问题清零情况，哪些工作已完成，哪些工作没有完成，分析了没有完成工作任务的原因，明确下步解决问题的途径。

劈柴不照纹，累死劈柴人。接着，对下步工作进行了部署：

一是要树立脱贫攻坚高于一切的理念。脱贫攻坚是一项政治任务，只能成功，不能失败，没有价钱可讲，没有商量余地，该花钱就花钱，该加班就加班，目标只有一个：领导放心，群众满意，向党和人民交出一份优异答卷。

二是继续抓好问题清零工作。上次县里检查满意度尚可，但总体成绩不是很理想，指出了 29 个疑似问题，必须按照时间节点一个一个整改到位，挂账销号，见行见效。同时举一反三，进行拉网式排查，不漏一户，不落一人，时间紧迫，只争朝夕。

三是要持续改进作风。作风不过硬，就打不了硬仗。俗话说，问题矛盾，吃硬不吃软。出现问题当场指名道姓，工作滞后板子具体到人，推进工作不当老好人。要养成“马上就办，真抓实干”的自觉，什么问题突出就着重解决什么问题，什么问题紧迫就抓紧解决什么问题，避免“只拉弓不放箭”现象，决不能搞纸上整改、敷衍整改、虚假整改，切实以实际成果回报我们几年的辛勤付出。

整改进行时没有休止符，解决问题永远在路上。然后，就全村环境整治特别是刘婆溪组的环境样板整治、栗树界组入户道路和房屋维修、李家坪山塘维修、向导再次培训、情况汇报数据更新等工作进行了深入讨论，达成共识，近期将提交村民代表大会表决。

八小时山路，只为佐证 (2019年11月10日　星期日　晴)

按照上级要求，对疑似漏评、疑似错评者必须提供相关佐证材料，否则脱贫攻坚检查验收时会措手不及，甚至被定性为漏评或错评，其后果不堪设想。

根据昨晚村两委会议安排，搜集佐证材料，按组分工，明确责任，具体到户。村主任刘明万需搜集代高云、李宗华的佐证材料。

代高云，毛栗界组人，一家5口，年龄大，两老育有一儿一女，儿子三级残疾，至今未婚，女儿代小芳招婿上门，育一子，女婿户口未迁入。从档案上看，家里条件不是很好，残疾为啥没有评上贫困户？动态调整显示，女儿在古丈购有商品房，被清理。那么，必须提供购房合同或住房照片的佐证材料。

李宗华，栗树界组人，65岁，一家3口，配偶尚光珍62岁，患有胃病，儿子李成林32岁，在吉首修车，他们夫妇一直在古丈养牛。家庭条件到底咋样？能达到脱贫标准否？

山再高，唯有攀登；路再远，只能前行。刘明万主任不会开车，陈洪福书记邀请我们共同前往。多一次见面，多一分熟悉，多一层情感，于是我答应前往，中午1点准时出发。

时至初冬，层林尽染，树叶满地。经过一个半小时山路，我们到达古丈县城。古丈俗称茶城，这里的毛尖享誉中外，从广告上看，古丈应是一座会呼吸的年轻城市。然而今天的古丈却是一座“光灰”城市，尘土飞扬，两边的树叶沾满了细灰，部分匆匆的行人戴上了口罩，让人感觉古丈县城管理落后，与心中的想象相去甚远。

来回折腾，终于找到一家食品加工厂，代高云的女儿代小芳就在这里上班。食品加工厂生产条件较高，一般不许外人进入。等待良久，她终于走出了厂门。古丈路窄，拥堵严重，我们只好一路步行到她家。她比较配合村里工作，将房产证拿了出来。房产证显示，此房为贷款。她所在厂为扶贫车间，效益好时每月可拿3000元，效益不好时也休息个把月。生活的艰辛，并没有将她压垮，洋溢在脸上的笑容让人温暖。

离开县城，我们前往李宗良居住地——红石林镇白果村。山路弯弯，我们一路走一路问，到达李宗良居住地已是晚上 6 点多。看到我们，李宗良夫妇很激动，像是见到久违的亲人，又是握手又是沏茶。谈话中，我们了解到，他今年卖了 5 头牛，现有 20 头，上次别人想花 12 万元全部买走，他不愿意。在行情看好的情况下，他想多挣点钱，几年后再回村养老。来到养殖场，一块红色的“沙漠化养殖示范户”牌匾特别显眼，20 头牛一字安歇着。李宗良很自豪地给我们介绍养殖黄牛的经验。我简单地介绍了我村脱贫攻坚的成效，特别是告诉他到栗树界的道路修好了，车可以直达组上。他很高兴，感谢党的好政策，感谢村两委和工作队，连夸我们工作做得好。他特地杀了一只鸡，想请我们吃饭。我以天色已晚、山路难行为由婉拒了。

离开他家，他有些恋恋不舍，直到车消失在苍茫的夜色中。

回到驻村点，已是晚上 9 点多。我们感觉很累，但快乐一直伴随。

入户访民情　真情满山沟 (2019 年 11 月 14 日　星期四　晴)

秋带着季节的最后一丝余温，渐行渐远，冬天的脚步似乎清晰可听，越来越近。

今天上午，省委副秘书长施亚雄一行 13 人来村调研，开展结对帮扶工作。

姚家湾组村民尹八八是施亚雄的结对帮扶对象。去年走访慰问时，他建议工作队做好三方面工作：一是争取政策支持，解决好尹八八屋顶漏雨问题；二是加强与步步高联系，争取点帮扶资金；三是落实教育扶贫政策，确保三个小孩好好读书。

亲人相见，分外亲热。一踏进尹八八家门，施亚雄就详细了解她家的生活、生产状况和存在困难。尹八八笑呵呵地回答：“党的政策好，家里变化大。”她如数家珍，向亲人汇报：一年来，屋顶搭了棚子，既防止漏雨又可晾晒衣物；养了 12 桶蜂，收入上万元；种了三亩多田，粮食可以自给；养了 2 头猪，赚了上万元；小孩子读书有进步。如今生活越来越好，她对脱贫致富充满信心。

尹八八，丈夫英年早逝，三个小孩正在上学，全家的重担压在她一个人肩上，生活一时陷入困境。去年工作队引导她加入合作社，负责钩藤基地培管，平时有事可做；联系步步高结对帮扶，争取帮扶资金，解决实际困难；鼓励发展家庭种养殖业，增加家庭收入。看到尹八八家庭变化大，施亚雄很高兴，鼓励她勇敢面对生活，依靠党的好政策，积极参与配合脱贫攻坚行动，争取早日脱贫致富，并送上慰问金。

现场察看钩藤基地、油茶基地、生态养殖场、蜂蜜加工厂后，施亚雄指出，脱贫还是靠产业发展，工作队要千方百计把产业发展好。他强调，千难万难，只要实干就不难；大路小路，只有行动才有出路。现在是全面小康社会的决胜期，必须提振精气神，展现新作为，全力打赢精准脱贫攻坚战，不断创造人民群众更加美好的新生活。

唐恒忠副主任来村走访慰问

(2019年11月20日　星期三　晴)

今天上午，唐恒忠副主任一行8人来村走访慰问，主要走访3户人家，刘婆溪组张振、梨子包组瞿马菊、施溪组代云福。

张振是唐恒忠的结对帮扶对象。来到张振家中，他详细了解张振家庭成员身体状况与就业脱贫情况，仔细询问他在古丈打工的收入，目前家庭的现实困难，小孩学习成绩……唐恒忠耐心地听着张振的回答，勉励张振要树立信心，勇于直面生活，振奋精神，克服困难。脱贫致富，既要靠国家扶持政策和扶贫干部的帮扶，更要靠个人自身努力，只有这样，才能巩固提升脱贫成效，早日走上致富的道路。张振点头称是，感谢党的好政策，感谢唐主任的真情帮扶，表示一定通过自己勤劳的双手创造幸福生活。当了解到因遭受猪瘟、过年无猪的窘境后，唐恒忠送上慰问金，说中国的年味主要是猪味，用这点钱去买几十斤猪肉，一家人安心过个好年。

走访过程中，每到一户，他都与困难群众促膝谈心“拉家常”，详细了解他们近期的健康状况、生活情况、家庭收入、子女上学及医疗费报销情况和在外打工人员情况，并询问他们生活中急需解决的实际困难。同时，向贫困户宣传最新的扶贫政策，鼓励贫困户增强脱贫致富的信心和决心，勇于面对生活、自信自强、勤奋努力，早日脱贫致富。

走访慰问中，唐恒忠强调，工作队要找准症结，吃透政策，因户施策，对不同类型的贫困户进行有效有力的帮扶；并要求工作队多到困难群众家中走一走、看一看，多了解实情，精准政策到户到人，帮助困难群众解决实际问题，鼓励他们依靠扶贫政策自力更生，早日脱贫。

晚上，沅陵电视台来村拍摄宣传片。

走访慰问贫困户　真情关爱暖人心

(2019 年 11 月 27 日　星期三　阴雨)

今天上午，省委副秘书长曾智夫、办公厅副主任黄伟特一行 11 人带着对山区贫困群众的浓浓牵挂，入户走访慰问贫困群众，传递党的关怀温暖。

张德孝是曾智夫的结对帮扶对象，一家 4 口人，因妻子语言二级残疾、两个女儿上学致贫，生活比较困难。随着冬季来临，张德孝一家吃的怎么样，过得怎么样，住房有没有问题，过年猪肉有没有保障，这些问题始终在曾智夫心中牵挂着。

沿着蜿蜒的盘山公路，终于来到张德孝家中。“最近身体好吗？孩子成绩如何？今年收成怎么样？”曾智夫和张德孝促膝交谈、嘘寒问暖，详细了解他的身体、生活情况。当了解到张德孝利用自己手艺打零工，一年能挣 15000 元，两个女儿在读职中，大女明年毕业，曾智夫很高兴，他鼓励张德孝要树立信心，知恩感恩，以新的面貌面对新生活。他谈到，有国家和党委政府的帮扶，家里的困难都能得到解决，以后的日子也一定会越来越好，并嘱咐张德孝有什么困难要及时和相关部门沟通，同时送上 1000 元慰问金。

张德孝激动地表示，感谢党和国家好政策，感谢省委领导和扶贫干部多年以来无私帮扶，在今后生活中，一定听党话，知党恩，跟党走，在各项惠民政策扶持和扶贫干部的帮扶下，努力为更好的明天而奋斗。

走访中，曾智夫强调，村干部、工作队要贯彻落实“不忘初心、牢记使命”主题教育精神，对照扶贫工作实际“找差距、抓落实”，切实把脱贫攻坚工作做实做细。要加强与群众日常交流，从一点一滴小事做起，多关心他们的生产生活情况，加大帮扶力度，紧密结合相关扶持政策，切实解决群众遇到的问题和困难，让他们感受到党和政府的温暖，不断提高群众的满意度与幸福感。要切实把各项扶贫惠民政策、帮扶措施落实到位，让贫困群众脱贫不返贫、致富有保障，让全村群众共同奔小康。

下午，省委联点督查组陈新宇来村实地调研，重点了解上一轮问题清单办理情况、聚焦两不愁三保障落实情况、为贫困群众办实事情况，并走访了他的结对帮扶对象李宗德。

穿行山沟沟　惠民暖融融

(2019 年 11 月 28 日　星期四　阴雨)

带着一份热忱为民心，送上一片暖暖惠民情。今天上午，寒风萧瑟，冷雨纷飞，省委保密局副巡视员傅建铁一行 9 人来村慰问，给寒冷的山沟带来了融融的暖意。

上午 10 时许，傅建铁来到刘婆溪组张成宏家。张成宏是他的结对帮扶对象，一家 5 口人，老人家现年 86 岁，双目失明，身体状况不太好。妻子 84 岁，患有间歇性精神病，经常自言自语说半天。育有两女，大女是人民教师，在古丈工作，一家都是公职人员，照顾老人生活起居的重任全部落在小女张岩英身上。大孙张大保肢体三级残，丧失部分劳动力，在外打工；小孙子张二保在广州打工，已在广州成家。

围炉而坐，火苗跳跃，温暖便弥漫整个屋子。在张成宏家，傅建铁与之亲切交谈，仔细询问张成宏的家庭人口组成、经济收入来源和扶贫政策落实情况。得知帮扶对象日子一天比一天好，傅建铁很高兴，他说，如今党的政策好，我们在享受国家政策、感恩党的领导的同时，还是要自力更生、艰苦奋斗，幸福生活都是奋斗出来的。困难肯定有，也是暂时的，但我们一定要坚信明天会更好，一定要保持乐观向上的生活态度，依靠自己的努力和勤奋，让经济、生活更上一层楼。临行前，傅建铁送上慰问金。

张岩英连连道谢，感谢党的好政策，感谢领导送温暖，并执意留客人吃顿饭。与张岩英道别后，傅建铁又向下一家走去。

省委接待服务中心开展助力脱贫攻坚主题党日活动

(2019 年 12 月 5 日　星期四　晴)

助力脱贫攻坚，密切党群关系，增强宗旨意识。12 月 4 日至 5 日，省委接待服务中心在主任熊剑勇的带领下，结合“不忘初心、牢记使命”主题教育，组织 14 名党员深入施溪村开展以爱心走访、文艺下乡、劳动帮扶为主要内容的主题党日活动。

清早从长沙出发，到村已是下午两点。一下车，他们来不及卸下行李，来不及拂去满身的疲惫，径直来到村最偏远的栗树界组。窄窄的石板路，荡漾着他们欢快的笑声。他们走进群众家中，深入田间地头，与村民交心谈心，体察民情，有的还力所能及地帮助村民干点农活。临行前，他们慰问看望特困户 5 户，并为困难村民送上慰问金。

晚饭后，村部文化广场，篝火晚会拉开帷幕。你方唱罢我登场，欢笑在大山上空久久回荡。跟着欢快的节拍，他们还与村民一起跳起了欢快的舞蹈。优美的广场舞姿，吸引不少村民前来围观点赞，一些村民主动加入了跳舞方阵，大家你一曲我一段地轮番上演，博得阵阵热烈的掌声。

吃在村里，夜宿农家。第二天上午，他们手持镰刀，来到油茶基地，和村民一起劳动，不到一小时，就将一亩多地的杂草锄得干干净净。

村民对省委接待服务中心开展的这次活动给予了高度评价，纷纷感恩党的关怀，表示在党的英明领导下有信心有能力脱贫致富奔小康。

两天的主题党日活动，时间虽短，但深入群众的一幕幕，对党员来说，是一堂洗礼思想、觉醒初心、升华使命、淬炼忠诚的生动教育课。在走村入户中，看到交通闭塞、土地贫瘠的自然条件和居家简陋、吃喝简单的生活条件，既感受到群众的可亲可敬，更感受到党员的责任担当。

走访慰问化心结　（2019 年 12 月 6 日　星期五　晴）

厅里结对帮扶，部分干部要么工作繁忙来不了，要么帮扶对象外出务工不在家，因此部分干部没有来村走访慰问，但问候与关爱必须送达，只好让工作队代劳。

今天，我们工作队 3 人全天走访慰问。第一个来到瞿永生家，他是 10 多年的上访户，全县有名，人称“上访专业户”。今年养了 19 头猪，收入应该可观。听说猪卖完后他又准备去上访。也许我阻止不了他上访，但工作还是要做到位的。

见到我们，他很热情，就他反映的问题我一一作了解释说明，请他安心养猪，发家致富。“家有梧桐树，自有凤凰来”，家庭条件好了，找个好媳妇，安享晚年，何乐不为，不要再去上访了。重复的问题重复上访，没有什么意义。上访花费精力不说，还浪费自己钱财。他提出只要将屋顶漏雨之事搞好，以后再不上访了。我告诉他，你是危房改造户，享受了国家政策，按规定不能再享受微服务。屋顶检漏，估计花1000元钱就可办好。确有困难，组织可以想办法。但今年你养猪赚了大钱，没有必要向组织申请，自己的事情自己干，还是要树立“自己动手，丰衣足食”的理念。看我讲得在理，他露出了久违的真诚笑容。

去李正友家的路上，正碰上他在公路上散步，我们便与之攀谈起来。他对扶贫工作相当满意，称赞工作队做了不少实事，办了不少好事。他是扶贫特岗，一年4000元钱。甲水洞组的卫生一直是比较差的，我请他多多费心，把卫生彻底搞好，要对得起村民对你的信任，他点头应允。

来到张文银家，他听力不太好，大声叫唤才开门。他正在吃饭，火苗舔着锅底，锅中热气腾腾，白菜、豆腐，和着几片腊肉，香气四溢。喝着农家自酿的米酒，他的脸上泛着点点红光。看着他的笑容，我知道他尽管单身，生活还是过得有滋有味的。

驱车前往张文成家，他养了三头母猪、10多头小猪、10多头育肥猪，尽管辛苦，但今年还是大赚了一把。他对我们的工作很满意，只是提了一个小要求，入户道路问题。我作了解释，扶贫资金有限，当时只考虑村组主干道硬化，如果明年经费充足，我们再考虑打通入户道路。他连声说好。

下午，我们去了陈家溪，走访了粟云好、黄必玉、舒永兵、张文菊、李丁红等家，将结对帮扶对象的爱心送到群众心坎。

日子总是如行云流水般走过，风轻月寒，潇潇雨歇，我在扶贫路上静看片片枫叶慢慢凋落，倾听微风拂过绿水青山的私语，感受明媚阳光注入眸中的温暖。来村扶贫，感觉真好，理当珍惜！

乡愁 （2019年12月9日　星期一　晴）

省检持续时间比较长，我们每天都严阵以待，不知抽不抽中，不知何时抽中，在煎熬中等待消息，在等待中耗费光阴。

有人说，“平时”付出心血和汗水，才会化为“评时”的自信和甘甜。但这是一场不能输也输不起的战斗，平时准备得再好，一个问题就能影响一串人的辛劳，没有心理压力那只是一种笑谈。

有扶友开玩笑说，杀头不是最恐怖的，最恐怖的是等待杀头的时间，迎接省检亦是如此。沉重的压力、浓厚的思念、等待的煎熬，这是一种怎样的人生体验。今天，独上阳台，眺望群山，思念的愁绪慢慢涌上心头。

相遇那刻 / 双目凝视 / 眸子里面是翻腾的大海 / 于是不停告诉自己心安神泰

可以抑制心跳的狂乱 / 却无法摆脱命运的安排 / 欢喜开始深藏心间 / 思念疯长得好快好快

有人说缘分自当珍惜 / 真情不需太多表白 / 只是从未想过 / 飘零的红枫是不是对春天的伤害

只想将世上最美的秋色 / 编织成五彩缤纷的花环 / 轻轻地送到你的心海

然而寒潮来袭 / 没有阳光的温暖 / 大地正失去斑斓色彩 / 我唯有静静等待 / 等待贫困山区春暖花开

基层情怀暖大山 (2019 年 12 月 15 日 星期日 阴)

召之即来，来之能战，战之必胜，这是军人的使命与追求，也是扶贫人的职责与担当。

昨晚 10 点，接上级通知，全体村干部和工作队员务必次日六点四十分到村部集合，传达上级紧急会议精神。

清晨，天还没亮，窗外黑漆漆的，远处几声鸡鸣打破了夜的宁静，大山还沉浸在半梦半醒中。而我们村部早已灯火辉煌，几个忙碌的身影来回穿梭，有的忙着生起炭火，有的忙着打扫卫生，有的忙着整理书桌……不用安排，一切工作有序展开。

6:40，我村全体人员精神抖擞，端坐在会议室，准备聆听上级会议精神。

对村干部和工作队来说，这只是一次平常的举动，但背后的故事却让人感动与温暖。

村主任刘明万，今年 51 岁，担任村干部已经 14 年了，原来是刘婆溪村党支部书记，3 村合并之后，他当选为村委会主任。妻子患重病多年，他一边细心照顾妻子，一边积极参加村里工作。由于家离村部 8.2 公里，他便购买了一台电动车，近几年来一直风里来雨里去，穿行在大山之中。今天他是第一个到达村部的人。

陈南兴，县委组织部选调的村务专干和书记助理，家住沅陵县城，常驻村部，两地相距 38 公里。小孩刚满八个月，带小孩的重任全部落在妻子一个人身上。由于回家次数少，妻子难免有些抱怨，但内心还是积极支持他工作的，经常打电话提醒丈夫注意防冻保暖。昨天是双休日，他抽空回了一趟家。得到通知，今早他便早早起了床，准时到达村部。

瞿永家，原是枫香塘村支部书记，三村合并之后任支部委员，17 岁担任村干部，如今 67 岁了，早已两鬓染霜，虽然妻子患病，依然奔走在扶贫路上。他说，等村脱贫任务完成了，他就主动辞去村干部职务，让年轻人上。今天他独自走了 5 公里的路，早早地来到村部。

……

只有深入基层，才知道基层干部的艰辛；只要走近他们，就能感受基层干部的崇高。脱贫攻坚的路上，他们是中坚。不要问他们付出了多少汗水，山村的美丽嬗变就是最好的回答。

是的，他们很平凡，平凡得就像大山里的小草，但装扮了乡村，染绿了大山。我敬佩他们。

加大精准扶贫力度　打好攻坚收官之战

赵强巡视员来村调研扶贫工作

(2019 年 12 月 30 日　星期一　晴)

今天，省委办公厅巡视员赵强一行 14 人来施溪村调研扶贫工作，现场察看产业，走访慰问农户，组织群众座谈，详细了解施溪村脱贫攻坚工作情况。他强调，要加大精准扶贫力度，在扶贫产业发展、内生动力培育、脱贫质量提升等方面再发强力、再下功夫，巩固脱贫成果，提升脱贫质量。

赵强指出，当前，脱贫攻坚已进入最关键的收官阶段。我们要以习近平新时代中国特色社会主义思想为指导，认真贯彻落实党中央国务院和省委省政府决策部署，对接乡村振兴战略，切实加大精准扶贫力度，确保如期打赢打好脱贫攻坚战。

要在提升脱贫质量上下功夫。聚焦“两不愁、三保障”，不断提升水电路等基础设施建设水平，全面解决贫困人口住房和饮水安全问题，村容村貌达到干净整洁有序的基本要求，切实解决义务教育阶段学生因贫失学辍学问题，基本养老保险和基本医疗保险、大病保险、医疗救助实现贫困人口全覆盖。

要在加快产业发展上下功夫。发展产业是脱贫的根本之策。坚持因地制宜，在产业结构上再优化、产业布局上再规划、产业优势上再培育，探索稳定的产业扶贫新路子，实现贫困户长期稳定增收。

要在增强内生动力上下功夫。扶贫先扶精气神。要把扶贫和扶志、扶智结合起来，多组织群众参观学习，吸收借鉴外地产业脱贫攻坚中的好做法、好经验。加强技能培训，帮助他们开阔眼界，促进稳定就业和转移就业，提升致富本领，增强致富信心。

要在加强项目管理上下功夫。切实落实项目管理主体责任，建立完善扶贫资金使用和项目管理工作机制，进一步严格管理制度，对项目实施全程进行管理监督，扎实开展扶贫领域腐败和作风问题专项治理，强化经常性教育，做到警钟长鸣，坚决防止“微腐败”。

要在落实政治责任上下功夫。驻村工作队要切实承担起脱贫攻坚具体责任，建强建好基层党组织，扎实开展好政策宣讲、思想引导、项目申报、推进实施、项目监管等工作，为脱贫攻坚提供坚强有力的组织保障。同时，要大力宣传脱贫攻坚成果，增强村民脱贫信心，引导村民致富奔小康。

决胜之年话构想 （2020年1月2日　星期四　阴雨）

岁序易，华章新。2020年，是脱贫攻坚决战决胜之年，其意义不言自明。

当前，脱贫攻坚进入全面收官的关键阶段，就像滚石上山，越往后难度越大。攻克最后的深度贫困堡垒，需要继续发扬脱贫攻坚精神，努力、再努力，精准、再精准，保持冲刺姿态、攻坚状态，确保脱贫攻坚如期全面完成，让脱贫成效经得起实践和历史检验。

去年底，我村已顺利脱贫出列，但“脱贫只是第一步，更好的日子还在后头”。摘帽不是终点，而是新生活、新奋斗的起点。今年驻村帮扶的主要任务就是巩固脱贫成果，提高脱贫质量，助力乡村振兴。

有了方向，才不会跌跌撞撞；明了目标，才会棋高一着。为决胜脱贫攻坚，今年拟主要开展以下工作：

在稳定脱贫上下功夫。“胜非其难也，持之者其难也。”实现稳定脱贫，必须强化措施，着力破解难点问题。首先，要精准施策解决好稳定增收问题，切实做到因地制宜、因户制宜，长短结合，注重发展具有较强市场竞争力的区域优势特色产业，充分发挥龙头企业、专业合作社、种养大户等新型农业经营主体的带动作用，让低收入农户参与到产业链的环节上来，构建利益共享机制，让低收入农户从产业发展中长期受益、有更多收入，为贫困人口如期脱贫、稳定脱贫提供有力产业支撑。其次，要精准落地解决好政策到位问题，对行业政策落实情况进行认真排查，聚焦“两不愁三保障”，突出“一人一策、精准精确”，确保扶贫政策落实，明确到户、精准到人。再次，要重心下移解决好基层基础问题，持续开展查漏补缺、问题清零工作，不漏一户，不落一人，查问题、抓整改、补短板、强弱项；大力挖掘扶贫一线的先进典型，真正把敢于负责、勇于担当、善于作为、实绩突出、群众赞同的好干部选出来、用起来，树立重实干、重实绩的用人导向。最后，要对表交账解决好整改落实问题，对省反馈、市发现、县自查的所有问题，逐条逐项建立整改台账，分清问题类别，分类推进整改。对普遍性问题，统一制定整改标准，规范整改落实；对个性问题，坚持“一事一议”，拿出务实管用的办法，尽快解决整改到位；对虚假整改、表面整改、敷衍整改的，揪住不放，严肃处理。开展脱贫户回访，组织脱贫成效“回头看”，重点关注“边缘户”问题，既确保高质量完成年度脱贫任务，又确保已脱贫群众稳定脱贫不返贫。

在志智双扶上注真情。脱贫攻坚已进入决战决胜、全面收官阶段，越到最后责任越重、压力越大，越需要在志智双扶上下苦功，从根本上铲除贫穷滋生的土壤。如果扶贫不扶志，即使脱贫，极可能再度返贫。同样，如果扶贫不扶智，仅授人以鱼，不授人以渔，脱贫成果也难以长久。人有精神土生金，扶贫先扶志和智。只有志智双扶，两条腿走路，才能激发活力，形成合力，彻底拔掉“穷根子”。扶贫先扶志。坚定的意志，是推动一个人做事的前提。特别是贫中之贫、困中之困，长期的贫困已经消磨了他们追求美好生活的信心，扶贫工作之首要，就是要帮助他们切实树立起脱贫的信心，及时摆脱“精神贫困”，由被动的“要我脱贫”转变为主动的“我要脱贫”，从而激发他们自我发展的内生动力，主动寻找新资源，学习新技能，开创新生活。扶贫必扶智。一些贫困户之所以脱贫难，原因就在于他们文化水平低，挣钱门路少，缺乏一技之长。这就要精准施策，为贫困户“量身订制”脱贫方案，积极为困难群众搭建致富平台，通过开发公益性岗位、发放小额信贷、建设扶贫车间、提供技术培训等途径，引导贫困群众通过辛勤劳动实现稳定增收，增强“自我造血”功能，实现“被动脱贫”向“主动致富”的转变。通过志智双扶活动，让广大干部群众心里热起来、干劲鼓起来，共同奔向美好新生活。

在健全制度上使长劲。要着眼建立稳定脱贫长效机制，更加注重提高脱贫质量，重点在稳定、可持续脱贫上下功夫。要健全社会力量参与机制，鼓励支持民营企业、社会组织、寓外乡贤参与扶贫开发，解决好“扶持谁”“谁来扶”“怎么扶”“如何退”的问题。要着力打造特色扶贫公益品牌，宣传报道对扶贫开发做出杰出贡献的组织和个人，激励社会各界更加关注、支持和参与脱贫攻坚。对已脱贫的贫困人口要继续强化帮扶措施，做到脱贫不脱帮扶、脱贫不脱政策，健全教育、医疗卫生等农村社会保障体系，提升贫困户风险防范水平，特别是对可能因灾因病因学返贫的问题，加大保障力度，确保帮扶一个、巩固一个、提升一个。实现贫困户稳定脱贫，就需要从制度上消除贫困户的后顾之忧。

在作风纪律上求严实。干部作风，关乎脱贫攻坚的成败，影响着全面小康的成色。要提升政治站位，扛稳政治责任，将脱贫攻坚作为增强“四个意识”、坚定“四个自信”、做到“两个维护”的政治标尺，自觉对标对表，始终紧跟看齐，强化政治担当，全力答好全面建成小康社会的首份重量级答卷。要升华教育成果，以开展第二批主题教育为契机，进一步把真抓的导向树起来、狠抓的干劲鼓起来、会抓的本领提起来，为如期打赢脱贫攻坚这场硬仗提供有力保障。要压紧夯实责任，厘清自身职责，层层压实责任，逐项认领落实。要始终心系群众，把群众满不满意、群众高不高兴、群众答不答应作为工作的基本标准，从根本上解决原动力问题。要注重抓在平时，把精力用在平时，功夫下在平时，把每一项政策都落实到位，每一项工作都抓实抓细，每一个短板问题都攻克补齐，做到心中有底，实现“开门迎检”。要摒弃形式主义，多些走村串户，少些走马观花，多些雪中送炭，少些锦上添花，多些实干举措，少些口号表态，从形式主义的桎梏中解脱出来，腾出时间、空出手脚去解决实际问题，抓好政策落实。

不是因为有希望才坚持，而是坚持才有希望。因为坚持，即便梦想千年，也会新意盎然。眼下虽是隆冬，寒风拂面，但我们坚信只要心中有梦，冰消雪融的春天就一定会到来。看看那些倔强的种子吧，即便身处寒冬，委身于陡峭的石缝中，也从没有放弃过春暖花开的梦想！

虽是假日，但为了扶贫工作，今天我们工作队提前返回驻村点。

销售产品赴怀化 （2020年1月9日 星期四 阴冷）

2020年，对于我们一线扶贫人有着深刻的含义，我们既是脱贫攻坚的冲锋者，也是乡村振兴的实践者。

前不久，我们施溪村已顺利脱贫出列，下步的主要任务是巩固脱贫成果，提升脱贫质量，助力乡村振兴。去年我村产业喜获丰收，合作社10000万斤桶装蜂蜜、25000斤老品山茶油待销售。产品销售不畅，直接影响农户收入和集体增收。为拓宽销售渠道，我主动联系了国网怀化供电公司和步步高怀化置业有限公司，他们都很支持。事不宜迟，趁热打铁，我决定今天去怀化洽谈订单销售事宜。

上午在县城办完事，车辆装满货，已是晚上六点多钟，南岸却停电，所有饭店一片漆黑。要吃晚饭，车辆则要倒回去，花费时间不说，到怀化需要两个半小时。晚饭还没吃，但我毅然决定前行，半路上有吃的就顺便吃点吧。

车外北风呼啸，雨丝纷飞，车内暖意融融，欢笑不断。

一路奔波，身心疲惫，到达怀化市已是晚上十点多钟。奔跑在扶贫路上，从未想过停歇，这就是我们扶贫人的作风。是的，岁月从不曾静好，只是有人在替人负重前行。但心中的热爱，可抵岁月的漫长。

在国网怀化供电公司签约仪式上的讲话

(2020年1月10日　星期五　雨夹雪)

尊敬的文利老总、各位领导：

消费扶贫助攻坚，为民情真日子甜。今天下午，国网怀化供电公司2020年首场消费扶贫与我村签约，这是亲切关怀，这是巨大鼓舞，这是大爱善举，这是深情厚谊。此情此景，不禁让我想起贵公司助力我村脱贫攻坚的点点滴滴，让我情不自禁地想谈几点感受：

一是真担当，不含糊。国家主席习近平在新年贺词中强调："2020年是具有里程碑意义的一年。我们将全面建成小康社会，实现第一个百年奋斗目标。2020年也是脱贫攻坚决战决胜之年。""凡作事，将成功之时，其困难最甚。"尽管我村去年底已顺利脱贫出列，但发展基础还不牢固，存在不少短板，实现高质量脱贫的任务还很繁重。贵公司不放弃不抛弃，扶贫目标不变、力度不减，一如既往地支持我村打赢脱贫攻坚战，一如既往地把脱贫攻坚作为政治任务扛在肩上，抓在手上，落实到行动上，一点不含糊，半点不动摇，用强烈的政治担当印证国有企业的社会责任，用务实的帮扶举措引领贫困山村的发展进步。

二是真帮扶，不作秀。"消费助脱贫，人人皆可为"，这是社会上比较流行的一句口号，但并不是所有单位和个人会真诚践行。从贵公司助力我村脱贫攻坚的具体实践中，我感受到了真帮实扶的力量与温暖。目前，我村已基本形成生态养猪、油茶低改、桶装养蜂、钩藤种植四大扶贫产业。其中，我们已低改完成了502亩老品油茶林，现已生产25000斤山茶油；发展桶装养蜂1000桶，建起了生态纯情蜜坊，基本形成“户分散养殖、村保价收购、厂集中加工、社统一销售”的集约态势，现已生产10000斤生态优质蜂蜜。如果扶贫产品销售不畅，就会出现“丰产不丰收”的悲剧。所以习近平总书记多次强调，“产业扶贫要在扶持贫困地区农产品产销对接上拿出管用措施”。我村向文利老总汇报产品销售困难后，贵公司想群众之所想，急群众之所急，迅即行动，精心安排，举办了这次消费扶贫签约仪式，充分体现了贵公司“一方有难，八方支援”的互助精神，彰显了深厚的为民情怀，践行着“人民电力为人民”的初心使命。

三是真结亲，不嫌穷。去年10月16日，第六个扶贫日前夕，贵公司举办了消费扶贫活动，我村有幸参加。文利老总在百忙之中接见了我们，听取了我村脱贫攻坚情况汇报。贵公司接待相当热情，想事周到细致，就餐住宿、产品展示等安排得妥妥当当，像是自家亲人来了一样。这次重来贵公司，同样如沐春风，有宾至如归之温馨。今天没有太阳，但我们心中有阳光；冬天天气寒冷，但我们温暖有力量！

讲到这里，我想用一句话来表达自己的感受。“桃花潭水深千尺，不及公司送深情。”这次来怀化贵公司，乡亲们一定要我赠送一面锦旗，以表达对文利老总和贵公司的感激之情，同时要我代表乡亲们祝福大家新年好！

返沅协调资金 (2020年1月18日 星期日 阴)

流光容易把人抛，红了樱桃，绿了芭蕉。

日子匆匆而过，仿佛就是一瞬间。这不，小区阵阵的鞭炮声提醒我们，农历小年到了。

旧的一年即将跟我们说再见，新的一年即将来临。停下忙碌的脚步，欢欢喜喜迎新年，这是国人的传统。

一大早，妻子忙着打电话，盛情邀请在长沙居住的亲人晚上团聚。

忙活大半天，终于搞了一大桌饭。一家人边吃边聊，品味满桌的佳肴，陶醉亲情的美好，咀嚼奋斗的喜悦。吃完团圆饭，陆续送走亲人，此时夜幕早已降临，我和队员张亮启程去沅陵，办理资金拨付事宜。

小年小年，过了今天就是年。对于每个远离家乡的游子来说，小年的到来是一个温柔的提醒，它告诉你，该回家过年了，而我们却踏上了离家的征途。因为，扶贫工程款还没有全部到位。

工程款拨付不到位，就意味着可能发生欠薪事件。保障农民工工资支付事关广大农民工的切实利益，事关社会公平正义和社会和谐稳定，是一项重要的政治任务和民生工作。因此，作为扶贫队长，近期主要工作就是要到县里协调，务必将所有工程款项全部拨付到位。

节的步伐越迈越快。站在房间遥望，城市早已归于宁静，沅水静静流淌，万家灯火，倒映水中，五彩斑斓，不禁生出感慨，岁月奔涌从不停歇，奋斗征程唯有向前！

保护自己就是关爱他人　守卫家园就是奉献社会

众志成城　防控疫情

——致广大村民朋友的一封倡议书

(2020 年 1 月 27 日　星期一　阴)

施溪村全体村民朋友们：

春节好！

当前，疫情肆虐大地，防控刻不容缓，我省已启动重大突发公共卫生事件一级响应。为坚决响应党的号召，打赢疫情防控阻击战，保护好大家的生命安全和身体健康，我们驻村帮扶工作队特向全体村民发出倡议：

一、不信谣、不传谣、不恐慌

谣言也是“疫情”，恐慌亦为“病毒”。不要听信未经证实的消息，不要随意传播非官方渠道发布的疫情信息，及时关注官方权威资讯。教育引导身边人不信谣、不传谣，自觉服从和支持村两委应急管理。新冠肺炎只要早发现、早报告、早隔离、早治疗，是完全可防可控的，大家要保持积极乐观的心态舒缓压力，不要恐慌，不要焦虑。

二、不串门、不集聚、不访友

隔断的是病毒，隔不断的是情谊。尽量不要串门、不要外出，尽量避免近距离与人面对面交流。主动取消一切群体性集会活动，不组织不参与聚会聚餐，不走亲访友，以实际行动参与疫情防控阻击战。

三、戴口罩、讲卫生、拒野味

养成酿造幸福，细节决定成败。要注重家庭卫生，定时开窗通风，开展卫生大扫除，创造干净整洁的居家环境。养成良好生活习惯，咳嗽、饭前便后、接触或处理动物排泄物后，要用流水洗手，或者使用含酒精成分的免洗洗手液。不捕杀、贩卖、购买、加工、食用野生动物，尽量避免在未加防护的情况下接触野生或养殖动物，乘坐交通工具、在人员密集场所要自觉佩戴口罩。

四、早报告、早隔离、早就医

谋事在于早，治病于未发。来自武汉等疫区的返乡人员，要及时主动报告，自觉到村部备案登记，接受防疫管理；密切关注自身健康，如出现呼吸道感染、发热咳嗽、肌肉乏力等症状，请即刻自我隔离，并尽快到发热门诊检查就医，积极配合医务人员对您进行探视和医学观察。

五、敢担当、勇作为、讲奉献

人民高于一切，生命重如泰山。广大党员和村组干部要守土有责、守土担责、守土尽责，深入每家每户，加强思想引导，实行网格化管理、地毯式排查、全方位宣传，落实最严格的监测，采取最果断的隔离，推动最周密的保护，有效阻断疫情蔓延，真正守护好村民的生命安全，在疫情防控中践行初心使命，向党和人民交出一份满意的答卷。

我们坚信，在上级党委政府的坚强领导下，只要我们从自身做起，坚定信心、同舟共济，万众一心、众志成城，就一定能够打赢疫情防控阻击战！

冒雨返村去战斗 (2020年2月1日　星期六　雨)

施溪，长沙，两地相距七百里之遥，却都是我心中最牵挂的地方。

在施溪，我无时无刻不想着长沙，因为那儿有我温柔的梦境和挚爱的妻儿；在长沙，我又无时无刻不想着施溪，因为那儿有充满生机的田野和我用心血浇灌的希望。

疫情肆虐，防控形势一天比一天严峻，我愈发牵挂湘西大山里的父老乡亲。作为扶贫队长，我必须与村民战斗在一起，尽管我每天与村里通电话，详细了解村里摸排来自疫区人员的基本情况，交流如何采取严密的防控措施。但人不到现场，心总是空落落的。

于是，我告诉妻子，我想回村去参加一线疫情防控。妻子从军 30 多年，早已习惯聚少离多的分别。她开始默默地帮助我收拾行李，我知道，尽管有千般不舍，她还是觉得我应该是勇士，到一线去，到自己的岗位上去，与群众战斗在一起。与往常不一样的是，妻子在这次给我准备的行李中，多了免手洗的消毒液和医用口罩，我知道这些是她早几天托朋友弄到的。出门时，妻子紧紧地拥抱着我，含泪对我说："一定做好防护，我和儿子需要你平安归来。"我使劲地点了点头，没有说一句话。面对看不见摸不着的病毒，面对疫情的快速蔓延，危险无处不在，我知道这次拥抱的意义，但我真的不能像普通群众一样宅在家里。

告别妻儿，我和队员便踏上了返村的征程。一路上，无论城市还是乡村，车辆相当稀少，与往日川流不息的车流形成鲜明对比，让我生出些许悲壮之感。是的，国家一声号令，最看重亲情的 14 亿老百姓蹲家不动，万人空巷，这就是团结的力量，这就是英雄的国度。

雨淅淅沥沥地下着，雨刮器不知疲倦有节奏地来回摇摆，发出吱吱的声音，我的心越发沉重。今天报道，怀化新冠肺炎确认病例 26 例，其中沅陵县 2 例，疑似病例不少，在湖南省属高发地区。越是艰险越向前，我必须出征。

从沅陵下高速时，只见几个帐篷静静地立在出站口。很显然，工作人员早已日夜战斗在这里。车辆排起了长队，防护严密的数十名警察、医护人员忙着登记信息、测量体温、喷雾消毒，一切井然有序。尽管车辆移动有些缓慢，但人们都自觉配合检查。因为大家知道，就是警察和医护人员的这些单调重复的动作，护佑着一方百姓的生命安全和身体健康。他们，面对危险不退缩，也是最美的"逆行者"。

"天下没有远方，人间都是故乡。"回到驻村点，已是晚上 10 点钟，但我心里踏实，我回到了自己的工作岗位，今晚肯定可以睡上一个安稳觉。

坚持五到位，打好防疫战 (2020 年 2 月 5 日　星期三　晴)

武汉疫情爆发后，为切实维护村民身体健康和生命安全，确保农村基层和谐稳定，工作队和村两委坚决贯彻落实习近平总书记重要指示，按照上级决策部署，坚定信心、同舟共济、科学防治、精准施策，全面开展联防联控、群防群治、自防自控，疫情防控工作有效开展，目前全村平安祥和。新湖南、红网等媒体宣传了我村抗疫的先进事迹。

一是组织领导到位。针对春节期间返乡人员急剧增多、沅古公路从村穿过、疫情难以防控的现实情况，大年二十九，村两委和工作队采取视频连线方式召开紧急会议，部署疫情防控工作，成立由工作队、村干部、村医和辅警组成的疫情防控工作领导小组，下设人员排查、医疗服务、动员宣传、生活保障 4 个小组，划片包干，责任到人，实行网络化管理、地毯式排查，村干部取消休假，村部轮流值班，一天一调度，一天一会商，确保联防联控无死角、群防群治全覆盖。为加强力量，工作队于 2 月 1 日提前驻村，实行面对面领导。

二是宣传发动到位。充分利用“村村响”，滚动播出上级指示、疫情防控知识和《工作队致广大村民朋友的倡议书》，安排 2 台流动宣传车巡回宣讲，挨家挨户张贴《致全县人民的一封信》和义务告知书，在交通要道和公共场所张贴“少吃一顿饭，亲情不会淡，朋友暂不聚，下回把情叙”“外地归，请登记，隐瞒病情是犯罪”“乡亲们，听人劝，稳坐家中是贡献”等宣传标语 20 幅，在施溪群、小组群、家族群、亲友群适时转发权威部门疫情防治信息，辟除各种谣言和小道消息，动员村民“不信谣、不传谣、科学防控是正道；少聚集、戴口罩、宅在家里最可靠”，提高村民对新冠肺炎疫情的认识，11 户准备赈酒的村民取消了原订的聚会宴请。

三是人员排查到位。村组织 3 个排查小组，按照会议分工，分片挨家挨户反复排查，切实做到不漏一户、不落一人。经过两天地毯式摸排，春节期间，村共有返乡人员 365 人，52 人来自武汉、长沙、常德、岳阳等疫源地，其中 5 人来自湖北。排查采取门口问询方式，严禁进入村民室内，避免交叉感染。同时在村出入口设置岗哨，卡点值守，盘查来往人员车辆，减少跨村流动，阻断疫情传播路径。

四是每日监测到位。对 52 名来自疫源地返乡村民，劝其本人和家人居家观察，每日安排专人监督。村医每日上门2次，进行体温监测和身体检查，做到勤访、勤问、勤测、勤报。对未返乡的本地村民，电告他们就地做好预防工作，勤洗手、勤开窗、常消毒、强防护;对于准备走亲访友人员，做好解释工作，劝其不来访、不串门、少走动，电话拜年一样亲。

五是物资保障到位。出门戴口罩，这个防护常识在疫情防控宣传中已是家喻户晓，然而口罩供应紧张。工作队向厅行管办申请了200个一次性口罩，主要发放给村工作人员使用。长时间不出门、不赶集，给村民生活带来诸多不便。为解决部分村民大米、油盐、卫生纸等日常生活用品紧缺的难题，生活保障组每天统一搜集采购信息，统一派车外出采购，统一配送到家，此举让村民非常感动。

下一步，我们将加强工作统筹，在坚持把疫情防控作为当前的重中之重的同时，强化脱贫责任，抓好精准帮扶，科学安排脱贫攻坚各项工作，做到目标不变、思想不松、力度不减、干劲不懈，不断提高施溪村稳定脱贫质量。

活成自己喜欢的模样 (2020年2月14日　星期五　晴)

这个春节，疫情肆虐，几乎全民宅在家中。于是，拿出手机浏览新闻、刷刷抖音，一看几个时辰，成了多数人的习惯。我也不例外，手机玩多了，电脑疏远了，工作计划大多成了泡影。

休假模式“任性”也就算了，而这种习惯还在延续，半天进入不了工作状态。斗志一点点消磨，不知不觉贪恋舒适，自然与成功渐行渐远。提高自控力，提振精气神，成为当前最紧迫的任务。

第一，干事先急后缓。科学研究发现，人的自控力早晨最强，然后随着时间推移，注意力逐渐分散，自控力逐渐减弱，到最后甚至失控。因此，分清轻重缓急，学会把一天当中最重要最紧急的事情放在第一位来处理。

第二，强制工作一刻。当遇到自己不想做却必须要做的事情时，不妨“欺骗”一下自己：只做一刻钟，之后如果还是不想做，那就不做了。而事实往往是，当迈出最困难的第一步，接下来的一切会变得顺理成章。

第三，动静适当结合。数据统计表明，适量运动，做做深蹲、扩胸等，可以增加人脑中神经元的数量，提高注意力；适时安静，闭上双眼，原地坐正，调整呼吸，也可强化情绪控制。动静结合几分钟，工作定会事半功倍。

第四，培养良好习惯。远离熬夜、赖床、刷屏、拖拉等不良习惯，养成读书、健身、早睡早起等好习惯，靠养成良好习惯来自控，而不仅仅是依靠意志的力量。

第五，憧憬美好未来。经常想一想，希望自己成为什么样的人，是理论学习者还是写作爱好者，那就朝这个方向去努力，将现在的自己与未来的自己联系起来，现在不付出辛劳，将来哪会有收获。

一位哲人曾说过：所谓真正的自由，从来不是随心所欲，而是自我主宰。唯愿把控自己，战胜自己，超越自己，每天进步一点点，真正活成自己喜欢的模样。

解决群众烦心事 (2020年3月12日　星期四　晴)

“着力解决群众的操心事、烦心事，以为民谋利、为民尽责的实际成效取信于民。”习近平总书记掷地有声的要求，彰显了深情的为民情怀。作为天天与群众打交道的我们，唯有真诚实践。

李启旺，李家坪组村民，长年外出务工，一家四口人，妻子则在古丈边打工边照顾两个小孩读书。去年10月，他们夫妻俩回家建新房，喜欢散步的我经常到其施工点转转，拉拉家常。接触多了，我们彼此便熟悉起来。

交谈中，他夫妻俩经常讲起小女儿的问题，从其妻泪流满面的哭述中，我知道小女儿一直是他们夫妇最伤心的痛。

其小女李洋，2005年7月出生，现在古丈读初中，8岁时发现患有癫痫。作为自家的宝贝女儿，刚开始时他们不愿向世人透露，只希望把小女的病治好就行了。于是，他们四处求医，跑县城、去吉首、赴怀化、到长沙，然而随着岁月的流逝，钱花费了不少，小女的病情仍不见好转，现在到了每天坚持服药才能控制病情的地步。他们感到仅仅依靠自身的力量难以为继，便向村委会如实反映情况，希望将其小女纳入低保对象，以减轻家庭负担。

然而村里却说，纳入低保可以，但必须有残疾证才能办理。他说交给村里的病历资料也不见了，为此他对村干部意见相当大。

为树立村干部威信，我解释说村里要求你按程序办理是正确的，村干部干工作也不容易，没有必要指责村干部。因未见其小女本人，只说到处看病求医，却连病历和诊断书也没有。到底是什么情况？我只好说见到你女儿本人再说吧，毕竟我曾在军队医院工作了四年，具备一些基本的医疗常识。

今年春节，我见到了她女儿，直观感觉是不正常，身体还有些浮肿，估计是长期吃药引起的副作用。我决定帮帮他们，按程序办理此事。

今天上午，我来到他家，只见两层楼房刚刚落成，彩旗挂满前庭，红色让他家充满了浓郁的喜庆。我想要他们提供相应资料，要女儿身份证，没办；要病历资料，没有；什么时候到长沙住院，记不清，只有一大摞全家人看病的药费单。

这也是线索，于是我将缴费单叠好，一张张浏览，总算找到有用信息。原来，其女是2017年9月在湖南省脑科医院住院治疗过。省城医院有权威性，如果要评残，这份病历资料应该很关键。

本人没有病历资料，医院肯定有留存。于是我便与省卫生厅战友罗衡辉联系，麻烦他到湖南省脑科医院，将李洋病历资料打印出来传给我。功夫不负有心人，下午热心的战友来电，李洋的病历资料找到了。有了病历，残疾鉴定没有障碍，此事应该可以解决了。

“有事找罗队，服务不打折”，这是村民的口头禅。是的，群众利益无小事。大处着眼，小处着手，及时解决群众诉求，就一定能打通服务群众的“最后一公里”。

实地考察辟谣言 （2020年3月23日 星期一 阴）

今天清晨，散步中偶遇村民杨加发，他向我反映，李家坪山塘漏水，群众有意见。我心有疑问，刚验收合格咋会漏水，却平静地答复：山塘维修是惠民工程，牵涉到百亩良田的灌溉问题，待我实地考察后再说，如漏水，必整改，请放心。

眼见为实，耳听为虚，我决定去现场察看。

沿着弯弯曲曲的山路前行，我和施工方左国河到达李家坪山塘。只见塘内碧波荡漾，塘外排水沟被风干，在阳光下泛着点点白光。塘边草木泛绿，清新亮丽，清风徐来，杨柳枝叶随风飘动。面对此情此景，我想起了杨万里的诗句：“柳条百尺拂银塘，且莫深青只浅黄。未必柳条能蘸水，水中柳影引他长。”

我沿着山塘周边仔细察看，发现山塘根本不漏水。原路返回，我找到杨加发，问他去过山塘没有，他摇摇头，告知是听李启凤、李中军说的。正好李启凤、李中军路过，当面对证，而他们父子俩摇摇头，从没讲过山塘漏水这样的话。我告诉杨加发，山塘维修质量很好，一点儿也不漏，反映问题要实事求是，以免造成一些不良影响。在铁的事实面前，杨加发的脸红了。

谣言是成本最低的凶器，它只需要一个念头和舌头，然而危害比较大。事实既已水落石出，谣言自然不攻自破。

杨加发，李家坪组村民，以前在村干过一些工程，去年硬要承包村部通路项目，但工程质量一般，且拖延时日，不听招呼，多次要求他整改，他当耳边风，简单敷衍。经过此事后，我在村两委会上明确，村里所有工程都不能用他，以确保工程建设质量。为此，估计他对工作队有些意见，给我们制造点麻烦。是该找个合适机会与杨加发谈谈了，治好他的"心病"。

挂牌督战促攻坚 （2020 年 3 月 25 日　星期三　晴）

为贯彻落实中央和省市脱贫攻坚挂牌督战精神，确保 2020 年巩固提升脱贫成果、实现全面脱贫目标，我们制定了 2020 年施溪村巩固提升工作计划。

一、聚焦短板，定人定责

为切实将挂牌督战工作落到实处，村制定了挂牌督战责任清单，由联合党支部书记、村党支部书记、工作队长和驻村干部承担督战主要责任，负责督战牵头抓总工作，建立周调度机制，每周深入村组开展一次督导，每半月开展一次督战工作分析研判，根据形势和任务变化，及时调整和充实督战工作内容；联合党支部书记作为督战工作第一责任人，主要承担督战工作指导和监督责任，定期深入村开展调研督导，现场研究解决督战发现的重大问题；村干部分片负责、包组到人，盯短板弱项、盯措施实施、盯政策落实，"一对一"包挂边缘户和监测户；工作队长统筹村干部、驻村工作队、帮扶单位和帮扶干部，按照督战内容抓好具体工作落实，确保督战工作不漏一户，不落一人。

二、突出重点，有理有据

为实现"现行标准下，脱贫监测户和边缘户人均可支配收入稳定超过 5000 元"的要求，挂牌督战工作开展后，我村对 7 户 13 人未脱贫户、4 户 13 人已脱贫监测户、9 户 30 人档外边缘户三类人群挂牌督战工作进行了重点安排，明确督战目标，细化帮扶措施。同时结合实际工作，制定了义务教育、安全住房、医疗健康、安全饮水、兜底保障方面的冲刺清零后续行动方案和产业扶贫、就业扶贫、村组道路建设、兜底保障方面的专项行动提升方案。将边缘户一并纳入扶持范围，享受同等产业发展扶持政策，同时倾斜脱贫监测户到户产业扶持力度，确保各项政策落实有依据。

三、分类施策，边督边战

按照边督边战要求，主要抓了以下三项工作：一是钩藤培管增收。采取分时下田、分区劳作形式，采收、砍杆、锄草、施肥，让贫困户优先参与，发放劳务费20000多元，既让产业发展不误农时，又让待岗人员有事做有收入。二是推销产品增收。去年底，合作社有桶装土蜂蜜10000斤、老品山茶油25000斤，我们采取订单销售、线上销售等模式，销售收入达70万元，增加了合作社收入。同时积极解决贫困户产品销售难题，贫困户姚茂英600多只水鸭滞销，我们广泛联系，一周之内就帮其销售500多只，现已全部销完。三是返岗务工增收。组织人员对建档立卡贫困劳动者就业状况、就业意愿和就业需求进行摸底，建立信息台账。对外出务工贫困群体，及时做好返岗复工的健康监测、疫情防控和交通保障，确保“返前有准备、途中有秩序、到后有保障”。截至目前，贫困户劳动力244人，推荐县城务工5人，220人外出返岗务工，就业率超90%。同时设置公益岗位16个，充分吸纳劳动力就业。

消费扶贫助脱贫 （2020年3月29日 星期日 雨）

三月三，清明寒。农谚说得好，这不，气温一下从最高27度降到6度，寒冷模式再度开启。

然而施溪村生态纯情蜜坊却是一片热闹：装箱、打包、搬运、上车……人人忙个不停，个个喜笑颜开。今天，厅工会采购的1000公斤桶装蜂蜜、1000公斤山茶油发货启运。沅陵电视台记者刘纯意正忙着拍摄采访。

发展产业是实现脱贫的根本之策。我们按照“四跟四走”精准扶贫思路，成立了沅陵县五丰生态种养专业合作社，现已初步形成生态养猪、油茶开发、钩藤种植、桶装养蜂四大产业体系。去年底，合作社生产了25000斤老品山茶油、10000斤桶装土蜂蜜，由于疫情影响产品滞销。为确保5个贫困村的集体经济和

1125 个贫困人口稳定增收，我们深化产销对接，依托电子商务、农超对接、消费扶贫等，畅通销售渠道，确保产品卖得出、价钱好。

消费扶贫助攻坚，为民情真日子甜。省委办公厅工会、国网怀化供电公司、步步高置业公司等单位采取以购代捐、以买代帮，优先集中采购我村农产品，让深山里的生态产品走进大众视野，摆上城市餐桌，合作社实现了丰产又丰收。巩固提升脱贫成果，实现全面脱贫目标，我们更有信心。

凭吊烈士英魂 (2020 年 4 月 3 日　星期五　小雨)

“清明时节雨纷纷”，不知是自然规律还是苍天垂泪，近几天一直下雨。绵绵的细雨，滴落在地上，洒落在心里，给人们带来缕缕忧愁和悲伤。

在这缅怀先辈、追慕英烈的季节，我们工作队决定去凭吊我村唯一的烈士——粟云金。

沿着崎岖的山路，翻山越岭一个多小时，我们到达烈士长眠的地方。只见周边松柏环抱、绿荫满坡，烂漫的小花点缀其间，随风摇曳，烈士的墓地静静地躺在幽深寂静的百草之中，是那么的安宁与庄严，宛若我们今天凭吊的心情——肃穆与感动。烈士的墓与周边的坟茔没有什么两样，平淡而无奇，甚至连个墓碑都没有。但烈士的墓前多了几束鲜花，还有一个酒壶与几盏酒杯。随行的村民告诉我们，每年清明，烈士的 10 多个战友都会来此，这些应该是他们祭奠英烈时留下的痕迹。

烈士远去，英魂常在。我们虔诚地献上鲜花，恭恭敬敬地在墓前默哀、鞠躬，以表达我们对先辈深深的怀念和景仰之情。

粟云金烈士，1978 年 4 月应征入伍，一直在 00312 部队服役，当了一名普普通通的工程兵。蹲山沟，筑工事，架桥修路，辗转大江南北，是这支部队的主要任务。1980 年 1 月 22 日，在广西南宁吴圩机场国防施工中光荣牺牲，生命永远定格在了 22 岁的青春年轮。

七十年代末，祖国刚刚打开改革开放的大门，南下打工是一种时尚，对金钱的追求成为大多数人的向往。然而在那个和平鸽飞舞的年代，他应征入伍，默默奋战在保卫祖国的前哨。花如人归去，人似花坠地。在一个平淡的日子，为了加快国防工程的施工进度，他加班加点劳作，不小心摔了一跤，碰到裸露的电线，便无言地倒在了自己的工作岗位上。

时代的一粒尘，落在个人头上，就是一座山。噩耗传来，他母亲开始变得沉默了，四十年来习惯躲在角落里拿出儿子的遗像，静静地凝思，一看就是好几个小时，送子参军的情景时时浮现在她的脑海。“一人参军，全家光荣”的大红标语到处都是，临别前儿子的话还在耳边萦绕：“妈妈，等服役期满，我就回家好好孝敬您!”可这一等，竟等到天人相隔。

祭奠完毕，我们来到烈士母亲家。提起儿子粟云金，她老泪纵横，将烈士的遗物一件一件拿给我们看。虽然视力不太好，却摆放得整整齐齐，是那样的虔诚与庄重，仿佛是在轻轻抚摸儿子青春的面容。我们送上慰问金，表达对烈士的敬重与缅怀，然而烈士的母亲拒绝了。她说，儿子为国牺牲，这是他的光荣，国家没有忘记他，每年都给自己抚恤金，钱够用了。我们再三要求，她才勉强收下。

走出烈士母亲的家门，远望英烈们守护的这片山河，天空鸟儿盘旋，河水静静流淌，山峦一片翠绿，远处的山寨升起袅袅炊烟……返程路上，我们默默无语，我想起了司马迁说过的一句话：“人固有一死，或重于泰山，或轻于鸿毛。”无数烈士生命已逝，但他们的精神有如一团熊熊燃烧的火炬，光耀神州大地，照亮我们前行的征程。

逝者安息，生者奋进！刚刚经历波澜壮阔的抗疫斗争，我们更加懂得英烈对于一个民族的生死存亡、一个国家的繁荣富强的意义。对烈士的最好纪念，就是创造新的历史。在这个特殊的日子里，作为扶贫战场的勇士，我们都应致敬英烈，用英烈精神激励自己苦干实干、开拓前行，创造属于新时代的光辉业绩。

清明的追思仰望 (2020 年 4 月 4 日　星期六　晴)

“风景清明后，云山睥睨前。”穿越寒冬，大地回春，万物复苏，神州大地已是一片生机。

今天是清明节，久违的阳光洒满大地。我和弟弟驱车回老家祭奠母亲，看望父亲。掐指一算，近期疫情防控工作繁忙，已有 100 多天没有去看望父亲了。

父亲 72 岁了，母亲去世后，我们多次规劝他跟随儿女们生活，至少身边多个说话的人，可他执意要守护母亲的英灵。他说，母亲独自躺在老家的山坡上，没有他的陪伴，她会孤独的，况且自己在农村生活了大半辈子，不习惯城市生活，便一直独自生活在农村老家。

清明，是缅怀先辈的日子，也是祭奠英烈的季节。回乡路上，当时针快指向10时，我们便将车停在路边，下车伫立，等候全国哀悼英烈的时刻。

10时整，国旗半垂，警报鸣响，山河呜咽，举国同悲。人民共和国正以最高的祭奠向英雄哀悼，人民以最深的怀念为英雄送行。

年初在抗击疫情的严峻斗争中，我们失去了众多骨肉同胞。他们当中，有与病魔较量、不幸被病毒感染以至献出生命的医务人员，有夜以继日工作、突发疾病不幸殉职的公安干警，有冲锋在前无私奉献、不幸倒在最前沿的党员干部，有与病毒顽强抗争、不幸病亡的普通群众……祖国母亲肝肠寸断，亿万同胞泪飞如雨。英雄的祖国，无畏的人民，书写了人类历史上可歌可泣的抗疫篇章。14亿中华儿女，在抗击疫情时守望相助、相互鼓励，亲情倍加浓厚，人心更加凝聚。此刻，我们视每一位逝者如父兄、如姊妹，垂首肃立，用最深切的缅怀寄以最诚挚的告慰——烈士不朽。

英烈是一个国家、一个民族的价值标杆。尊重英烈，就是尊重我们内在的精神坚守，为社会文明进步蓄积能量与动力。在这场波澜壮阔的抗疫战争中，我们深切地感悟到：磨难从来击不垮我们，中华民族又一次挺直不屈的脊梁。

风雨过后，只有奋斗能幻化彩虹；冬去春来，只有耕耘才不负韶光。这次举国祭奠，就是要让我们在灾难中奋起，在哀思中前行，奋力夺取抗击疫情的最终胜利，共同创造更加美好的生活。这是对英雄和逝者的最好告慰，也是对灾难和创痛的最好铭记。

小葬于墓，大葬于心，斯人已逝，精神永存。庄严肃穆的仪式，寄托着血浓于水的同胞之情，也昭示着慨然前行的奋发之志。

逝者安息，生者奋进！

人民电力为人民　真诚帮扶助脱贫

——在迎接国网湖南电力有限公司董事长孟庆强调研座谈会上的讲话

(2020年4月21日　星期二　雨)

好雨知时节，当春乃发生。今天，我们尊敬的国网湖南电力有限公司孟总不辞辛劳，从百忙之中抽空来我村调研农网升级改造和电力扶贫工作。这是继去年3月20日公司孙副总来村之后的又一盛事喜事，充分体现了贵公司对我村脱贫攻坚工作的高度关注、高度关爱，既是对电力扶贫、农网改造的有力督导，更是对我村脱贫攻坚、乡村振兴的有力指导，为我村打赢脱贫攻坚收官之战注入了强劲动力，让我们备受鼓舞、倍感温暖。在此，对尊敬的孟总一行表示最热烈的欢迎和最诚挚的谢意！

我们村是省属深度贫困村，也是省定挂牌督战村，面积21.95平方公里，共516户2131人，苗族人口达98%。2014年建档立卡贫困户216户877人。经过几轮动态调整后，目前仍有建档立卡贫困户152户563人，低保户54户97人，残疾65人（其中二级以上残疾30人）。

经过两年驻村帮扶，群众出行难、用电难、上学难、看病难、通信难等老大难问题普遍得以解决，义务教育、基本医疗、住房安全有了保障，基本形成以生态养猪、钩藤种植、桶装养蜂、油茶开发为主的扶贫产业体系，贫困发生率由2014年的41.2%降至0.61%，未脱贫村民减至7户13人。2019年底，我村顺利脱贫出列。

在脱贫攻坚中，贵公司以最坚定的政治站位、最强烈的责任担当、最务实的工作举措，满怀真情帮扶，助力脱贫攻坚，为我村顺利脱贫出列作出了重大贡献。主要做了以下工作：

一、农网改造顺民意

贵公司对我村新一轮农网升级改造高度重视，可以说是高看一眼、厚爱一分，从规划设计、施工作业到电网运行，做了大量卓有成效的工作。特别是在处理与民关系协调上真正做到用心用情用力，尽力满足群众的愿望，弘扬了贵公司努力超越、追求卓越的企业精神，彰显了人民电力为人民的服务宗旨，我村电网供电能力得到提升，满足了农村用电要求，供电可靠率和供电质量明显提高，让我村如期用上了放心电、幸福电，实现了两个百分百——百分百的农户入电，百分百的群众满意，为贫困地区的发展提供了有力支撑。

二、电力先行助民富

生态养猪是我村扶贫支柱产业。为加快建设进度，迫切需要按期通电，市、县电力公司及时了解情况，主动作为，加班加点，提前三天完成猪场通电任务，确保生态养猪场如期开工，充分展示了电力公司不怕疲劳、连续作战、心系百姓、情注扶贫的良好形象。这让我们深为感动，经村委会商议，主动给县电力公司送去了一面锦旗，上书“人民电力为人民，铿锵扶贫；加班加点暖人心，光明山村”，以表达施溪村全体村民的谢意！同时，在田家寨大桥建设、猕猴桃冬桃基地用电上，贵公司也给予了大力支持和帮助。

三、消费扶贫解民忧

“消费助脱贫，人人皆可为”，这是社会上比较流行的一句口号，但并不是所有单位和个人会真诚践行。从市、县电力公司助力我村脱贫攻坚的具体实践中，我感受到了贵公司真帮实扶的力量与温暖。目前，我村已基本形成生态养猪、油茶低改、桶装养蜂、钩藤种植四大扶贫产业。其中，我们已低改完成了502亩老品油茶林，现已生产25000斤山茶油；发展桶装养蜂1000桶，建起了生态纯情蜜坊，基本形成“户分散养殖、村保价收购、厂集中加工、社统一销售”的集约态势，现已生产10000斤生态优质蜂蜜。如果扶贫产品销售不畅，就会出现“丰产不丰收”的悲剧。我村向国网怀化电力公司文利老总汇报产品销售困难的情况后，市电力公司想群众之所想，急群众这所急，迅即行动，精心安排，专场举办了与我村消费扶贫签约仪式，充分体现了贵公司“一方有难，八方支援”的互助精神，彰显了深厚的为民情怀。市供电公司还表示采取以购代帮、以买代捐形式，力争销售扶贫产品100万元。

四、日常保障暖民心

在两年多的驻村帮扶中，我们深切体会到，电力服务城市和农村一个标准，电力保障坚强有力，真正做到了恶劣天气有提醒、电力中断有通报、恢复时间有预告，服务质量、服务态度、服务水平与城市没有什么两样。我村栗树界组是最偏远的一个组，居住在大山深处。贫困户李宗德将自己房子卖后，几年没有回来。近期又想回村建房，用电成了问题。我们向乡供电所反映情况后，他们以最快的速度服务上门，让李宗德用上了电。李宗德对我们说，没想到这么快就通了电，没想到服务态度这么好。

五、联学联创塑民风

县电力公司恒光分公司党支部主动与我村开展了联学联创，经常开展主题党日活动：组织联创，建五好党支部，促党建工作提高；党员联手，建帮扶新机制，促党员作风转变；党群联动，建和谐新农村，促农村经济发展。可以说，开展联学联创活动，贵公司健全的制度机制、先进的管理理念、务实的为民作风，给我村党支部建设带来了一股新风，有力推动了我村党支部建设，文明的乡风民俗逐步形成。

第五辑

中流撷贝·宣传报道篇

沅陵施溪村：战疫战贫两不误　防控帮扶双促进

（2020年2月24日湖南卫视新闻联播、2月25日怀化新闻联播播出，杨持平、冯奎报道）

【导语】 新冠肺炎疫情发生以来，沅陵县二酉苗族乡施溪村2131名群众在省委办公厅驻村工作队和村两委带领下，既科学防控疫情，又紧抓产业发展，战“疫”战“贫”两不误，做到抗疫不误农时，防控不松增收，确保了防控帮扶双促进。

【现场】 “乡亲们，采购的物资到了，快来取货咯！”

【正文】 因防疫要求，施溪村大部分村民已坚持20多天不出村、不赶集，部分村民存在日常生活用品紧缺的难题，对此村里专门成立生活保障组，每天在微信群里统一报送采购信息，统一派车外出采购，统一配送到家。

【同期】 沅陵县施溪村村民李恩东：“感谢我们的工作队和我们的村书记对我们村里面的关照。”

【正文】 沅陵县施溪村有17个村民小组，村民散居在方圆20多平方公里范围内，最远的组离村部有15公里。为做好防疫工作，驻村工作队提前返岗，按照网格化管理，对地毯式排查出的80名返乡人员重点监测，由村医每天定时测量体温，阻断疫情传播途径。

【同期】省委办公厅驻施溪村工作队队员吴振：“我们采取用两台宣传车在17个小组不间断进行流动宣传，增强村民防疫意识，加大防控力度。”

【正文】 疫情防控不松劲，产业发展不停步。眼下正值中药材钩藤采收期，为不误农时，驻村工作队和村支两委在抓好防疫的同时，组织村民，在五丰生态种养专业合作社的30亩钩藤种植基地里，有序采收钩藤。

【同期】 省委办公厅驻施溪村工作队队长罗克军：“我们采取分区劳作，分时下田，阻断疫情传播路径，同时增加了农户收入。这次采收钩藤，销售收入预计可达4万元。”

【正文】 她叫尹八八，前年丈夫因疾病去世，3个女儿均在清水坪九校读书，生活拮据。驻村工作队引导她加入合作社，参与钩藤基地培管增加其家庭收入。

【同期】 村民尹八八：“这里做了三天了，大概一天做一百多斤，收入大概六七百块钱。”

【正文】 在村里的蜂蜜加工厂，村民正在忙着打包已经预售出去的16万元蜂蜜。自2018年3月，省委办公厅工作队驻村后，施溪村按照“四跟四走”的精准扶贫思路，成立沅陵县五丰生态种养专业合作社，采取“公司+合作社+农户”模式，集油茶低改、生态养猪、钩藤种植、桶装养蜂等产业于一体，与750名贫困群众建立利益联结机制，让农户“流转土地有租金，就近务工有薪金，保底分红有股金”。全村人均收入从2018年以前的2300元增加到目前的10000多元，2019年村集体经济纯收入达到83万元，去年，施溪村顺利脱贫出列。

【同期】省委办公厅驻施溪村工作队队长罗克军：“将两个责任一起扛，两个战场一起上。近期我们主要是抓好合作社农产品的销售，实现丰产又丰收。二是不误农时，抓好春耕生产，确保持续增加农民收入。”

一个少数民族也不能少

——习近平总书记在宁夏考察讲话引起湖南干部群众热烈反响

（2020年6月14日湖南卫视新闻联播播出，李天然报道）

【导语】习近平总书记在宁夏考察时强调，“全面建成小康社会，一个少数民族也不能少”。连日来，习近平总书记的重要讲话在湖南干部群众中引发强烈反响。大家一致表示，要认真贯彻落实总书记重要讲话精神，携手同心共迎美好未来。

【正文】江华瑶族自治县总人口54万，其中瑶族人口占到37.5万。这几年，江华引进扶贫车间247家，吸纳了8555个留守劳动力就业，人均年增收1.8万元以上，让贫困群众在家门口实现就业。

【同期】江华瑶族自治县县长龙飞凤：“总书记说不能落下一个民族，江华有二十四个民族，我们在发展的过程中，要紧紧围绕抓住产业发展，促进就业，通过就业、产业让每一个群众能够稳定增收。”

【正文】没有民族地区的全面小康，就没有全国的全面小康。在沅陵县施溪村，苗族占到98%，2014年时贫困户有877人。经过两年多的驻村帮扶，贫困发生率降至0.61%，去年底顺利脱贫出列。

【同期】湖南省委办公厅驻施溪村帮扶工作队队长罗克军：“奋力冲刺脱贫攻坚最后一公里，用心用情用力做好民族团结工作，促进各民族像石榴籽一样紧紧抱在一起。”

【正文】在麻阳苗族自治县石羊哨乡，90%都是苗族群众，通过发展4个扶贫产业园和4个种养专业合作社，800多名贫困苗族群众脱了贫。

【同期】 麻阳苗族自治县石羊哨乡党委书记滕明泽：“要牢记总书记的嘱托，团结一心，真抓实干，切实做到乡村振兴、全面小康一个群众也不能少。”

【正文】 总书记强调，各民族团结携手，共同迈进全面小康。新晃县磨溪村侗族人口占到98%，驻村帮扶队进村开展工作后，2017年实现整村脱贫，村民人均纯收入达到6800元。

【同期】新晃侗族自治县财政局驻磨溪村扶贫工作队队长宋先文：“推动脱贫攻坚由‘输血型’向‘造血型’模式转变，确保脱贫路上不落下一个少数民族群众。”

【正文】 决胜全面建成小康社会，决战脱贫攻坚，湖南广大干部群众表示，一定要把总书记的要求落实好，为加快建设富饶美丽幸福新湖南作出新的贡献。

扶贫路上情深深

(“我所经历的脱贫攻坚故事”征文作品，刊2020年11月5日华声在线)

高个子，圆脸庞，头发有些稀疏，戴着一副眼镜，略显沧桑的脸上经常挂满笑意，让人有一种久违的亲切感。

这是第一次见到沅陵县二酉苗族乡党委书记张军给我留下的印象。

换个战场再出发。2018年3月，我积极响应党的号召，走上了与贫困搏斗的战场，来到二酉苗族乡施溪村开展为期三年的驻村帮扶。由于工作关系，我们接触比较多，彼此渐渐熟悉起来。

记得驻村第一天，张军书记沿着蜿蜒的山路独自驱车30多公里，专程来看望我们工作队。他说，施溪村由原来3个村合并而成，是少数民族集聚地，苗族人口占98%，基础设施十分薄弱，产业发展几乎空白，516户中就有173户贫困户，贫困发生率达30%，是省定深度贫困村。脱贫攻坚任务相当艰巨，但村有一个全乡最年轻的支书，叫陈洪福，大学毕业，是从三一重工回来的，有干事创业的激情与追求；有一个“志气哥”，叫姚茂英，身残志坚，靠发展养殖闯出一片新天地，是全县的励志脱贫典型。只要工作队与村“两委”齐心协力，苦干实干，施溪村脱贫致富就大有希望。我知道他是来给我们加油鼓劲的。其实，面对这片“穷得让人揪心的山野”，我们已经做好了吃大苦、流大汗、啃硬骨的准备。在佩服他工作细致的同时，我暗暗笑他有点迂。

后来，听说他先后任过两个偏远乡镇的党委书记，工作都干得相当出色，这次调整到二酉苗族乡是受命于危难之中，只比我们早来两个月。

二酉苗族乡地处武陵边远山区，面积365.98平方公里，人口4.1万，是中南五省最大的少数民族乡。成语“学富五车，书通二酉”的历史典故即出于此，让大、小酉山扬名天下。由于诸多原因，这里基础设施相当薄弱，群众生活水平低下，整体发展比较滞后，贫困人口全县最多，曾经超过万人。面对四万多殷切期待、满怀希翼的目光，他深切地感受到了肩头沉甸甸的责任。

“组织的任命就是我的使命！”为了践行对组织的承诺，他顶风冒雪，跋山涉水，日访民情，夜宿农家，用脚步丈量苗寨的山山水水，走遍了全乡30个村，基本摸清了全乡真实的贫困现状。这需要牺牲多少休息时间，这需要鼓足多大的勇气，只有连绵的大山作证，只有叮咚的泉水回响。难怪张军书记对施溪村情况如数家珍，想到这里，我的心中油然而生几分敬意。

产业扶贫，是脱贫攻坚的“重头戏”。没有产业带动，贫困地区很难脱贫；缺乏产业支撑，即便脱贫发展也难以为继。省委领导指示我们因势利导，发展千亩油茶产业，可我一直苦于找不到好的产业发展模式。

踏破铁鞋无觅处，得来全不费功夫。2018年9月16日，星期天，张军书记一早发来微信文章《关于产业扶贫，刘永富主任给大家出了这些主意……》，我如获至宝。当看到刘永富主任视察永顺县石堤镇油茶产业的文字时，我眼睛一亮。他山之石，可以攻玉。我知道张军书记一直思考着如何发展壮大我们村的油茶产业，如何以我们村为示范点辐射带动全乡发展。“工作要想干好，脚步先要走到”，于是我们一拍即合，来了个说走就走的实地考察。

经过两个多小时的车程，我们到达石堤镇。当地干部向我们介绍了油茶产业的三种扶贫模式：直接帮扶模式，对于有劳动能力的贫困户，政府采取以奖代补的形式，把资金直接奖补到户，由贫困群众直接实施；股份合作模式，农户以土地、产业发展资金入股公司，公司负责油茶新造并管护三年，三年后交由合作社统一管理，收益后群众按比例分红；委托帮扶模式，贫困户委托公司实施油茶低产林改造，政府采取以奖代补的形式交由公司实施，油茶林收益归贫困户所有。

困难，困在家就是难；出路，走出去就有路。这次实地考察，给我们如何发展产业以诸多启迪。当我们满心欢喜踏上回村的路时，张军书记上吐下泻，浑身冒冷汗，我们这才知道他早两天就患有重感冒，一直不说，怕我们得知情况后将考察时间往后推。我知道，真抓实干、马上就办是张军书记一贯作风，岂能因感冒耽误工作。回到村里已是深夜，我们想送他去医院，他连忙摆摆手：“已经晚上11点多了，明天你们还有工作，不用麻烦，就在你们村住一晚，我的身体我知道，挺挺就过去了！”面对此情此景，我不禁有些心酸。他儿子在外地读书，全权交给老父母照顾，自己则成了手机中的父亲；妻子虽说在县城上班，一个月也难得见两三次面。如今自己身体不舒服，也是独自硬挺着。不在扶贫就在扶贫的路上，没有朝九晚五上下班之说，没有节假日陪伴家人的儿女情长，只有披星戴月，风雨兼程，凝心聚力带领全乡群众脱贫致富，我被他对事业的执着精神深深感动着。

“群众在你心中有多重，你在群众心中就有多重。作为基层干部，我们要时刻把群众放在心中最高位置。”张军书记是这么说的，也是这么做的。

前不久，张军书记来村督导扶贫工作，观看一路点赞一路，笑容写在每一个人的脸上。当他准备上车赶往下一村时，忽来一村民，气焰嚣张，口口声声要撤掉新村部大门。一名村干部见状，面有愠色，大声呵斥，叫他别闹。这时，张军书记微笑着停下脚步，主动向吵闹者打招呼，仔细询问事情缘由。原来新村部建设时，他作为贫困户被优先聘做泥工，如今新村部落成，自己却没有拿到一分钱工钱。问清情况后，张书记和蔼地对这位村民说，“大哥，请放心，这事我来协调解决吧。”随即，他现场作出安排：一是要求村里彻查还有没有做工没拿到工钱的，必须做到一个都不能少；二是指示副乡长马上与工程承包方联系，反映情况，督促归还农民工工资。吵闹者连声道谢，一场风波迅即平息。事后，张军书记语重心长地说：“我们在基层一线工作，经常与群众打交道，不妨多听听群众的牢骚话，牢骚话里有民意嘛。群众利益无小事，只有多站在群众角度考虑问题，你所说的话才能让群众信服，你所做的事才能让群众信任，唯有如此，我们才能真正成为群众的贴心人。”一席话，让我们点头称是。

行百里者半九十。在脱贫攻坚总攻冲刺阶段，他特别关注“低保户、五保户、重残户、重病户、一老两老户”等重点人群，先后两次来村实地检查，亲自调阅相关资料、亲自上门逐一访谈、亲自核实脱贫措施，确保将残疾人保障、低保、扶贫等综合保障政策落实到户到人。全乡这么多重点人群，我劝他抽检就行了，没有必要逐一检查，以减轻自己的劳动强度。他说，自己累点没关系，工作必须干好。作为党委书记，必须牢记总书记的嘱托，全面建成小康社会，一个少数民族也不能少。

年初疫情防控紧要时期很忙，现在依然十分忙碌。拓宽贫困劳动力稳定就业途径、规范扶贫车间运行、督导产业发展、实现产销对接……如今，二酉苗族乡已打造出“五丰生态养猪”“康欣园山茶油”“桐木溪生态大米”“酉河莲藕”等响当当的品牌，发展的扶贫产业真正成为村民脱贫致富的“摇钱树”。

选择吃苦就选择了收获，选择奉献就选择了高尚。在二酉苗族乡奋战的九百多个日日夜夜里，张军书记深深扎根脚下这片贫瘠的土地，把忠诚担当融进困难群众的笑容，把满意答卷书写在充满希望的田野。撑开就是一把伞，为群众遮风挡雨；俯下就是一头牛，为群众勤恳奉献。此乃张军书记的真实写照。

“不要人夸颜色好，只留清气满乾坤。”我深知，在脱贫攻坚这个没有硝烟的战场，张军书记只是一名普普通通勇敢冲锋的战士，但正是千千万万个像他一样默默奉献的人，才汇聚起战胜千年贫困的磅礴力量。

扶贫路上不停奔跑，我永远崇敬他们！

陈洪福：青春绽放在扶贫路上

（与瞿云合作，刊2019年9月12日中宣部学习强国、红网湖南频道）

他是一名大学毕业生，放弃高薪工作，加入扶贫战线；他是一名年轻党员，心向党志为民，坚守扶贫阵地；他是一位苗家子弟，誓让苗寨换新颜，决胜脱贫攻坚奔小康。

中秋时节，记者来到湖南省沅陵县二酉苗族乡施溪村，见到了这位“战斗”在扶贫前沿的大学生村支书——陈洪福。聆听他别样的青春奋斗史，感悟一段段矢志扶贫的故事。

九月的深山苗寨，丝丝寒意侵袭。陈洪福鼻梁上的高度眼镜片，在这个秋的清晨起了薄雾，此刻他正行走在位于代家坡组的果木基地，秋意渐浓，哪畦果园该灌溉湿润，哪株果树该剪叶修枝，他一一记录在案。

担任村支书两年来，无论炎炎烈日、刮风下雨，还是月华霜重、天寒地冻，陈洪福都常年奔走和忙碌在深山苗寨。在一线扶贫的两年多时间里，他私车公用，行程48000多公里，跑坏8个汽车轮胎，加了几万元的油，都是自掏腰包。有人笑他傻，更多的人赞他是脱贫的领路人、群众的贴心人。

陈洪福从小在施溪村长大，在沅陵城乡求学读书。2005年8月，他考上了梦寐以求的大学，毕业后顺利进入沈阳三一重工工作。在工厂工作八年，他成为同龄人中的佼佼者——亮丽的党员身份，企业技术骨干，近万元的月薪，令人羡慕的发展前景。

然而，2015年春节返乡之行，让他的心久久不能平静：大山外面的高速路四通八达，立交桥纵横交错，发展动力强劲，变化日新月异；大山深处的父老乡亲在喝望天水、住老木屋、走泥巴路，人均年收入仅2300元。

家乡的贫困深深刺痛着他的心。“故乡哺育了我，我有责任回报父老乡亲。”党员的责任担当让他毅然放弃城市的优越生活，他决定返乡创业，带动村民致富。

2016年1月，他回乡开始在家发展养殖业。心中有梦想，脚下有方向，创业有希望。经过不懈努力，陈洪福的养殖业初现规模。正当他干得如火如荼之际，乡党委派人找他谈话：村两委换届，希望他竞选施溪村党支部书记。

此时，沅陵作为国家级贫困县，全县上下正在打响脱贫攻坚战。他知道，扶贫到现在，剩下的都是最沉重的担子、最难啃的骨头、最烫手的山芋；他更知道，让贫困人口和贫困地区同全国一道进入全面小康社会是我们党的庄严承诺。

面对组织的信任，以及 2131 名乡亲的殷切期待，他决定扛起全村脱贫攻坚的重任。2017 年 3 月，31 岁的陈洪福成为沅陵县二酉苗族乡最年轻的村支部书记。

上任的第一天，陈洪福在民情日记的扉页上写道："组织的任命就是自己的使命，我要干在实处，走在前列，让无悔的年华在脱贫攻坚的路上奏响青春之歌!"

理想丰满，现实骨感，施溪村的贫困程度超乎陈洪福的想象。施溪地处武陵山腹地，由原来 3 个自然村合并而成，面积 21.95 平方公里，苗族人口占 98%。村里基础设施十分薄弱，群众生活水平低下，整体发展相当滞后，没有一个像样的产业，全村共有 510 户，贫困户就有 173 户，贫困发生率高达 30%，是省定深度贫困村。村辖 17 个村民小组，其中 10 个位于大山深处，最远的组离村部约 15 公里。

只有迎难而上，才能迎刃而解。为尽快进入工作角色，他走家入户，摸村情访民意，有时候一跑就是一天，有些群众白天出门务工劳作，他就利用早上和晚上去。短短两个月，他遍访了村子的每一户，详细掌握了村情民意。

苗族老人张文平，居住在深山老林里，下一趟山需要沿着崎岖的山路走上 4 个小时。正因如此，他老伴 12 年没有下过山。张老是陈洪福走访的第一个对象。

那天，薄雾朦胧，细雨霏霏，他带上水壶和饼干，拄着一根拐杖，跋山涉水前行。当他看到老人破败不堪的房屋、极其简陋的家具时，陈洪福眼眶红了，他紧紧地握着老人的手，动员他易地搬迁。

回到村部后，他立即向上级反映情况，得到大力支持。搬家那天，张文平瘦骨嶙峋的手使劲拉着陈洪福，喜极而泣，一遍又一遍地说："做梦都没想到这辈子还可以住高楼，辛苦你了，感谢党，感谢政府!"

"登上大面山，伸手能摸天，一步三喘气，头晕加目眩。"大面山位于沅陵和古丈县交界处，海拔 800 多米。栗树界组就坐落在大面山上，不少老板仰慕这里的旖旎风光想来投资兴业，看到山路难行，只能望山兴叹，失意而归。

大山伟岸，却挡住了人流、物流、信息流，也淹没了村民致富的心路。栗树界村民祖祖辈辈在山中的"巴掌田"耕作，里面的产品送不出去，外面的商品运不进来，脱贫的步子十分缓慢。每逢赶集，村民们凌晨两点多钟就要起床下山。小孩上学更是难题，遇到有人突发疾病，只能听天由命。

要致富，先修路。通路成了该组村民唯一的最大心愿。"逢山开路，遇水架桥，一定要打通这条通往致富的道路。”陈洪福暗下决心。他多次驱车到乡政府和县城，积极向县乡领导反映群众的困难和愿望，上级被他的执着所感动，县交通部门把此项目纳入乡村公路建设规划，并很快得到实施。

通路那天，栗树界男女老少聚集在寨头，唱啊，跳啊，个个脸上乐开了花，欢快的笑声久久地回荡在大山的上空。

万事开头难。陈洪福对修路开始有“瘾”，一修竟然修了12公里多，所有自然村寨都通上了公路，“晴天一身灰，雨天一身泥”的日子一去再也不复返了。

秉承“群众利益无小事”的理念，凭着“不达目标不罢休”的蛮劲，他把双脚深深扎根这片土地，解决了全村行路难、饮水难、灌溉难等问题，基本实现让村民走平坦路、喝干净水、上卫生厕、住安全房的目标。

大山深处的闭塞和贫瘠，让一些乡亲产生了认命的消极想法，普遍缺乏穷则思变、穷则思勤的奋斗精神。

“精神上的贫困，比物质上的贫困更可怕。”陈洪福清醒地认识到，扶贫必须先扶精气神。

贫困户姚茂英，肢体二级残疾，10岁学会走路，12岁才会说话。入户走访时，陈洪福发现他不想拖累自己父母，不愿两眼向上靠政府，不甘向命运低头，自立自强的愿望比较强烈。看到他家门前的好山好水，陈洪福积极鼓动他养鸭。没本钱，陈洪福帮他协调小额信贷；没技术，陈洪福帮他联系技术培训；没销售门路，陈洪福当起了他的义务销售员。第一年，姚茂英养鸭1200只，收入上万元。初次创业成功的喜悦让姚茂英坚信：只要有信心，黄土变成金。自此他越干越欢，今年5月还被县评为“十佳残疾人自强模范”。

榜样不远，就在身边。姚茂英身残志坚、励志脱贫的典型事迹，成为陈洪福教育引导群众勤劳致富的“活教材”。一花独开不是春，他积极倡导在全村开展“励志脱贫之星”评比活动，每季度评选一次，发放一份奖品，同时制作精美牌匾，由村干部一一上门，张贴在农户家显眼位置，让星级农户成为村民学习的榜样、心中的“明星”。

点燃一盏灯，照亮一大片。一个村民在“大美施溪”群发帖：“学习姚茂英励志脱贫的故事，我读懂了一个原本早就应该懂得的道理：幸福靠奋斗，劳动最光荣。如今，党的扶贫政策好，我要努力向前跑。”

开展“励志脱贫之星”评比活动后，该村村民的兴趣点正悄然改变：过去忙于参与打牌娱乐的村民，现在开始走向田间地头，村里创办的实用技能培训班渐渐红火起来。

老乡富不富，关键看支书。支部书记是村民致富的领头雁，位子不高，但责任重大。正如陈洪福经常说的，岗位可以平凡，工作不能平庸。

产业扶贫，是脱贫攻坚的“重头戏”。实现贫困人口如期脱贫、稳定脱贫，关键在于稳就业，根本在于强产业。

施溪村，“八山一水一分田”，油茶原是村里的传统优势产业。近年来，由于大量劳动力外出务工，长期缺乏管护，2000多亩油茶林荒芜。

“人啊，就怕胸怀鸿鹄之志，手无缚鸡之力。我们不能守着金山过穷日子。”陈洪福下定决心，一定盘活闲置资源，让油茶林重焕生机。

众所周知，产业扶贫面临诸多风险，既有自然风险，又有市场风险。为稳妥起见，他邀请专家现场把脉，奔赴永顺实地取经，寻找实力公司带动，几番周折，最终确定油茶产业发展方案：低改千亩，分期开发，保底分红，利益共享，让农户“流转土地有租金，就近务工有薪金，保底分红有股金”。

在合作社带动下，每个贫困户人均增收200元，同时实现了村集体经济纯收入从零到60万元的跨越。

乡亲们渐渐富裕了，陈洪福也笑了，可面对自己的家庭，他却默默无语。当上村书记后，每月工资约2000元，由于私车公用，开支明显增大，存折上的数字越来越小。为了赚点钱补贴家用，他的老母亲去了深圳打工。由于扶贫任务重，他住进了村部，很少与县城的妻子团聚。每次回家，2岁的女儿老粘着他，生怕他走了；每次离开家时，女儿都会扯着他的衣角，哭喊着“爸爸，别走”!

“我将无我，不负人民!”习近平总书记的话语萦绕耳边，虽然他知道自己亏欠妻儿家人太多，但是他没有停下为人民工作的脚步。当一条条宽阔公路通向大山，一项项扶贫政策到户到人，一个个扶贫项目惠及群众，跋山涉水的身影，挑灯奋战的夜晚，挥洒汗水的岁月，他觉得值!

脚下沾有多少泥土，心中就沉淀多少真情。山路弯弯，情意绵长；施溪潺潺，载着希望。陈洪福把青春年华付诸武陵深处的山山水水、深山苗寨的乡里乡亲，他和苗家儿女的梦一同延伸至远方。

真心换真情　真干扶真贫

——在中央省市驻沅工作队队长座谈会上的发言

(2019年9月12日交流发言材料，刊2020年5月20日《边城晚报》)

施溪村是一个合并村，由原施溪、枫香塘、刘婆溪三个村合并而成，全村2131人，也是一个少数民族集聚地，苗族人口占98%，基础设施十分薄弱，产业发展几乎空白，贫困发生率达41%，是省属深度贫困村。

2018年3月担任该村扶贫工作队长后，我始终牢记组织重托，把扶贫当事业，把驻地当故乡，把群众当亲人，真蹲实驻，真帮实扶，施溪村脱贫攻坚迈出坚实步伐：贫困发生率降至4.9%，未脱贫村民减至35户109人，村容村貌明显改观，群众满意度节节攀升。

走村串户，架起一座连心桥

“作为一线扶贫人，只有脚上多些泥土味，嘴里多些百姓言，脑中多些基层事，面对面为群众解难题，才能缩短心与心之间的距离。”我经常这样告诫自己。

施溪村辖17个村民小组，其中10个位于大山深处，最远的组距村部约15公里。由于特殊的地理环境，常有滑坡、泥石流堵塞交通，甚至面临飞石滚落、车毁人亡的危险，但这些没能阻止我进山入户、挨个走访的脚步，短短两个月走遍了村子的每一户人家。

走访发现，贫困户尹八八，丈夫因患淋巴瘤去世，婆婆李中菊80岁高龄，年老体弱多病，3个女儿均在清水坪九校读书，沉重的负担全部压在她柔弱的肩上，生活拮据，房子漏雨也无钱检修，只好用大小脸盆接漏。了解这些情况后，我积极联系步步高集团爱心人士重点结对帮扶，资助她3个小孩上学；通过各种渠道争取资金，改善她家居住条件；引导她加入合作社，参与钩藤基地培管，并安排卫生清洁岗位，增加其家庭收入。尹八八的愁眉渐渐舒展开了，逢人就说：“不是亲人胜亲人，感谢工作队给了我生活的信心和勇气！”

向帮兴的弟弟向帮胜患精神病后，常年在县康复医院治疗。因未办残疾证而没能纳入低保，向帮兴对村干部很有意见，甚至到村部大吵大闹。只有拉直心中问号，才能让人信服。我和村支部书记陈洪福多次到他家走访，拉家常，讲政策，顺心气。为解决实际问题，我还专门派车送其弟去怀化市鉴定，被确诊为二级精神病后，根据政策让其享受五保待遇。向帮兴心中的石头终于落了地，甭提有多高兴了，从此成为村里工作的坚定支持者。

发展生态养猪，场地是关键。部分村民故意抬高地价，与村里唱对台戏。为解决征地难题，我带领村干部利用晚上时间，一户一户上门，晓之以理、动之以情，讲政策、讲法律、讲家乡未来，反复做思想工作，一次不行二次，二次不行三次……直到把思想做通。村民李中华说：“罗队长没有官架子，是为我们办实事的好干部，我服！”

真心换真情，温暖百姓心。如今村民在最无助的时候，一般给我打电话求助。我感到很欣慰，老百姓把自己当成了亲人。推开一扇扇家门，架起了一座干群连心的桥梁。

因地制宜，打通一条产业路

产业扶贫，是脱贫攻坚的“重头戏”。实现贫困人口如期脱贫、稳定脱贫，关键在于稳就业，根本在于强产业。

施溪村，“八山一水一分田”，油茶原是村里的传统优势产业。近年来，由于大量劳动力外出务工，长期缺乏管护，2000 多亩油茶林荒芜。

待在金窝子，过着穷日子。我下定决心，一定盘活闲置资源，让油茶林重焕生机。

说干就干，干就干好。邀请专家现场把脉，奔赴永顺实地取经，寻找实力公司带动，几番周折，最终确定油茶产业发展方案：低改千亩，分期开发，保底分红，利益共享，让农户“流转土地有租金，就近务工有薪金，保底分红有股金”。

油茶花开茶子红。第一期低改 502 亩完成后，沉寂几十年的荒山被唤醒，茶籽压弯了树的枝头。仅此一项，就为油茶农户增收近千元，村集体经济增收 12 万元。

一只小蜜蜂，就是一双脱贫的翅膀。我充分利用漫山遍野的天然蜜源，大力发展桶装养蜂，现已初步形成“户分散养殖，村保价收购，厂集中加工，社统一销售”的集约态势。

“珍珠只有串在项链上才更加璀璨。”我和村两委按照“四跟四走”的精准扶贫思路，于 2018 年 8 月成立沅陵县五丰生态种养专业合作社，采取“公司+合作社+农户”模式，集油茶低改、生态养猪、钩藤种植、桶装养蜂等产业于一体，与所有贫困户建立利益联结机制。

一子落而全盘活，该合作社发展迅速，仅去年上半年，采取订单销售、消费扶贫等形式，销售黄桃、蜂蜜、茶油等农产品，收入超 50 万元。在合作社带动下，每个贫困户人均增收 200 元，同时实现村集体经济纯收入从零到 83 万元的跨越。

真抓实干，绘就一个大美村

初心，不因岁月洗礼而改变；使命，不因风雨坎坷而淡忘。跋涉在脱贫攻坚的路上，我始终保持冲锋的姿态，扎实苦干，用汗水换来了一个深度贫困村的嬗变。

合编不合心、不合力；干部缺想法、缺干劲；党员开会难、议事难；群众不支持、不买账。这曾是施溪村过去的真实写照。村民富不富，关键看支部。我注重加强村两委班子建设，用心打造一支“不走的工作队”。

村支部书记陈洪福 32 岁，是从三一重工返乡创业的，有情怀、有担当、讲奉献，是个可塑之才，我多次推荐他参加国家和省里高层次培训，既强党性，又强业务，真正把村支书“领头雁”作用立起来。同时重视对村干部的培养，采取以会代训、岗位帮带、积分管理等举措，固基础、补短板、强弱项，提高市场认知和法律意识，掌握必备信息网络技能，增强他们团结带领群众脱贫致富的底气和后劲。

办事不公是群众最大的怨气。我要求村严格实行“四议两公开”工作法，确保重大事务能听群众意见、让群众参与、请群众监督。在每个村民小组设置宣传公示栏，及时公开党务、村务、财务，自觉接受群众监督，让权力在阳光下运行。一分耕耘一分收获，村两委的公信力明显增强。

大山深处的闭塞和贫瘠，让一些乡亲产生了认命的消极想法，普遍缺乏穷则思变、穷则思勤的奋斗精神。扶贫先扶志，我清醒地认识到，必须把激发贫困人口的内生动力作为驻村帮扶的重要任务。

“志气哥”姚茂英，肢体二级残，10 岁学会走路，12 岁学会说话，却身残志坚，坚持发展种养殖业，创业三年，闯出一片新天地，仅去年就养鸭 1200 只、养蜂 17 桶，收入 2 万多元，2019 年 5 月被县评为“十佳残疾人自强模范”。

榜样不远，就在身边。姚茂英身残志坚、励志脱贫的典型事迹，成为我教育引导群众勤劳致富的“活教材”，并在全村开展“励志脱贫之星”评比活动，每季度评选一次，发放一份奖品，同时制作精美牌匾，由村干部一一上门，张贴在农户家显眼位置，让星级农户成为村民学习的榜样、心中的“明星”。

开展“励志脱贫之星”评比活动后，村民的兴趣点悄然改变：过去忙于参

◎施溪村新村部

与打牌娱乐的村民，现在开始走向田间地头，村里创办的实用技能培训班渐渐红火起来。

如今的施溪村，桥通了，路宽了，水净了，村庄变美了，昔日的穷山村正大步走向富裕之路。亲眼目睹施溪村的变化，一名村民欣然写下《扶贫乐》这首诗：桥架路宽阔，居安水乐歌。茶油香百里，猪壮比人多。蜂舞满山郭，笑弯亲阿婆。开门上车间，致富万家和。

战“疫”，是一堂深刻的教育课

（刊 2020 年 2 月 26 日湘办党建，3 月 18 日湖南电台新闻综合频道播出）

瑞儿：

“爆竹声中一岁除，春风送暖入屠苏。”春节，本是万家团圆、合家欢乐的日子。然而突如其来的疫情，让群众的生命安全和身体健康面临严重威胁。疫情就是命令，防控就是责任，爸爸唯有主动提前返岗，与扶贫点的群众战斗在一起。因为爸爸是扶贫队长，又是村第一书记。

理解是最大的温暖，看到你和妈妈一起默默帮助收拾行李，我非常感动，增添了战“疫”战贫、决战决胜的动力与豪情。

瑞儿，还有三个多月就要参加高考了，爸爸真的期待你考上一所理想的大学，让自己今后拥有比别人更多的选择机会。

人们常说，父母是孩子的第一任老师，可从小到大，你的成长课堂我却经常缺席。危机是最鲜活的教材，抗灾是最深刻的课堂。这次爸爸不想缺席，想和你谈谈一些感悟。

让爱国成为一种坚定信仰

看了一个摄影师镜头下的武汉——《守望空城》，片尾有位百姓深情唱响《我和我的祖国》，我的眼眶湿润了。想起艾青的诗句：“为什么我的眼里常含泪水？因为我对这片土地爱得深沉……”这是内心深处有感而发的爱国情怀啊！这种情怀是否也根植于你的心灵坚如磐石呢？瑞儿，你们是吃着薯片、玩着芯片、看着大片成长的一代，喜欢追求时尚与明星。但这次战“疫”，你是见证者，是否深切感受到了祖国的伟大与崇高：我们党把保护人民的生命安全和身体健康放在首位，

10 天左右在武汉建成两座共计 2600 个床位的专门医院，并同时在湖北建成 15 座共上万个床位的方舱医院；一声令下，200 多支医疗队、3.2 万多名医务人员和大量医疗与生活物资紧急驰援武汉和湖北，19 个省市对口驰援湖北除武汉以外的 16 个地市；全民动员，令行禁止，14 亿人民自觉居家隔离两周以上等等。试问，世上有哪个国家能做得到？唯我中华！这是一种什么力量？我想，这是赤诚报国、誓死卫国的磅礴伟力。

跨越大洋另一面，美国暴发大流感，1900 万人感染，死亡高达 10000 人；澳大利亚的山火，燃烧四个多月，1170 万公顷的土地烧焦，34 人丧生火海，超 10 亿只野生动物死亡；现在的东非，正遭遇 25 年来最严重的蝗灾……比较出真知，优劣自然明。瑞儿，生在这样伟大的国度，你不觉得是一种幸福、一种荣光吗？你不觉得应该把爱国当作最虔诚的信仰来坚守吗！信仰就是脚下这片温暖的土地，就是对这片土地纯粹深沉的挚爱。我们生命的意义，就是让我们伟大的祖国壮美绚丽！

让担当成为一种人生追求

瑞儿，这次战“疫”，你是否记住了这些光辉的名字和动人的场景：84 岁高龄的中国工程院院士钟南山，17 年前奋战在抗击非典第一线，如今再战防疫最前线，奔波不知疲倦，担当为国为民，成为全民族的网红；“我必须跑得更快，才能从病毒手里，抢回更多的病人”，三年前已患渐冻症的武汉市金银潭医院院长张定宇率领全院 240 名党员冲锋在前，日夜扑在一线；无数白衣天使誓言“若有战，召必回，战必胜”，唱响了“不论报酬，不计生死，冲在一线，抗疫到底”的最美逆行者的赞歌……

时代的一粒灰，落在个人头上，就是一座山。逆行者中，他们也有父母，他们也有家庭，可他们用铁血担当树起了时代标杆，挺直了民族脊梁。是的，哪有什么岁月静好，只不过是有人替你负重前行。

躬逢盛世，这是属于我们的时与势；万里路遥，这是赋予我们的担与责。爸爸这次提前返村，实行立体式宣传、网格化管理、地毯式排查、人性化服务、蹲点式值守，阻断疫情传播途径，同时抗疫不误农时，防控不松增收，天天奔走在深山苗寨，这就是一种责任担当。当然，担当需要勇气，更需要能力，没有真本事，担当就是一句空话。作为高三学生，你的主要任务就是惜时如金，刻苦学习，努力增强为人民服务的本领，因为“黄金时代，不在我们背后，乃在我们面前；不在过去，乃在将来”。

让爱心成为一种文明素养

瑞儿，面对疫情，有的人默默付出，选择无畏前行，为人们传递爱心与温暖：

外卖小哥把食品送到医院门口，司机免费接送医护人员，志愿者为隔离群众送药送菜，爱心人士为一线医护人员捐资捐物……他们的名字鲜为人知，他们的付出悄然无声，播撒的却是人间真情。

瑞儿，人生最珍贵的财富，不是金钱，不是名利，而是爱心。富有爱心、举止文明，是走向成熟的第一步。在我的记忆中，你是个富有爱心的孩子：爸爸生病住院，你每天陪伴左右照顾我；妈妈上街归来，你总是提最重的东西上楼；同学补课没有地方住，你盛情邀请来家与你同吃同住……我很欣慰，因为你我都相信：每一点高尚都能播下一粒种子，每一点关爱都能长出一朵花蕾，每一点温暖都能抚慰一颗心灵。

爱心凝聚力量，文明美丽人生。有一首歌写道："只要人人都献出一点爱，世界就会变成美好的人间。"是啊，人间总会有那么多不期而遇的温暖和生生不息的希望，照亮前行的路。

哪里的天空不下雨，灾难一直伴随人类发展的历程。彩虹总在风雨后，中华儿女又一次挺直不屈的脊梁。冬天已经过去，春天悄然来临，让我们一起等待风雨送春归，借助春风好启程，带着祝福和感动，与爱同行，一路繁花共千程。

爱你的爸爸

2020 年 2 月 23 日夜书于施溪村

深山苗寨党旗红

（刊 2020 年 2 月 3 日新湖南客户端，2 月 5 日中国商报网）

施溪村地处沅陵边远山区，散居的 2131 名村民苗族人口达 98%。新年伊始，突如其来的疫情，让苗族群众的生命健康面临严重威胁。危急关头，施溪村党支部和党员骨干冲锋在第一线、战斗在最前沿，鲜艳的党旗在战"疫"一线高高飘扬。

"病毒一日不退，我们誓死不退"

"不走亲，不访友，不在外面到处走，出门必须戴口罩，人多不去凑热闹……"自大年三十开始，村支部书记陈洪福每天一大早就挂着"大喇叭"，开着私家车，穿行在村里的每一个山寨，"喊一喊"成为他每天的"必修课"。

疫情就是命令，防控就是责任。针对春节期间返乡人员急剧增多，沅古公路从村穿过，疫情难以防控的现实情况，陈洪福第一时间主持召开村两委和党员骨干会议，部署疫情防控工作。动员会上，他的讲话简洁明了：“疫情防控，关系千家万户；幸福安康，皆是村民期盼。病毒一日不退，我们誓死不退！”

时间紧，任务急。会后，由工作队、村干部、村医和辅警组成的疫情防控工作小组立即行动，划片包干，责任到人，实行网络化管理、地毯式排查。两天排查结束，他彻底摸清了全村来自疫源地的52名返乡人员的基本信息和相关情况，建立详细台账，适时掌控动态。

排查中，陈洪福发现5人有途经湖北的经历，便以拜年名义上门进行重点宣传引导，安排5名村民及家人居家隔离观察，由村医每天两次上门测量体温。村干部按照各自分工，挨家挨户张贴《致全县人民的一封信》和义务告知书，在交通要道和公共场所张贴宣传标语，上门宣传疫情防控措施，在施溪群、小组群、家族群、亲友群适时转发权威部门疫情防治信息，消除各种谣言和小道消息。

“山村虽然小，一旦发生疫情，后果更加严重。”为进一步阻断疫情传播渠道，村主任刘明万力主在进村干道设置检查点，严格排查来往人员车辆，非特殊情况一律不准进出，特殊情况必须详细登记人员车辆信息。

长时间不出门、不赶集，给村民生活带来诸多不便。为解决部分村民大米、油盐、卫生纸等日常生活用品紧缺的难题，村里专门成立生活保障组，每天统一搜集采购信息，统一派车外出采购，统一配送到家，此举让村民感动不已。

一个支部就是一座堡垒，战斗力就是感召力。村党支部一班人身先士卒、战斗一线的高大身影成为一种无形的感召。广大村民不仅逐步消除了抵触和恐慌，还主动参与到疫情防控中：有的自觉抵制网上谣言和不良情绪，有的积极报名参加岗哨执勤，有的自掏腰包采购防护用品，有的义务为公共场所喷洒消毒……

“党员干部真心为民，生活在施溪村真是我们的福气！”在“大美施溪”群，网民“微笑”的一则留言激起强烈共鸣，100多网友纷纷点赞留言。

“是党员，就要从花名册中站出来”

苗族地区自古有春节“赈酒”的习俗。春节期间，寨子里娶亲嫁女、奠基乔迁、亲朋聚会，热热闹闹过大年。据摸排，共有11户村民准备“赈酒”宴亲。

停办宴席、取消聚餐，这是防控疫情的硬性要求。可无论怎么做工作，有些村民就是想不通，还发起了牢骚：大山深处哪有什么病毒！好不容易等到春节，况且又筹备那么久，怎么说不办就不办了呢？

正当村民议论纷纷之时，一则延期举办婚礼的消息引爆施溪村微信群：

“各位亲朋好友，由于疫情肆虐，我们积极响应党和政府号召，原定于2020年1月30日（正月初六）婚礼延期，敬请谅解。婚礼延期，幸福延年，祝新春快乐！”信息里，新郎李杰和新娘梁燕的甜蜜婚纱照赫然出现其中。

村上的人都知道，李杰是村里的老党员李上贵的孙子，今年 27 岁，在怀化某公司上班；新娘梁燕是中方县人，就职于上海某酒店。去年 2 月，通过网络认识的两个年轻人，工作上相互鼓励，生活上相互关心，感情迅速升温。经双方父母同意，决定正月初六举办婚礼。双方父母忙碌了一个多月，等待亲朋好友共同见证他们的幸福时刻。

“是党员，就要从花名册中站出来。我是党员我带头，我负责说服我孙子推迟婚期。”疫情当前，有着 46 年党龄的李上贵拿起电话向党支部郑重承诺。经过两天反复做工作，女方父母和家人终于同意推迟婚期，他欣慰地说：“虽然经济上有一点损失，但做人不能有半点闪失。”

党员带好头，群众跟着走。有了第一个主动延期举办宴席的示范带动，其余 10 户村民原订的所有聚会、宴席紧接着全部取消，宁静山村祥和如故。

“请战书就是我的入党申请书”

“旗帜无声，却能凝聚强大力量；榜样无言，却能鼓舞磅礴斗志。”对于这句话，一直和党员干部奋战在疫情防控一线的进步青年姚波感触颇深。

姚波，今年 33 岁，父亲是一名党员教师，多次被评为“优秀共产党员”。从小受到父亲的言传身教，姚波先后三次向党组织递交入党申请书，执着地接受着组织的一次次考验。他暗暗告诉自己：“党组织的大门始终是敞开的，我要用自己的实际行动加入这个光荣的组织。”

疫情发生后，他主动向党支部请战：“请战书就是我的入党申请书，请党组织在这次抗‘疫’中考验我吧！”

“出门戴口罩”，这个防护常识在疫情防控宣传中已是家喻户晓，然而村干部也好，村民也好，口罩供应一直比较紧张。为缓解这一矛盾，他主动联系在医疗器材公司上班的朋友，无奈因货源组织方面的原因，一时难以解决，为此他遗憾不已。

村里的广播天天滚动播放上级的通知和疫情防护知识，但广播也有停歇的时候，能不能让通俗易懂、易记好背的知识“抬头见”呢？说干就干，他从网上搜索并反复琢磨修改，拟写了“少吃一顿饭，亲情不会淡，朋友暂不聚，下回把情叙”“乡亲们，听人劝，稳坐家中是贡献”等 10 条标语，自己掏钱请广告公司制作，之后邀妻子一起将这些横幅标语悬挂在交通要道醒目位置。虽然公家的事花了自己的钱，但他觉得值。

2 月 1 日正月初八，鉴于疫情防控的严峻形势，村两委决定在村出入口设置岗哨，防止人员车辆跨村流动，彻底阻断疫情传播路径。谁都清楚，岗哨执勤责任重大，需要全天值守，是一个苦差事，他又积极报名，满怀激情地投入到站哨执勤中。

在这次疫情防控中，主动向党支部请战的，不止姚波一个，瞿支丽、粟娇娇、张德其、张淘金等5名青年也递交了入党申请书。一支不可阻挡的生力军在战“疫”一线茁壮成长……

省委办公厅驻村帮扶：开展“八个一”活动，激励党员勇担使命

不忘初心坚定跟党走，牢记使命助民拔穷根。7月3日，施溪村党支部召开党员大会，开展主题党日活动，教育引导广大党员不忘初心、牢记使命，以提升党组织的凝聚力、战斗力和感召力，不断增强党员的荣誉感、责任感和归属感，以良好的精神风貌打赢脱贫攻坚战。

为庆祝建党98周年，施溪村党支部开展“八个一”系列活动：观看一部红色影片《建党伟业》、重温一次入党誓词、表彰一批优秀党员、上好一堂主题党课、开展一次谈心谈话、向党说一句心里话、慰问一批困难党员、清扫一次环境卫生。

观看一部红色影片《建党伟业》。电影再现了那段风雨飘摇的历史，革命先烈为解救人民于水火、拯救国家于危难，历尽千难万险和不懈抗争，终于创建了中国共产党。重温激情燃烧的光辉岁月，感悟美好生活的来之不易，激励着广大党员初心如磐、情怀永恒，为党工作、再创佳绩！

重温一次入党誓词。面对鲜红的党旗，全体党员举起右手庄严宣读入党誓词，牢记入党初心，强化党员意识。

表彰一批优秀党员。“点燃一盏灯，照亮一大片。”会议宣读了二酉苗族乡党委的表彰通报、村表彰优秀党员和勤劳致富之星、关心集体之星等“六星”的决定，号召全体党员向优秀党员和“六星”农户学习，爱岗敬业，勤劳致富，培育良好的乡风民俗。

上好一堂主题党课。乡党委书记张军以“不忘初心、牢记使命，高质量打好打赢脱贫攻坚战”为题，勉励党员们守初心、担使命，决胜脱贫攻坚，做到平常时期看得出、关键时候站得出、危难时刻豁得出，在脱贫攻坚中彰显党员的作为与担当。

开展一次集中谈心谈话。聚焦“守初心、担使命、找差距、抓落实”四个方

面开展谈心谈话，对标合格党员要求，认真开展批评和自我批评，达到“团结—批评—团结”的目的。推动党员思想大解放，作风大转变，激励党员们在脱贫攻坚中展现新气象、体现新担当、实现新作为。

向党说一句心里话。知心话儿向党说，用一句话、一首诗或一张图片等将自己所学、所思、所见、所想表达出来，真情向党诉说。

慰问一批困难党员。省委办公厅驻村工作队转达厅秘书长会对施溪村党员的节日问候，和村干部一起上门慰问行动不便的党员，并送上美好祝福。

清扫一次环境卫生。行胜于言，说干就干。会议结束后，全体党员自觉走上公路，清运垃圾，清除路障，美化村庄。

党员们纷纷表示，这是一次非常有意义的主题党日，我们要做到不忘初心、牢记使命，在建设大美施溪中践行初心，发挥好先锋模范作用。

施溪村里选“明星”

（与瞿云合作，刊 2019 年7 月 12 日《湖南日报》）

7 月 9 日，沅陵县二酉苗族乡施溪村召开村民代表大会。12 名村民励志脱贫、孝亲敬老、关心集体的事迹被制作成视频在会上播放，他们被选为村里今年第二季度的“星级农户”，成为“明星”。

27 岁的村民姚茂英被选为“励志脱贫之星”。姚茂英是二级肢体残疾人，但身残志坚，坚持发展养殖业，去年养鸭 1200 只、养蜂 17 桶，收入 2 万多元。

生态养猪是施溪村重点扶贫产业之一。去年 8 月，村养猪场选址建设，需占用 6 亩山地，其中有老党员李绍棋家的 3 亩。李绍棋主动同意让地。他说，发展集体经济人人有责。这次，他被选为“关心集体之星”。

榜样就在身边。村民周兴宇感慨地说：“这些都是发生在身边的真人真事，可亲可敬，我要向他们学习，争取也成为村里的‘明星’。”

施溪村地处武陵山腹地，基础设施薄弱，产业发展迟缓。去年 3 月，村里仍有建档立卡贫困户 173 户 656 人，省委办公厅扶贫工作队受命驻村帮扶。

走访调研中，工作队发现部分贫困户安于现状，对脱贫不积极;还有的不愿赡养老人;有的卫生习惯不好，房前屋后垃圾遍地;有的不关心集体，碰上建设用地漫天要价……

◎施溪村召开“六星”表彰大会

“施溪村的贫困，核心是精神贫困，必须激发群众的内生动力，扶贫先扶志。”今年上半年，驻村工作队出台方案，决定在全村开展励志脱贫之星、勤劳致富之星、孝亲敬老之星、关心集体之星、卫生清洁之星、爱岗敬业之星等“六星”评选，每季度评选一次，让“明星”成为村民学习的榜样。

记者看到，在“大美施溪”微信群里，一位村民留言：“通过认真领悟身边‘六星’的事迹，我读懂了一个原本早该懂得的道理：幸福靠奋斗，劳动最光荣。”该帖引起村民强烈共鸣。

榜样的力量是无穷的。记者发现，开展“六星”评选活动后，该村风气在悄然改变。过去一些沉迷于打牌的村民，开始打扫卫生、陪伴老人了，村里创办的实用技能培训班也开始红火起来。目前，村里未脱贫的村民已减至35户109人。

抗疫不误农时　防控不松增收

(刊2020年2月21日红网湖南频道)

暖阳高照，春风和煦。2月18日，湖南省沅陵县施溪村的钩藤产业基地热闹非凡，前来采收钩藤的群众络绎不绝，他们按照划定劳动区域一字散开，拔枝、除叶、堆放、捆绑、背运、卸货、称重、算账，现场一派忙碌景象。

“这是一场能力的大考，也是一次担当的检验。”湖南省委办公厅驻村工作队认为，脱贫攻坚和疫情防控必须统筹安排，一体推进，做到两个责任一起扛、两个战场一起上，确保两手抓、两手硬、两不误。

新冠肺炎疫情发生后，驻村工作队和村两委采取网格化管理、地毯式排查，精准掌握来自疫源地80名返乡人员的基本信息和相关情况，建立详细台账，扎实做好疫情监测、排查、预警、防控等工作，阻断疫情传播路径。同时，他们按照“高于平时、严于往年”的标准抓脱贫增收，采取优化人员编组、划定劳动区域、优化工作流程等方式，既科学防控疫情，又紧抓产业发展，全面促进贫困群众持续增收。

施溪村是一个深度贫困村，群山环绕，溪流纵横，全村2131人，也是一个少数民族集聚地，苗族人口占98%，基础设施十分薄弱，产业发展几乎空白，贫困发生率达41.2%。2018年3月，省委办公厅工作队驻村后，按照“四跟四走”的精准扶贫思路，成立沅陵县五丰生态种养专业合作社，采取“公司+合作社+农户”模式，集油茶低改、生态养猪、钩藤种植、桶装养蜂等产业于一体，与所有贫困户建立利益联结机制，让农户“流转土地有租金，就近务工有薪金，保底分红有股金”。去年，该村顺利脱贫出列。

不能丰产不丰收。时下正是钩藤的采收期，为避免人员聚集，他们要求群众错峰进出钩藤基地，劳动区域每户相距10米，戴上口罩。

“今天，我采收了50斤，收入100元。搞完这次采收，我估计可以增收六七百元。”贫困户尹八八高兴地说。前年她丈夫因患淋巴瘤去世，3个女儿均在清水坪九校读书，沉重的负担全部压在她柔弱的肩上，生活拮据。工作队引导她加入合作社，参与钩藤基地培管增加其家庭收入。尹八八的愁眉渐渐舒展开了，逢人就说：“不是亲人胜亲人，感谢工作队给了我生活的信心和勇气！”

◎组织党员突击队采收钩藤

战疫战贫两不误，防控帮扶双推进。他们科学研判疫情防控形势，及时分析疫情防控对贫困群众生产生活的影响，对年度重点扶贫项目再设计再筹划。同时，尽量减少人员聚集和会议活动，通过简化流程、电话指导、流动宣传等方式提高工作效率，还将近期开展的工程项目准备工作做扎实，抓紧备工备料，以便一旦开工，迅即行动，确保规划项目落地落实，提高稳定脱贫质量。

紧要关口看党员，关键时刻靠组织。为完成这次采收任务，他们还成立党员突击队，与群众一起劳动，为采收加油鼓劲。目前，该村还有部分村民正在隔离观察，但各项工作平稳有序，村民劳动热情不减。“防疫脱贫两手抓，田地播种新希望。这几天采收钩藤，预计销售收入可达 4 万元。”驻村工作队员吴振一脸自豪。

爱心潮涌深山沟　（刊 2020 年 3 月 6 日怀化新闻网）

春寒料峭，山高路远，挡不住施溪村广大党员群众捐款支持抗疫斗争的融融暖意。连日来，为响应以习近平同志为核心的党中央为支持新冠肺炎疫情防控工作捐款的号召，村两委广泛发动，村民踊跃捐款，截至今天下午两点，共收到 162 人捐款 18862 元，是沅陵县二酉苗族乡捐款最多的村。

自 2018 年 3 月省委办公厅工作队驻村后，施溪村脱贫攻坚迈出坚实步伐，桥架了，路通了，水净了，产业发展了，村容变美了，全村人均年收入从以前的 2300 元增至现在的 10000 多元，2019 年村集体经济纯收入达 83 万元。

在党爱党，在党为党。67 岁的瞿永家是一名有着 47 年党龄的老党员，妻子经常生病住院，自己患有高血压、心脏病，一年下来吃药花掉不少钱，却一直有着强烈的爱国情怀。12 年前汶川大地震后，他主动捐款给灾区。这次疫情防控，他又向党组织捐款 100 元。他说，虽然家庭经济比较困难，但党员的情怀必须有；虽然自己无法上前线，但也要为疫情防控尽点微薄之力。

点点爱心，托起希望。在这次疫情防控中，进步青年姚波主动向党支部请战。“请战书就是我的入党申请书，请党组织在这次抗‘疫’中考验我吧！”在口罩紧缺的情况下，他一次捐给村委会 50 个，力解燃眉之急；自掏腰包制作 10 条宣传标语，悬挂在交通要道醒目位置；积极参加卡点值守，防止人员车辆跨村流动。看到习总书记为支持新冠肺炎疫情防控工作捐款的新闻后，他第一个捐款 300 元。

家乡美如画，脱贫感党恩。“我是一个贫困户，组织对我一直很关心，搭帮党的好政策脱了贫，我希望自己也能尽一份力，早日战胜病毒……”贫困户李功胜特地跑到村部，捐款 600 元。粟贵圣、李秀梅、张振等贫困户 32 人捐了款。

奉献爱心，处处可为。刘婆溪组村民张淘金、张庆，常年在外工作，看到捐款倡议的消息后，通过微信各自捐了1000元。“这次疫情，让我们体会到众志成城、共克时艰的温暖，感受到一方有难、八方支援的力量，坚信我们一定能打赢疫情防控这场硬仗。”村支部书记陈洪福说。

妙手著华章　颂歌献给党

沅陵县施溪村开展“喜看家乡新变化”征文活动

(刊2020年3月8日新湖南客户端)

今昔对比看变化，脱贫致富颂党恩。疫情防控期间，为进一步凝聚决胜脱贫攻坚、助力乡村振兴的各方力量，省委办公厅驻施溪村帮扶工作队和村两委共同举办了“喜看家乡新变化”征文活动，共收到稿件56篇。经评选，《幸福绽放小山村》荣获一等奖，《此心安处是吾乡》《看她旧貌换新颜》《此心安处,便是吾乡》荣获二等奖,《美丽的施溪》等10篇荣获三等奖。3月6日上午，该村举行了颁奖仪式。

施溪村是一个深度贫困村，全村2131人，也是一个少数民族集聚地，苗族人口占98%，基础设施十分薄弱，产业发展几乎空白。2018年3月，省委办公厅驻村帮扶工作队进驻后，把扶贫当事业，把驻地当故乡，把群众当亲人，真蹲实驻，真帮实扶，施溪村脱贫攻坚迈出坚实步伐，贫困发生率降至0.61%，村容村貌焕然一新，去年底顺利脱贫出列。

今年是全面建成小康社会目标实现之年，是全面打赢脱贫攻坚战收官之年。为凝聚决胜脱贫攻坚力量，针对春节期间务工返乡人员剧增、学生寒假赋闲在家，加之疫情影响不能走亲访友的实际，驻村工作队和村两委决定开展“喜看家乡新变化”征文活动。

娟秀的字体，吟唱攻坚的岁月；激扬的文字，挥洒脱贫的喜悦。征文活动开始后，广大村民特别是大、中、小学生积极参与，纷纷拿起笔，围绕基础设施的完善、扶贫产业的发展、居家环境的改观、乡风民俗的进步等方面，运用散文、诗歌、漫画等多种体裁，饱蘸深情地讲述脱贫攻坚给施溪村带来的巨大变化，热情讴歌党的惠民政策，抒发了对家乡的无比热爱，展示了昂扬向上奋发进取的精神风貌，表达了坚定信念跟党走、齐心协力奔小康的豪情壮志。

“脱贫致富全靠党的好政策，开展征文活动，就是让村民更多了解脱贫攻坚给家乡带来的巨大变化，从而激励村民爱党爱国爱家乡，增强建设好家乡的信心和决心。”村支部书记陈洪福说。